广东戏剧文库
优秀剧作选

1949-2019
话 剧 卷

GUANGDONG XIJU WENKU
YOUXIU JUZUO XUAN
HUAJUJUAN

（第3册）

广东省艺术研究所
——— 主编 ———

中国戏剧出版社
CHINA THEATRE PRESS

目 录

岁月风景	唐　栋	001
绿色的阳台	廖维康	053
无话可说	赖汉衍	105
十三行商人	陈京松　吴惟庆	161
南越王	陈京松　金敬迈	205
天籁	唐　栋　蒲　逊	247
共产党宣言	唐　栋　蒲　逊	301
康有为与梁启超	李新华	347

·话剧卷·

岁月风景

编剧：唐　栋

人物表

郝建国　　某部一连一班班长，后为连长、上校团长。出场时二十二岁
曹克明　　某部一连副指导员，后为指导员、大校副政委。出场时二十七岁
翟向东　　某部一连一排排长，后为副连长、地方干部。出场时二十四岁
李宝库　　某部一连司务长，后为团后勤助理员、集团军后勤部上校处长。出场时二十四岁
周阿亮　　某部一连一班战士，后为地方某企业经理。出场时十八岁
高　海　　某部一连一班班长，后为上尉连长。出场时二十岁
刘　阳　　某部一连通信员，后为上尉指导员。出场时十八岁
明　惠　　郝建国之妻。出场时二十一岁
阿　琳　　渔家女，后为某合资厂白领、个体制衣厂老板。出场时十六岁
马圆圆　　某部医院护士，曾是李宝库的女友，后转业。出场时二十一岁

第一幕

[七十年代中。

[南方沿海某地。

[一连营区。几座老式营房坐落在空旷的山坳，显得形影孤寂。营房的石垒墙上，写着八个描红"毛体"大字：提高警惕，保卫祖国。台上有一棵充满生机的榕树，这棵二十多年前初建营房时就种在这儿的榕树，将成为岁月的见证，在随后的每一幕中以不同的方位出现。树下，是一块操场，操场上竖有刺杀用的草靶，还有木马、拳击沙袋等。

[营区附近，是一个渔村，依稀可见停泊在海湾的渔船和破旧民房。大海是看不见了，不远处的大海被山峦遮掩着，但湿漉漉的海风好像看得见、摸得着，海风拂动晒着的渔网，使这里现出一些淳朴而又原始的气息。

[嘹亮的集合号声、整齐的跑步声和番号声。幕启。一连战士身着71式军服，头戴用树枝编扎的伪装帽，全副武装，横向列队。队前站着李宝库和戴值日袖章的翟向东。

李宝库 同志们，今天换发了崭新的71式军装，这是党和人民对我们的关怀，是对国内外反动派的当头一棒！我们要以此为动力，搞好……（看翟向东一眼）我的话完啦，请一排长作指示。

翟向东 什么指示？该说的话，代理司务长李宝库同志都说了，俺就啰嗦一句：要对得起这身新军装，首先要打好今天的靶！大家有没有信心？

众战士 有！

翟向东 好！向靶场——出发！

[那个年代人们熟悉的《打靶归来》歌。

[暗转。

[复明。

[刚刚回营的战士们拿着枪靶，扎成几堆兴奋地谈论着打靶的事。有的为自己的好成绩兴高采烈，有的互相争执着高下。翟向东则气咻咻走到一边，窝火地将手中的靶子扔到地上。

周阿亮 哎哎，你们看排长！（凑到翟向东跟前，有点得意地）翟排长，（学翟向东的语调）失败是成功他娘，上回不及格，下回再努力嘛！——你说的……

翟向东 你小子，头回摸枪还是俺手把手教的呢，竟敢教训俺？

周阿亮 我哪敢啊，我才比你多打了八环……

翟向东 （一把揪住周阿亮的耳朵）多少？

周阿亮 哎哟班长，快、快……

郝建国 （走过来）阿亮，你又跟排长闹。

翟向东 （放开周阿亮）一班长，你说说，俺哪一回夜间打靶不是优秀？怎么这一回就丢人现眼？

郝建国　排长，会不会是因为这些天连续训练，过于疲劳……

翟向东　（连连摆手）问题就出在这枪上！（从一战士肩上拿过冲锋枪）俺原来使半自动步枪，就像孙悟空使金箍碌棒；这回换成用这种折把子冲锋枪射击，俺怎么拿它怎么别扭，儿童玩具嘛！

郝建国　怎么会呢？这次夜间射击，副班长以上用的都是冲锋枪。

翟向东　别人俺不管，俺就喜欢用原来的半自动。（换过一支步枪）俺用它不光能百步穿杨，还用它练成了全团的刺杀标兵。（看了看周阿亮）杀——！杀——！杀——（威猛有力、一下一下地朝草靶上刺去）

〔大家叫好鼓掌，周阿亮则做着鬼脸。

〔明惠提一桶茶水上。她是一位形象端庄、性格开朗的姑娘。腰间系着围裙。

翟向东　谁要不服，换上木枪护具，来比试比试！

明　惠　又是翟排长呀，你一跺脚一喊杀，这地都摇晃哪。

翟向东　明惠……

周阿亮　嫂子！

郝建国　哎哎，还不到叫嫂子的时候。

〔战士们围向明惠。

明　惠　这么热的天，快来喝口凉茶。（将茶一碗一碗盛给战士们）

一战士　嫂子煮的凉茶真好喝！

明　惠　好喝就多喝点。（给翟向东递上一碗）快解解渴。

翟向东　（仰脖一饮而尽，对郝建国）通知各班，上午休息，下午总结！（扭头下）

明　惠　翟排长他……

郝建国　他今天没有打好，心里窝火。

明　惠　我说呢……看看，这汗……（用手绢为郝建国擦额头上的汗）

〔战士们哗然戏喊。

郝建国　叫什么叫！这凉茶还堵不住你们的嘴？

周阿亮　班长，一碗凉茶就把我们打发啦？我们要吃喜糖！

〔战士们有节奏地喊着："喜——糖！喜——糖！喜——糖！……"

[周阿亮打手势叫大家退下，只留下明惠和郝建国。

明　　惠　这些兵真好。

郝建国　他们真的是想吃咱俩的喜糖啦。（有点内疚地）明惠，你来队都快一个月了，新房布置了一遍又一遍。那天，看见你细心地用红纸剪着"双喜"，再跪在床头把它端端正正地贴在墙上，我这心里……是我叫你来的，可结婚报告都交上去二十一天了，还批不下来……

明　　惠　部队上嘛，办事就是严一些。我上午碰见指导员问啦，指导员说就等我的外调函寄过来。放心吧，我家三代工人，根红苗正，不会有问题的，顶多再等几天，反正在你身边，我不急。

郝建国　（动情地）明惠，你真好……

明　　惠　（顺势靠在郝建国肩上）建国，你还记得在农场的橡胶林里，你把那台亲手安装的收音机送给我时说过的一句话吗？

郝建国　我说，等娶你的那一天，我要背着你，一步一步，背上五指山的山顶，在那最高的地方举行我们的仪式。

明　　惠　可现在不是在海南岛，你把我往哪儿背呀？

郝建国　那我……我就把你背上这座无名山，它虽然没有五指山那么高，可它是我们连的军事要地。

明　　惠　（咯咯笑着跑开几步）你呀，就想着把我往山上背，我还怕累着了你呢！我已经想好了，结婚那天你就背着我，在这棵榕树下转一圈行了。

郝建国　在这棵榕树下？

明　　惠　（抚摸着树干）你对我说过，这棵榕树，是新中国成立那年，第一批驻扎在这里的老兵们栽的，长得多壮！不知为什么，打我第一眼看见它，它的根就在我心里往下扎啊扎……建国，咱们今后的日子，就该像这棵榕树一样，根深叶茂……

郝建国　（激动地）明惠，我一定……到那一天在这棵榕树下多背你几圈！

明　　惠　你答应了，来！（像小孩似的与郝建国勾起手指）拉钩上吊，一百年不变……

郝建国　哎，明惠，这回你正好把那部小收音机带来了，我想拿来用用。

明　　惠　就在身上呢，给。（从衣兜拿出一部米黄色塑料壳半导体）

郝建国　是这么回事，我们连防区的盖帽山，野狼不敢走，猴子不敢攀，许多地方由于我们无法到达，成了防守的死角。我想，要是用自己的无线电技能搞个遥控监测器，我们不就可以有效地控制那些死角了吗？可是条件有限，有些机件在这里很难弄到。我想把这部半导体拆开，一部分零件可以用上。

明　惠　为这呀？我支持！不过，拆了它挺叫人心疼的……来，让我再好好听上一回。（打开收音机，正在播放芭蕾舞剧《红色娘子军》，她情不自禁地跟着音乐跳了起来）

〔郝建国被深深感动，也跟着跳。明惠羞赧而又幸福地靠在郝建国怀里……

郝建国　（慌乱地）哎哎，这是在营区……

〔李宝库骑自行车上，车后货架上驮着两包军服，正巧撞见了郝建国和明惠。

李宝库　（迈过脸去，将自行车撑起）我可是什么也没看见啊！

明　惠　（羞臊地）哎呀司务长……（跑下）

郝建国　嘿嘿，司务长，你这是……

李宝库　哎，代理司务长，别忘了那个"代"字！（拍拍包袋）有些战士的71式服装号码不合身，我又到后勤领了些，给调换一下。

郝建国　这么快就换回来啦？我们班也有两个要换的。

李宝库　就先从你们一班开始，叫他们两个过来。

郝建国　是！（跑下）

〔周阿亮手拿一卷红色塑料带跑上。

周阿亮　司务长！司务长……

李宝库　别瞎叫，是代司务长。

周阿亮　那个"代"字早该取掉了，大伙都说你思想水平高，天生当司务长的料！

李宝库　是吗？大伙还说什么啦？

周阿亮　没、没啦。

李宝库　没啦？昨天连里杀了头猪，你们几个午饭时一边吃肉一边说什么来着？

周阿亮　（慌）噢，是他们说的，他们说自从你当上代理司务长后，咱连每次杀猪都吃不到猪肝猪肚。

李宝库　你怎么说的？

周阿亮　我……我当然为你说话，我说这是因为李代司务长改良了猪的品种，咱连养的猪只长肉，不长肝和肚……

李宝库　（点着头）你这是夸我呢还是在骂我？

周阿亮　当然是夸了，司务长这你还听不出来？

李宝库　我傻，我哪能听得出来？说吧，找我有事？

周阿亮　没……没事，我给你把自行车缠一下。

〔李宝库的自行车只有六成新了，但车梁仍然拿女孩扎头发用的那种红色宽塑料带缠裹着，只是有一截脱落了，周阿亮双手麻利地缠着那一截。

周阿亮　（讨好地）司务长，你这辆自行车骑出去，就是咱连的形象，这一截老这么露着多不好看。再说，现在的自行车，都兴缠这个。

李宝库　（诧异地看着周阿亮）过啦，你找我肯定有事！

周阿亮　我……

李宝库　别像这带子似的绕来绕去，你一眨巴眼，我就知道你心里在想什么。是不是想借我的手表？

周阿亮　（站起）司务长，你怎么知道？

李宝库　连里不是批准你明天探家了吗？咱连就我和连长、指导员三块手表，凡是回家探亲的，连长和指导员的表不敢借，还不都悄悄借我的表戴？（捋起袖管，露出戴在大胳膊处的手表）

周阿亮　你把表……怎么戴在这儿？

李宝库　规定战士不准戴表，我这个代理司务长还是战士，怎么能明着戴？（摘下表）给，拿去，回家风光风光，为你小子相亲发挥作用。

周阿亮　（双手在身上擦擦，小心翼翼地接过表）哇，真漂亮！叫……什么花来着？

李宝库　宝石花。

周阿亮　宝石花！里面这些都是宝石呀？

李宝库　要都是宝石我戴得起吗？夜光表！那是夜里发光的。

周阿亮　（把表对着眼睛看）真的有光哩！……哎，这壳上啥东西怎么有点翘？

李宝库　没关系，那是贴上去的一块塑料膜，保护表门子的。

周阿亮　那下面这块胶皮呢？

李宝库　是保护表屁股的,有这块皮子垫着,手腕上的汗就渗不到表里去啦。哎,表门子要是脏了,就用绒布蘸点牙膏擦一擦。记住,要用中华牙膏!

周阿亮　中华牙膏。

李宝库　小心点,啊?弄坏了你可赔不起。

周阿亮　司务长放心!谢谢你!（边走边看表,脚下一歪,摔倒）

李宝库　哎呀你……

周阿亮　（一手高举着表）没事,我举着呢。

　　　　[暗转。

　　　　[复明。战士们谈论着身上的军装。

战士甲　你们看,我穿三号的就对了嘛,原来给我发的一号,袖管绾了两圈还长。

战士乙　我这身也合适啦,不再是"提高惊惕"的裤子。

战士丙　你们又不像班长要做新郎官了,讲究什么呀!

战士甲　哎哎,军装合不合身,关系到军人的仪表,你懂不懂?

郝建国　好了好了,抓紧时间,还有不合适的赶快去司务长那儿调换;穿着合适的,就都是新郎官。

　　　　[众乐。

　　　　[这时,传来女孩的哭叫声:"放开我!放开我……"

　　　　[李宝库拽着阿琳的胳膊上。十四五岁的阿琳上身穿一件宽大的、很不合体的军衣,下身的裤腿破旧不堪,缀满补丁。

郝建国　阿琳!

李宝库　（生气地）这小姑娘,偷了我们晒在衣绳上的军装,我抓她过来,她还咬我一口（被咬的手疼得直甩）。看看,她身上这件是谁的?

　　　　[战士甲欲上前翻看。

郝建国　别看了,是我的。（走近阿琳）阿琳,你需要衣服就给叔叔说,干嘛要这样?

　　　　[阿琳不语,伤心地哭。

郝建国　（拉李宝库到一边）阿琳家很困难,她父亲半身瘫痪已经三年,全家的生活重担就她母亲一个人挑着,阿琳连学都快上不下去了,这事就别再……

李宝库　那她也不能偷啊，要不然……

阿　琳　（突然叫道）叔叔，我不是偷，不是的……

郝建国　阿琳……

阿　琳　我家的房屋漏水了，你们去修；我家的渔船破了，你们给补；我阿爸病倒了，你们的医生一次次去看……前些天，有人说北方的唐山有个医院能治我阿爸的病，我妈就带着阿爸去看。他们刚到那儿两天，唐山就地震了。我妈托人写来信说，她和阿爸被压在了砖瓦堆里，是解放军把他们救了出来，救他们的解放军为扒开砖瓦，一双双手全磨烂了。有个解放军，十个手指甲盖磨掉了七个，血从指尖直往下流，可他不吭一声，一直把我妈背到安全的地方。事后才知道，这个解放军的家就在唐山，他家的房屋也倒塌了，可他顾不上回去……我、我……（忍不住又哭起来）

郝建国　阿琳别哭，有什么话就说出来。

阿　琳　我越想这些，就越觉得解放军好，越想就越看着穿这身军装的人亲，自己就也想有一件军衣穿穿。我见你们换了新军衣，以为旧的就不要了；这件衣服是我在草窝里捡的，我不知道是被风吹落的，我真的以为你们不要了……叔叔，我还给你们……

［阿琳背过身去脱下军衣，露出的衣衫破不蔽体，场上所有的人都为之一震。

郝建国　阿琳，穿上，快穿上！

阿　琳　叔叔，不，不……

郝建国　穿上吧，这件军衣叔叔送你了。

阿　琳　李叔叔说军衣不能给人，我不能要。

郝建国　我们换新军装了，这是老式的，没关系，来……（给阿琳把军衣穿上）

阿　琳　（感激地）叔叔……

［李宝库懊悔地走到一边。

［明惠捧着一套衣服走上。

明　惠　（小声）建国。

郝建国　明惠……

明　惠　这件衣服，给阿琳吧。

郝建国　（一怔）这不是你……

明　惠　（不让郝建国说下去）阿琳……

阿　琳　明惠姐！

明　惠　看你，叫他叔叔，叫我姐，乱套了。来，把这件衣服拿去穿。

阿　琳　这……这是你准备结婚穿的衣服，我认得出来，那天你去我们村找裁缝做这件衣服时我看见了。我不能要，我不能要……

明　惠　（一把抱住阿琳）不管是什么衣服，我还可以再做。你都这么大的姑娘了，怎么能……听话，拿着！

阿　琳　（哭泣）明惠姐……

李宝库　（走近阿琳）阿琳，我错怪你了。（伸出手去）来，再咬我一口吧。

阿　琳　（后退）不，我那是一时着急……

李宝库　我现在叫你咬，你咬一口我心里才会好受些！

　　　　〔战士们齐喊："咬他！咬他！"

　　　　〔阿琳慢慢走到李宝库跟前，猛地抓住他的手咬下去。

李宝库　（疼得呲牙咧嘴）哎哟，真咬呀……

　　　　〔暗转。

　　　　〔复明。马圆圆背着个药箱，张望着上。郝建国迎面走来，他一手抱着电线和电子元件之类的东西，一手拿着书边走边看。

马圆圆　同志，请问这儿是一连吗？

　　　　〔郝建国毫无反应，只顾看着书往前走。

马圆圆　哎哎，问你话呢！

郝建国　（突然回过神来）叫我？

马圆圆　建国？！

郝建国　噢……马护士！

马圆圆　（主动热情地伸出手）你好，郝班长……噢不，年轻有为的郝排长！

　　　　〔郝建国一伸手，抱着的东西掉落在地。

马圆圆　（笑）你住院时就爱摆弄这些电线呀电阻呀什么的，现在还是这样……

郝建国　（捡着东西）马护士你搞错了，我不是排长。

马圆圆　现在不是，马上就是了。（神秘地）据我所知，你的排长命令很快就下来啦！

郝建国　别别……这是没有的事，没有的事！

马圆圆　看把你紧张的，怕我沾了你的光不是？其实，你住院时我就发现你与众不同，当时我……

郝建国　（打断）真的这是没有的事！马护士，你是来找宝库的吧？

马圆圆　（突然沉默，沮丧地）是的。

郝建国　宝库老是念叨你，昨天还在给我们看你的照片。

马圆圆　他自作多情！

　　　　[郝建国一愣。明惠端一盆军衣上。

郝建国　明惠，又去洗衣服。

明　惠　战士们这几天连着训练，衣服上尽是土，反正我闲着没事，帮他们洗洗。（看了一眼马圆圆）

郝建国　这是师医院的马护士，我和宝库去年住院时认识的。她就是宝库的……那个那个……

明　惠　噢，你好！

郝建国　（对马圆圆）她叫明惠，我的未婚妻，这次来队是为和我结婚。

马圆圆　你们……要结婚了？（掩饰着不安）祝……祝贺你们。

明　惠　谢谢，到时请你和宝库来吃喜糖。你们说话，我去河边了。（走下河堤）

马圆圆　（望着明惠的背影）你……真的要和她结婚了？

郝建国　是的，就等调函了。

马圆圆　农村的吧？

郝建国　插队知青，还在农场。

马圆圆　她出身好吗？

郝建国　她家三代都是工人。马护士，你不是要找宝库吗？我带你去。

马圆圆　（突然变得烦躁地）不用，告诉我他在哪儿就行。

郝建国　他在猪圈。

马圆圆　什么？猪圈？

郝建国　噢,连里正在杀猪,(用手指)那儿。

马圆圆　再见!(头也不回地走去)

郝建国　(自语)这人……怎么啦?(摇摇头,下)

　　　　[明惠哼着《红色娘子军连歌》,走上河堤准备往树丛晾晒洗好的衣服,曹克明上来喊住了她。曹克明军容严整,肩上斜挎着绣有"毛体"字"为人民服务"的军用挎包。

曹克明　明惠同志!

明　惠　曹副指导员……

曹克明　又在给哪个班洗?我说你呀,就像是开了洗衣店。来来,你过来一下。

　　　　[明惠放下衣盆,走近曹克明。

曹克明　你……是不是有个弟弟?

明　惠　有。

曹克明　今年多大?

明　惠　小我三岁,十八。曹副指导员,怎么啦?

曹克明　噢,没、没什么。我还想问一下,你这次来队,是不是带了台收音机?

明　惠　是的,那是建国参军走的时候给我装的。

曹克明　这回你又给了他?

明　惠　他说搞个什么监测器,要用这收音机。

曹克明　这几天收音机一直在他手上?

明　惠　可不,刚才他还抱着收音机什么的,又去电工房了……(诧异地)曹副指导员,有事?

曹克明　(欲言又止)没事,没事,我随便问问。你……忙去吧,啊?(下)

　　　　[明惠忧虑地端起衣盆,走下河堤。

　　　　[马圆圆返上,李宝库提着一个塑料袋紧跟其后。

李宝库　圆圆,你这么说可能是正在气头上,等你平静下来,咱们再好好谈谈……

马圆圆　没什么好谈的了,我今天来就是要告诉你,咱俩的关系结束了!

李宝库　就因为我还没有提干?咱们都一年多了,一年前我住院时,你对我说过的话都忘了?

马圆圆　那么你呢？你对我说你会马上提干，可现在还是个代理司务长，倒是郝建国马上就要提了，你还想叫我等到什么时候？

李宝库　我正在努力，那个"代"字很快就会去掉的。

马圆圆　（指着李宝库手上的塑料袋）就这么努力呀？靠给领导送猪肝猪肚！

李宝库　圆圆，看你这话说的……

马圆圆　实话告诉你吧，再过几天你连代理司务长也"代"不成了，上级已经给你们连任命了司务长，很快就来上任。

李宝库　（一惊）你、你从哪儿知道的？

马圆圆　这你就别问啦！我再实话告诉你吧，我父母和我，都认为我未来的伴侣必须是个干部。对不起，我要去赶医疗队，再见了！（扭头走下）

李宝库　圆圆……圆圆……（追出几步，愣愣地站着）

［翟向东风风火火地上。

翟向东　宝库，你在这儿哪，你小子请客，请客！

李宝库　（哭丧着脸）排长，我还请什么客呀……

翟向东　"代"字没啦，你的司务长命令下来啦！

李宝库　啊？这不、不可能！

翟向东　今天我值班，刚刚接到的命令。（掏出一张纸）给，自己看去。

李宝库　真……真的？（接过命令到一边细看，激动得手直颤抖）

［战士甲跑上。

战士甲　排长！（小声地）出事啦，郝班长摆弄收音机改装什么仪器，结果收上了外国电台，被人反映到曹副指导员那儿去了，曹副指导员正在调查呢！

翟向东　啊？走！（同战士甲下）

李宝库　（自语）圆圆……（朝马圆圆刚才去的方向急走几步，又猛地站住）关她什么事呀！（回头见翟向东已经不在，战士乙从一旁走过）小王，过来！

战士乙　司务长……

李宝库　（递给塑料袋）送到炊事班去，晚饭给大家做了吃！

战士乙　（往袋里一看）猪肝，猪肚！咱们连的猪长肝和肚啦？

李宝库　长啦，长啦，快去。

战士乙　是！（跑下）

　　　　［周阿亮提着旅行包上，一见到李宝库就哭。

李宝库　阿亮？你怎么回来了？你这是咋啦？

周阿亮　司务长，我……我把你的手表丢了。

李宝库　（大惊）啊？表丢了？！

周阿亮　可能是上汽车的时候丢的，人太拥挤，我怕把表挤坏，就从手腕上取下来揣在怀里，上了车一摸，表没了……

李宝库　我的姑爷，你怎么把表给弄丢了！

周阿亮　（又哭）司务长，我对不住你……

李宝库　算了算了，已经丢了，哭有什么用！哎，你半路上返回来，不探家啦？

周阿亮　不回家了，我要把钱省下来，赔你的手表。

李宝库　谁让你赔啦？没表就不戴了嘛……（蓦地一怔）不戴（代）？不戴（代）了？（大笑）对呀，你要不丢表，我这个司务长还"代"着呢；你把表一丢，我这个司务长就不"代"了……阿亮啊，谢谢你！

周阿亮　（一愣）司务长，你、你这是咋啦？那是块手表啊，还有夜光……

李宝库　哎，你呀……

　　　　［暗转。

　　　　［复明。郝建国和明惠准备结婚的新房。明惠站在凳上，正往墙上贴一幅大红"双喜"剪纸。曹克明走来，他还是那样斜背着挎包。

明　惠　（听到脚步声）嗳，你看正不正？

曹克明　噢，正，正！

明　惠　（转身见是曹克明，慌忙下来）曹副指导员！我当是建国来了。快坐，坐……

曹克明　（打量着新房）都是你布置的？

明　惠　还有建国。请……请喝茶。（一不小心，茶杯翻掉）哎呀，真不好意思……（重新倒茶）曹副指导员，不知咋的，我一看见你就有点紧张。

曹克明　都这么说，可能是我这人太严肃了吧。

明　惠　你找建国？我去叫他。

曹克明　不用了，我已经让人……噢，他来了。

［郝建国跑上。

郝建国　副指导员，你找我？（将一包东西放在桌上）

曹克明　（对明惠）你先到里面去一下。

明　惠　嗳。（预感到什么，看了看郝建国，忐忑不安地走进里屋）

曹克明　建国，开门见山地说吧，有人反映你收听到外国电台——而且是一个敌对国家的电台，你承认有这事吗？

郝建国　有，副指导员，昨天我……

曹克明　你用的收音机呢？

郝建国　在这儿。（从桌上的包里拿出那台收音机）

曹克明　（接过收音机看了看，放回桌上）不管动机如何，这都是个政治问题。毛主席刚刚去世，接着一举粉碎了"四人帮"；咱们连把守的是祖国南大门，对面就是另一个世界。在这种情况下能不能站稳无产阶级立场，对我们每个人都是考验。你要对此作出深刻检查，等候处理。

郝建国　（欲做解释）副指导员，我……

曹克明　不用再说了，我已经做了详细调查。第二个问题，你结婚的事，明惠的调函来了。

郝建国　没、没问题吧？

曹克明　你一点都不知道？

郝建国　（一愣）知道什么？

曹克明　我相信你还不知道，明惠的弟弟偷渡逃港了。

郝建国　啊？她弟弟偷渡？逃港？这不可能！

曹克明　组织上打电话核实了，是半个月前发生的事。

郝建国　那这……这事会影响我和明惠结婚？

曹克明　当然，政审不合格嘛，军人不能和家庭有问题的人结婚。而且，你收到外国电台的那部收音机，是自己安装的，又是明惠带来的。

郝建国　（急）副指导员，我非常了解明惠，我和她一起上的初中，一起当知青在海南岛插队落户，她本人政治上没有一点问题，她家三代都是工人……

曹克明　现在不是她弟弟出事了嘛。

郝建国　可是明惠为我们结婚的事等了这么多年，这次来队就等了一个月，你看，她做好了新被，贴好了"喜"字，布置好了新房，她……

曹克明　（打断郝建国的话）建国同志，你还是个战士，你和明惠的婚事又是入伍前订的，按说组织上可以管也可以不管，可是我要告诉你一个你不知道的情况，组织上正在考虑提拔你为排长，所以在结婚这件事上就把你当干部看待。道理是明摆着的，你现在要是跟明惠结婚，就不能提干，就得在年底复员。当然，现在发生了收听外国电台的事，还能不能提干得重新考虑。但你是个军人，就得受军规政纪的约束。

郝建国　（愣怔片刻）不，副指导员，我从小就向往这身军装，非常想在部队上干，可是如果这样的话，我还是复员吧，我不能让明惠受到伤害。

曹克明　就是复员，也要政治挂帅。你已经是有四年军龄的老兵，又是班长，是共产党员，千万别犯糊涂啊！（从挎包拿出一本书）这本《学习资料汇编》，你在写检查前好好读读，这对于你认识自己的问题和改造世界观，会很有帮助。

[郝建国呆呆地接过书。

[翟向东急上。

翟向东　一班长，你出去一下！

郝建国　（看看曹克明，又看看翟向东）是……（走到屋外）

翟向东　（脱下军帽往桌上重重地一放）副指导员，你把俺也处理了吧！

曹克明　一排长，你吃了炸药啦咋的？

翟向东　郝建国收听敌台，有这事吗？

曹克明　不光这事，明惠家出了问题，他结婚的事也不能批。

翟向东　结婚的事俺先不管。他收听敌台，你听到了？

曹克明　有人反映嘛！

翟向东　指导员不在，你是连里主持政工的副指导员，他有问题，你也跑不了！

曹克明　一排长，你、你这是什么话！

翟向东　曹副指导员，郝建国是俺接的兵，又在一个连队这么几年，他怎么样，俺还不了解吗？

曹克明　他各方面的表现是没得说，不然也不会把他作为提干对象。可这件事……

翟向东　俺刚才找给他做助手的小王和大李了解过了，他是在做实验时无意中收到那个外国电台的。俺早就劝过他，连队是打仗的，会射击、能刺杀、能投弹就行，搞什么发明？可他不听，非要捣鼓他那些玩意。他要搞就搞吧，反正也不是什么坏事。但俺翟向东拿脑袋担保，他绝不会是故意收听那个电台的。收音机那东西你用过吧？手一拨，几里咕噜几里咕噜，谁能料到会冒出个什么台来？谁又能听得懂里面说的些啥？

曹克明　郝建国入伍前自修过四年英语，他听得懂。当然，我也不认为他是故意的，但客观上，这毕竟不是小事，应该说是个政治事故。

翟向东　政治事故？你就不想想，这件事捅出去，郝建国会怎么样？

　　　　〔曹克明好像没考虑过这个问题，愣怔着说不出话。

翟向东　他不光提不了干，还可能倒更大的霉。这会毁了他的前程，会使一个响当当的军人离开俺们的队伍！

曹克明　那……也不能不讲原则啊。

翟向东　原则？曹副指导员，俺记得有一次开"批林批孔"大会，你领着喊口号时，把《毛主席语录》可是拿颠倒了的，这个原则怎么讲？

曹克明　（紧张地）一排长，你……

翟向东　（一副怪怪的样子看着曹克明）去年小平同志主持召开的军委扩大会议提出军队要整顿，提得好！俺看你就该先把自己这里面（指脑袋）整顿整顿！（抓起帽子戴上，冲下）

曹克明　哎，一排长，等等……（跟去）

郝建国　排长……副指导员……（转身慢慢回到屋里）

　　　　〔天空滚过一阵沉闷的雷声。

　　　　〔明惠拎着提包正向外走。她显然刚刚哭过，眼睛红肿。

郝建国　（惊）明惠，你这是干什么？

明　惠　我都听到了，我走……

郝建国　（拿下明惠手上的提包）明惠，你不能走！

明　惠　建国，既然这样，我还是离开吧。

郝建国	不，明惠，我会找组织上说清楚的，你弟弟的事不会影响我们结婚！
明　惠	（不抱任何幻想地摇摇头）部队上的事，我知道。今天上午在河边曹副指导员问我话时，我就预感到有事。
郝建国	实在不行我就复员，我们一起回去，回我们的农场……
明　惠	为我复员？你要是这样，我就会瞧不起你！
郝建国	可是……如果我只能有一个选择呢？
明　惠	那还用问吗？……你对我说过，你从小就想当一名军人。那年报名参军，你为了体重过关，一口气喝下六大碗水；你又怕身高不够，给脚底板上沾了一厘米厚的胶布。拿到入伍通知书后，你高兴得在地上直翻跟斗，翻了多少个，我都数不清了。你说，要留给我一个珍贵的礼物作纪念，就亲手装了这台收音机，还叫它是"红梅牌"；你说只要我带着这"红梅"收音机，就是跟你在一起；只要我听着这收音机，就能听到你的声音……建国，你可要争气呀！
郝建国	明惠……
明　惠	都怪我……现在不能因为我、因为我弟弟的问题影响了你，千万不能！如果那样的话我会恨自己一辈子的。
郝建国	不！我不离开你……
明　惠	（转身抚摸墙上的"喜"字，抚摸着新床新棉被）这山坳里冬天挺冷的，晚上要盖厚一些；开了春潮湿，别忘了把被子和衣服拿出去晒晒……
郝建国	（心如刀绞）明惠，你别说了。也许，我和你会一起回去……
明　惠	你说什么？
郝建国	噢，我、我是说，我要有家，那也是咱们两个人的家。不管怎样，我都要和你在一起！
明　惠	（猛地转身看着郝建国，几乎是喊着说）你真的就这么没出息吗？!……（平静下来，坚决而又颤抖地）我已经下决心了，我们以后……不要再有任何联系！（从桌上拿起收音机）这台收音机，是我带来给你惹的祸，我把它带走了。今后遇到合适的，你就……另找一个吧！（拎起提包冲下）
郝建国	（哭喊）明惠——！

[电闪雷鸣。

[收光。

第二幕

[八十年代中。

[一连营区周围，雨后春笋般矗立起许多高矮不一、正在建筑中的楼房，楼房上的红色标语条幅显示出热火朝天的改革开放气氛。昔日的荒山野岭变得喧闹起来，一些"老板厂"就建在营区旁边。远处，渔村一派兴旺，原来那些低矮破旧的民房正在被一排排新建的居民点所代替。

[然而，营房还是营房。仔细一点，会发现一连的营房虽然也有些变化，但这种变化并不明显。"提高警惕，保卫祖国"——八个大字依然是原地原样。

[嘹亮的集合号声、整齐的跑步声和番号声。幕启。一连战士身着85式军服，头戴钢盔，全副武装，横向列队。队前站着李宝库和翟向东。

李宝库 同志们，今天我们换发了崭新的85式军装，这是党和人民对我们的关怀，是对国内外反动派的……噢，走进新时代了嘛，军装也要大变样。我们要以此为动力，搞好……（看翟向东一眼）好了，我的话完啦，下面请翟副连长作指示。

翟向东 什么指示？俺还是那句话：要对得起这身新军装，就得搞好训练。枪，要打得准；弹，要投得远；刺刀，要拼得狠！大家能不能做到？

众战士 能！

翟向东 好！向一号训练场——出发！

[八十年代唱遍军营的《说打就打》歌。

[暗转。

[复明。

[幕后传来阵阵宏亮的喊"杀"声、整齐的操练声。几个打工妹靠上前来，

叽叽喳喳地嚷着朝战士们操练的方向眺望。

[打工妹："哇，他们换新军装啦，真漂亮！"

"看前排第二个，在里面最帅啦。"

"阿娇看上啦？想办法追呀！"

"你以为我不敢啊？"

"哎哎快看，那儿打起来啦。"

"别冒傻气了，那叫拼刺刀。"……

[翟向东手持木枪，戴着刺杀护具上。

翟向东　（粗声喝道）喂，谁叫你们到这儿来的！

[打工妹们被吓了一跳："我、我们来看看嘛……"

翟向东　（把面具掀起）看什么看？这是营区！走走走，快走快走！

[打工妹们嘟囔着，赶紧离去。

[翟向东挥手，现任一班长高海和几组战士对刺着上。

翟向东　往哪儿看？集中精力！……（指点高海）防守反刺！……再刺！……再刺！……刺得好！好！……腰还可以往下压一压……再压！……再压！……哎呀你腰那儿鼓鼓囊囊的是什么东西顶着？（上前从高海的腰间摸出一本厚厚的书）俺说呢，有这么厚一块"砖头"垫着，这腰能压下去吗？（有点吃力地念书名）《从美军的战法训法看未来战争之特点》……高海啊高海，你才是个班长，咱们中国的军事技术还没学精呢你就琢磨人家美国的事，你是不是吃饱了撑的？

高　海　副连长，看一看这类书没什么坏处……

翟向东　没坏处？你是个中国军人还是美国军人？看这种书能不受影响？

高　海　外军好的经验，我们就应该学习和借鉴嘛。

翟向东　学外国的？就不怕改变了俺们人民军队的颜色？

高　海　鲁迅说过，我们吃羊，剥皮拔毛，吸取营养，不必担心我们就会变成羊。

[战士们笑。

翟向东　你小子别拿鲁迅唬俺！鲁迅俺知道，就是把笔当成枪使的那人，对不？人家鲁迅没有枪，就拿笔做枪；你手上拿着枪哩还不珍惜，行吗？这本书，俺没收了！

高　　海　副连长，这书是连长给我的。

翟向东　连长给的咋啦？连长还是俺接的兵呢！这书放俺这儿了，让俺也学习学习。

高　　海　副连长，你……

翟向东　听俺口令，目标——右前方山岗，每组练习山地对刺二十回合！

众 战 士　是！（跑步下）

〔翟向东欲跟下，曹克明上。他还是那样，斜背着军用挎包，只是挎包已经是新的了，上面没有了"为人民服务"几个字。

曹克明　翟副连长！

翟向东　（回头）指导员。

曹克明　连长一会儿从师里回来。

翟向东　噢，开完会啦？

曹克明　可能有重要消息！

翟向东　重要消息？

曹克明　等他回来就知道啦。（看手表）哎，训练是训练，可不能挤占了学习时间哟。

翟向东　现在正练得起劲，就多练一会儿吧，今天的学习，俺说就算了。

曹克明　哎，训练是车厢，学习就好比是火车头，没有车头，火车怎么跑得起来？所以每天的学习一定要坚持。

翟向东　好，好，俺不占学习时间，不占！（朝幕侧吹哨）各班带回！（带有情绪地对曹克明）火车开了……

曹克明　（笑笑）怎么样，训练中有没有新的思想苗头？

翟向东　（拿出那本书）看看，高海怀里揣着这种书，俺不知道他要练成啥！

曹克明　这不是郝建国的书吗？

翟向东　你再看看外面那些打工妹，一个个跟花蝴蝶似的，害得有些战士训练时一个劲扭头看，把脚都踩到别人的脚上去了；她们凉的那些衣服，花花绿绿，乱七八糟，风一吹就往咱这边掉，昨天竟然掉过来个……没办法，开放了嘛！（转圈环视周围）敢情说，这改革开放就是盖洋楼哇？白天黑夜地丁咚咣、丁咚咣。这些个"老板厂"，怎么就盖在了咱们的营房边上？人家说，五十年代资本家夹着尾巴逃跑了，八十年代又夹着皮包挺着小肚回来了，俺看不假。这样下去啊，咱这……（突然意识到自己可能说过头了，连忙打住）噢，俺随便说说，随便说说。（欲走）

［曹克明大笑。

翟向东　（纳闷地）指导员你笑什么？

曹克明　说得好，说得好！哎呀翟副连长，上级机关向我们了解十一届三中全会以来，干部中存在哪些思想和认识上的问题，我正发愁这材料怎么写呢。我看你刚才说的就很有代表性嘛，你抽个空，把它写下来，这份报告不就成了？

翟向东　噢，要拿俺当反面典型啊？

曹克明　看你想到哪儿去啦，按过去的说法，这叫"活思想"，凡是先进人物哪个不是从暴露"活思想"、解决"活思想"成长起来的？

翟向东　这么说，俺要成先进啦？

曹克明　完全有这个可能！

翟向东　拉倒吧！俺斗大的字不识几个，写不了！（下）

曹克明　哎哎，老翟……

［从营区隔壁传来"加油！加油！"的群体女声高喊。通信员刘阳上。

刘　阳　指导员，她们在比赛拔河，有人问能不能去看？

曹克明　不行！叫各班认真组织学习！（边下边说）当然，我得去看看……

［刘阳看着曹克明的背影愣怔着。阿琳上。这时的阿琳已经成了大姑娘，兼有现代女性的青春气息和职业女性的稳重。

阿　琳　哎，小同志，请问你们连长在哪儿？

刘　阳　（诧异地）你……认识我们连长？

阿　琳　这么给你说吧，我和你们连长认识的时候，你还在上幼儿园呢。

刘　阳　吹牛！（突然看着前面发愣，原来是郝建国走了过来）连长，你回来了！

郝建国　回来了。（不经意地看了阿琳一眼，没有反应）

刘　阳　（注意到了这个细节，对阿琳）哎，你不是说认识我们连长吗？我们连长怎么不认识你呀？

阿　琳　（摘去工作帽，掉下一头长发）郝叔……连长……

郝建国 噢——阿琳!

刘　阳 连长,你认识她?

郝建国 我们是老朋友了!

刘　阳 (尴尬地)连长,我去放行李。(拿过郝建国的行李边下边回头客气地对阿琳)欢迎常到我们连来玩。再见!

阿　琳 再见!

郝建国 阿琳,你怎么在这儿?

阿　琳 我们工厂前天刚迁到这儿,我现在是厂里的公关部长。为了提高员工的素质,提高劳动生产率,我们厂决定进行军事化的训练和管理。我来找你,就是想请你们指导指导。

郝建国 (惊叹地)阿琳,你几年没见,你可真是一见一个样儿啊!

阿　琳 (笑)说到底,还不是因为从小受你们的影响?

郝建国 那时候的你,啊,呵呵呵……怎么样,最近家里?

阿　琳 挺好,上个月我们家搬进了新建的小楼。我跟阿妈商量好了,这几年我先积累点经验和资金,将来一定要办个自己的制衣厂。

郝建国 好,有志气!

阿　琳 我经常回想过去的日子,庆幸自己苦辣酸甜样样都有的经历,庆幸赶上了改革开放的好时候,也庆幸遇上了你们一连这些可亲可敬的好人,这是我一生都受之不尽的宝贵财富……

郝建国 阿琳,看到你这样,一连认识你的都会很高兴。现在还在一连、你叫过叔叔的有指导员老曹、副连长老翟和我,噢,还有司务长老李,他现在在团后勤当助理员,还记得他吗?

阿　琳 就是那个被我咬过手的李宝库,不知道他怎样骂我呢!(不好意思地笑)那时候,在我眼里你们都好大好大,其实你们才比我大七、八岁,往后我再不叫你们叔叔了。

郝建国 你就是叫,恐怕这些人还不好意思答应呢。阿琳,问你一句或许不该问的话,个人问题怎么样了?

阿　琳 (羞涩地)谈过一个,没成。

郝建国　（情不自禁）太好了，李宝库他也……

〔阿琳惊愕地看着他。

郝建国　噢，我是说，李助理的个人问题，到现在还没有解决，早先是人家嫌他不是干部，如今人家又嫌他没钱。我就不明白，我们一个月两百多元的工资，这个数过去想都不敢想，怎么能说是没钱呢？

阿　琳　（稍顿）还是说说明惠姐吧，这么多年了，就没有一点她的音信？

郝建国　我了解她，她是怕对我有什么不利影响，在故意躲着我。

阿　琳　现在都什么年代了，那事还能影响结婚吗？明惠姐可真是个好人哪，你一定要找到她。

郝建国　找过，用好多办法找过，都……（摇摇头）也许她……已经嫁人了。

阿　琳　即是明惠姐已经嫁了人，她对你的爱也是不会变的。别看我那时候还小，可我清楚地记得明惠姐看着你时的那双眼睛，那双眼睛里装着一个女人对她所钟情的人多么深、多么真的爱啊！

郝建国　（望着远天，像是自语）明惠……

〔暗转。

〔复明。连部。墙上挂着一面写有"英雄步兵第一连"的锦旗。郝建国、翟向东项背而坐，曹克明在一旁仔细地看一沓照片，气氛有些异样。

郝建国　这次军委扩大会议，小平同志不仅确定了军队要实行战略思想上的转变，要创造一个和平的环境全力进行经济建设，还伸出一个指头向全世界宣布：中国将裁军一百万！正是在这一背景下，上级决定把我们连编入新组建的电子对抗团，由现在的步兵连，改为电子侦察连。这是新时期国防建设的需要，也是上级对我们的信任嘛。

翟向东　道理谁不懂？可这感情上总是……咱们这是什么连？是"英雄步兵第一连"！这面锦旗是怎么来的？是前辈们用刺刀拼出来的，是一茬又一茬的战士用血汗换来的！可马上咱们就不再是步兵连了，这些荣誉，不就像你们这些有文化的人看书一样给翻过去了吗？这叫人心里……总不是个滋味！

郝建国　看书，翻过去一页，还会有新的一页。进入八十年代以来，我国向南太平洋发射运载火箭成功，洲际导弹开始装备我军，规模空前的华北军事演习取得巨大成果，到现在的战略转变，百万裁军，包括像我们这样一支小小连队的改编，都显示了我们军队在大踏步地前进。我想，我们的前辈和战友在赢得"英雄步兵第一连"的荣誉时，一定希望这支连队今后更有战斗力，而决不会希望她永远停留在刺刀加手榴弹上。

曹克明 我同意建国的观点……哎，这个，这个……（突然跳起，把一张照片拿给郝建国看）这一位怎么样？不光模样俊俏，一米七零的个头，人家还是大学本科生呢！

郝建国 （哭笑不得）指导员，我说了，不谈这个！

曹克明 你不谈，我急！（把照片拿给翟向东）我托我姑妈介绍的，你瞧瞧怎么样？

翟向东 （迈过脸去，挥挥手）不用看，一米七零的个头就不行。

曹克明 怪了，个头高还不好啊？

翟向东 咱们的军用被子长度不够。

曹克明 嗨，你呀……（坐回去继续从挎包里拿出照片翻）

翟向东 俺接刚才的话，咱也不要小看了刺刀手榴弹。咱仨从当兵的头一天起，就在这个连，咱们就是从射击、投弹、刺杀一步步走过来的，这是咱们的特长，是咱们的强项！现在要叫俺向这些东西挥手告别，俺这手……沉啊！

郝建国 怎么是挥手告别呢？一支连队，不管它的现代化程度有多高，最基本的军事技能和作战手段任何时候都是不能丢的。老排长，我理解你的心情。最近我看到一个资料，说曾经建立过赫赫战功的我军最后一支骑兵部队，前不久从我军的编制序列中消失了，宣布命令的那一刻，所有的骑手和战马都昂首挺胸，鸦雀无声，等到命令一宣布完，骑手们就抱住战马哭成一团，那些战马好像通了人性，眼泪也哗哗地往下流……

曹克明 是啊，要变革，要发展，就得舍弃一些感情上的东西，就得从大局出发嘛。

翟向东 是啊，你们俩有文化，有知识，别说是电子侦察，就是发射导弹你们俩学一学也能跟上。可俺呢，连队一改编俺的长处就全没了，俺懂电子是个啥东西？俺这个副连长还咋当？

郝建国 要说电子，我除了摆弄个收音机还马马虎虎，别的也不懂，但我们可以学嘛！上级马上要从我们连选派一些干部和骨干，去电子工程学院学习。

翟向东　说得轻巧，俺肚子里那点墨水，还是扫盲的时候给的，学得下来吗？！

郝建国　这就得看自己了。任何变革都会伴随一些痛苦，真要是学不下来，会被淘汰的。

翟向东　（一震）淘汰？……好啊，俺的连长同志！当初，是俺把你这个新兵接到一连，你当战士，俺当班长；后来你当班长，俺当排长；现在你当了连长，俺又当你的副连长。这么多年，不说生生死死，也是朝夕相处。可现在你对俺说"淘汰"？那好，淘就淘，汰就汰，俺转业行了吧！

曹克明　老翟，你把话听到哪儿去啦？建国说的没错，当今时代，不学习就要掉队，就要出局，这是谁也摆脱不了的现实。我的压力也不小，当初我当副指导员的时候你们还是班长、排长呢，可现在你们都赶上了我。而我已经三十六七岁了，恐怕是集团军最老的指导员，但我能因此闹情绪吗？不能啊！

郝建国　（有点激动地）曹指导员，翟副连长，你们还记得十年前我出事的那台收音机吗？

［曹克明和翟向东都蓦然一震。

郝建国　当初我想用它改装一台遥控监测器，没有成功。现在我们成了电子侦察连队，这个问题也就解决了。可是我一直没有告诉你们，当时我收到的那个外国电台正在讲些什么？……电台里正在讲：美、英等西方国家已经将激光、电子制导的高科技武器大量装备部队，综合作战能力正在朝海、陆、空、天、电多维空间发展。他们预言，不久的将来，他们的军队想去世界上的什么地区就可以去什么地区，以绝对优势实施空中打击为主要作战手段……当然，这是偶尔收到的。但作为一名中国军人，我感到了一种从未有过的压力，像大山一样压在胸口……今天，我们的机遇到了，压在胸口的大山终于可以搬开了，我们得紧紧地抓住这个来之不易的机遇啊……

曹克明　建国，当时你不是说，你什么都没听懂吗？

翟向东　那时候，他能把听到的东西说出来吗？

曹克明　唉，都怨我……

郝建国　指导员，你又来了！

曹克明　还有明惠的事……（把那些照片全部拍在桌上）你就挑一个吧，你把这事定下来我心里才好受些。建国，就算我求你了……

郝建国　指导员，你今天是怎么了？

曹克明　建国，我知道你心里还在想着明惠，可我敢说，明惠肯定已经嫁人了，你就别再想了，要面对现实！

翟向东　我说指导员啊，你还是不了解建国。他到现在还不结婚，不是他不想结，也不是他在死等明惠，而是找不到中意的，也就是说找不到像明惠那样的。

曹克明　（看着郝建国）是吗建国？可是我都给你介绍了一个班啦，难道就没有一个赶上明惠的？

翟向东　（神情怪异地）没有，我都看不上一个。

曹克明　不对！介绍的这么多人里面，我那小姨子就很不错。论长相、论性格、论职业、论文化层次，样样都好。有多少小伙子在后面追呢，我都给挡了，我就想把她介绍给建国，多合适啊！（对郝建国）说心里话，要不是你，我还不愿意呢，你怎么就……

翟向东　哎呀，指导员今天可是耍大方了，听说你有一句话：宁可把老婆给人，也不愿给小姨子……

曹克明　哎呀你、你这个同志……

〔幕后集合队伍的口令声。

郝建国　指导员，翟副连长，队伍集合好了，我们向全连去宣布吧。

翟向东　（上前摘下"英雄步兵第一连"的锦旗）把这个带上！

郝建国　（看看曹克明）过去的荣誉，有可能成为前进的包袱。我看咱们应该轻装上阵，一切从零开始！

〔暗转。

〔复明。车声、哨声响成一片，高海挥动小旗，指挥着新装备的通讯干扰车和雷达侦察车进场，郝建国在场上忙前忙后。可见几种形状的天线从平台后面穿过。

〔摩托车的刹车声，李宝库上。

李宝库　建国！

郝建国　嘿，宝库！你怎么来啦？

李宝库　按上级指示，我来了解一下85式军服的实用性能，收集改进意见。（看着新装备）哇，咱们一连可真是鸟枪换炮啦！

郝建国　是啊，你看，这是雷达指挥车，这是雷达侦察车，这是通讯干扰车，那边一排是保障车和机动车。这些电子对抗装备，在世界上也算是先进的！

李宝库　乖乖！

郝建国　哎，你来得正好，还记得那个阿琳吗？

李宝库　阿琳？就是……（指自己那只被阿琳咬过的手）

郝建国　对对，阿琳就在旁边的制衣厂，是厂里的公关部长呢。宝库……（对李宝库耳语）

李宝库　哎呀这怎么行？她叫我叔叔……

郝建国　人家说了，以后再不这样叫了。其实你才比阿琳大八岁，正合适！

李宝库　这……人家看得上咱吗？

郝建国　这就要看你了。你呀，脑袋比谁都灵，可在这事上比谁都木，你得让女方说你坏才行……

　　　　［幕后有人喊："连长——"

郝建国　我去一下。你好好想想！（下）

李宝库　（掰着手指）八……岁……（自嘲地摇摇头，欲下）

　　　　［周阿亮西装革履，拎着皮包上。

周阿亮　司务长！

李宝库　你是……

周阿亮　（摘下墨镜）我是你的兵——周阿亮啊！

李宝库　阿亮！

　　　　［二人激动地抱在一起。

李宝库　你小子，这么多年不见，今天怎么想起回连里来啦？

周阿亮　我就是找你来的！

李宝库　找我？

周阿亮　司务长——我不管你现在和将来是什么官，我还叫你司务长——你还记得那年我借你手表的事吗？

李宝库　哎呀，这都什么时候的事了，我早忘啦！

周阿亮　那块宝石花手表虽然只值八十元钱，却是那个年代很贵重的东西啊！我想赔你，又赔不起，你也不让赔。我复员的时候发誓以后有了钱，一定要赔！现在，我成了远近闻名的运输专业户，有钱了！（从皮包掏出一只手表）这是给你买的，瑞士英纳格，名牌来的！我给郝班长和曹副指导员每人也买了一块。

李宝库　不不！阿亮，我怎么能收你这么重的礼物……

周阿亮　司务长，我就是送你一百块这样的表，也比不上当年你的那块宝石花啊！来，戴上。（把表给李宝库戴上）这是当今流行的自动手表，不用上发条，这样甩一甩（做样），它就咔嗒咔嗒走。

李宝库　甩一甩就走？（学样儿甩手，再看表）嘿，真是的！

周阿亮　司务长，我还在表厂给咱们连定做了一只大表。（朝身后招手，两位工人抬着一只很大的座钟上）这只表有特殊的音乐功能，每到整点，就响一遍"我是一个兵"，你听——（拨了拨发条，果真响起了"我是一个兵"的旋律）

李宝库　（给周阿亮一拳）阿亮，真有你的！

周阿亮　司务长你先忙，我把它送到连里去，回头再找你聊。（让工人抬着座钟，下）

李宝库　阿亮，谢谢你……（边走边将戴表的手甩一甩，看一看）

　　〔阿琳急上，误将李宝库当成了郝建国。

阿　琳　郝连长，郝连长……

李宝库　（转过身来）……阿琳？

阿　琳　是你？李……

李宝库　李——宝——库。

阿　琳　不对不对……

李宝库　对呀，李宝库！你怎么连我都不认识啦？

阿　琳　我是说，我找郝连长。

李宝库　是为那事吧？不用找了，郝连长已经给我说了。

阿　琳　什么事？

李宝库　（比划着）不就是……我们两个……

阿　琳　（明白过来）哎呀你真坏！人家有急事，我们厂的电子控制台出了故障，请郝连长派人去给看看！（喊）郝连长……（回头）再见……

李宝库　再见……（自语）她说我坏？

[马圆圆刚才已经出现在一旁，现在上前。

马圆圆　男人不坏，女人不爱嘛！（摘下墨镜）

李宝库　……圆圆？

马圆圆　坏的不够，废品收购。

李宝库　你……

马圆圆　坏的过头，自作自受。

李宝库　阴阳怪气！（欲走）

马圆圆　哎哎，连话都不跟我说两句就走，这么绝情啊？

李宝库　说吧！

马圆圆　（一笑）你过去可不是这脾气。说心里话，我也希望你赶快找一个。那时候，我嫌你提不了干，一脚把你给踹了，我另外找了个政治条件好的科级干部。想不到那王八蛋一等到改革开放就喜新厌旧丑恶面目大暴露，我一转业，他就泡了个小妞又把我给踹了。我现在跟你一样，也是单身一个，但你千万别往那方面去想……

李宝库　我往哪儿想啦?!

马圆圆　咱俩没缘分，我对做过的事也不后悔，我有我的追求，我会活出个样儿叫那王八蛋看看！

李宝库　也给我看看。（对马圆圆）我祝你追求成功。还有事吗？

马圆圆　没你的事，我是来找郝连长的。

李宝库　他那么忙，你就……

马圆圆　又没找你！

[李宝库扭头下。

[郝建国拎着一只空弹药箱，突然从一个意想不到的地方出现。

马圆圆　哎哟,正找你呢!

郝建国　噢,圆圆。

马圆圆　郝连长……噢,建国……你看我都不知道叫你什么好?

郝建国　随便。

马圆圆　那就叫建国吧。有件事,想请你帮帮我。

郝建国　我能帮你什么?

马圆圆　我正在办出国,临走前想请你帮我突击学一下英语。听说你英语特棒!

郝建国　出国?去哪里?

马圆圆　加拿大,毛里求斯,同时在办,哪里先办好就去哪里。

郝建国　我能不能问一下,你出去干什么?

马圆圆　哎,发展呀,挣钱呀!我当过护士,懂护理;转业后又当过出纳,懂财务;最近正在跟人合伙做生意,经商也懂一点。像我这种情况,出去最有用啦!

郝建国　圆圆,这事你可要慎重,要现实一些。

马圆圆　现在是出国潮呀,好多人都在出国,这就是现实。别人能办到的,我为什么办不到?我就是要争这口气,我不信就比别人差!

郝建国　圆圆,这……这叫我怎么说呢?

马圆圆　你就帮我辅导一下英语吧,我现在就会说 Yes、No、还有 Goodby,我总不能出去连"厕所在哪儿"都不会说吧?

郝建国　这得有空,可我最近太忙……

马圆圆　(有点撒娇地)你就帮帮我嘛,帮帮我嘛,人家以后从国外回来会专门看你来的……

郝建国　让我想想,看能不能安排出时间。就这样吧,我那边还有事,再见!(急下)

马圆圆　哎,人家还有话要问你呢……(嘟囔)这人!……

　　　　[暗转。

　　　　[复明。郝建国拿着一个纸袋上,翟向东拎着刺杀训练用的木枪迎面走来。

郝建国　翟副连长,我正要找你。

翟向东　俺也找你,告个别。

郝建国　说走就走？不再待两天？

翟向东　反正早晚得走，三营有两个老乡今天晚上的火车，正好跟他们一路。

郝建国　可是……曹指导员探家，就在这两天回来，要是见不上面怎么行？

翟向东　不见也罢，免得心里头难受。

郝建国　（低下头去）翟副连长，我是你接的兵，到部队后我的每一步成长都离不开你的帮助。尤其是那一年，因收听外国电台的事你冒着风险为我说情，要不然我早复员了。可现在，退伍的却是你……我总觉得为你做得太少，而欠你的太多……

翟向东　建国你别这么说，铁打的营盘流水的兵嘛，谁能保证自己在部队上干一辈子？当然，俺热爱军队，热爱咱们一连，从入伍的那一天起，俺就想着要把一生交给这绿色的军营。可是……怨谁呢？只能怨俺自己文化底子薄。俺努力了，但还是跟不上，真应了你的那句话，俺被淘汰了，这也算俺对百万大裁军做点贡献……

郝建国　翟副连长，这不能叫"淘汰"，咱们军队这几年培养"两用人才"，到地方上好好干，照样会有作为。

翟向东　玩笑，玩笑，在部队这么多年，这点觉悟还能没有？建国，俺有个请求，不知可不可以？这支木枪，跟了俺十几年，俺就是用它练出的刺杀本领，俺想把它带走，做个纪念。

郝建国　行，翟副连长，你就带上它吧。（将纸袋给翟向东）这是曹指导员临探家前放在我这儿的，他说如果他回来晚了赶不上送你，就叫我把这交给你，算是他给你的分别留念。

翟向东　噢？（从纸袋抽出一本书）《高山下的花环》，哈哈哈哈……他给俺说过，叫俺想咱们一连的时候，翻翻这本书，就能看到许多战友的影子。这个老曹，当年给你《学习资料汇编》看，现在给俺看《高山下的花环》，心思可真贼啊！

郝建国　（边笑边拿出一封信）翟副连长，这封信你带上，我有个伯伯在你们地区做副专员，工作安置上有什么问题，你就去找他。

翟向东　哎呀这可太有用了，谢谢你，建国！俺去收拾一下。

郝建国　晚饭为你饯行，咱们喝两盅！

翟向东　好，俺的老弟！

郝建国　向东……

　　　　［两人紧紧握手。

翟向东　（走到榕树下停住，拍了拍树身）再见了，老伙计！（大步走下）

　　　　［郝建国擦擦眼眶，欲走，刘阳拎着绿色帆布旅行包上。

刘　阳　连长，指导员回来啦！

郝建国　噢？

　　　　［曹克明斜背挎包，风尘仆仆地上。

郝建国　（高兴地迎上）太巧了，翟副连长今天晚上走，正好赶上！

曹克明　我就是为这往回赶的，在火车上站了一天一夜。

郝建国　受苦了，来，擦擦汗。（递过毛巾）家里都好吗？

曹克明　好，好。小刘……（对刘阳使了个眼色）

刘　阳　嗳！（回避，下）

　　　　［郝建国诧异地看看走去的刘阳，又看看曹克明。

曹克明　你腰扎武装带干嘛去？

郝建国　检查车辆装备。

曹克明　我以一连党支部书记的名义，批准你今天休息。

郝建国　指导员……

曹克明　把武装带取了。

　　　　［郝建国纳闷地把腰带取下。

曹克明　把帽子摘了。

　　　　［郝建国把帽子摘掉。

曹克明　坐下。

　　　　［郝建国坐下。

曹克明　建国你听着，我来问你一个问题：假如有一个你非常非常爱的女人，她也非常非常爱你，由于某些原因你们没能走到一起，后来这个女人为生活所迫，更为了不影响你的前途，嫁到山区给一个村干部做了妻子，两年后她的丈夫病故，她独自一人熬到现在。她已经不再年轻，不再漂亮，甚至身体也说不上健康。但她心里，一直在苦苦思念着你；她全部的本钱，也就只有一颗思念你的心了！这个女人，你还会要吗？你还会像从前那样爱她吗？

郝建国 （慢慢站起，已经激动得不能自制）指导员，你说的是她？是她吗？……

［曹克明从挎包拿出那部米黄色收音机。

郝建国 （睁大了眼睛看着收音机，伸出两只颤抖的手想摸，又没有摸。猛地，他上前抓住曹克明的双肩，摇晃着吼道）你不是去探家！快说她在哪儿？她在哪儿呀？！……

［刘阳扶着明惠缓缓走出上。这时的明惠虽饱经沧桑，但一双眼睛依然是那么明丽。

［明惠深情地看着榕树。

［郝建国轻轻叫了声"明惠"，就再也喊不出话来。

［两人久久地互相对视着，慢慢走近……

［曹克明背过身去抹泪。

［明惠猛地转身扑到榕树上恸声哭泣……

［收光。

第三幕

［九十年代中。

［一连营区周围的变化可谓翻天覆地，昔日的山岭几乎完全被高楼大厦所覆盖，一座座漂亮的现代化建筑折射出特区建设的风貌。附近的那个渔村，已经与整座城市融为一体，再也找不到它过去的影子；从前渔民避风的海湾，已被建成繁忙的港口，隐约可见那儿停泊着几艘巨轮。

［一连营区内也发生了很大的变化，原来的石垒平房被几座白色楼房所代替。操场边上，整齐地排列着各种车辆。原先写在营房墙上的"提高警惕，保卫祖国"八个大字，现在则原样写在高高竖立于楼顶的八块板牌上，显得格外

醒目。

［嘹亮的集合号声、整齐的跑步声和番号声。幕启。一连战士身着87式迷彩服，头戴迷彩钢盔，携带现代通信装备，全副武装，横向列队。队前站着李宝库和高海。

李宝库 同志们，继八八年为配合实行军衔制而发放的87式服装之后，今天又在你们一连试点装备了适应现代战争特点的新式迷彩军服。这是党和人民对我们的关怀，是我军被装建设史上光辉的一页，体现了我军革命化、正规化、现代化建设的新貌。我们要以此为动力，搞好……噢，下面还是请你们连长……
（朝高海做了个手势）

高　海 李处长已经作了指示，我没什么说的了。让我们穿着这身新军装，走向演兵场，为打赢高技术条件下的局部战争而刻苦训练！大家说，能不能拿出好成绩？

众战士 能！

高　海 好，目标——电子对抗演习阵地，出发！

［九十年代流行军营的《一二三四歌》……

［舞台转暗。黑暗中只见雷达侦察和通信干扰的荧光屏显示着各种动态，定点光照出旋转着的雷达天线以及通信天线。天幕上，弹光如梭，火箭飞曳，呈现出电子战的各种意像。

［键盘敲击声、电波信号声、指挥员和操作手的口令声重叠交错。

［追光中，指挥员郝建国的身影。

［远方，有隆隆炮声……

［复明。

［明惠的洗衣店，"红梅洗衣店"的招牌挂于门前。明惠和几名员工正在店里忙碌着。这时的明惠很是憔悴，由于劳作，几缕长发被汗水粘在脸上。

明　惠 阿肖，把这些军装熨一下，今晚送过去，明天他们就可以穿了……阿萍，这件衣服上有一粒扣子松了，拿针线缀缀……小张，再去收些衣服和被单来，注意在床下面找，战士们喜欢把脏衣服塞到床下。他们刚演习回来，脏衣服肯定不少……

[吩咐完这些，明惠端起一只大盆军衣准备去洗，她可能是太累了，一阵晕眩，急忙扶住了门框。

[郝建国从店里面走出，他脚蹬水靴，高挽衣袖，拎着几套洗好的衣服往衣架上挂。他身后，跟着刘阳，刘阳正死缠烂打地向他要着什么。

刘　阳　团长，你就给我嘛，给我嘛……

郝建国　我说了，还不太成熟。

刘　阳　您这是谦虚，高连长叫我一定要拿到手，连里搞演习总结，正好用得上！

郝建国　这个高海呀，我就不该给他看。

刘　阳　郝团长，你还是一连出去的呢，就不能优先给咱们一连吗？

明　惠　老郝，刘指导员跟你要什么要了半天了，你就给了吧。

郝建国　（迟疑了一下，抬起双臂）好，好，听夫人的，在右边口袋，自己拿吧。

刘　阳　嘿，还是嫂子的话管用！（从郝建国的衣袋掏出个纸笺，展开一看，高兴地）敬礼，团长！（跑出）

明　惠　（笑）来，帮我把这抬进去。

郝建国　让我来！（有力地端起那盆衣服，下）

[明惠在后面心疼地用毛巾拍打着郝建国背上的灰尘，跟进。

[刘阳跑到外面后，拿着纸笺迫不及待地边走边念。

[曹克明上。他听到刘阳的念声，驻足谛听。这时的曹克明已不再斜背军用挎包，而是在腋下夹着一个土红色真皮公文包。

刘　阳　（念）　　分频把守，全面侦察；

把握时机，以奇制胜；

守点控面，以逸待劳；

重点压制，阻断要害；

自侦自扰，侦扰结合；

快速跟踪，以快制变。

曹克明　好！

刘　阳　（慌忙敬礼）曹副政委，一连指导员刘阳，请你指示！

曹克明　（还礼）你念的可是"电子进攻六战法"？

刘　阳　是的。

曹克明　是郝团长在这次96'3演习中总结出来的？

刘　阳　是的。

曹克明　我在师里就已经听说了。郝建国这个人，干什么都能干出些名堂！叫大家结合这"六战法"，好好谈谈96'3演习的体会。我一会儿到连里去。

刘　阳　是！（下）

曹克明　（抬头打量着洗衣店）红梅洗衣店……

[明惠从里走出。

明　惠　老曹！……建国，快，曹副政委来啦！

[郝建国出。

曹克明　建国也在这里！

郝建国　上午休息，我来帮她做点事。

曹克明　噢，辛苦辛苦！

明　惠　（搬过一把凳子）老曹，坐。

曹克明　我来一连搞这次演习的总结试点，顺便到这儿看看明惠。

明　惠　你这么忙，还老惦记着我。

曹克明　关心随军家属，也是我的工作范围嘛。记得当年你来队那次老给战士洗衣服，我说你就像个开洗衣店的，想不到你现在果真开了个洗衣店，让我给说中了，啊？呵呵呵……

明　惠　别的我干不了，为战士们洗洗衣服被褥，也算是我对建国、对咱部队的一点点支持。

曹克明　岂止"一点点"啊？战士们把感谢信都写到师里去啦，说红梅洗衣店不光服务好，洗军装军被还一律两折优惠。哎，这可不行啊，支持是支持，可不能优惠这么多。商品经济了嘛，赚不了钱这店怎么开下去？

郝建国　不会赔的，她把洗便服盈利的钱补贴给军服，正好拉平。

曹克明　反正要是赔了，就拿建国的工资顶！（笑，站起）建国，我今天还带来个好消息，国防大学要办一个高级战役指挥进修班，学制两年，我们集团军把唯一的一个名额给了你。

郝建国　太好了！可我……能行吗？

曹克明　你当之无愧。这也是咱们老一连的光荣，是明惠的光荣。只是……这两年明惠更得辛苦了。

明　惠　（高兴、激动地）太好了，他能上国防大学，我甜都甜不够呢，哪谈得上苦啊！

曹克明　我就知道你会这么说。九月初开学，你们两口好好……啊，我到连里去了。

明　惠　老曹，等等……（从架板上拿下一只胶袋）这给你。

曹克明　什么？

郝建国　一双袜子，一双布鞋；袜子是她用细绒线织的，布鞋是她用麻绳一针一针纳的。她说那年你为去找她，在山里转了六天六夜，把鞋底都磨穿了，最后你见到她时，脚上的鞋是用藤条缠着的，血都渗了出来……她一直念叨，一定要亲手给你做双鞋，亲手给你做双鞋……

［明惠笑着，眸子里却涌满泪水。

曹克明　（拿出鞋和袜子捧在手上，不知说什么好）明惠，我谢谢你，谢谢你……（为了不使眼泪流出，赶紧走下）

郝建国　明惠……

明　惠　建国……（很累似的把脸靠在他的胸前）国防大学……建国，我真为你高兴……

郝建国　明惠……（无限疼爱地拥着明惠，用手轻轻抚摸她的头发……蓦地，他感觉有些异样）明惠……明惠……

［明惠像睡着了似的没有反应。

［郝建国一动，明惠的身子瘫软地向下滑去。

郝建国　啊？（抱住明惠惊呼）明惠！你怎么啦？明惠——！

［暗转。

［复明。一连营区门口。

［天蒙蒙亮，繁星般的灯火和五彩缤纷的霓虹灯正在渐渐隐去。一连驻地已

经变成了闹市区，营区大门就对着马路，可听见来自街上的各种嘈杂声。

［李宝库拎着满满一兜食品匆匆走上。马圆圆推着一辆贴有"孕妇康"和"婴儿宝"广告的食品车从营区门前经过。

马圆圆　（边走边叫卖着）孕妇康……婴儿宝……（一辆汽车呼啸着贴她身边驶过，她惊叫着一跳，回头喊）会不会开车?!……（她擦擦溅到裙子上的泥水，继续叫卖）

［李宝库听到叫卖声，折回到食品车前。

李宝库　这"孕妇康""婴儿宝"，吃了管用吗？

马圆圆　管用！吃了"孕妇康"，孕妇早健康；吃了"婴儿宝"，婴儿长得好！来，买一些吧！

李宝库　好，各买五盒。

马圆圆　六盒吧，六六大顺，图个吉利。

李宝库　行！

马圆圆　你这人痛快，准是个好老公和好父亲。（将装好的袋子给李宝库）一盒十元，总共一百二十元。

李宝库　给。（在付钱的当儿与马圆圆的目光相遇，不禁一怔）啊？你……

马圆圆　宝库?!（急忙巡视周围）这是哪儿？我怎么走到这儿来啦？

李宝库　这是一连的大门口呀！圆圆！你怎么……

马圆圆　（一阵尴尬，但很快就摆脱开，朗朗笑道）推销产品，自销自救！

李宝库　（惊诧地）你……不是出国去加拿大了吗？

马圆圆　他妈的三万元办了个假护照，给骗了！国没出成，还叫安检扣住，当坏人审查了半天。我嫌丢人，这些年一直躲着不让你们知道。后来，听说做传销能赚大钱，我就上线下线地做传销，洗洁剂，减肥茶、摇摆机，什么都做，寻思着得把没出成国这口气争回来，结果是坑了人又被人坑，也砸了！我只好到一家保健食品公司找了份工，想着平平常常地做点事算了，谁料这两年公司不景气，连工资都发不出去，只好把产品折算成工资发给大家，叫各自去想办法推销。唉，当初郝建国一再劝我不要做出国的梦，我没听他的话。我这人哪，心比天高，命比纸薄，怨谁呢？……

李宝库　圆圆,你有什么困难,尽管说!

马圆圆　放心吧,我不会一辈子都推这辆小车的。你这些年怎么样?哇,已经是上校了,什么职务?

李宝库　军后勤部军需处长。

马圆圆　噢,团职啦,进步满快嘛!爱人是干什么的?

李宝库　应该算……工人,工人。

马圆圆　我跟你一样,后来再找的也是个工人。工人阶级好,关键时候靠得住!(畅怀大笑)孩子呢?孩子上几年级啦?

李宝库　不好意思,才八个月,(比划了个怀孕的样子)这不,我正要去看她。

马圆圆　噢,正怀着呢。来,多带些"孕妇康"去,坐月子要多补……

李宝库　够了够了……那,这钱你要收下……

马圆圆　(用当年教训李宝库的口气)少啰嗦,把钱收回去!(将袋子塞到李宝库手中,突然有点哽咽地)没别的,就算是我这个当过兵的人……对还在当兵的人……的一点心意……(推起食品车走去)

李宝库　(有点酸楚地)圆圆……

马圆圆　(回过头来)郝建国和明惠的事我听说了,代我向他们问好;你告诉明惠,就说一个在大街上推销产品的女人说的:她是世界上最幸福的女人……(吆喝着走下)孕妇康……婴儿宝……

[李宝库呆呆地望着马圆圆的背影。

[暗转。

[复明。郝建国和明惠的家。这已经不是他们结婚时的那间屋子,这是刚搬迁的新宅,室内的陈设虽然有了些现代化的东西,但一些布置却跟当年非常相似,比如依然贴在墙上的红"双喜"剪纸。

[明惠正满头大汗地打理着屋内的摆设和卫生,郝建国上。两人都像是有什么沉重的心事,但又不想让对方觉察。

明　惠　(听到脚步声)你回来啦。

郝建国　哎呀你这是在忙什么呀,要累坏的。(夺下明惠手里的抹布)

明　惠　没事，我能行。

郝建国　（打量屋子）你今天是怎么啦？把屋子收拾得这么干净。

明　惠　化验单取回来啦？

郝建国　取回来了，没、没什么问题。

明　惠　（不经意地）是吗？

郝建国　（掩饰地在衣兜里翻）哎，哪儿去了？就装在这里的嘛……嗨，弄不好掏东西时掏丢了。医生说啦，都挺好的，就是血糖有点低。不要紧，看，我买了些药，吃几个疗程就会好的。

明　惠　（接过药袋，平静地）既然不要紧，买这些药干什么。

郝建国　哎，小病大治嘛！过几天，我还要带你去广州的大医院看看，然后带你到桂林、西安、北京等地旅游一圈。这么多年了，我还没有陪你去哪儿玩过。

明　惠　陪我玩？再过半个月就是开学时间，你不去上国防大学啦？

郝建国　（回避开明惠的目光）我……不去了。

明　惠　为什么？

郝建国　军里有比我更优秀的人，我想把这个名额让出去。

明　惠　（仿佛印证了什么，呆呆地）让我给猜对了……

郝建国　明惠，你怎么了？

明　惠　（突然反常地爆发）你在撒谎！你以为我什么都不知道吗？今天一大早我就到医院去问过了！

郝建国　（紧张地）你……问过什么了？

明　惠　我的病，我骗医生说我全知道了，医生就都告诉了我……

郝建国　（不自然地）玩笑，医生一定是在和你开玩笑。

明　惠　别再瞒我了，我得的是白血病，而且已经到了……中晚期……

郝建国　明惠……（懵怔着说不出话来）

明　惠　这些日子，你一有空就往家跑，又是洗衣，又是做饭，上个星期的野外训练你都没有参加；现在，你又因为我的病，连学都不去上了。你……你这是在疼我呢还是在揪我的心？

郝建国　明惠，你这病……我不能撇下你……

明　惠　你老毛病又犯了！这么多年了，你还不了解我吗？我能和你夫妻一场，就是所剩时日不多，我也心满意足了；我不怕死，怕的是你没有了志气。我为什么要回来找你，为什么要开洗衣店，不就是想给你出把力，让你安安心心地工作吗？可你现在尽想的是陪我出去旅游，陪我看病……我不要你陪，我不能扯了你的后腿！我已经想好了，回老家去，等你上完学了，我要是还……就再回来……

郝建国　（这才发现放在墙角的衣箱，扑过去拎起）明惠你真的要走？

　　　　〔明惠坚决地点点头。

郝建国　（放下衣箱）你真傻！你知道眼下最要紧的是什么吗？是给你治病！我已经联系好了医院，找好了偏方。这种病现在能治好，看看，报上登了这么多能治好的病例（掏出一沓剪报）。我一定要让你康复，我不能失去你呀，明惠……

明　惠　这几年老家的条件好了，回去也能看病。（深情地打量着屋子）吃的、用的，我都已经归整好了；这里冬天挺冷的，晚上要盖厚一些……

郝建国　（紧接，回忆地）开了春潮湿，别忘了把被子和衣服拿出去晒晒……

　　　　〔明惠蓦地一震。

　　　　〔天空隐隐滚过一阵沉闷的雷声。

郝建国　听到了吗？明惠，要下雨了。当年你就是在这雷声雨声中走的，难道我们现在在这雷声雨声中又要再分别一次吗？

　　　　〔明惠掩面抽泣。

郝建国　（恳求地）明惠，我答应你去上学，你也答应我留下来治病吧。曹副政委已经做了安排，一切都会好起来的！

　　　　〔一声惊雷，雨声大作。

明　惠　建国……（扑到郝建国怀里恸哭）

郝建国　（紧紧抱住明惠）明惠……

　　　　〔曹克明上，腋下夹着那只土红色真皮公文包。

曹克明　（抹着脸上的雨水）好大的雨啊！

郝建国　（急忙与明惠分开）曹副政委……

明　惠　（掩饰地）老曹来了，快坐！

曹克明　（打量着新屋）恭喜你们乔迁新居。哟，"双喜"！简直就像个洞房嘛！

郝建国　结婚都十年了，她总是要在屋里贴上这"双喜"剪纸。

曹克明　这好，天天做新娘，天天做新郎啊！

明　惠　老曹你坐，我冲茶去。（下）

[等明惠一走，曹克明起身靠近郝建国。

曹克明　（小声）明惠知道了吗？

郝建国　知道了。

曹克明　啊？……

郝建国　她这一生太苦了，好不容易和我在一起过了十年就又……我实在不忍心让她知道自己得的是白血病，可又瞒不住她……

曹克明　我已经托广州、北京、上海的熟人在打听，看哪家医院好。阿琳也开始在工厂搞募捐了，还有咱们老一连百十号人，要血出血，要力出力，一定要给明惠把病治好！

郝建国　（沉重地）医生说，她最多还有……两年时间……

曹克明　两年？！

郝建国　老曹，你知道我现在想什么吗？我真想抱着你，大哭一场！

曹克明　建国……（紧紧握住郝建国的双手）

[两人都落下了泪，但怕被明惠看见，急忙擦去。

曹克明　这些年我一直在后悔，当初怎么就……听明惠说她弟弟已经回来了，他是被人骗出去的嘛。

郝建国　老曹你又提这事了。那时有那时的政策嘛，当时我要在你的位置上，可能也会那么做。你就不说说，为我和明惠的事，你吃了多大的苦，帮了多大的忙啊！

曹克明　（摇摇头）建国，你就别再安慰我了……

[明惠端茶水上。

明　惠　老曹，叫你久等了。

[郝建国急忙上前接住茶盘。

［曹克明用异样的眼光看着明惠。

明　惠　（一笑）老曹，你怎么这样看我呀？

曹克明　噢……（既是掩饰又是本意地用手指指自己脚上的布鞋）

明　惠　你都穿上啦，合适吗？

曹克明　恰如其分！就像是量着我的脚做的。

明　惠　是建国弄了你一双旧鞋回来。

曹克明　我说呢，原来是有人卧底啊……

［翟向东边上边张望着。他西装笔挺，手拎提箱，看上去与先前判若两人。

翟向东　请问这里是郝建国的……

郝建国　（一眼认出）翟副连长！

曹克明　向东！

明　惠　老翟！

翟向东　明惠！……老曹！……建国！你们都在这儿啊！

［三位战友异常激动地拉手、拥抱，明惠在一旁看得热泪盈眶。

明　惠　老翟，快坐下歇会儿，先喝口茶。

翟向东　（接过茶水欲喝，又放下）不喝茶，拿酒来喝！

郝建国　（一怔）拿酒！拿酒！有一瓶五粮液，在书柜上。

明　惠　嗳！（进屋）

曹克明　我说老翟，你也不打声招呼，怎么就突然冒出来啦？

翟向东　俺是到广州参加交易会来的，到了家门口，要是不回来看一眼，你们肯定生气，俺心里也不舒服。另外，俺还要向你（指郝建国）祝贺呢！（从衣袋掏出一张报纸，念）"为打赢高科技条件下的局部战争而情系国防——记某部团长郝建国"。

郝建国　（笑）老翟的心思呀，还在咱们部队上呢。

明　惠　（拿酒和小碗上）都是当兵的，就用碗吧。

郝建国　我来！（往碗里倒酒）

明　惠　这样干喝怎么行？我买点菜去。

翟向东　不用了，干喝就行！

明　惠　在这吃午饭，总得有几个菜！（拎起菜篮欲下）

郝建国　等等。（拿过一顶雨帽给明惠戴上）

明　惠　雨不下了。

郝建国　遮遮太阳。

明　惠　哎，你怎么也这样看我？

郝建国　噢……早点回来……

明　惠　（笑）放心，丢不了。（下）

翟向东　老夫老妻了，还粘乎啥？来来来，咱仨先干一碗！

[三只碗相碰，喝下。

曹克明　看样子在地方上干得不错嘛！

翟向东　马马虎虎。（又独自喝了一口）建国写的那封信起了大作用，俺受照顾分配到工贸公司，当副总经理。谁想得到，我一个舞枪弄棒的人，如今变成了生意人。哈哈哈哈……

郝建国　变化本身就是一种进步。怎么样，在地方上这么些年肯定有不少感受吧？

翟向东　那可就太多啦，归结成一句话，那就是咱当兵的在部队上学会了很多很多，但是在社会上还有很多很多没学到啊！你们还记得我带回家去的那支木枪吗？至今它还在我办公室的墙上挂着，我把它作为一面镜子，时时告诫我不能忘了咱人民军队的好传统，同时在工作中又不能老是停留在刺刀加手榴弹上，啊！

[三人会意地大笑。

曹克明　好，没丢了咱当兵人的魂！

郝建国　咱当兵的在部队上学到很多很多，但在社会上还有很多很多没学——翟副连长这番话的确是酒后真言啊！曹副政委，我看就让翟副连长多留几天，给部队官兵讲讲课。

曹克明　雁过拔毛，好哇！

翟向东　你们……好好，不扯俺的事了，说说你们吧。李宝库呢？听说宝库当了军需处长？

郝建国　哎，今天星期天，说不定他看阿琳回来了，一会儿叫他过来。宝库可真有意思，阿琳马上要给他生了，他一高兴，上个休息日拎了两瓶酒来跟我喝。酒过三巡，他一把抓住我的手说：老郝，你知道我看到阿琳一天天鼓起来的肚子时在想什么吗？我心里突然冒出一种羞愧感。我套他的话：你羞愧什么？他说：你还记得当年咱们连养的猪不长猪肝猪肚的事吗？那是我为能当上司务长，有段时间连里每次杀猪，我都把猪肝猪肚拿去送……送给了谁你们也都明白。要是我孩子长大后知道他父亲做过的这事，心里会怎样看他的这个父亲啊？

曹克明　那些猪肝猪肚，有几次是送给我的，我虽然觉得不应该收但还是收下了。你说我他妈的怎么就、就就……

［三人乐。

翟向东　老曹，你这一说俺想起来了，俺记得你原来一直背的是黄帆布挎包，现在换成了这个，是不是当了师副政委，连包带里面的东西全换了？

曹克明　可以看看！（打开公文包）还是老三样：领袖文选、学习材料、读书笔记。不过，现在多了电子记事簿，还有……都是些经常要用的东西。

郝建国　曹副政委过去的军用挎包，只装精神文明没有物质文明；现在的公文包，把精神文明与物质文明一起装了！

曹克明　不在乎包里装什么，关键看脑袋里装什么。我经常回想往事，每个时期、每个阶段，我作为政工干部履行的职责在当时看来都没有错，可是走过来再回头看时，发现有一些事又变成错的了。这使我迷惑和苦闷，我对此做过深深的思考。但改革开放打开了我思想的窗户，我发现这个看上去很复杂的问题，答案其实又很简单，那就是政治思想工作，一定要实事求是！

［李宝库搀着挺着大肚子的阿琳上。

李宝库　老翟！

翟向东　宝库……阿琳……

李宝库　刚才碰到明惠去买菜，说翟副连长回来了。

阿　琳　（看着翟向东）没多大变化，就是胡子长多了。

翟向东　阿琳变化可是大了，发展成了这样（比划了个怀孕的手势），啊？呵呵呵……想起来真有意思，当年宝库说你偷衣服把你抓住，结果给自己抓了个媳妇；你狠狠地咬了他一口，结果给自己咬来个老公……

[众乐。

郝建国　（给阿琳搬过一把椅子）阿琳，坐。

曹克明　外行了吧？孕妇这个时候要多站，多活动；再说，她也坐不下去呀。

阿　琳　谁说的？（缓缓坐下）

[众又乐。

翟向东　哪天生啊？

李宝库　正常的话应该是九月三号的中午十二点，还有八天。

翟向东　八天？说不定俺还能赶上见小侄子哩！

阿　琳　那就太好了。

曹克明　有名字了吗？

李宝库　郝团长已经给起好了。如果按点生，九月三号正好是抗日战争和世界反法西斯战争的胜利纪念日，郝团长就给他起名叫胜利，李——胜——利！

翟向东　这名起得好。咱这孩子一生下来，就像当年宝库发服装时说的，是对国内外反动派的当头一棒！

李宝库　老翟你呀……

[众笑。

[阿琳却转过脸去抹泪。

翟向东　阿琳咋啦？

阿　琳　（哽咽着）一到这种时候……就想起明惠姐……

[场上变了气氛。

翟向东　哎，明惠怎么啦？……明惠怎么啦？……

曹克明　明惠得了白血病，中晚期……

翟向东　啊？真的？……（抓住郝建国的胳膊）建国，怎么会是这样？你和明惠咋就这么不顺啊！

郝建国　（平静地）不，我们很顺。人生两件大事，一是事业，一是爱情；事业我们有了，她的事业在洗衣店，我的事业在军营；爱情我们也有了，她非常非常爱我，我也非常非常爱她……（走过去盛酒，端起酒碗）今天翟副连长回来，我们四个老战友聚齐一次也不容易，来，让我们一起喝它个够！

［明惠提着满满一篮菜上。

明　　惠　　等一等！

阿　　琳　　明惠姐……

明　　惠　　（放下菜篮）这酒，我也要喝上一点。

翟向东　　（上前两步）明惠……

明　　惠　　哎？老翟你怎么也这样看我？

郝建国　　好，明惠就喝上一点！（连忙给明惠一只酒碗）

［阿琳挽住明惠的胳膊。

翟向东　　（激动地看看每一个人）不说点什么吧？

李宝库　　说什么也说不够啊。

曹克明　　能说够也不好说啊。

阿　　琳　　说出来就不在心里了。

明　　惠　　端着酒还用说什么？

郝建国　　（沉默片刻）那就什么也不说了。来，干！

众　　人　　（高高举碗）干——

［收光。

尾　声

［两年后。大榕树下。

［栖落在大榕树上的翠鸟啾啾啼鸣。那棵榕树经过多年的风风雨雨，树干更粗、树冠更大了，许许多多的根须从树冠垂直而下，充满生机。

［郝建国推着坐在轮椅上的明惠缓缓走上。明惠远远地就一直仰脸望着树冠，眸子里闪着激动的亮光。

明　　惠　　这棵榕树长得真旺啊……你去上学的这两年，我常常做一个梦，梦见有一只双头怪兽总想把我从你身边拖走，但它怎么也拖不动我，原来呀，我的命就像是这棵大榕树，有许许多多的根，扎在地里，很深很深……

郝建国　你要是这树根的话，我就是你的地……

明　惠　你本来就是我的地嘛。有了你，我这辈子什么也就都有了。只是……到现在给你还没生个孩子，这一病又成了你的拖累，我心里……

郝建国　明惠，你又这么说？这两年我没耽误去国防大学学习，你的病经过几次治疗也好了许多。这次组织上给了我一个月的假，让我陪你再去做一次复查，你很快就能站起来了。

明　惠　要那样的话，可就真是奇迹了。

郝建国　要相信，奇迹是会出现的！

明　惠　（回头按着郝建国的手）等我病好了，我真想给你生个孩子。你说，我要是真能生的话，你喜欢要男孩还是女孩？

郝建国　男孩女孩我都喜欢！

明　惠　只能选一个呢？

郝建国　那我就要女孩，女孩长大了一定像你。

明　惠　我要男孩，男孩长大了能像你一样去当兵。

　　　　〔二人笑。

　　　　〔李宝库和阿琳上。

明　惠　宝库、阿琳来了。

李宝库　建国，明惠，我来向你们告别，上级调我去驻港部队工作，明天就去报到。

郝建国　去了好好干，宝库，咱是从一连出来的，到了那里，别忘了代表一连的老兵，向飘扬在香港上空的五星红旗敬礼！

李宝库　我记住了！

阿　琳　明惠姐，我的制衣厂昨天开业了，这是工厂做出的第一套衣服。（将一套服装送到明惠手上）

明　惠　阿琳做老板了！（看衣服）啊？结婚礼服……

阿　琳　明惠姐，二十年前你送给我的自己准备结婚穿的衣服，和郝团长送的那身军装，我一直保存着，现在我把它们放在了我工厂的样品陈列室里。这套结婚礼服，是专门为你做的。

明　惠　专门为我？

阿　琳　今天是你和建国大哥的结婚纪念日。走，去穿上试试。

明　惠　阿琳，你可真有心！（阿琳推着下）

　　　　［曹克明、高海、刘阳和一连的战士们来到树下。

郝建国　曹副政委！

曹克明　我来宣布两个好消息：一是为了加快部队向质量效能型和科技密集型的转变，上级又给一连分配来了五名大学生！

　　　　［五名大学生学员列队上场敬礼，众鼓掌。

曹克明　二是由于一连在科技练兵、立足"打赢"、迅速掌握现代化军事技能和连队全面建设方面的成就，上级决定赋予一连"特种应急作战分队"的职能，并授予"电子侦察第一连"的锦旗！（从身后一战士手中拿过一面锦旗举起，旗上"电子侦察第一连"七个大字醒目耀眼）

　　　　［众热烈鼓掌，高海和刘阳上前接旗。

郝建国　（感慨地）这个"第一连"，不能不使我们想起她的前身"英雄步兵第一连"，想起我们走过的岁月——我们走过的岁月有鲜花也有荆棘，有欢笑也有眼泪；岁月就像是一个不断变化的万花筒，世界在变，国家在变，连队在变，我们每个人也在变。就是在这些变化中，我们的队伍前进着，我们每个人的精神也得到了洗礼……但是有一样东西却一直没变，这就是人民军队的宗旨和职能，它是我们军人的灵魂和生命！不管今后的岁月有多长，也不管今后的岁月有什么风浪，它都将像在过去的岁月里一样，牢牢地、结实地铭记在我们中国军人的心里，激励着我们去迎接新世纪的挑战！……

　　　　［阿琳推着明惠复上，明惠换上了漂亮的结婚礼服，光彩照人。

明　惠　（轻声）建国……

郝建国　明惠！

　　　　［众人的目光投向明惠。静场。

明　惠　好看吗？

郝建国　（激动地）好，好看极了！明惠，让我来还你一个愿吧！

明　惠　还愿？

郝建国　当初我答应过你,还和你拉过钩,说等我们结婚的时候,要在这棵大榕树下背我。可是结婚那天我突然接到去师里集训的命令,没来得及还这个愿就走了。你看,这么多老战友、老朋友,还有一连的同志们都在这儿,今天又是咱们的结婚纪念日,就让我在树下背你几圈吧!

明　惠　(害羞地)哎呀这么多人,我们都不年轻了……

郝建国　谁说的?就是要在人多的时候,让大家高兴高兴。(深情地)明惠,来吧……

[明惠点点头,让郝建国背起,一步一步在树下走着。郝建国此时苦辣酸甜、心潮翻涌,禁不住泪流满面;明惠贴在他的背上,脸上挂着甜蜜、幸福的笑……

[主题歌起——

　　　　岁月是叶绿了又黄,
　　　　岁月是花谢了又开;
　　　　岁月是春雷的轰响,
　　　　岁月是寒冬里飞雪纷扬。

　　　　岁月是步履的匆忙,
　　　　岁月是脸上的沧桑;
　　　　岁月是分别后的守望,
　　　　岁月是相逢时泪的流淌。

　　　　岁月是阳光下的成长,
　　　　岁月是风雨后的坚强,
　　　　啊,岁月是战士用青春谱写的乐章……

[战士们齐刷刷地向他们敬礼。

[幕徐徐落。

[剧终。

　　　(剧本版本:作者提供,2000年原广州军区政治部战士话剧团首演)

·话剧卷·

绿色的阳台

编剧：廖维康

人物表

戴国浩　　男，60岁，文化馆退休干部
夏援朝　　女，45岁，老三届知青
麦大志　　男，26岁，个体书贩
谷　子　　女，20岁，打工妹

[舞台是南方都市的一个旧式庭院，两翼向外伸展，分别作为剧中主人公戴国浩家的客厅和麦大志家的居室。麦家有一狭小的阁楼。院中石桌石凳傍在葡萄架下。请注意，应该特别强调摆满各式花盆的戴家阳台。

时　间　现代
地　点　南方某市

1

[手风琴乐曲清脆悠扬飘飘洒洒。
[戴家阳台。繁花吐艳。
[戴国浩坐在阳台边拉手风琴。
[远处传来海关报时的钟声。
[戴国浩对表，按响一旁的收录机。
[收录机在播送新闻：本台消息，广东省国有企业改革试点从今年起全面铺开，到本世纪末，将在省内建立起70家年销售额30亿元至100亿元的综合

性大型企业集团……

［麦大志推摊车上，神色沮丧。

戴国浩　（放琴，关收录机）大志回来了？

［麦大志唔了声，将摊车搁在院子角落。

戴国浩　不摆摊了？

［麦大志又唔了声，开门欲进。

戴国浩　大志，跟你打听个事。

麦大志　（瓮声瓮气）啥事？

戴国浩　听说居委搬新楼，旧房子想出租？

麦大志　不知道。

戴国浩　你不跟吴主任挺熟？帮我问一下，我想办个培训班。

麦大志　唔。

［麦大志闷闷进屋，入居室，仰面八叉躺倒在床上。

［戴国浩摇头一笑，回阳台种瓜。

［知了嘶鸣。

［谷子背行李上，对着一只旧信封查看门牌，没找到。

谷　子　（怯生生）屋里有人么？

［戴国浩哼起乐曲，未听见。

谷　子　（壮着胆进内）屋里有……（发现戴国浩）老板。

［戴国浩哼得饶有滋味，仍未听见。

［谷子见他忙着，不敢再说，只好将行李放下，等他发现自己。

［知了百无聊赖地嘶鸣着。

［谷子耐不住，上前。

谷　子　老板，种花呀？

戴国浩　不是花，是丝瓜。

谷　子　丝瓜？城里人也种丝瓜？

戴国浩　城里人怎么就……（抬头）哎，姑娘，你找谁？

谷　子　我找……向阳里十七号，巷口阿婆说，就在附近，可拐来拐去找不着。

戴国浩　这就是向阳里十七号。

谷　子　（高兴）真的？您……姓戴？

戴国浩　对，姓戴。

谷　子　在文化馆上班？

戴国浩　对，退休前是在……

谷　子　（惊喜）舅爷！

戴国浩　（愕然）舅爷？

谷　子　（亲热地）表舅爷！

戴国浩　（茫然）哎，哎！

谷　子　不认得我了？我是谷子！

戴国浩　（连忙）认得认得。（寻思）谷子……

谷　子　（盯住他）我阿爸是牛屎坳的福财，我不是帮您在胡豆垅里打过猪菜？

戴国浩　（越听越迷糊）哦……哦……打猪菜？

谷　子　（失望地）不认得了。也是，那时我才八岁，莫说你不认得，连我都……

戴国浩　别着急，别着急，让我想想……牛屎坳？（陡然想起）哎，你的表舅爷是不是叫戴宏昌？

谷　子　（点头）呕，这是您以前给我阿爸写的信。

戴国浩　（笑起来）哦，原来是……姑娘，我不是你表舅爷，戴宏昌是我老同事，原先也住这。

谷　子　（一愣）什么，他搬走了？

戴国浩　五年前就到澳大利亚去了，你不知道？

　　　　［谷子木然。

戴国浩　这阿昌，出国都不打招呼。姑娘，刚从乡下来？

　　　　［谷子神情恍惚，转身默默往外走。

戴国浩　（担心）姑娘，你准备去哪？

　　　　［谷子苦涩地一笑，不吭声。

戴国浩　在这就他一个亲戚？

谷　子　他不是我亲戚，那年下到村里，住在我家，阿爸让我叫他表舅爷。

戴国浩　你特地来找他？

谷　子　（点点头，随即又摇摇头）我是来打工的，来了三日，到处不要人，都说满了满了，去别处看看……要不是方便面吃完了，我也……（泪水夺眶，忙按住嘴巴跑下）

戴国浩　哎，姑娘……行李，你的行李！

〔戴国浩提起行李欲追，一想又改变了主意，转身将行李放在石桌上，进屋取出几包方便面，放在行李旁边，回阳台种瓜。

〔麦家居室。

〔麦大志打电话。

麦大志　黑哥，那书全让工商所抄了，丢！什么，出本正经的书？十大元帅传奇？有没有搞错，这种书也能卖？什么，请一位推销小姐，专门到学校死缠烂磨？你让我上哪找去。再说本钱也没了……你再借四万？好，一言为定！

〔麦大志放下电话，从茶几上拿过香烟点燃，坐下沉思，忽然有了主意，一拍大腿起身，出屋。

麦大志　戴老师，种什么？

戴国浩　丝瓜。

麦大志　丝瓜一块半一斤，种它干啥？

戴国浩　（笑笑）嘿嘿，那也是。

麦大志　居委会不是让咱装防盗网嘛。

戴国浩　大活人，关在笼子里面憋气。

麦大志　戴老师，刚才你不是说想办培训班？

戴国浩　对，少儿音乐培训班。

麦大志　教手风琴能赚钱？

戴国浩　我是义务办班。

麦大志　义务……（窃笑）哦，戴老师要发扬风格。行，吴主任是我哥们，场地我帮你搞定。

戴国浩　（高兴）那太好了！

麦大志　不过，我也想请你帮个忙。

戴国浩　什么事？

麦大志　刚才黑……市教委来了电话，让我出一本……有教育意义的书，我想聘你当编辑……总编辑。

戴国浩　嘿嘿，大志，跟我开玩笑。

麦大志　（不大自然）嘻嘻，实话说吧，我想弄个内部书号，自产自销。说白了，我麦大志出书，还不就盯在钱上？

戴国浩　（笑）唔，这才是实质问题。

麦大志　你看对门王大发，当年也就干了两年赤脚医生，如今都敢给人治肝癌割瘤子，我好歹也上过初中，咋就不敢写文章？俗话说，天下文章一大抄……

戴国浩　（纠正）自古文章修改成。

麦大志　对对，那就全靠您……修改修改了。

戴国浩　大志，先说说文章内容。

麦大志　十大元帅传奇，怎么样？

戴国浩　这方面的书已经出了不少，不如找点现实内容。比方说，介绍抗洪抢险的英雄……去年我们这不是发了大水？政府正在大力抓精神文明建设，宣扬好人好事。

麦大志　这书有人买？

戴国浩　怎么没有，全市中小学生十几万……

麦大志　十几万？！（兴奋）行，就写抗洪英雄！

戴国浩　（沉吟）大志，这种书可不像你以前那些乌七八糟的读物，要真想写，那就听我一句话，得先下去采访。

麦大志　采访？

戴国浩　对了，我保留了一些报纸，有这方面的文章，先找来给你参考参考。

麦大志　哟，谢您了！

　　　　［戴国浩进屋。
　　　　［麦大志望着他的背影，得意地吹起了口哨。
　　　　［谷子匆上，从石桌上提起行李，欲走。

麦大志　（发现）哎，怎么不吱一声拿起东西就走？

谷　子　这是我的行李。

麦大志　你的行李？你是谁？

谷　子　我是来找工的。

麦大志　找工？找工怎么找到这来？

　　　　[谷子欲走。

麦大志　站住！

　　　　[谷子停住脚步。

麦大志　那好，你说，会做什么工？泥水？翻砂？制衣？喷涂？

谷　子　不会。

麦大志　那你会做什么？

谷　子　什么工都能学，什么工都能做。

麦大志　（乐了）哟嗬，好嘴硬的丫头！那好，钟点工你做不做？

谷　子　给钱就做。

麦大志　工价怎么算？

谷　子　工价？（意外）你……真想雇我？

　　　　[麦大志掏出钱包，扔在石桌上。

麦大志　一个钟头多少钱？

谷　子　一个钟头八……不，十块！

麦大志　给我揉一下，给你二十。

谷　子　（惊喜）二十？！怎么揉？

麦大志　身上捏，舒服就行。

谷　子　身上捏？（警觉）不，我不捏。

麦大志　你看，我就晓得你是个逞嘴的丫头，连这都不敢，还出来闯世界？去，回家种地去。

谷　子　（眼一瞪）捏就捏，你能把我吃了。（伸手欲捏）

麦大志　真捏？那好，进屋。

谷　子　在这捏，怎么要进去？

麦大志　躺不下，怎么捏？

谷　子　（环顾）这……

　　　　[麦大志进屋。

谷　子　（欲进又止）老板，你……不会不老实吧？

麦大志　老子要碰你一根指头，不得好死！

谷　子　（连忙）呸呸呸！莫发毒誓，看你也不是那种人。（欲进又止）老板，还是……外头捏好，让人看见，说不干净。

麦大志　这世道，啥干净？

谷　子　（拿定主意）老板，这有凳子，可以坐着捏，外头捏，价格便宜些，一个钟头十块就行。

麦大志　（不耐烦）要捏就进来捏。

谷　子　（坚持）外头捏。八块也行……要不就七块。老板，出来嘛，七块啦！

麦大志　不捏不捏，五块也不捏！（将门关上）

谷　子　（敲门）老板，五块就五块，出来嘛。

麦大志　（恼火，开门）说不捏就不捏，敲门干啥？

谷　子　（连忙赔笑）老板，我进去捏，你莫把门关上。

麦大志　（吼）不捏！（将门轰上）

谷　子　（一怔，忿然）龟蛋！

麦大志　（开门，怒目相视）你说什么？！

谷　子　我说龟蛋。

麦大志　妈的，你敢骂我？

谷　子　（气愤）你捉弄人，我就骂，龟蛋龟蛋龟蛋！

　　　　[麦大志追出，抓住她的行李。谷子奋力争夺。

戴国浩　（拿报纸出屋，惊愕）大志，你们……

　　　　[谷子夺回行李，欲走，头晕，倒地。

戴国浩　姑娘，你怎么了？姑娘！

　　　　[切光。

2

［院落。

［从花盆伸出的瓜蔓，已经将阳台染得一片嫩绿。

［谷子哼山歌上，穿着高跟鞋，显得很不习惯。

谷　　子　（进戴家）戴老师。

戴国浩　（内应）谷子回来了？（端汤上）来，谷子，快喝了，这是生鱼汤，我怕味淡，煲了三个钟头。

谷　　子　（不高兴）戴老师，你又给我煲汤了。

戴国浩　怎么，不爱喝？

谷　　子　（噘嘴）我不是让你别……戴老师，自从你收留了我，让我帮麦老板卖书，给你添了几多麻烦。

戴国浩　（笑）看你，把我当外人了。快喝，我去做饭。（进内）

［谷子感激地盯着他的背影。喝汤。脱鞋揉脚。从怀里掏出一迭钱数起来。

谷　　子　十块、二十、三十、四十、五十……

［麦大志上。

麦大志　（喊）谷子。

谷　　子　哎！（忙把钱装好，出屋）老板回来了。

麦大志　那几个学校都去了？

谷　　子　去了，还签了合同。

麦大志　好，那剩下的书，可以卖出去了。（欲进屋，回头）谷子，帮我把房间收拾一下，有客人来。

谷　　子　哎。（进麦家，整理房间）老板，来的什么客人？

麦大志　采访时认识的。

谷　　子　采访……

麦大志　就是我书上那徐大刚的妻子，姓夏。嗨，她可惨了！发大水那天，一家三口正回到乡下给母亲祝寿，一个浪头下来，把老人家和孩子冲得无影无踪……

徐大刚顾不上家人，在水里一口气救起四五个乡亲，最后他……捞上来的时候，只见他让一个姑娘死死抱住，扒也扒不开。姑娘的哥哥一口咬定妹子识水性，让他给害了，仗着有权有势，又找来七八个人证！就这样，好心救人反落个不清不白，家都给毁了……（忿然）丢，听说那姑娘是麻子，大刚怎么会……你没见过他妻子，要身材有身材，要风度有风度，年轻时百分百一个大美人！

谷　子　（同情）那，大姐她……

麦大志　原先上班的工厂破产了，她也下了岗，日子过得很难。

谷　子　老板，你想帮她？

麦大志　（义气凛然）这还用说！麦大志做人讲良心，我发了她老公的财，起码该让她过得好一点嘛。哎，谷子，乡下是不是有这么句顺口溜：女大三，抱金砖，女大八……

谷　子　抱金娃。

麦大志　那女大十八……

谷　子　就得认干妈。（似乎明白）老板，你要跟夏大姐……

麦大志　（笑）嘻嘻，这合适吗？（陡然又严肃地）哎，谷子，你可别乱说！

谷　子　（感动地）老板心肠真好。

麦大志　得，凭这话，给你每月加五十。（掏钱）来，当场兑现，一共四百五。

谷　子　真的？！（惊喜地接过）多谢老板！（数钱）

　　　　〔麦大志进内，取出一套西装，穿上，系领带，照镜。

麦大志　（哼唱）你到我身边，露出微笑，带来了我的烦恼……

谷　子　（怯怯地）老板。

　　　　〔麦大志嗯了声，对镜穿衣。

谷　子　（如鲠在喉）老板……

麦大志　干啥？

谷　子　（赔笑）你不是说，工资给我加五十。

麦大志　对呀。

谷　子　（递钱）这钱少十块，只加了……四十。

麦大志　是吗？哦，刚才买烟，顺手抽了一张。（取出钱包）来，补十块。

谷　子　不数一下？

麦大志　嗨，你还能骗我？拿着。

谷　子　多谢老板！（接过）

　　　　〔夏援朝上。

夏援朝　麦大志。

麦大志　（出门，局促地）夏、夏小姐。

夏援朝　（一笑）你该叫我大姐。

麦大志　（有些狼狈）哦，夏大姐，屋、屋里坐。

　　　　〔夏援朝进屋。

谷　子　（热情地）大姐，坐。

麦大志　快倒茶！

谷　子　哎，大姐，我给你倒茶。

夏援朝　不用了，（拉她坐下）我不渴。

麦大志　谷子，你……没事就回去吧。

谷　子　哎。大姐，你坐，我回去了。（出屋，入戴家）

夏援朝　大志，这妹子是你女朋友？

麦大志　（连忙）不不，我怎么会……她是打工的，乡下人。

夏援朝　（称赞）长得挺甜。这年头，能找个像她一样的妹子，也是福分。

　　　　〔麦大志干咳两声，一时无语。

夏援朝　大志，找我有事？

麦大志　哦，也没什么大事，那天我到你家采访，正巧屋主催你搬房……

夏援朝　宿舍去年拆建，临时租住那屋。

麦大志　大姐，你的情况我听街坊说了，孤身一人，举目无亲，每月就靠做点零工挣二三百块。

夏援朝　（乐了）谁跟你说的？

麦大志　大姐，我很同情你的处境，我想……

夏援朝　想帮我一把，对吧？

麦大志　对……啊不，互相帮助！我麦大志算不上款爷，可也是条硬邦邦的汉子。我佩服徐大刚的为人，更受不了那口窝囊气。我想把你接来，帮我照看书摊。呶，里边有个阁楼，你就住那。工资方面，保证超过你原先单位三倍！

　　　　［夏援朝哈哈大笑。

麦大志　（纳闷）大姐，你……
夏援朝　（收住笑，认真地）大志，凭你这番话，大姐心里就多了一个小弟。（起身）你的心意我领了，改天再谢。
麦大志　大姐！
夏援朝　放心，我已经搭住在朋友家。再说，我也看好了一间铺子，准备开个云吞店，凑够租金，马上就能开张。
麦大志　租金？（连忙）我这正好有五千块，你先拿去用。（掏钱）
夏援朝　不用，我……
麦大志　（慷慨地）嗨，你这不就见外了嘛，拿着拿着！
夏援朝　（想了一下）那好，我先拿着。大志，我走了。

　　　　［夏援朝出门，正巧戴国浩从屋里出来，两人骤然相遇，呆住了。

夏援朝　戴老师！
戴国浩　你是……夏援朝！

　　　　［两人惊喜地上前握手。

夏援朝　（激动）没想到在这儿见到了你！
麦大志　（出门）哎，你们认识？
夏援朝　他是我的老师。
麦大志　（惊讶）是吗？
戴国浩　（不好意思）援朝当年是青年合唱团的，我教过他们几首歌。来，坐，坐。

　　　　［夏援朝坐下。

戴国浩　援朝，你今天到这……
麦大志　她就是徐大刚的老婆！
戴国浩　（一怔）你？！

　　　　［夏援朝点头一笑。

戴国浩 （感喟）援朝，受委屈了。

夏援朝 （沉默片刻，岔开话题）戴老师，还记得那年你教我们唱海南民歌吗？

戴国浩 海南民歌？

夏援朝 （哼唱）五指山哩，五条河啰，你知哪条流水多啰……

戴国浩 （受到感染，接唱）你知哪条流下海？你知哪条流回来……

[戴国浩、夏援朝唱得十分动情，曲终相对黯然。

夏援朝 （感慨万分）流回来了……

戴国浩 （沉湎）流回……（醒神）哦，回来的好，回来的好。

夏援朝 （苦涩地笑）戴老师，实话跟你说，当年你教会我这首歌，也就把海南那郁郁葱葱的热带雨林扎在我的心里。高中没念完，我随着十万知青大军渡过琼州海峡，到五指山下的军垦农场种了整整八年橡胶……人生可真像春江的水啊，流进了大海，到底还是流了回来！

戴国浩 听说你在兵团干得不错，还被选送回来上了大学。

夏援朝 （自嘲）什么大学，工农兵学员……好了，不提它。（端详，有些伤感）戴老师，你也见老了。

戴国浩 老了老了，拗不过自然规律。

夏援朝 大志，戴老师当年教我们唱歌的时候，刚从音乐学院毕业，头发蓬松，可一丝也不乱，笔挺的黑呢西装，衬着一双反毛皮鞋。

戴国浩 （脸红）那时年轻，有点……小资情调。

夏援朝 可谁都打心眼里钦慕你，说你气度高雅才华横溢，琴棋书画唱歌跳舞，绝对是个全才。

戴国浩 不不，那是你们偏爱，鱼目当珠。

夏援朝 戴老师，师母呢？

戴国浩 去世多年了。援朝，听大志说，你在打临工？

麦大志 人家准备开个云吞店。

戴国浩 云吞店？

夏援朝 （苦笑）戴老师，经商我是逼上梁山的。前些日子，为了大刚的事，我咽不下气，总想找个说法，幸亏市政府做了处理……想起来，那些都是虚的，今后的路，还得靠自己走下去。

戴国浩　是啊，人生这部乐曲，序曲往往有些苦涩……不过援朝，请相信一点，华彩乐章在后头。

夏援朝　戴老师，我信。

戴国浩　话又说回来，做生意不容易，你毕竟是个单身女子。店里有了难处，招呼一声，别忘了还有我这……哦，绝对的全才！

夏援朝　（感激）谢谢！戴老师，我先走了，改天再来看你。（起身，脚软）唉哟！

戴国浩　（关切地）怎么了？

夏援朝　没事……再见。（下）

　　　　[戴国浩目送夏援朝离去，长长叹了口气。

麦大志　（欲回屋，想起）戴老师，你的编辑费。（掏钱）

戴国浩　（纳闷）编辑费？

麦大志　就是那书……嘻嘻，说是编辑，还不都靠你写出来的。

戴国浩　（连忙）别别，大志，眼下印刷费用很高。

麦大志　哎，我麦大志能让人白干活？拿着拿着！（塞到戴国浩手中）

戴国浩　哟，这么多？

麦大志　不多，两千。

　　　　[戴国浩坐在石凳上，一本正经地数起钱来。

麦大志　（乐了）戴老师，你怎么也像谷子那样数钱？

戴国浩　嘿嘿，数钱的感觉确实不错。（感喟）大志，我从来还没一次拿过这么多钱哪。

麦大志　嗨，人家大款现在都不用数钱了，把钱摞在一起，用尺量。

戴国浩　那倒是。（想起）大志，培训班的事……

麦大志　吴主任说了，房子空着也就空着，你义务办班是好事，应该全力支持！他想跟你见个面，听听你的方案。

戴国浩　（高兴）那好，我今晚就去见他！（想起）哎，我该……带点什么去？

麦大志　不用，我已经帮你搞定了……不过，按照行规，你得付一千块中介费。

戴国浩　行。（抽出钱）这是一千块。

　　　　[麦大志接过钱，乐滋滋地回屋。

［戴国浩回屋，取出笔记备课。

［谷子哼着山歌上。

谷　子　（唱）岭岗顶上种布惊，唔使淋水其会生；阿哥同妹谈恋爱，唔使媒人其会成……

戴国浩　（称赞）谷子，你那客家山歌唱得真不错。

谷　子　（笑）我们村的妹仔都爱唱山歌。

戴国浩　唔，就是音准方面有些毛病。对了，我正要办音乐培训班，你也来听听。

谷　子　（惊喜）真的？

［戴国浩点头。

谷　子　可是……我太笨，学不会。

戴国浩　谁说你笨。读了几年书？

谷　子　一年半。

戴国浩　（惊讶）一年半？

谷　子　阿爸说，那是我命好，村里的妹仔，大都连校门都没跨过。男仔也好不了多少，我阿弟今年十五岁，人可聪明了，门门功课一百分！可刚上完小学，又读不下去了。

戴国浩　怎么？

谷　子　穷呗。

戴国浩　（叹了口气）谷子，以后我教你认字。回到村里，你还可以跟着电视学。

谷　子　我们村没电视。

戴国浩　那，乡下有什么娱乐活动？

谷　子　过年舞龙灯，平日打牌赌钱。

戴国浩　赌钱？

［隐隐传来雷声。

谷　子　快下雨了，我还得去拿订单。

［谷子出屋，在院门边，猛然看见什么，大惊失色。

［炸雷。

戴国浩　（出屋）谷子，下雨了，还不快回来！谷子，你怎么了？（上前）出什么事了？

谷　子　戴老师，莫、莫让那人进来！

戴国浩　怎么，有坏人？（连忙）大志！

麦大志　（出屋）什么事？

戴国浩　有坏人！

麦大志　坏人？（镇定自若）哼，敢在老子屋前打劫的，还没生出来呢！（上前）是不是那罗圈腿老头？看我揍他！

谷　子　莫打他，他……他是我老乡。

戴国浩　（愕然）老乡？

麦大志　神经病！

　　　　〔切光。

3

〔戴国浩坐在阳台边拉琴。
〔远处传来海关报时的钟声。
〔戴国浩习惯地对表，按响身旁的收录机。
〔收录机在播送新闻：本台消息，据《羊城晚报》报道，今年四月，广州一家企业在下雨时无偿向路人出借"爱心伞"，希望他们用完后送还回收点，一共借出一万五千把，仅收回一把……
〔戴国浩摇头苦笑，放琴，提桶给丝瓜上肥。
〔夏援朝推着单车出现在台口，停下，提饭盒进内。

夏援朝　戴老师，又给丝瓜上肥？

戴国浩　闲得慌，碍碍手。

夏援朝　不行，不能天天浇。人家瓜都上了市，这连花骨朵儿也没有，全发在藤叶上了。

戴国浩　对，有道理。（仍不停手）

夏援朝　哎，有道理你还浇。

戴国浩　嘿嘿，不浇了不浇了。（将肥全部浇光）

夏援朝　（笑）看你……也好，不想摘瓜，只图遮风避雨，挡个阳光。

　　　　［麦大志上，喝得醉醺醺的。

麦大志　援……援朝，过来。

夏援朝　大志，你又喝酒了？（忙上前搀扶，进屋）

　　　　［麦大志仰面躺在沙发上。

夏援朝　（皱眉）看你，这几天老喝酒，你怎么了？

麦大志　我……我心里苦哇！援朝，你……你到底搬不搬来住？

夏援朝　我不是有地方住嘛。

麦大志　不，你朋友家光线不好，又潮湿。

夏援朝　不管怎么说，那毕竟是个落脚点。

麦大志　你……你应该把这当落脚点……

夏援朝　看你，喝醉了尽说胡话。快歇着，大姐送货去了。（出屋）

麦大志　哎，援朝！（追出）

夏援朝　戴老师，我走了，这是给你做的三鲜云吞。

戴国浩　哎呀援朝，你是小本生意，怎么好老给我送云吞？

夏援朝　（嗔笑）要这么说，你每天到店里帮忙，我还得给你付工资呢！

戴国浩　这……

　　　　［夏援朝递云吞，欲下。

戴国浩　等等。援朝，我给你写了首曲子，想录了带子拿到店里播放。你先听听？

夏援朝　我把货送去，马上回来。

戴国浩　好。

　　　　［夏援朝出庭院，推单车下。
　　　　［戴国浩拿饭盒回屋。
　　　　［麦大志悻悻地坐在门边发呆。
　　　　［谷子上，欲回戴家，发现麦大志。

谷　子　（发现）哎，老板，你怎么……喝醉了？（忙扶她进屋）老板，我给你泡杯热茶。

麦大志　我不喝……呃！（吐）

谷　子　（一惊）老板，你……

麦大志　没……没事。

谷　子　你看，衣服都弄脏了，快脱了，我给你洗。（拿脸盆）

麦大志　谷子……（盯住她）看来，乡……乡下妹也有好处，会体贴人。

　　　　[谷子低头笑了。

麦大志　哎呀，头……头要炸了。

谷　子　头痛？那，我给你揉揉。

麦大志　揉揉？行，我……给钱。

谷　子　老板乐意我就揉，不要钱。

麦大志　不要钱？谷子今天变……大方了。

谷　子　给老板打工，已经收了钱。

麦大志　那就揉，到……外边？

谷　子　就在这。

麦大志　不怕我不老实？

谷　子　老板是好人，我怕什么。

麦大志　哈，好人？谷子呀谷子，你还没看出……庐山真面目哩，我麦大志其实是个大……大坏蛋。

谷　子　（吃吃笑起来）老板你骗人。说实话，当初我还真怕你心邪呢，没想到你心肠那么好，又帮大姐开店，又给我加工钱，还把救人的事写成了书。那天我老公找上门……

麦大志　什么，老公？那罗圈腿老头……

谷　子　不，他不是我老公。阿爸赌钱输了他五百块，还不起，把我许给了他。我不干，就逃了出来……我再不想回去了，我要挣很多很多钱，把阿弟接出来读书，再也不回那个家！

麦大志　你放心，有我在，他……不敢再找上门的。

谷　子　（感激地）我晓得，他要再来，老板还会挺身而出。

麦大志　挺身而出？（笑）别……别把这词放我身上。

谷　　子　反正，老板就是个好人！

麦大志　（盯住她）你……真这样想？（呐呐）好人……好人……（擦泪）

谷　　子　老板，你怎么了？

　　　　　［麦大志哭起来。

谷　　子　（手足无措）老板……你坐好了，我给你揉揉。（搓揉）

麦大志　别别……（猛然抓住她的手）别揉！

谷　　子　我……揉痛了？

麦大志　（甩开手，回避目光）不是，我受不了，再揉，可就真……害了你。（起身）谷子，你回去吧。

　　　　　［谷子欲走。

麦大志　谷子，住在对面不方便，你搬过来吧。

谷　　子　不用，戴老师说……

麦大志　你给我打工，怎么能老住在别人家里，时间也不好安排。把阁楼收拾一下，下午就搬过来住。

谷　　子　（犹豫）老板……

麦大志　（酸溜溜）没见人家天天往那送云吞，你待在那，这不成了"电灯泡？"

　　　　　［谷子沉思。

　　　　　［电话铃响。

麦大志　（接电话）哪位？水灾受害者？有没有搞错？什么，我……（忙按住话筒，支开）谷子，去帮我买瓶护发素。

谷　　子　哎。（出门，下）

麦大志　（继续）喂，你说什么？我公开兜售内部刊物，大发洪水财？你是……借钱？什么，我起码赚了五万？胡说八道！就算五万，光编辑费就给了人家三万……妈的，要告你就告，老子不吃这套！（搁话筒，进内）

　　　　　［庭院。
　　　　　［戴国浩背上手风琴，清清嗓门，对着石桌上的收录机录音。

戴国浩　（按收录机键）亲爱的观众……不对不对……（连忙按键，重录）亲爱的顾

客，欢迎光临"蓝天"云吞店……（咳嗽）糟，又得重来。（按键）

［夏援朝上，换了一身洁净的衣服。

戴国浩　亲爱的顾客，欢迎光临"蓝天"云吞店！在人生旅途中，有欢乐，有烦恼，有成功，也有挫折，只要心中永远充满爱，你就享有永恒的青春！（拉琴）

［夏援朝不忍打断，站在一旁倾听。

［一曲终了，戴国浩按键关机。

［夏援朝拍手。

戴国浩　援朝来了？（放琴）

夏援朝　戴老师，这就是你写的曲子？

［戴国浩点头。

夏援朝　（赞叹）旋律美极了，我简直都给陶醉了！明天就拿到店里去播放。（喊）大志。

［麦大志出屋。

麦大志　援……嘿嘿，大姐。

夏援朝　帮我个忙，下午有空，跟戴老师到商场挑一台收录机。

麦大志　收录机？

夏援朝　我要去店里搞点音乐欣赏，改善一下饮食环境。

麦大志　（瞪戴国浩一眼）改善什么？饮食环境？

戴国浩　对了援朝，这些天我跑了几家图书馆，搜集了一些面食烹饪方面的资料，你看有没有参考价值……我去拿来。

麦大志　得了得了，云吞就是云吞，不是杂烩。

戴国浩　这……

夏援朝　（连忙）戴老师，快拿来看看。

戴国浩　好。（进屋）

夏援朝　大志，听说居委旧楼腾出来了，培训班的事，办得怎么样？

麦大志　我刚碰见了吴主任，他说，眼下好几个单位都想租用。听口气，这事好像让人撬了。

夏援朝　戴老师知道吗？

麦大志 他呀，中了邪似的备课，我还没敢透气。大姐，你真以为他那些资料有用？

［戴国浩找到资料，欲出门，听见话语，止住脚步。

夏援朝 （沉默片刻）怎么没用，参考一下也是好的。

麦大志 我知道你是在糊弄老头。再说，云吞店放什么音乐，那破手风琴整日嘎嘎嘎吵得人心烦，顾客全得让他赶走……

夏援朝 （制止）大志，别说了，要是没事，你先……对了，你不是想找期刊销售点吗，我帮你跟朋友联系过了，他们同意和你订合同，你回去起个草。

麦大志 大姐……

夏援朝 去呀。

［麦大志只好回屋。

［戴国浩将资料塞进怀里，出门。

夏援朝 戴老师，资料呢？

戴国浩 我真糊涂，都不知塞哪了。

夏援朝 不要紧，仔细找找，明天再看。

戴国浩 （歉笑）援朝，我这人书生气太重，总是……画蛇添足。

夏援朝 （连忙）戴老师，你怎么这样说，云吞店有今日，你已经帮了大忙！

戴国浩 （惭愧）别笑话了。

夏援朝 （由衷地）真的！戴老师，不瞒你说，音乐欣赏、烹饪资料也许不大适用，但我知道，你是真心实意来帮我的，你是用心……来支持我的。戴老师，不管怎么说，你有事没事都要到店里走走，只要看见你，我心里就踏实。

戴国浩 哎，我一定去。

夏援朝 好了，录音带我先拿走。（起身，脚一软）哎哟！

戴国浩 援朝，腿病什么时候得的？

夏援朝 （搓揉）海南岛留下的神经痛。

戴国浩 该到医院看看。

夏援朝 没事，也就偶尔发作。（取录音带，下）

［戴国浩收拾东西回屋。

［谷子拿护发素上。

谷　子　（进麦家）老板。

　　　　　[屋里传来麦大志的鼾声。

　　　　　[谷子将护发素放好，出门，进戴家。

戴国浩　谷子，云吞放在锅里，你先吃。

谷　子　我不饿。

　　　　　[戴国浩出屋，到石桌边备课。

　　　　　[谷子拿出衣服，在门边搓洗。

谷　子　戴老师，你给我们村文化室买电视的钱我寄去了。

戴国浩　（高兴）好，我去农科所找点科学种田的带子，让乡亲们收看。谷子，过不了多久，你们牛屎坳也会富起来。

谷　子　（想起）戴老师，老板让我搬过去住。

戴国浩　哦？

谷　子　他说，我给他打工，住在你家，时间安排不方便。

戴国浩　（想了一下）也好，反正也就隔了堵墙。

谷　子　戴老师，听大姐说，师母是个音乐老师，去世多年了。你也该再找个师母。

戴国浩　（有些尴尬）这……哎，谷子，让你写的日记呢？

谷　子　忘了。

戴国浩　忘了？你看，该操心的不操心，不该操心的瞎操心。

谷　子　（笑）你别打岔，我看大姐就顶好。

戴国浩　不不，别乱说。

谷　子　谁乱说了？大姐她……

戴国浩　这事哪有可能，差距太大。

谷　子　差距？（恍然）哦，你是说，大姐当了经理，是个老板对不？

戴国浩　就是。

谷　子　（叹气）唉，都说打工的不能找老板，不般配。

　　　　　[戴国浩默然。

谷　子　（沉默片刻）戴老师，我们家乡有首山歌，不知你听过没有。

戴国浩　哪首？

谷　子　（哼唱）新绣荷包两面红，一面狮子一面龙……

戴国浩　（接唱）狮子上山龙下海，不知哪日能相逢？

谷　子　戴老师，你也会唱？

　　　　［戴国浩点头。

谷　子　（呐呐自语）一个在山上，一个在海里，看来是……很难相逢的。

　　　　［戴国浩默然。

谷　子　唉，一个人过日子，也太孤单了。

戴国浩　谷子，想家了？

谷　子　（摇头）我就想我阿弟。都出来几个月了，也不知道他现在怎么样，要不是他，我也逃不出来……（黯然）

戴国浩　（忙扯开）谷子，还记得头一回到这儿的情景吗？你那时提着行李，见到我就叫表舅爷。还哭着说：我的方便面吃完了……（笑）

谷　子　（抹泪，笑）我哪里这样说了？哎，我叫你笑，我叫你笑！（撩水追赶）

　　　　［两人亲热地追闹。

戴国浩　别闹了，别闹了。

谷　子　戴老师，你要是我的表舅爷，那多好呀。

戴国浩　（沉默片刻）谷子，我要是当你的表舅爷，你愿意？

谷　子　（惊喜）真的？

　　　　［戴国浩点头。

谷　子　表舅爷……

戴国浩　哎。

谷　子　表舅爷！

戴国浩　哎！

　　　　［谷子幸福地依在戴国浩身旁。

戴国浩　来，谷子，这衣服咱爷俩一块洗。（洗衣服）

谷　子　（忽然想起）哎，表舅爷，你说好笑不好笑，刚才巷口有个人问我，说你得了三万块写书钱，要揭发你漏税呢。

戴国浩　（一愣）哦？

谷　　子　我说别嚼舌头，总共也就两千块。

戴国浩　他这是……从哪听来的？

谷　　子　他说老板告诉的。

戴国浩　什么，大志？！（陡然站起）这不是诬人清白嘛！

谷　　子　我才不信呢，老板怎么会这样说。

戴国浩　（气愤）这小子难说，要真是他说的，我饶不了他！

　　　　［电话铃声。

谷　　子　老板在睡觉，我去接电话。（进麦家，接电话）喂，找谁？老板……他不在……什么，什么？喂，喂！

　　　　［谷子放下电话，惊恐地出屋。

谷　　子　表舅爷，不好了！

戴国浩　怎么了？

谷　　子　刚才那人说老板耍他，出书赚的钱，让老板一人吞了。

　　　　［戴国浩一愣。

谷　　子　（慌乱）他说，叫老板带上两万块，到巷口见面。

戴国浩　（气愤）简直无法无天了！

谷　　子　表舅爷，我去叫醒老板。

戴国浩　（叫住）谷子，这事……还不能告诉大志，他那脾气，闹起来反而糟了。（思忖）哎，他们不是说我得了三万块吗？我去见他们。

谷　　子　那，他们向你要呢？

戴国浩　开玩笑，他们敢！

谷　　子　（担忧）表舅爷！

戴国浩　（想了片刻，狡黠地一笑）他们真要，我就说，全捐给了希望工程……嗨，没事，这种人见多了，你硬他软，邪不压正！等着，我去收拾他们。（倒抄双手，神色凛然下）

　　　　［谷子松了口气，坐下洗衣。

　　　　［突然，巷口传来一声惨叫。

谷　　子　（一惊，痛心）表舅爷——（冲下）

［灯暗。

4

［麦家居室。

［麦大志坐在沙发上打电话。

麦大志　黑仔，要钱冲我来，欺负老头算什么？误会？胡说八道！……以后再来这手，别怪老子不客气！……杂志刚拿到，生意做不做以后再说！（搁电话）

［谷子扶戴国浩上，拎饭盒。

戴国浩　我能走，别扶着。（挣开）

谷　子　（不放心）表舅爷，伤还没好全呢。

戴国浩　（走几步）你看，好多了。（进院子）谷子，回去吃饭吧。（掏钥匙开门）

［谷子进麦家。

麦大志　回来了。

谷　子　老板，你那三千块。（递钱）表舅爷不让我结账，他说他是公费医疗。

麦大志　文化馆欠公医办一屁股债，医疗费早停了。

谷　子　他硬不肯要。

麦大志　不要就算。（装钱）这事，他本来就不该出面。反正我的意思尽到了，大姐那，你要给我作证。

谷　子　（发现杂志）又来新书了？（翻看，惊呼）下流书！（扔下）老板，怎么能卖这书？

［麦大志不吭声。

谷　子　是黑仔让你卖的？

麦大志　（板住脸孔）这事你少管。

［谷子吃惊地盯着他。

麦大志　饭呢？

［谷子递盒饭。

麦大志　怎么又是一盒?

谷　子　我不想吃。

麦大志　肚子还是不舒服?都三天了,上医院,也不看看。(吃饭)

　　　　[谷子上阁楼,从塑料袋里拿出一只萝卜,削皮,吃。

麦大志　(看见)谷子,你吃什么?

谷　子　萝卜。

麦大志　肚子闹毛病,还吃那个?

谷　子　没事,吃了舒服。

麦大志　有没有搞错!(上阁楼,发现塑料袋)哪来的萝卜?

谷　子　买的。

麦大志　买那么多干啥?

谷　子　吃呗。

麦大志　哦,你也想减肥。

谷　子　乡下人,减什么肥。

麦大志　那是……想省饭钱?

谷　子　(点头)谁告诉你的?

麦大志　这几天没见你数钱,寄回家了?

　　　　[谷子摇头。

麦大志　那你的钱……

谷　子　存银行了。

麦大志　你不是每月留一百块生活费吗?哪去了?

　　　　[谷子不吭声。

麦大志　(大声)我问你呢,钱哪去了?

　　　　[谷子抽泣。

麦大志　(吼)你的生活费哪去了?!

谷　子　(哇地哭起来)给人……骗了……

麦大志　(一怔)骗了?谁骗你?是不是那天……那些骗子?

谷　子　(点头,后悔地)人家说遭了灾荒……没想到……他们骗人……

麦大志　（怨然）我当时再三跟你说，别看他们可怜兮兮，全是黑心黑肺的家伙！（纳闷）哎，不对呀，我当场撵走的，怎么，你趁我不留意，追去送钱？

　　　　［谷子点头。

麦大志　你这傻妞，活该！

谷　子　（哭）他们说，再没人帮助，全家只好跳河……我见他们真哭，就……没想到，昨天在城南又见到他们，全让派出所逮了……

麦大志　（更气）你看是不是，后悔来不及了吧？一分一分攒起来的钱哪，让你全打水漂了！那帮家伙，老子一眼就看穿了，可怎么也说服不了你这乡下妹！

　　　　［谷子咬住嘴唇，不吭声。

麦大志　下回可记住了，那帮王八蛋，专门欺负乡下妹。

谷　子　（不满，嘟囔）乡下妹乡下妹……我想给就给。

麦大志　呀呀，你这傻妞，还嘴硬！

谷　子　（气愤，嚷起来）傻妞就爱受骗，乡下妹就愿意受骗！不用你管！（跑上阁楼，伏在铺上大哭）

麦大志　（恼怒）你！好，你愿意就愿意，爱给谁就给谁！我再不管你。（坐下吃饭，难于下咽）妈的见鬼了，人家不吃饭，老子也陪着掉胃口！（愣愣望着谷子，摇头苦笑）这丫头，心肠倒蛮好的。

　　　　［麦大志见谷子仍在哭，心软了，出门而去。
　　　　［谷子擦干眼泪，下阁楼，收拾饭盒。
　　　　［麦大志提盒饭上，进门。

麦大志　（递盒饭）快吃，趁热。

　　　　［谷子不肯接。

麦大志　哦，说几句就记恨？

谷　子　谁记恨了。

麦大志　那还不快吃？

　　　　［谷子仍不肯接。

麦大志　不吃我扔了！（欲扔）

谷　子　（夺过）吃就吃，记我账上。

麦大志　（哭笑不得）跟我分那么清楚！（掏出一封信）你的信。

　　　　［谷子接过，拆开。

麦大志　你阿爸来的?

谷　子　村长。

麦大志　信上说啥?

谷　子　（念）谷子……你好……刘老……刘老贵……

麦大志　拿来，我给你念。

　　　　［谷子把信拿给他。

麦大志　（读）谷子，刘老贵不知从哪打听到你的地址，三番两次进城找你，让人狠揍了一顿……（得意）这是老子干的。

谷　子　（惊异）你打了他？谁让你打他！

麦大志　紧张啥，也就两巴掌，让他补习了一次婚姻法。（继续）回乡后，我对他进行了批评教育，让你阿爸还他路费。刘老贵说，这事算完了，你在外头已经有了老公……

谷　子　老公？（嚷起来）谁有老公了？

麦大志　我吓唬他，说我是你老公。

谷　子　（又气又羞）你乱说什么！

麦大志　（继续读）钱收到了，按你的意思，到城里买回了电视机和录像机。二狗崽从镇上租来带子，天天放，还真管用，乡亲们不再打牌了，情愿买票看武打片，东邪西毒南拳北腿全看光了，十分多谢那位姓戴的老师……（一愣）戴国浩？

谷　子　（点头）他说山里穷，要走科学致富的路，就把退休金和你给的编辑费拿了出来，叫我寄给村长，还到农科所借了带子……哎，可没让他们卖票呀！

麦大志　（妒忌）谷子，要买电视，怎么不跟我说？

谷　子　我没说买，是他……

　　　　［麦大志不吭声，将信还给她。

　　　　［谷子装信。

麦大志　谷子。

［谷子回头。

麦大志　我……（语塞）

谷　子　老板有事？

麦大志　（沉默片刻）没事。

　　［谷子欲上阁楼。

麦大志　（突然将她拉住）谷子！

　　［谷子吃惊地望着他。

麦大志　（瓮声瓮气）要是我跟你好，你答应不？

谷　子　这……老板，你开什么玩笑嘛。

麦大志　（一本正经）谁开玩笑。

谷　子　（睁大眼睛望着他，猛然甩手）不！

麦大志　谷子！（重新拉住）

谷　子　老板，莫这样，咱不可能相好。

麦大志　怎么不可能？

谷　子　你是米，我是糠，好不到一处。（甩开，跑上阁楼）

麦大志　这是谁的混账话？

谷　子　（央求）老板，莫说了，老板欺负打工妹的事，还听得少吗？（躺下）

麦大志　谷子，你听我说！

谷　子　不听，我不想听！（用被子将头蒙上）

　　［麦大志沮丧地倒在沙发上。

　　［戴家客厅。

　　［戴国浩拆开一迭信封，取出一张张精美的生日卡，喜滋滋地摆放在桌上，然后从抽屉里取出一张照片，放在卡片中间。他幸福地沉浸在回忆中。

　　［夏援朝提一袋东西上，进屋。

夏援朝　戴老师。

戴国浩　（一惊，忙将照片塞进卡片中）援朝来了，坐，坐！

夏援朝　（从袋里取出酒菜，风趣地）今天是你的生日，不肖弟子没什么孝敬老师，只

　　　　带来一瓶香槟。

戴国浩　援朝，我不能喝酒。

夏援朝　这酒淡，没事。（倒酒）戴老师，听说那三万块稿酬，真是大志说的。

戴国浩　他也迫于无奈。

夏援朝　这小子，看来挺仗义，没想到还有这心眼。

戴国浩　如今的年轻人，都是那年月过来的……不过，本质还行。

夏援朝　（嗔怪）你呀，太老实，什么人都能容忍，什么事都往好处想，到头来吃亏的是自己。

戴国浩　嘿嘿，我觉得，人能相处在这个世界，那是一种缘分，磕磕碰碰免不了，都去斤斤计较，活得多难受！互相之间，多宽容点不好吗？不是有句话：境由心造，退后一步自然宽嘛。

［夏援朝端出蛋糕，点燃蜡烛。

夏援朝　（调皮地）请寿星公上座！（举杯）祝老师寿比南山！干！（一饮而尽）

戴国浩　（喝，感慨地）援朝，日子过得真快，刚办退休，转眼就过了一年，我呀，都六十一了。

夏援朝　六十一，成名医。年纪大了才叫有知识。（倒酒）

戴国浩　（苦笑）可整整一年，我一事无成。

夏援朝　哎，今天是大喜日子，说点高兴的事。（举杯）来，祝老师……

戴国浩　（连忙）不，这一杯，应该祝你事业有成。

夏援朝　不行，不能反客为主。

戴国浩　援朝，你的云吞如今成了抢手货，连大商场都来订购你的速冻产品，还不该祝贺？干！（喝）

夏援朝　好，干！（喝）戴老师，告诉你一个好消息，云吞店房东要去澳大利亚接家产，把店卖给我了。

戴国浩　（高兴）哦！

夏援朝　我准备重新进行装修，前厅铺上抛光花砖，后房添置不锈钢厨具，二楼是卧室，已经请搞美术的朋友进行了设计，等一切布置妥当，我就有了自己的归宿！（激动不已）

戴国浩 好哇!(举杯)援朝,为你的云吞店干杯!

夏援朝 干!(一饮而尽,有些醉意)戴老师,实话跟你说吧,为了这归宿,我是整整憋了两年的气啊!(倒酒,喝了一口)大刚和孩子去了以后,家……在我心里彻底破碎了,要不是怕对不起他们,几次我都……(喝酒)

戴国浩 援朝,别喝那么急。

夏援朝 戴老师,人家……说我是精明强干的女子,我也常对自己说,人……千万不能活得窝囊。可是……别看我平日说话气冲,其实心里很空虚,时常发怵……顾客的挑剔,同行的排挤,我心里都不好受。特别是……我原先那些朋友,一个个都好像要对我施舍怜悯,我简直心寒彻骨……我觉得自己特别懦弱,有时真想……大哭一场,可我到哪哭去?我能向谁……(抽泣,忙咬住嘴唇)

戴国浩 (连忙)援朝,别……哦,援朝,想哭你就哭。(取出纸巾,递上)

夏援朝 (擦泪)不管怎么说,我现在终于有了落脚的地方,有了可以痛痛快大哭一场的地方。

戴国浩 援朝,你怎么尽想哭?你应该笑才对嘛。

夏援朝 (羞涩地一笑)对,我应该笑,应该痛痛快快地笑!来,再喝一杯!

戴国浩 (夺杯)别喝了,你都有点醉了。

夏援朝 不,有点兴奋。

戴国浩 给你冲杯糖水。(起身)

夏援朝 不用。戴老师,培训班的场地……

戴国浩 听说商贸公司想要,每月出三千块租金。

夏援朝 怎么,半路杀出个程咬金?

戴国浩 不要紧,我准备找王经理谈谈,他们会通情达理的。

夏援朝 你就那么自信?

戴国浩 我连课都备好了嘛。不信,我就让他看。(取出笔记)

夏援朝 (拿看)你的课备得真细!如今,这样下苦功的人不多了。

戴国浩 没办法,多年养成的习惯……可以说,我一生的心血,都在里头了。

夏援朝 戴老师,你也退休了,就不能换一个活法?

戴国浩　换个活法？（苦笑）怎么换？别的我是一窍不通。对了，你看看。（拿过生日卡）

夏援朝　这么多生日卡，都是谁寄的？

戴国浩　你的师兄弟师姐妹！你看，这是李灿辉，省声乐比赛民族唱法一等奖获得者……这是王小霞，全国少儿音乐花会优秀独唱演员……这是韩晓波，巴黎国际手风琴大赛少年组第一名！

夏援朝　哟，我还有获国际大奖的师弟呢！

戴国浩　（得意）你看，这一张张卡片，简直就是一座座里程碑嘛！（长长地舒了口气）援朝，上了年纪的人爱怀旧。记得我大学毕业那年，分到文化馆，做的第一件事，就是倾尽所有到商店买了这把手风琴。当时我雄心勃勃，一个心眼要用这把琴拉出一番事业，拉出一片天地来。可是……几十年风风雨雨，日子就这么平平淡淡过去了。唉，仔细想起来，我这辈子，有意义的事并不多，唯一使我感到欣慰的就是他们！每当收到他们的卡片，听到他们的喜讯，我比过年还高兴！我现在别无他求，只想在有生之年，再培养几个这样的学生。（深情地抚着手风琴）援朝，别看这琴旧了老了，我照样能拉出欢蹦乱跳的曲子来！你信不信？

夏援朝　（深受感动）我信。

[夏援朝将卡片逐一打开，客厅顿时荡漾起一片"生日快乐"的乐曲。

[戴国浩美美地沉醉在乐曲声中。

夏援朝　（倒酒）戴老师，来，为了李灿辉，为了王小霞，为了韩晓波！

戴国浩　（倒酒）为了未来和希望……干杯！

[戴国浩、夏援朝一饮而尽，哈哈大笑。

戴国浩　援朝，我去热一下菜。（端菜下）

[夏援朝将生日卡收起，忽然发现桌上的照片，拿看。

夏援朝　哟，我的剧照！还是青年合唱团照的……哎，背后有首诗……（念）致援朝……记得你那灿烂的笑容，还有银铃般的歌声，如今你消失在天涯海角，只留下一个蓝色的梦幻……（惊愕）

[戴国浩端菜上。

戴国浩　上菜啰！

　　　　［夏援朝一惊，忙将照片放下，脸色飞红。

戴国浩　援朝，你怎么了？

　　　　［夏援朝匆下。

戴国浩　（纳闷）哎，怎么了？她……（触目照片，恍然）糟了！（沮丧地坐下）

　　　　［麦家居室。
　　　　［麦大志躺在床上，辗转反侧心绪烦躁，突然翻身而起，望着阁楼。
　　　　［阁楼上，谷子已经睡着，睡得不大安稳。
　　　　［麦大志起身，上阁楼，呆呆地盯着谷子的脸。
　　　　［谷子转身，发现麦大志，陡地坐起来。

谷　子　（惊恐而气愤）老板！你干什么？

麦大志　谷子，我……（掏出一迭钱）你不是需要钱吗？我给你，给你很多很多钱，只要你跟我好，我愿意倾家荡产！（拉住她的手）

谷　子　快放开……流氓！（慌忙挣开，跑下阁楼）

麦大志　谷子！

　　　　［谷子跑出屋，猛敲戴家的门。

戴国浩　谁呀？（开门）谷子，什么事？

谷　子　（进屋，转身将门拴上）表舅爷，我不在他那住。

戴国浩　（一愣）怎么？

　　　　［麦大志追出屋，来到戴家。

麦大志　（擂门）开门！

谷　子　（连忙拉住）莫开！

麦大志　（擂门）快开门！

戴国浩　大志，什么事？

麦大志　快让谷子出来！

戴国浩　谷子，你们这是……

谷　子　我不回去！他想耍流氓。

戴国浩 （一愣）他？不会吧……（想了一下）大志，谷子不愿回去，有话明天再说。

麦大志 不行！谷子，再不出来，我要踢门了！（踢门）

戴国浩 （生气）你……大志，我警告你，要是再胡闹，我马上报警。

麦大志 报警就报警，谁怕？哼，警察来了，我就说你拐骗妇女。

戴国浩 （气得发抖）你……你……

麦大志 你要不让谷子出来，就是拐骗妇女！

谷　子 （气极，把门打开）麦大志，你血口喷人！你说要跟我好，那是假的。在你心里，我永远是个乡下妹，是个傻妞！你说他拐骗妇女，有什么凭证？我就是……就是嫁给他，你也管不着！

戴国浩 （大惊失色）谷子！你……

麦大志 （捶胸顿足）谷子！谷子……（瘫坐在门边）

[灯渐暗。

5

[麦家居室。

[麦大志坐在沙发上，神色颓唐。

[夏援朝上，进庭院，到戴家门口。

夏援朝 戴老师，戴老师。（不见反应，纳闷）去哪了？

[夏援朝欲下，走到麦家门边停住脚步，思忖片刻，敲门。

夏援朝 大志。

[麦大志起身欲开门，犹豫。

夏援朝 别磨磨蹭蹭，你在里头我不晓得？快开门！

麦大志 （只好开门）大姐……

夏援朝 （瞪他一眼）你还认我这大姐呀？

麦大志 （尴尬）我……

夏援朝 （皱眉）你看，才几天功夫，屋里就乱得像鸡棚。（收拾桌子）衣服没换洗吧？脱了。

麦大志 （连忙）不，大姐忙，巷口有洗衣店。

夏援朝 （到床边叠被子）你也太不像话了，男婚女嫁是两厢情愿的事，谷子不愿跟你好，我看她是做对了。晓得人家怎么说？她说她一向把你当好人。可好人居然爬到人家床上！

麦大志 （辩解）我没有！我……

夏援朝 别解释。（坐下）好吧，算是一时冲动，就该追到人家门口胡闹？三更半夜，你一条五尺汉子，连泼妇骂街的本事都使上了，闹得街坊邻里鸡犬不宁！三万块的事还没找你算账，这回又……你要再胡闹，咱姐弟缘分就到头了！（起身）

麦大志 （愧疚）大姐……

夏援朝 （故意）谷子在我那干得很好，我们店有个伙计，人品不错，我想跟她撮合撮合。

麦大志 （一惊）大姐！别……

夏援朝 （欲笑，忙绷住脸孔）大姐只给你一个月时间，看你有没有本事去收服人心，到时，莫怪大姐不网开一面！（出屋，掩嘴下）

麦大志 大姐！

〔麦大志追到门边，懊丧地回头，点燃一支香烟，呆思。

〔戴国浩拿草药上，谷子忸忸怩怩跟在后边。

谷 子 表舅爷，我就不进去了。

戴国浩 谷子，来。这两天，他老实多了。

〔戴国浩拉谷子进屋。

戴国浩 谷子，在云吞店习惯吧？

谷 子 （点头）大姐让我负责给小食店送货。

戴国浩 好。（想了一下）谷子，今后你有什么打算？

谷 子 我就想把阿弟接出来读书。（沉默片刻）表舅爷，自从进了城，我知道了许多以前不知道的事，见到了许多以前没见过的东西。世界真大，我要是能像城里人那样看书、读报、学电脑，该多好啊！可我……前些日子推销书，我到了好多学校，没想到城里的学校这么好，十二三岁的妹仔就上了中学！我真想马上把阿弟接来读书……我不能误了他，再不能让他像我一样没文化。

戴国浩　别着急，文化……我会给你补。

谷　子　（点头）表舅爷，今天上午，大姐带我们到培训班的场地去打扫，收拾得干干净净。大姐说，明天这里就要变成音乐的圣……圣……

戴国浩　圣殿？

谷　子　对，是圣殿。

戴国浩　来，我教你写这两个字。（比划）

　　　　[麦大志出屋，来到戴家门前。

麦大志　（硬着头皮）戴老师。

戴国浩　谁呀？

麦大志　我，大志。

谷　子　（一惊，忙将门关紧）莫让他进来！

戴国浩　这……大志，有事？

麦大志　我想和你谈谈。

　　　　[谷子连忙摇头。

戴国浩　大志，我这……要不，以后谈？

麦大志　心里有话，憋不住。

戴国浩　（为难）谷子，要不，你到房内避避？

谷　子　（无奈，点头）莫让他晓得我在。

戴国浩　好。

　　　　[谷子进内。

戴国浩　（开门）大志，进来坐。

　　　　[麦大志绷着脸坐下，半日无言。

戴国浩　（反而手足无措）大志……哦，我给你倒茶。（倒茶）来，喝茶。

麦大志　戴老师，我……（语塞）

戴国浩　喝茶，先喝茶。

麦大志　（接过呷了一口）戴老师，那天……（语塞）

戴国浩　哦，那天我脾气太坏，咋咋呼呼。

麦大志　不，我不该三更半夜上门胡闹。

戴国浩　你正在上火嘛。

麦大志　我更不该像疯狗一样乱咬人。

戴国浩　别别，别给自己上纲上线。

麦大志　稿酬的事，也让你吃了大亏。

戴国浩　哎，你不一样受骚扰？

麦大志　戴老师，（懊悔）我对不起你。

戴国浩　我也有不够的地方。

麦大志　我……更对不起谷子！

戴国浩　唔，这话说到了点上。

麦大志　戴老师，我是个混蛋！可我……不是流氓。

戴国浩　不是流氓，当然不是流氓。

麦大志　那天晚上，我没……

戴国浩　我知道，谷子说，你没害她。

麦大志　（突然拉住他）戴老师，我不能没有谷子！

戴国浩　（吓一跳）这……大志，冷静点，别激动。

麦大志　（痛悔交集）戴老师，我……中学毕业那年，父母先后都去世了，自从谷子来了，我好像有了一个新的家……说句心里话，起初我没把谷子放在眼里，可不知不觉就……这几天，我饭吃不下，觉睡不着，全身空落落的。戴老师，我已经离不开谷子，我实在不能没有谷子！

戴国浩　（失望）大志，你今天来，想说的就是这些？

麦大志　（恳求）戴老师，请你跟谷子说说，让她回来。

戴国浩　（沉默片刻，口气变硬）不行，像你这种认识，谷子不会回去。

麦大志　那我该怎么认识？

戴国浩　怎么认识？你就不会总结一下经验教训？你想过没有，人家为什么要离开你？为什么不肯嫁给你这样的小老板？

〔麦大志想了一下，摇头。

戴国浩　（猛拍一下桌面）这都不晓得？！

麦大志　（惊慌）戴老师……

戴国浩　（恨铁不成钢）你呀你呀……男女应该平等互爱！

麦大志　平等互爱？怪不得谷子说我是米她是糠……戴老师，只要谷子愿意，我可以不当老板，给大姐打工。

戴国浩　嗨，你也学会形式主义了嘛！告诉你，这是认识问题。（板住脸）行了，你先回去，让谷子再考验你一段时间。

麦大志　（点头）大姐也说了，考验我一个月。

戴国浩　行，就一个月。

麦大志　那，我回去了。（走到门边停住，欲言又止）

戴国浩　还有啥事？

麦大志　（迟疑地掏出存折，满脸涨红）戴老师，这存折……请交给谷子好吗？我用她的名存的……别误会，我不是拿钱买好，只想请你告诉谷子，要保重身体，别为了省钱老吃萝卜……告诉谷子，要想帮人，就用存折的钱，我再不会阻拦……告诉谷子，从今以后，我再也不会叫她……乡下妹……

谷　子　（冲出）大哥！

［麦大志呆若木鸡。

谷　子　大哥，走，我现在就跟你回去！

麦大志　这……

谷　子　你为了跟我好，都要把米变成糠了！（哭）

麦大志　谷子，我……（抱头而泣）

［收光。

［起光。

［阳台上，戴国浩正在钉乐谱架。

［夏援朝神情复杂地上。

夏援朝　戴老师。

戴国浩　（起身）援朝来了。

夏援朝　我来找过你,你不在。

戴国浩　哦,上了一趟南山。

夏援朝　(惊异)什么,上南山?

戴国浩　南山不算远嘛,班车通到山下。

夏援朝　可还得爬陡坡!

戴国浩　陡坡算什么,前年他们文化站请我辅导合唱队,十天就爬了三个来回。(下意识地按腰)

夏援朝　(嗔怪)你看,腰伤发作了吧?药呢?

戴国浩　药?对了,你先坐着,我煎药去。(拿草药)

夏援朝　我来。

　　〔夏援朝拿过草药,进内。

　　〔戴国浩揉了揉腰,从衣兜里取出一张照片,向内张望了一下,表情有些紧张。

　　〔夏援朝上。

戴国浩　(干咳两声)援朝,这次上南山,有个意想不到的收获。

夏援朝　是吗?

戴国浩　你看看桌上的照片,还认得他吗?

　　〔夏援朝拿看。

戴国浩　他是董华,你们合唱队的男高音。

夏援朝　董华?(笑)怎么胖成那样!哎,他跟我们班高小莉结婚后,不是去了美国吗?

戴国浩　留学回来了,是个工学博士。

夏援朝　小莉呢?

戴国浩　他俩分手了。董华一人回来的,回南山看母亲。听我讲起你,他可高兴呢,很想跟老同学见个面。

夏援朝　好哇,哪天把他请来,咱到蛇王满聚聚。

戴国浩　明天行不?

夏援朝　明天就明天。

戴国浩　我这就给他挂电话……(想起)哟,明天不行,培训班要开课。晚上怎么样?

夏援朝　行，我去租辆车，先到南山接他，再把合唱队那几个老队员拉来。

戴国浩　他们？援朝，不必兴师动众了吧？

夏援朝　（笑）怎么，怕我付不起一顿饭钱？

戴国浩　援朝，（目光闪烁）董华这次回来，只有几天时间，我看，以后再搞大的聚会，这一次，能不能就……咱们三个？

夏援朝　（不解）咱们三个？

戴国浩　（语无伦次）董华这人，不错……从小就老实，我看很不错……

夏援朝　（敏感）戴老师，你不是想跟我牵线吧？

戴国浩　（脸红）不不，没那个意思，没那个意思。

夏援朝　（笑）没那个意思，干吗说话拐来拐去？

戴国浩　援朝！（十分狼狈）我不该……当然，大刚他……过世不久，本来……可你的路还很长很长，机缘又一闪而过……

　　　　[夏援朝一阵颤栗，忙咬住嘴唇。

戴国浩　援朝，你……答应了？

夏援朝　（沉默片刻）既然你坚持咱们三个，那就……咱们三个。（心绪烦乱，忙到阳台上吹风）

　　　　[戴国浩高兴得手舞足蹈，从书柜边抱出一堆木板，用锤钉起来。

夏援朝　（听见声音，进来）戴老师，你钉什么？

戴国浩　乐谱架。

夏援朝　商店有卖，钉它干吗？

戴国浩　培训班几十个学员，得多少花销。

夏援朝　（夺过铁锤）培训班的事，以后再说。

戴国浩　（着急）这怎么行，明天就要开课了！

夏援朝　开课？哼，别再听那言而无信的话了。

戴国浩　（一愣）言而无信？

夏援朝　刚才，吴主任对我说，街道已经跟文化馆正式签订了办班合同，我们的合同作废了。

　　　　[戴国浩呆住。

夏援朝 （气愤）居委会打的是小算盘，你义务办班只收三十块资料费，而人家光学费就是五百，街道可以提成。本来吴主任提出让你到班上讲课，可你们馆长说，首先得照顾在岗职工。

〔戴国浩茫然不知所措，愣愣抱起木板，走到门边停住，又愣愣抱回书柜边，呆立。

夏援朝 （心酸）戴老师……不行，我去跟他们打官司！（欲下）

戴国浩 援朝……

夏援朝 （忿然）戴老师！订合同那天，他们提出预交两万块风险金。为了这笔钱，我已经把云吞店……押出去了……

戴国浩 （震惊）什么？！

〔木板"哗啦啦"掉在地上。

夏援朝 （心酸）戴老师……（抽泣）

〔静场良久。

〔突然，戴国浩打开抽屉，取出笔记，一页页撕起来。

夏援朝 （上前拦阻）戴老师！你不能……

〔戴国浩将她推开，继续撕笔记。

夏援朝 戴老师！（奋力夺过）

戴国浩 （欲夺回）援朝！

夏援朝 （掩在身后，哭）戴老师，这可是你……几十年的心血啊……

戴国浩 几十年的心血？（冷冷一笑）哼，留着还有什么用？（吼）留着还有什么用？！

夏援朝 戴老师！

戴国浩 （颤抖）援朝，他们……为什么要骗我……（掩脸而泣）

夏援朝 戴老师，想起来，我们这些人也够傻的，年轻的时候，想的是像春蚕那样奉献，直到现在还是一样。可眼下毕竟是商品经济时代，大家都变得很现实。你想想，大刚好心救人，为什么反而遭到对方诬蔑？你买电视让乡亲们学习知识，为什么他们却拿来放武打片赚钱？这次办班也一样，为什么总是有人钻空子？哼，我算是彻底明白了，今日不比往日，老实斗不过现实。

戴国浩　（气愤）现实就非得讲钱吗？我办培训班又不是做生意，精神也是财富嘛！如果什么都讲钱，一个个都争着在精神上去比矮，人还有崇高可言吗？

夏援朝　这事就算过去了，你还是先到外边走一走，散散心。哎，三峡怎么样？我陪你去。

戴国浩　不，你还是跟董华……

夏援朝　不必了。

戴国浩　怎么？

夏援朝　（沉默片刻）你不就想给我牵线么，其实，我觉得有一个人更合适。

戴国浩　谁？

夏援朝　（闪烁其辞）这个人，我曾经把他当长辈，因为他教给我许多知识和道理。可最近，我忽然感到我和他是如此贴近，我们的心其实是相通的……

戴国浩　（慌忙打断）援朝！你那话我听不懂……哟，药该煎好了！（匆下）

　　　　〔夏援朝到桌上翻找照片。

戴国浩　（端药上）援朝，吃药。

夏援朝　这是你的药。

戴国浩　不，你的。

夏援朝　（惊讶）我的？

戴国浩　你那神经疼……我昨天才听说，南山有个老中医，治这病十拿九稳。

夏援朝　国浩……（鼻子一酸）我的剧照呢？

戴国浩　我锁起来了。

夏援朝　（生气）你锁什么嘛！

戴国浩　援朝……

夏援朝　照片上的诗是什么意思？你说呀！

戴国浩　……是的，我是喜欢你……

夏援朝　我就等你这句话。

戴国浩　可是，你并没有真正了解我！（喘了口气，惭愧地）援朝，我这人，一生平平淡淡，生活能力差，爱花钱，几十年下来，家里既没添置像样东西，更谈不上积蓄……我这人，不懂交际，见到生人就紧张，不讨人喜欢，很难适应潮流……我这人，爱幻想，总觉得事情应该是这样，而实际却往往是那样，做起事来，十有八九要碰壁。更糟的是我脾气倔，老转不过弯来，撞断南墙还不回头……援朝，我不能给你带来安全感，更不能给你带来幸福！如果硬把咱们撮合在一起，这对你不公平！你看，一个小小培训班，就把你的云吞店搭进去了……

夏援朝　（掩住他的嘴）别说了，我愿意。

［戴国浩鼻子一酸，激动得说不出话来。

夏援朝　（深情地）国浩，相信我，从今以后，我不会让你再干傻事，咱好好过日子，啊？

戴国浩　（频频点头）……好好过日子，好好过日子……援朝！

［戴国浩猛然把她紧紧搂在怀里。

［灯暗。

6

［欢快跳跃的手风琴乐曲。
［阳台上，硕大的丝瓜挂满藤蔓。
［戴国浩在阳台边拉琴。
［远处传来海关报时的钟声。
［戴国浩对表，按响收录机。
［收录机播送新闻：5月22日，一辆从茂名开往靖西的客车翻进宝圩凌江中。听到呼喊，南社村男女老少不约而同赶往营救，宝圩镇委调集二百多人也从四面八方赶来。32条人命刚救上岸，热腾腾的姜汤肉粥便端到他们手中。在市委领导带动下，广大干部群众踊跃捐献，共捐得人民币六千三百多元、衣服二百五十多件……
［戴国浩提桶，给丝瓜浇水。
［谷子从麦家出来，在院子里晾晒衣物。

谷　子　（出屋）表舅爷，还给丝瓜上肥呀？

戴国浩　不上了，浇点水。

谷　子　（笑）昨天，我们几个都在笑你呢，说你整天上肥呀浇水呀，好像要种出宝贝来，大志说你在种防盗网，大姐说你在种一把伞。

戴国浩　那你呢？

谷　子　我说你种的是实验田。

戴国浩　实验田？

谷　子　你看，人家的丝瓜藤都黄了，这才开花挂果，挂的又多又大，不是实验田，那是什么？

戴国浩　（乐了）有道理，都有道理。

谷　子　都有道理？那，你到底想种什么？

戴国浩　种丝瓜嘛。丝瓜好哇，一身全是宝：叶子清热，瓜子打虫，瓜老了长成络，还可以挠痒痒……再说，我还图它一片绿呢，这不，蓬蓬勃勃葱葱郁郁……

〔麦大志抱着大堆东西上。

麦大志　谷子！

谷　子　（忙接过）没接到阿弟？

麦大志　没个准确时辰，让我在车站白等了两个钟头。

谷　子　那，下午我再去接。怎么又买那么多东西？

麦大志　结婚结婚，传子传孙，我是置办传家宝。戴老师，大姐说，你们要去旅行结婚，什么时候走？

戴国浩　快了，援朝买机票去了。

谷　子　（惊奇）表舅爷，你们坐飞机结婚呀？

麦大志　这有什么，谷子，只要你乐意，我去租一艘游艇，咱们坐船结婚！

谷　子　（甜蜜地）不，我怕晕船。

麦大志　晕船？那就先适应一下。（猛然将谷子抱起）开船罗——（欲进屋）

谷　子　（又羞又急）大志，快放下……

〔麦大志笑咧咧将谷子抱进屋。

〔夏援朝拿西装上。

夏援朝　机票买到了，明天八点直飞三亚。国浩，听说樱桃园婚纱摄影不错，我跟摄影师约好了，咱们……

戴国浩　婚纱摄影？哎呀援朝，这时髦就免了吧。

夏援朝　（扑哧一笑）不，就得治治你这老夫子！西装你试试，我再去买点东西。（下）

〔戴国浩摇头一笑，拿西装进屋。

〔麦家居室。麦大志、谷子兴高采烈地布置新房。

麦大志　谷子，把阁楼收拾好，阿弟来了，先让他住那。

谷　子　哎。（上阁楼，整理床铺）

麦大志　我跟学校联系过了，他们答应让阿弟插班。（将新被套铺在床上）

谷　子　（下阁楼，惊喜）呀，好靓的被套！

麦大志　临时对付一下，等将来有了房子，谁还用这个，连阿弟都是进口席梦思！

谷　子　（感激地）你真好。

麦大志　别光说客气话，来，（指着嘴角）给点实际行动。

谷　子　（羞涩）大志！

麦大志　（拉住她的手）来呀！

〔谷子无奈，脸红红地上前。

〔麦大志将她抱住，亲吻。

〔电话铃声。

麦大志　（松开，接电话）喂，黑仔，啥事？香港来了水货？这书不要……什么，让我送去？不去！什么，你？！（脸色陡变，捂住话筒）谷子，把阁楼的毛毯拿来。

〔谷子犹豫地看他一眼，上阁楼。

麦大志　（压低嗓音通话）黑仔，你要敢动谷子一根汗毛，老子……妈的，你也够绝的……扯蛋，就这一回！（撂下话筒，坐在沙发上发呆）

谷　子　（抱毛毯下阁楼）大志，黑仔又让你卖坏书？

麦大志　你别管。

谷　子　大志！

麦大志　（神情复杂）谷子……唉，这段时间，生意不好做，结婚要钱，阿弟读书要钱，买房子更要钱，你说咋办？

谷　子　再要钱，也不能卖坏书。

麦大志　（有口难言）这……这书我不接，人家照样卖。

谷　子　那是人家的事，反正咱不卖！

麦大志　好了好了，到此为止。你收拾一下厨房，我去买对枕头。（出屋，下）

谷　子　大志！（噘嘴，进内）

　　　　［夏援朝匆上。

夏援朝　国浩。

　　　　［戴国浩上，穿着新西装，表情有些僵硬。

夏援朝　（笑）看你，都不会走路了？拿出当年的潇洒劲来嘛。

　　　　［戴国浩一笑，优雅地行了个宫廷礼，挽着她的腰跳起舞来。

夏援朝　（幸福地）我又见到当年的戴老师了。

戴国浩　（疼爱地）援朝，你也有白头发了。

夏援朝　（感喟）是啊。国浩，人生四十方开始，真一点不假。想起来，以往的岁月真有点可惜了。

戴国浩　不要紧，咱把损失补回来。

夏援朝　走，照相去。（想起）哎，你们馆长来过没有？

戴国浩　馆长？

夏援朝　刚才在街上碰见他，说要来找你。培训班的手风琴老师病了，让你去代课。我骂了他一顿。

戴国浩　（一惊）什么，你骂他？

夏援朝　亏他想得出，赚钱的时候扫地出门，要救场了又找到头上。

戴国浩　不能这样说。我知道，单位的确有难处。

夏援朝　你呀，满眼里都是圣人。好了，骂也骂了，我是替你出气。走哇。

戴国浩　援朝，下午再照好吗？我去一下。（背琴）

夏援朝　（吃惊）你还真去上课？

戴国浩　几十个学员等在那，不能误了孩子。

夏援朝　不去。

戴国浩　这……援朝，咱商量商量，啊？（赔笑）嘿嘿，就算我犯一次规。

夏援朝　（生气）国浩！

戴国浩　（无奈）好吧……不去不去。（苦笑，放琴）

　　　　〔麦大志兴冲冲抱枕头上。

麦大志　（喊）谷子，阿弟要到了！

谷　子　（出屋，惊喜地）什么，阿弟要到了？！

麦大志　（扬信）呶，你家来信了！

谷　子　快看看，肯定让咱接车。

　　　　〔麦大志看信，脸色陡变。

麦大志　这……谷子，阿弟他……

谷　子　怎么了？

麦大志　他让人抓了！

谷　子　（震惊）啊，让人抓了？！

戴国浩　大志，怎么回事？

　　　　〔麦大志哭丧着脸，把信递给戴国浩。

　　　　〔戴国浩急忙看信。

夏援朝　（关切地）国浩，信上怎么说？

戴国浩　唉，谷子的阿弟偷看邻家闺女洗澡……（摇头叹气）

谷　子　不，他们乱嚼舌头！

夏援朝　（拿过信，念）……那闺女的未婚夫说，限你收信后三天内赶回家，他要看你的身子……荒唐！（继续）……不回去，就让你阿弟今后什么东西也看不见……（一惊）什么，想伤他的眼睛？！

　　　　〔谷子跌坐在石凳上。

麦大志　（懊悔）谷子，我……对不起你呀！阿弟是看了我给他的书。

谷　子　书？（不敢相信）那些坏书？

麦大志　（点头）上个月，我给他捎去几捆书，让他卖了帮贴家用，剩下的当路费。

谷　子　（愤怒）你！

麦大志　谷子，你打我吧。

谷　子　（欲打又止）我……好命苦呀！

　　　　［谷子转身回屋，上阁楼收拾行李。

　　　　［麦大志慌忙跟上，抱住谷子大哭。

戴国浩　（焦急）援朝，谷子她肯定要回去……我看，你陪她走一趟。

夏援朝　（想了一下）国浩，别着急，这事我来想办法。我海南有个战友，是谷子家乡的干部，他弟弟就在巷口开鞋店，我去联络一下。（匆下）

　　　　［麦家。谷子突然甩开麦大志，下阁楼。

　　　　［麦大志急忙跑出屋。

麦大志　戴老师！谷子要回去，怎么办？

戴国浩　别着急，援朝想办法去了。

　　　　［夏援朝匆上。

夏援朝　国浩，他出差了，听说很快能回去。大志，这是我战友的地址，叫谷子拿着，回到县城先去找他。这两千块钱，让谷子带上，应应急。（递过）

麦大志　那，我跟谷子说去。（进屋，入内）

夏援朝　（叹气）唉，谷子也是命苦。

戴国浩　（思忖）援朝，这事……你最好还是陪她走一趟。

夏援朝　我在那也没几个熟人。

戴国浩　多一个人多一份主意嘛。

夏援朝　国浩，说实话，这事恐怕连我那战友也解决不了，靠咱们两个……（摇头）反正，咱们已经尽了心意。

　　　　［戴国浩愣愣看着夏援朝，默然。

夏援朝　（看表）哟，都十一点了，咱们走吧。

　　　　［戴国浩转身回屋，入内。

夏援朝　国浩！快点，晚了人家要下班。

　　　　［戴国浩提行李上，出屋。

夏援朝　（吃惊）国浩，你干什么？

戴国浩　援朝，你先把机票退了，我陪谷子回去，马上回来。

夏援朝　你去能帮什么忙？

戴国浩　我把谷子带到乡法庭，然后去一趟牛屎坳，见见他们村长。

夏援朝　（一惊）什么，你还想去牛屎坳？！

戴国浩　援朝，谷子眼下的处境……你不是看过信了嘛。

夏援朝　就是看过信，我才不让你去。（夺过旅行袋）

戴国浩　（着急）援朝！

夏援朝　国浩！牛屎坳那地方，山高皇帝远，什么事他们做不出来？你这一去，万一惹怒了人家，还不知……不，我不能让你去冒险。

戴国浩　援朝！（急得来回踱步）你的心意我明白，可是……谷子还很年轻，让她回去应付那么大的事，万一有个闪失，一生就毁了！

夏援朝　你也太天真了。谷子的事，可以用别的办法帮她嘛。再说，你也得想想自己，想想我！我们已经失去很多很多……反正，我不想再失去什么。

戴国浩　援朝！谷子的事，就发生在我们眼皮底下，真要有个长短，我……不行，我不能留下这心病。（拿行李）

夏援朝　国浩！（拉住不放）

戴国浩　援朝！

〔戴国浩一挣，行李落地。

戴国浩　你！（仰天长叹）

夏援朝　（有些后悔）国浩，我并不想伤你的心，可你……也该现实些嘛。

戴国浩　（痛苦地）看来，咱们还是缺乏了解啊！我真没想到你会这样……你说咱们应该现实些，是的，可如果没有理想抱负，没有价值准则，没有相濡以沫的人间温暖，这现实……会多么可悲！

〔谷子提行李上，出屋。麦大志追在后面。

麦大志　谷子！要去，我跟你一块去！

谷　子　（伤心地）不！我不要你去，我不想再看见你！

麦大志　（痛心疾首）谷子！

〔谷子欲下。

戴国浩　谷子，等等！我陪你一块去。

谷　子　（惊异）你？！

戴国浩　（拿过行李，背上手风琴）谷子，我想到你们家住一阵，行吗？要是我去帮村里把文化室办起来，教大伙唱唱歌认认字，乡亲们欢迎吗？（歉然）援朝，对不起，咱们还是静下心来好好想想……我走了，说不准什么时候回来，请保重，别等我……谷子，走吧。

谷　子　不，你不能去！

戴国浩　谷子！我不是你的表舅爷嘛！走！（毅然地下）

谷　子　表舅爷！（追下）

[夏援朝伏在石桌上嘤嘤哭起来。

麦大志　（声嘶力竭）谷子！你什么时候回来？我等你！我晓得我不是个东西，老让你失望……谷子，你什么时候回来？我等你！等丝瓜花开了，你一定要回来看看，看我还是不是个混蛋……（痛哭失声）

[灯暗。

尾　声

[庭院。

[海关报时的钟声。

[戴家阳台，收录机播放出戴国浩的声音：亲爱的顾客，欢迎光临"蓝天"云吞店。在人生旅途中，有欢乐，有烦恼，有成功，也有挫折，只要心中永远充满爱，你就享有永恒的青春！

[琴声起。

[麦大志背着旅行袋出屋。

麦大志　（惊喜）戴老师回来了？戴老师！

[夏援朝提桶从瓜藤中闪出。

夏援朝　大志。

麦大志 大姐,你搬这来住?怎么,云吞店还没装修?

夏援朝 (点头)我把钱腾了出来,寄去了牛屎坳。

麦大志 (沉默片刻)大姐,我要走了。

夏援朝 (惊讶)你不是刚从派出所回来吗,去哪?找谷子?

麦大志 (摇头)找黑仔。这小子溜了,我不信他能逃到天涯海角!

〔琴声轻快悠扬令人心醉。

〔夏援朝、麦大志久久凝视着阳台。

〔阳台上,郁郁葱葱一派生机。

〔剧终。

(剧本版本:《廖维康作品选集》,2000年广东话剧院首演)

·话剧卷·

无话可说

编剧：赖汉衍

我思故我在。

——〔法〕笛卡儿

一个作者企图让读者相信他的主人公们都曾经实有其人，是毫无意义的。他们不是生于母亲的子宫，而是生于一种基本情境或一两个带激发性的词语。

——〔捷〕米兰·昆德拉

人物表

（以出场先后为序）

田　力　　约三十岁，硕士研究生毕业，在岳母洪敏的公司任职

梁大雍　　近六十岁，田力的岳父，某研究所研究员，古文化风俗研究学者，腿有微疾，平日以轮椅代步

洪　敏　　女，五十多岁，梁大雍的妻子，曾在一高校任教，后为一家大公司的总经理

白秋华　　女，二十多岁，洪敏在家政公司挑来的小保姆

梁若彤　　二十七、八岁，田力的妻子，梁大雍和洪敏的女儿，研究生刚毕业，暂无业

时　间：当代
地　点：我国南方某大城市

布　景　舞台上是梁家客厅。梁家住宅是一幢带有小院的二层老式小楼，原有的结构大而不当，但经主人精心装修后，老式的罗马式立柱、宽大的雕花大窗台、装饰性的大壁炉等保存完好，既昭示着这个家族昔日曾有的豪华，又显得很有现代色彩。楼下客厅旁边是梁大雍夫妇的卧室，客厅有一楼梯通楼上梁若彤夫妇的房间。客厅给人的整体感觉——这是一户既非常富有，又很具文化品位的人家：墙上挂有不少名人字画，一侧有一个占满整幅墙的旧式书柜，一些古董精心地点缀其中。厅两侧分别摆放着两台电脑，比较靠近舞台中央的一台是田力用的，在舞台远端的那台是梁大雍夫妇用的。

第一幕

[一天下午。

[幕启。一束追光打在正坐在电脑前的田力的身上。他显然是刚下班回来，还穿着笔挺的衬衫，打着领带，西装上衣随便扔在沙发上。他正在飞快地敲打着键盘，发送一份电子邮件。

[空间回旋着美国当代女歌星 Carpenter（卡朋特）演唱的《Yesterday Once More》（《往日再现》）。

[伴随着 Carpenter 那充满激情的歌声以及间中夹杂的田力敲击电脑的键盘声，响起了田力的幕后音——"小小：又是我牛牛。你的邮件我看了，谢谢你对我的理解和信任。你问我的英文名字为什么会叫佩森（Peasant）？是的，佩森就是农夫的意思。我的确是一个农民的儿子，可我在这里却宣称自己有一个在国外的父亲。也许你会问我这是为什么？我只能说，一言难尽……小小，也许你还会责备我这是不道德的，我也只能说，我不是一个谦谦君子，但我自认并不是卑鄙的小人。我想，在这个世界上生活的人，并不能只简单地划分为君子和小人两大类吧？我只希望我这些话没有吓走你这个朋友。当然，假如从此你再不愿理我，我也不会怨你的。你的朋友牛牛。"

[田力将邮件发出后，突然从电脑前站起，心情烦躁地冲着远方狂吼——

田　力　是的！我就叫佩森！我就是一个农民的儿子，我没有他妈的什么在国外的父亲！我……（用双拳击打自己的头，发泄地）嗨！（来到音响前，使劲旋大音量）

〔突然传来内门开启的声音。

〔梁大雍坐着轮椅从内室上。他头发花白，一派学者风度。

田　力　（稍一愣，随即连忙放小音量）爸爸。

梁大雍　小田下班了？

田　力　刚到家。（离开座椅，忙上前推着梁大雍的轮椅）爸爸，我还以为你今天回研究所去了呢。

梁大雍　没有。

田　力　（掩饰地）我刚才叫过你……

梁大雍　哦，我没听见你回来，我在房间里边看书边听着这个。（拿起一只带耳塞的小录音机示意）

田　力　（醒悟过来）对了爸，我这就给你换上你这个《命运交响曲》。

梁大雍　（拦阻地）不不，换换口味吧。这是谁的歌？

田　力　是美国流行女歌星 Carpenter 演唱的《Yesterday Once More》。

梁大雍　《往日再现》？

田　力　是的，中文译名就叫《往日再现》。其实我更喜欢她另一首歌——《Top Of The World》——《世界之巅》。

梁大雍　那就听听。

〔田力动手播放这首歌。

梁大雍　唱得蛮有味道嘛。嗯，小田，桌上有你一封澳大利亚的来信，又是你爸爸的？

田　力　（拿起信看了一眼，随手又扔回桌上）是的。

梁大雍　你还是不给他回信？你们之间是不是有什么误会了？

田　力　我会给他回信的。

梁大雍　好。（看了一眼电脑）怎么？你在上网？

田　力　（掩饰地）对，回来没什么事，上网给人发一个电子邮件。

梁大雍　给谁的？

田　力　一个……叫小小的人。

梁大雍　哦，网友。他是干什么的？

田　力　不知道。网上有个不成文规矩，一般不问这几个问题：你是谁？你是男是女？你是干什么的？我们见过面吗？

梁大雍　这倒挺有意思。没想到只几年功夫，上网就这么流行了。

田　力　听说如今全国的网民有好几千万了呢。

梁大雍　对了，前两天我写一篇文章，突然记起唐朝大诗人李白的一件趣事——他的二女儿叫什么名字你知道吗？

田　力　李白的女儿？我还真不知道。

梁大雍　让你猜你是绝对猜不出来的，叫玻璃。

田　力　玻璃？唐代就有玻璃？

梁大雍　那时玻璃刚从外国进来，比现在的钻石还要珍贵。说起来这李大诗人也真有意思，居然会用当时最为流行的东西为自己的孩子命名。我想呀，以后你和若彤要是生了孩子，也可以像李大诗人那样赶赶时髦，孩子就叫——互联网，怎么样？

田　力　（不禁乐了）行呀，再给他起个小名——伊妹儿。

　　　　［两人开心地笑了。

梁大雍　嗯，网上又聊什么有趣的了？

田　力　（边说边推着梁大雍来到电脑前）热闹极了！（操作鼠标）你看这个网站，让网民们讨论一个现象，说是有个村子一百年来不多不少都保持是一百零五口人，死一个就生一个；要是死了两个，就会有家人马上生出一对双胞胎来。

梁大雍　（笑了）还真有这事呀？胡扯。

田　力　（继续操作鼠标）这个网站更好玩哩，讨论安全套与安全帽的关系。

梁大雍　（惊讶地）它们之间会有什么关系？

田　力　哦，起因是这样的：有个专家认为安全套的说法不妥，因为它的作用主要应该是避孕。假若使用安全套这一名称，会让人误解为它的主要功能变了，加上它的失败率高达百分之十，用安全套这一名称会误导使用者，让人以为它绝对安全，也就变相鼓励了人们进行不道德的性交易。这是造成社会不安定的一个重要因素，因此，它必须恢复本名——避孕套。

梁大雍 （竭力忍住笑）这不是吃饱了撑的？那它跟安全帽又有什么关系呢？

田　力 反驳的人说，假若因为安全套有百分之十的失败率就不能称为安全套，那建筑工人带的安全帽的失败率远远高于百分之十，更不安全，得改名叫作建筑工人帽。推而广之，安全阀只能叫作锅炉出气阀，安全梯只能叫应急楼梯，安全门要叫紧急使用门，汽车上的安全带要叫绑身带。最啰嗦的还是马路上的安全岛，为避免误导行人以为在那里绝对安全，只能叫作行人穿过马路时的专用地带，还得有警示标志——此地带并不保证绝对安全，敬请小心关注来往车辆！

梁大雍 （忍俊不禁地）哈哈哈……有意思！结果谁赢了？

田　力 只能说谁也没输。正方反方都说得头头是道。参加讨论的龙蛇混杂，有的拼命糟蹋自己，自称是混混、痞子、老黑狗、小瘪三；也有的一个劲儿往脸上贴金，说自己是专家、学者、大学教授，还有说是科学院院士的哩。

梁大雍 真有院士也参加这种讨论？

田　力 八成是蒙人的。在网上谁也见不着谁，你说自己是美国总统也行。就算真是院士，也没人把你当真。网上讨论问题就这点最好，真正是一片自由的天空，无须论资排辈，不管长幼尊卑，你想说什么就说什么，想怎么说就怎么说。

梁大雍 （发现什么，指着屏幕）哎小田，这个英文简写是不是指美国最新正在研制的那种区域性防卫导弹？

田　力 哪个？

梁大雍 就这个——TMD。

田　力 （忍不住笑了）爸你上当了。那个叫NMD。这小子说不过人家，用粗口骂人哪。

梁大雍 （一愣）粗口？这——TMD……

田　力 爸，在这种场合，你还真得用那种什么发散性思维哪。

梁大雍 （回过神来）明白了，TMD——他妈的……（不由笑了起来）

田　力 这就叫网络语言。比如，PLMM——漂亮妹妹，PMP——拍马屁；还有数字化的：1573——一往情深．56——无聊，584——我发誓。再有就是借代的：说你是哈姆雷特，意思是损你故作高深；说你是克林顿，是骂你撒谎。

梁大雍　什么乱七八糟的！嗯小田，你在网上跟人家聊天用什么名字？

田　力　用我乳名——牛牛。

梁大雍　你乳名叫牛牛？耕牛的牛？

田　力　（稍迟疑地）是的。我……也搞不清当时父母怎么……

梁大雍　这乳名怎么不好？不挺顺口嘛。那年我去西北一个山区，有家人生小孩的时候家里也刚好生了只小羊，就把孩子的乳名叫羊羊。嗯，你该不是出生的时候刚好家里也生了小牛吧？

田　力　（不知如何作答）我……

梁大雍　（仿佛这才记起）哦，你看我真是老糊涂了。你是城里长大的孩子，家里怎么会养牛呢？真是。

田　力　（岔开话题）爸爸，改天我给你那部电脑也装好，让你也上上网。

梁大雍　好啊。我早有这想法了，我也想在网上跟一些同行交流交流，有什么资料也互相来个"E-mail"过去。只是操作……

田　力　爸，这事对你来说太简单了，一学就会。

梁大雍　好。（下意识地从衣服口袋内取出一只大烟斗，噙在嘴上，似是随意地）小田，若彤这几天去哪儿了？

田　力　我不知道。

梁大雍　她没说你也没问？她可是你的妻子啊。

田　力　爸，我们在婚前就有约定，婚后允许保留各自的空间。

梁大雍　（沉吟地）小田，感情的事，还得慢慢培养。当初你妈看中了你，我就曾有过担心——若彤从小是个"乖乖女"，亲戚朋友谁不说她又懂事又听话？可自从经历了那段失败的恋爱以后，她就变得……哦，扯远了，好在她最终还是接受了你……

田　力　（不想深谈）爸！

梁大雍　好，不说这了。

田　力　（看着岳父嘴上的烟斗）爸，你就抽一口吧。

梁大雍 （有些犹豫地）在这儿不太好吧？要不，你陪我到院子里去？

田　力 妈不是不在嘛。

[梁大雍笑笑，掏出烟斗丝。田力帮他把烟丝装进烟斗里。

梁大雍 对了，你妈怎么还没回来？

田　力 本来说好昨天回的。爸你还记得吧，几个月前有关部门组织企业家到贫困山区视察，妈妈不是跟几户贫困户结对子了嘛。

[田力正擦着火柴要帮梁大雍点火时，突然从院子里传来一阵汽车引擎熄火的声音。

[两人相视会心一笑。梁大雍无奈地摇了摇头，将烟丝倒回烟盒内。

[洪敏从外上。她在外观上绝看不出已经年过五十，在服饰装扮上与举手投足间，既有人们常可见到的那些所谓当代女强人精明、泼辣的作派，却又不失文化人的书卷气。

田　力 妈，你回来了？（连忙上前从洪敏手中接过她的提包）妈，你喝点儿什么？

洪　敏 先别忙这。把你那个像鬼叫的东西给我关了，来个轻松点儿的。

田　力 好的。（走过去换唱碟）

[这回响起的是施特劳斯的圆舞曲。

洪　敏 老梁，这两天我不在，你都准时吃药了吧？

梁大雍 吃了夫人。田力他一到时间就提醒我，就像闹钟一样准哩。

洪　敏 （突然发现沙发上田力的西装上衣，不很高兴地）田力！

田　力 （连忙过来边拿起上衣边解释地）我刚才……

洪　敏 不用解释了。

田　力 （将上衣挂到衣架子上）妈，以后我会注意的。

洪　敏 （在沙发上坐下）过来吧，给我揉揉肩膀捶捶背。

[田力驯服地走到洪敏的背后，给她揉了起来。

洪　敏 用点儿劲用点儿劲……对，对，就这样……（舒服地仰起头来）哎呀，这两天可真把我给累坏了！几百里的山路，颠簸得我浑身骨头都快要散架了。

梁大雍 你自己开车去山区？你不要命了？别老忘了自己多少岁啦！

洪　敏 累还在其次。到了那里一看，心里真不是滋味啊！这些人哪，我都不知道该怎么说：我前两个月不是每家都给了他们钱嘛，每家都一千块呀！谁知昨天去了，一家家都跟我诉苦，说是春耕到了，又没种子又没肥料呢！

梁大雍　那钱呢？

洪　敏　鬼知道他们花哪儿去了！更要命的是，有一家不是已经有三个孩子了嘛，居然最近又偷偷生了一个，要罚好几千！这些人哪，已经生下的连饭都吃不饱，还要再生！生！生！生！就知道生孩子！生下来怎么养活、怎么教育就不管了……（感慨地）农民啊农民！嗨！

梁大雍　是啊，愚昧、落后，出来打工的把城里人的生活也搅乱了，留在乡下的又只知道生孩子，还拖了现代化的后腿。严重的问题在于教育农民啊！

洪　敏　（敏感地）老梁，我这么说过吗？

梁大雍　没有，那是当年毛主席说的。

　　　　〔场上出现少许沉静。

田　力　（圆场）妈，爸是心疼你这么奔奔波波的会把身体累坏了。（小心地）妈，你又给他们钱了？

洪　敏　这回我学精了，不给他们现金。我叫人带我去买了足够多的种子、化肥——他们总不能将这些也吃进肚子里去吧？

田　力　老这么给钱也不是个事吧？不是没完没了嘛。

洪　敏　这我也想好了。这次我跟他们县里的部门说了，让他们因地制宜选择一个开发项目，大概需要二十到三十万左右的。选准了就先给我一个可行性报告，我认可了就给他们钱作为投资，赚了双方五五分账。

梁大雍　不是吧洪敏？你这是扶贫还是做生意呀？

洪　敏　老梁，这你就不懂了。假如只给钱不过问，恐怕不光赚的全分光吃光，连老本也给你吃了。我才不在乎那点蝇头小利，真赚了，将来还用在他们身上。这不更好吗？

田　力　爸，妈这种做法还真好。

洪　敏　田力，帮我个忙，这事以后就交给你办。

田　力　（有些犹豫地）妈，那……

洪　敏　放心，不会耽误你筹备搞网络公司的。

田　力　好吧。

洪　敏　老梁，那个小阿姨来了没有？

梁大雍　小阿姨？

田　力　哦来了。我下班刚好她来，我就带她在小平房安顿下来了。

洪　敏　你去把她叫来。

田　力　哎。（向院子那边下）

洪　敏　老梁，我走前忘了跟你说，我不是在好几家家政公司都挑不到一个合适的小保姆吗？前几天那家叫百顺的公司打电话给我，给我推荐了一个。我去看了，真的是非常不错，不但有中专学历，还懂英文，会用电脑，往后你有什么东西要打印，可就方便多了。

梁大雍　又中专毕业又懂电脑的干什么不好，还要来我们家当保姆？

洪　敏　你呀，一天到晚关在书斋里钻进故纸堆，世事全然不晓。没听说殡仪馆招工，应聘的连研究生都好几个？

梁大雍　（笑笑）这世道也怪了，一边说人才奇缺，一边有学历的倒找不到位置。

　　　　［田力带着白秋华上。

田　力　妈，她是……

洪　敏　你不用介绍了，我们见过面。（对白秋华客套地）你坐吧。

白秋华　谢谢，我站着就行了。

洪　敏　（点点头）你还挺懂礼貌的。

白秋华　洪阿姨——

洪　敏　（客气地打断）不不，你不能叫我阿姨。倒是我们该叫你阿姨——小阿姨。

白秋华　（一愣）那……（小心地）洪总。

洪　敏　也别叫我洪总。

　　　　［白秋华有些不知所措。场面有些尴尬。

田　力　（圆场）哦，小阿姨，妈妈以前是大学老师，公司里的人都叫她洪老师。你也这么叫吧。

白秋华　好的，洪老师。

洪　敏　小阿姨，我先教教你叫人的规矩。这位是我的先生——梁大雍，以前是大学教授，现在研究所当研究员。他是我们家学术地位最高的，专门研究古文化风俗。你可别小看他的专业，他还享受国务院的特殊津贴呢。你就叫他梁教授。

白秋华　梁教授你好。

梁大雍　（从白秋华一上场就注意地看着她，热情地）你好。我拿津贴，是因为研究这个的人最没出息。现在还研究这些的人，一不小心自己也成了珍稀的古代文物了呢。（带头笑了起来）

　　　　〔白秋华不禁也跟着笑了笑。

梁大雍　姑娘，今年多大了？

白秋华　二十二。

　　　　〔梁大雍还想再说下去。

洪　敏　（皱了皱眉头，正色地）老梁，我还没跟小阿姨说完呢。

梁大雍　哦，你说，你说。

洪　敏　（继续介绍地）这位是我的女婿，叫田力，电子计算机硕士。你可以叫他田先生。

白秋华　田先生。

洪　敏　我女儿今天不在家，她研究生刚毕业，以后你就叫她梁小姐。

白秋华　我知道了。

梁大雍　你们谈吧，我该进去看我的书了。

　　　　〔田力赶紧过去帮着推梁大雍的轮椅下，其后再悄然上场。

白秋华　洪老师，梁教授的腿……

洪　敏　哦，早些年他得了一场大病，病好了才发现脚没力气了。查来查去都找不出病因。其实只是行走有些不便，没什么大碍的。对了，以后你得注意提醒他准时吃药。我们还是说回正事吧。你知道为什么百顺公司里有那么多大专、本科学历的，我一个也没看上，挑中了你吗？

白秋华　不知道。

洪　敏　一，你模样长得周正，看上去顺眼。我最无法容忍的就是那些笨手笨脚、灰头土脸的人在我眼前晃来晃去。在我的公司里，连那些负责清洁的女工也是模样能见得人的。再说，我们家不时会有一些朋友来聚聚，我不能让人说我洪老师家的保姆长得难看。二，我看你是个听话的姑娘，也懂礼貌，一看就让人觉得放心。三，我已经在家政公司看你示范操作电脑了。我最欣赏的就是你连英文打字也打得那么好。

白秋华　谢谢洪老师。

洪　敏　（亲切地）小阿姨，家里还有什么人哪？

白秋华　没什么人了。

洪　敏　是吗？那——处男朋友了？

白秋华　（不好意思地）没有，我……不想……

洪　敏　明白。年轻人还是要有事业心，别那么早就谈婚论嫁。小阿姨，我们在家政公司定的合同，你每月工资是四百，对吧？

白秋华　是的，洪老师。

洪　敏　以后，我跟家政公司还是说四百，可我会另给你一百，这你就不用跟他们说了。还有，假若梁教授有些论文什么的，或者我有些什么文件要你用电脑打出来，会另外算给你钱。

白秋华　（有些意外地）这……洪老师，我……

洪　敏　（用手势阻止白秋华往下说）还有，我知道你不会一直当这个保姆的，这么做也未免有些委屈你了。你们都是想先找个落脚的地方，等着看以后有没有更好的机会，是不是？

白秋华　洪老师，其实我……也可以……

洪　敏　（摆了摆手）没关系没关系。我这人还是通情达理的，也挺爱惜人才。你要是想趁这个机会多学点知识，我支持，好在我们家人员不多，又都是大人没小孩，有空你可以看看书什么的，只要不耽误家务就行。而且，你要干得好，我以后还会想办法给你介绍更合适的工作。

白秋华　（感激地）谢谢，真的非常感谢。

洪　敏　小阿姨，我们家的人都很忙，以后这个家就拜托你来管了。从现在起你就是我们的大管家喽。

白秋华　洪老师你就放心吧，我会好好干的。洪老师，我真庆幸能到你们家来当保姆。

洪　　敏　　是吗？我们也欢迎你呀。当然了，每个家都有自己的规矩。我现在就跟你说清楚，免得以后发生不愉快。

白秋华　　没问题。洪老师，能让我坐下吗？

洪　　敏　　你……

白秋华　　我想将你说的都记下来。

洪　　敏　　（赞许地）好，这习惯好。你请坐吧。

　　　　　　〔田力连忙端过一把椅子让白秋华坐下。白秋华从包内取出笔记本和笔，规规矩矩地准备记录。

洪　　敏　　其实这些规矩也不难做到的。先从吃的方面说起吧：我们家在这方面比较讲究，我知道你在家政公司也参加了有关烹饪方面的短期培训，但我们最喜欢的一些菜是你们培训班的食谱上不可能有的——尤其是要煲的那些汤。

白秋华　　我知道，这个城市的人最讲究喝汤。

洪　　敏　　不不，这点我们比一般人要讲究得多。不同季节、不同时令，甚至同一个季节但天气不同，都要煲不同的汤。厨房架子上的汤料你得认准，千万不能弄混了。再就是各种汤所需的烹饪时间也不同，要精确地掌握好火候，误差不能超过分钟。

白秋华　　（禁不住倒抽一口气）这点……

洪　　敏　　你先别紧张，我会慢慢教你的，只要用心，学会并不难。

白秋华　　洪老师，我会用心的。这也是一个学习的好机会。

洪　　敏　　唔。还有，你吃的可以跟我们完全一样，也就是说，我们吃什么你就吃什么。

白秋华　　洪老师，我——

洪　　敏　　你听我说完。只是我们一家平常都各干各的，往往到了吃饭的时候才有机会商量一些私事，所以，到时你最好回避一下，就在厨房里吃，没叫你，不要到饭厅来。

白秋华　　（有些吃惊，但竭力不表现出来）我记下来了。

洪　　敏　　至于在清洁卫生方面，可就得请你多操点心喽。由于我有一种灰尘过敏症，只要有一丁点尘土刺激，鼻腔就受不了，所以，客厅和书房一定要每天清洁一次，不能用地拖把，只能用布抹，每个旮旯都不能放过，绝对不能留下半点灰尘，每个星期三再定期打一次地板蜡。至于我们的卧室嘛，需要打扫的时候自然会告诉你的。我们不在的时候，请不要随便进去。

[白秋华埋下头做记录，没搭腔。

洪　敏　还有，洗衣服的时候一定要注意分开，你的是你的，我们的是我们的，不要都放到洗衣机混在一块儿洗，贴身的衣服一定要用手洗。洗澡间也不要在一起，你住的那间平房旁边就有一间你单独使用的洗澡间。你放心，那里也有热水器，洗漱用品也可以跟我们的完全一样。有什么问题吗？

白秋华　（仿佛正认真地做着记录，使劲点了点头）没有。

洪　敏　好。你看，其实这些规矩也没什么特别的是不？跟别的人家也不过是大同小异，慢慢你就会习惯的。

白秋华　洪老师，我会尽量让你满意的。

洪　敏　我相信你会让我满意的。田力，公司这几天有什么事没有？

田　力　一切运转正常。收购东联公司的事我也基本上跟对方谈妥了，就等你回来召开股东大会最后拍板。

洪　敏　哦？那资金……

田　力　比你要求的底价省四百万。

洪　敏　（惊喜地）是吗？好！干得不错！还有什么好消息？

田　力　还有，就是上海的杨老板……哦，杨平叔叔昨天来了，他……

洪　敏　（勃然地）什么？你杨叔叔来了？你是怎么搞的嘛，他来了你怎么不通知我呢？

田　力　（委屈地）妈，这两天你一直没电话回来，打你的手机又……

洪　敏　（恼火地）那该死的穷山沟，手机一点讯号都没有！那我刚才回来你怎么一直不说？

田　力　你不是跟……小阿姨……

洪　敏　你呀！算了算了……你杨叔叔走了？

田　力　明天上午的飞机。因为不知道你今天会回来，所以刘副总跟我商量过，今晚他陪杨叔叔吃饭。

洪　敏　（果断地）不行！我得去见见他。

田　力　（欲阻止地）妈，你今天这么累，是不是……

〔但洪敏仿佛什么也听不见，拿起汽车钥匙，径自出门下。

〔场上的人都默默地站着。不一会儿，传来汽车启动的引擎声。

〔梁大雍又坐着轮椅上。

梁大雍　你妈她又出去了？

田　力　嗯。

梁大雍　以后呀，那个什么杨老板来了，你就是雇用一部直升机也得通知到你妈。记住了？

田　力　（点头）爸，听说那个杨叔叔也是你的学生？

梁大雍　（不愿深谈）也算是吧。（转对白秋华，亲切地）你叫什么名字来着？

白秋华　白秋华。

梁大雍　秋华——这名字有意思。那……有乳名吗？

白秋华　有，叫——

梁大雍　等等，让我猜猜——叫小菊？菊花的菊？

白秋华　（惊诧地）你怎么知道的？

梁大雍　因为你是秋天出生的嘛。

〔白秋华更惊奇了，只会一个劲地点头。

梁大雍　（笑笑）我们汉民族的姓名学可是一门学问。而且是大学问。它也是我的一个研究课题。看来给你起名的人挺有文化的。

〔白秋华只点了点头。

〔厅上的电话突然响了起来。田力走去接听。

田　力　你好……对，我是田力……（突然焦急地）怎么搞的，我不是叫你们不要打这个电话吗？我……（醒悟，下意识地看了梁大雍他们一眼，不敢往下说）

梁大雍　（笑笑）姑娘，推我去院子走走，好吗？

〔白秋华连忙推着梁大雍下。

田　力　（继续打电话，尽量压低嗓音）……你说什么？爸病了？……十天前也给我打过……我哪给家里寄过一千块钱呀……（拿着话筒发呆）

〔灯渐暗。

[幕闭。

第二幕　第一场

[数天以后。早晨。
[幕启。白秋华正在收拾客厅。
[客厅的音响播放着柴可夫斯基第六交响乐《悲怆》。
[田力从楼梯上下来。他穿戴整齐，拿着提包，显然正准备上班。

白秋华　田先生，早上好。

田　力　你好。

白秋华　（连忙从沙发前的小几上拿来一封信）田先生，早上我去开信箱。有你一封信，是澳大利亚寄来的。

田　力　是吗？

白秋华　听说你爸爸在澳大利亚？

田　力　洪老师告诉你的？

白秋华　是的。他——在澳大利亚的珀斯？

田　力　你怎么知道的？

白秋华　这信封上写着呢。

田　力　哦，我忘了你懂英文。

白秋华　听说他在那里开了家叫"龙凤呈祥"的中国餐馆？

田　力　（开始有些不耐烦地）是的是的。又是洪老师告诉你的？

白秋华　对。她还夸你有骨气，不依靠父辈，要——

田　力　（终于忍不住了，礼貌地打断）小阿姨，等哪天有空，我再把我的故事完完整整地全告诉你，好吗？

白秋华　对不起田先生，我不该问的。这信……

田　力　我现在没空看，先搁那儿吧。

[白秋华顺从地把信又放回小几上，走到一旁。

[梁若彤突然从门外上。她背着一个小背包，身穿T恤和牛仔裤，浑身上下散发着一股青春的热力，在似是随意中显得洒脱飘逸。

梁若彤　（发现田力，夸张地）亲爱的！

田　力　若彤？

梁若彤　（步履轻盈地走进来，将背包随便地往沙发上一扔，转身对着丈夫，小嘴翘起，露出一种似是调皮又是嘲弄的笑容）亲爱的，几天不见，也不想抱着我亲亲？

田　力　（笑笑）你呀！（放下提包，走到梁若彤跟前轻轻抱了抱她）

梁若彤　怎么？例行公事呀？你就不能亲热点儿？

田　力　（压低嗓门地）别闹了，不见有人在吗？

梁若彤　（似才发现白秋华）她是谁？

田　力　新来的小阿姨。

梁若彤　是吗？（眯起眼睛打量了几眼正在另一边忙着的白秋华）嗯哼，长得还挺漂亮哩，小心给她迷住了。（一本正经地从裤后袋子里掏出一张百元钞票，小声地）这是第几个了？咱们打个赌，她能干满两个月，这归你；干不满，你得输给我同样的。

田　力　若彤！（提高嗓门地）小阿姨！

白秋华　（赶紧过来）什么事田先生？

田　力　这位就是梁小姐。

白秋华　（谦恭地）梁小姐你好。

梁若彤　什么先生小姐的，酸！我肯定比你大几岁，叫我彤姐得了，或者，直接叫我若彤也行。

白秋华　（似乎有些不知所措）这……

田　力　你别添乱了。小阿姨，你忙你的去吧。

白秋华　哎。（走开了）

梁若彤　（发现小几上的那封信，看了看封皮）怎么？你澳洲的老爷子又给你来信啦？

田　力　今早刚到的。

梁若彤　（狡黠地）不是说家书抵万金吗？怎么每次收到来信，你都这么随随便便地在客厅里搁着，不急着看看他给你说什么了？
田　力　（有些尴尬，忙接过信）等会儿回到公司再看吧。（胡乱塞进口袋里）若彤，你这十多天到哪儿去了？
梁若彤　旅游呀。走了好几个省，也爬了好几座山。
田　力　去哪儿也不说一声，手机也忘了带，冒失鬼。
梁若彤　不是忘了，是压根就不带，不想受人干扰。（惬意地半躺到沙发上，双脚随意地搁到茶几上）还是出去好啊，空气清新，耳根清净。
　　　［田力看了眼妻子的脚，欲言又止。
梁若彤　嗯亲爱的，放的是什么鬼音乐，难听死了，把它换了吧。
田　力　这我可没这个胆，要换你换去。
梁若彤　这是什么音乐？让人感到一股什么——冷冷清清凄凄惨惨戚戚……
田　力　（笑）你这感觉就对了。这是世界名曲，柴可夫斯基的第六交响乐——《悲怆》。妈妈最爱听的。
梁若彤　嗯亲爱的，你说这世界究竟怎么啦！那些真正该感到悲伤的人，老爱听爱唱那些大喜大庆的歌；而那些衣食无忧百无聊赖的，却偏偏欣赏这些悲悲哀哀凄凄惨惨的。这是不是叫吃饱了撑的，无病呻吟？
田　力　你就少说两句吧，妈来了。
　　　［洪敏从内上。
洪　敏　（一上来就高声地）小阿姨！小阿姨！
白秋华　（赶紧应答）我在这儿呢洪老师。
洪　敏　见没见我那只提包？
白秋华　（拿起一只提包）是不是这个，洪老师？
洪　敏　没错，拿过来给我。
田　力　（对妻子提醒地）哎——妈妈出来了。
梁若彤　（懒洋洋地站起）妈。
洪　敏　（惊喜地）哟！宝贝！你回来了？
梁若彤　妈，跟你说多少回了，别整天宝贝宝贝地叫了。
洪　敏　（不解地）叫宝贝怎么啦？我不从小就这么叫你宝贝的吗？

梁若彤　时代发展了。你不知道吗？宝贝这词现在都成骂人的话了。

洪　敏　（不高兴地）有这个说法吗？

梁若彤　你整天忙着做生意，又不看书，哪知道？

洪　敏　这"宝贝"两字跟书又有什么关系？

梁若彤　有一本书书名就叫……算了，这事三言两语也说不清，不说也罢。（坐回沙发上，脚又随意地搁到小几上）

洪　敏　（看着女儿皱了皱眉头）宝贝……哦小彤，你就不能不把腿搁在上边吗？

梁若彤　（把腿放下，一本正经地）你说得非常正确，这显得多没教养！对了，我得洗个澡换套衣服，身上都成酸菜了，免得那股馊味又惹得妈妈你鼻子过敏。（说完拿起小背包径自上楼去了）

洪　敏　（恼火地看着女儿的背影，仿佛对田力又仿佛自言自语）你说，我哪点惹她啦？啊？

［田力并没搭腔。

洪　敏　田力，你昨晚上哪儿了？

田　力　跟几个朋友出去了。找我有事？

洪　敏　（一把拉开提包，从里边拿出一份表格）刘副总说，你也认为这个谷正昌可以当公司的财务部经理？

田　力　他问我谷正昌这人怎么样，我只是说……

洪　敏　这公司的人事问题，该你管的？你以为是我的女婿，公司的大事小事你就都可以过问了？嗯？

田　力　（窘迫地）妈……（向白秋华看了一眼）

洪　敏　小阿姨，以后要是看见我们讨论诸如此类的问题，请你回避。记住了？

白秋华　知道了洪老师。（迅速地放下手中的活，进内）

田　力　妈，我根本就不知道要提拔谷正昌的事。我只是跟刘副总说，他这人还算比较老实。

洪　敏　老实？你知道这个谷正昌是个什么背景吗？

田　力　（吃惊）背景？这……我还真不知道。

洪　敏　这人哪，家里过去穷得一塌糊涂，我了解过了，他念大学家里为他背的债到好几年才勉强还清。

田　力　（不解地）妈，他家穷……算是什么背景呀？

洪　敏　公司上一任那个姓黄的财务经理卷走了我一大笔钱。我后来才知道，原来他也是家里过去穷得叮当响的。

田　力　（踌躇了一下，还是忍不住地）妈，出身贫寒也不见得就……（终于还是没说下去）

洪　敏　不怕一万我怕万一。你呀，看报听新闻要分析里边隐藏着的内涵。你给我说说，这些年出的那些贪赃枉法的，包括那些有一定职务的蛀虫，有哪个不是所谓苦出身的？

　　　　〔田力深感震惊，但默然以对。

洪　敏　那姓黄的有一回跟我一起出差去北京，说起小时候家里的穷，恨得咬牙切齿。我真是第一次这么深切了解什么叫童年阴影。你出生在城市又是富裕的家庭，不了解这些人。他们哪，一有机会，不仅把自己想要的要弄到手，还要把上一辈人没能要到的，还有下一辈人可能要不到的，全都弄回来。弄回来又舍不得花，有个什么市的市长不就是将钱全埋在床底下吗？家里还看那部黑白电视！

田　力　（渐渐平静下来）妈，以后涉及公司的人和事，我知道该怎么做了。

洪　敏　唔。可以走了吗？

田　力　可以了。

洪　敏　（拿出汽车钥匙）你来开车。

　　　　〔田力默默地接过。两人欲下，走了几步，洪敏想起什么，又突然停下。

洪　敏　你给我叫小阿姨出来。（从提包内取出另一份手写稿子）

田　力　（大声地）小阿姨！小阿姨！

白秋华　（匆忙上来）田先生，你叫我？

洪　敏　是我叫你。这份资料你尽快给我打印出来，中英文各一式两份。我明天一早就要。

白秋华　（有些为难地）洪老师，梁教授那篇论文我还没打完，他也说是明天一早要去参加一个学术研讨会用的。

洪　　敏　（沉下脸）嗯哼？（将文稿扔到田力手上）

　　　　　〔白秋华不知所措。

田　　力　（委婉地）妈，你这份是不是可以叫公司的李秘书……

洪　　敏　你知道什么？这是我们准备跟新加坡一个财团合作的计划，目前除了你我，不能让公司任何人知道半点信息。

田　　力　（拿着资料过去交给白秋华）我晚上回来帮你。妈，走吧。

白秋华　（提醒地）田先生，你还没吃早餐呢。

洪　　敏　是吗？（突然又变得和蔼地）小力，你怎么老不吃早餐？这对身体不好。时间还来得及，我等你。

田　　力　妈，不用了，我不饿。

　　　　　〔洪敏与田力同下。

　　　　　〔白秋华更紧张地收拾客厅。

　　　　　〔梁若彤从楼上下来。她已换了一套衣服，头发湿漉漉的显然刚洗完澡。

梁若彤　（看了一眼白秋华，不无善意地）哎！

白秋华　梁小姐，你叫我？

梁若彤　是的。你叫什么名字？

白秋华　白秋华。

梁若彤　这名字倒挺文雅的。来了几天了？

白秋华　不到一个星期。

梁若彤　过来坐坐，我们聊聊天。

白秋华　（不卑不亢地）对不起梁小姐，我现在实在没空，收拾完客厅我还得赶紧洗那些衣服，然后我还要——

梁若彤　洗衣服有什么难的，往洗衣机里一扔按几个按钮不就完事了？

白秋华　不行的。洪老师说……

梁若彤　（紧接）那些贴身的衣服得用手洗、你的跟我们的不能混在一块儿洗，是不是？你呀，别那么死心眼，我们家洗衣机是最好的，洗衣粉也买最贵的，机洗跟手洗根本毫无区别。穷讲究！

白秋华　（不知深浅，嗫嚅地）不，梁小姐……你别跟我开玩笑了。

梁若彤	你以为我是捉弄你？我是说真的。要全按我妈要求的都做到，那至少得多请两个小阿姨。过来坐坐吧！
白秋华	（犹豫地）我……

〔梁大雍坐着轮椅从内室上。

梁大雍	丫头！
梁若彤	（亲热地上前去）爸！你起来了？
梁大雍	一早就听见你这只小黄雀儿吱吱喳喳地叫，还能不起来吗？
梁若彤	（不无歉意地）我真把你吵醒了？
梁大雍	（用手指刮了女儿鼻子一下，弦外有音地）我呀，最大的心愿，就是希望天天早上有我的小黄雀儿把我吵醒啊。
梁若彤	（撒娇地）爸！你说什么呀！
梁大雍	丫头，人家小阿姨刚来，别把她吓着了。（转对白秋华）你忙你的去吧。
白秋华	哎。（转身欲下）
梁大雍	等等。小阿姨，关于衣服该怎么洗，我跟我丫头的观点完全一样。你就照她说的，嗯？
白秋华	谢谢梁教授。（下）
梁若彤	爸，我走开这几天，你身体没事吧？
梁大雍	吃饭、睡觉、看书、写文章，一切随着太阳的运行规律周而复始，能有什么事。
梁若彤	（翻看父亲的头发）爸，你的白头发好像又多了。
梁大雍	快六十了，要是还满头乌黑亮丽的，那不违反自然规律了？
梁若彤	爸，你跟田力说了我去哪儿了吗？
梁大雍	你不觉得该由你自己说吗？
梁若彤	我……会选择一个适当的机会告诉他的。
梁大雍	丫头，小田这人其实挺好的。
梁若彤	我也觉得他人不坏呀。要不我当初怎么会同意跟他结婚？
梁大雍	孩子，你应该明白我说的是什么意思。
梁若彤	爸，你放心吧，我会处理好这事的。他不就想借助我们家的财力办一个什么

网络公司嘛，我会成全他的。

梁大雍　孩子，你真这么认为的？

梁若彤　爸，别再说这些了。累！

梁大雍　丫头，那家公司前几天又来过电话，问你什么时候可以去上班。

梁若彤　我会抽空去一下跟他们解释的。

梁大雍　你妈也给我敲边鼓，想叫我劝你去帮她的忙。

梁若彤　爸，关系弄成了这样，你觉得我去合适吗？

梁大雍　你自己拿主意吧，我不勉强你。

　　　　［白秋华端着一盆水和抹布上。

白秋华　梁小姐，你还没吃早餐吧？我已经摆放在餐桌上了。

梁若彤　好的。让你一说我真觉得饿了，我这就去吃。（下）

　　　　［白秋华拧干抹布，开始擦拭地板。

梁大雍　（推动轮椅来到白秋华跟前，小声地）小菊，我不是跟你说过，用拖把完全可以的嘛。

白秋华　不行的梁教授，洪老师她——

梁大雍　（打断）哎呀她不是不在家嘛。

白秋华　她不在家也不行。前天我听你说的用拖把抹，晚上她一回来就发现了，把我……（摇头笑了笑，继续抹地）

梁大雍　（苦笑）这么说，我累你挨骂了。小菊，来了几天还习惯吗？

白秋华　还行。

梁大雍　小菊，你一边抹地，我们一边聊天，好不好？

白秋华　（边干活边说）好啊。那——聊什么呢？

梁大雍　就聊你来了以后觉得有趣的。

白秋华　有趣的……还没有。可想知道的，能聊吗？

梁大雍　当然。你说吧。

白秋华　梁教授，怎么好像这一带都是你们这样的房子？

梁大雍　是都差不多，都是两三层楼的小洋房，院子都有小鱼池，有些还有假山。在二十世纪初，这可是这座城市最时髦的小公馆啊。直到今天，住的人家还是非富则贵。

白秋华　这就是这座城市的人常说的专出少爷的地方？

梁大雍　是的，而且专出留洋的少爷。这栋小楼是你洪老师祖上的房产。她的父亲，也就是我的岳父，也是留洋的博士。

白秋华　这些房子占地都这么大，又只住……（意识到不能这么说，连忙打住）

梁大雍　我明白你的意思。你是想说，在这寸土寸金的大都市，怎么不把它拆了重建是不是？前几年的确曾传言市政当局有过计划，要将这一带改造成大型住宅区。当传言最凶的时候，我还悄悄查看市区地图，看看搬到哪儿去好一些，但我夫人说我们完全是杞人忧天。她说，谁当市长都绝不敢批准这个计划，他要真敢动手，那他得先把市府大楼拆了！你说，她这话够牛吧？

［白秋华笑着摇了摇头，不敢接口。

梁大雍　可偏偏让她给说对了，这计划真是搁置下来了。

白秋华　这地方可真安静。走在街道上，几乎见不到别的行人，连小汽车驶过也没半点声音。

梁大雍　那你——有没有走过墓地的感觉？

白秋华　（闻言一惊）墓地？

梁大雍　你刚来不久还感到新鲜，这地方住长了，就会有这种感觉了。

［白秋华欲再说什么时，电话铃声突然响了起来。梁大雍朝她挥手，示意她去接听。

白秋华　（只好走去接听电话）你好，这是洪老师家……哦，好的，请稍等……（向内）梁小姐！电话！

［梁若彤匆忙上，嘴里还咀嚼着什么。

梁若彤　（边走边发问）谁找我？

白秋华　她说她叫……圣母。我没来得及告诉你，她昨天就来过电话了。对不起。

梁若彤　不要紧。

梁大雍　圣母？就是你那个到澳大利亚留学的同学玛莉亚？

梁若彤　对。（接听电话）喂，玛莉吗……对，我是丽莎。我也是今早刚回来。你是什么时候回国的？……是吗？……哦，你真去了珀斯？……真有家叫龙凤呈祥的中国餐馆?……哦,是吗?哦?(听着电话,脸色禁不住越来越严峻)……知道了,谢谢你玛莉,这事还请你先不要跟任何人说。我现在就去你那里。(放下话筒,仿佛自言自语地)天方夜谭!田力啊田力!你这是何必呢你!(又突然哈哈大笑起来)

梁大雍　丫头,小田怎么啦?

梁若彤　爸,你还是不知道好。(匆匆向门外下)

梁大雍　丫头!(喃喃地)……澳大利亚珀斯……龙凤呈祥餐馆?

白秋华　听说那家龙凤呈祥餐馆就是田先生爸爸开的,不会是发生什么事了吧?

梁大雍　珀斯那边发生什么我不知道,我们这边倒可能要发生一场地震了。

白秋华　(奇怪地)地震?

[光渐收。

[暗转。

第二幕　第二场

[紧接前场。当天晚上。

[一束追光打在正坐在电脑前操作电脑的田力身上。

[随着田力的键盘敲击声,响起他的幕后音:"小小,尽管我们约好互相不问对方姓名、性别、年龄、职业,但我凭直觉,你极可能是个女孩子,而且是个善解人意的女孩子。你没有猜错,我在现在这个生活环境中,只能戴着一副面具过日子——小心、谨慎,夹着尾巴做人。谢谢你小小,我这些心里话,如今只能和你一个人说。有时我想,假如我的生活中没有和你一起聊天的日子,我该怎么过——那是你无法想象的空虚和寂寞。再一次谢谢你小小!你的朋友牛牛。"

[另一束追光打在另一侧也是正在操作电脑的白秋华身上。白秋华显然刚打好文件,禁不住打了个哈欠,又迅速警觉地偷偷看了田力一眼,从电脑上取出软盘,关了机,拿着软盘来到田力跟前。

白秋华　田先生，这文件的中文部分我打完了。软盘在这儿。

田　力　我这英文部分也弄好了。梁教授的那篇论文——

白秋华　已经打印好给他了。这份文件怎么打印？

田　力　你放着吧。我明天回公司再处理。你忙了一天累了，快休息去吧，明天又得早起。

白秋华　你不也忙了一天了？还是我……

田　力　别说了，走吧走吧。

白秋华　谢谢田先生。（欲下，又想起什么）田先生，今天上午的事，我要向你道歉。

田　力　（一时没想起）上午？什么事？

白秋华　就是我问你爸爸在澳大利亚……那事。

田　力　哦，这没什么。

白秋华　这不是我应该问的，请你原谅。

田　力　真的不要紧，你别再放心上了。对了，昨天你说你在学校的时候也挺喜欢上网？

白秋华　我……只是说说。

田　力　梁教授的那部电脑我也给他装上了。

白秋华　（脱口而出）我知道了。

田　力　原来你……用过了？

白秋华　（不好意思地）谢谢田先生。

田　力　你别整天就只会说谢谢，多累呀。

白秋华　（禁不住笑笑）要不要给你做个夜宵？

田　力　不用了，你休息去吧。

　　［白秋华下。

　　［田力显然也累了，关了电脑，站起伸了个懒腰，活动了一会儿身体，又朝楼上看了一眼，去衣架上取下自己的西装上衣，在沙发上躺了下来，用上衣盖住上身。

　　［梁若彤从楼梯上悄无声息地下来，慢慢走到沙发前。

　　［田力惊觉，忙坐了起来。

梁若彤 （若无其事地笑笑）亲爱的，你不是打算今晚就在这沙发上过夜吧？

田　力 若彤，我……

梁若彤 真有你的。不是都说小别胜新婚吗？我走了十几天刚刚回来，你却要在沙发上过夜，想做给谁看哪？想让我妈妈觉得你受着天大的委屈？

田　力 你误会了。我是怕这么晚上去会吵醒了你。

梁若彤 这借口也挺有合理成分，可惜你不止用过一次了。

［田力默然。

梁若彤 我不怪你。你是觉得跟我在一起，既没有所谓的爱情，也无情欲可言，是吧？

田　力 若彤，你……怎么这么说？

梁若彤 不是有这么一句话嘛——同女人做爱和同女人睡觉是两种互不相关的感情，前者是情欲，后者是爱情……嗯，亲爱的，这话是谁说的？

田　力 （嗫嚅地）我不知道。

梁若彤 那么，是谁在看《生命中不能承受之轻》那本书的时候，在这段话的底下，画上了一条粗粗的黑线呢？旁边还批了几个字——"可惜我两者都没有"。

田　力 （沉静了一会儿）我——无话可说。

梁若彤 是无话可说，还是不想说？（坐到田力的身边，感慨地）真有意思，米兰·昆德拉创造的这个爱情经典，居然跟我们毫不相关。亲爱的，你能不能告诉我，你有过爱吗？我指的是那种魂牵梦萦、永不言悔的爱？

田　力 （稍顿，缓缓地）怎么说呢？应该说——有过。

梁若彤 好。有过就好。我也告诉你，我也有过。对爱情，我曾经多么憧憬啊！我永远也忘不了，忘不了初恋时的甜蜜，热恋中的缠绵，苦恋中的刻骨铭心……更忘不了我们在海滩上一起度过的那个最后的一夜……

田　力 （触动心事）海滩上？最后的一夜……

［静场。仿佛从远处传来哗哗的潮水声。

梁若彤 （站起，仿佛遥望着远方，缱绻地）是啊，在海滩上，听着大海哗哗的潮声，望着月朗星稀的夜空……

田　力 （也仿佛沉浸在回忆里）潮声……夜空……还有用杜拉斯的话作为誓言——

"我们是情人。我们不能停止不爱。"

梁若彤　夜越来越深了，海滩上只剩下我们两个。在明亮的月光下，沙滩远处仿佛有一朵闪闪发亮的小花正在绽放。

田　力　我跑了过去，将它捡了回来，原来是个非常漂亮的小贝壳。

梁若彤　我还从来没见过这么漂亮的贝壳。是你将它献给了我。

田　力　可你又将它扔回大海里。你说，它是属于大海的，它要离开了大海，也就失去它的美丽。

梁若彤　清凉的海风，让我们忘却了一切。我们并排在沙滩上躺下，望着已走到中天的月儿，你说——

田　力　真希望时间就这么停下来，永远停下来……可你说——

梁若彤　不，我希望此刻世界就这么毁灭了，让这一切成为永恒。

田　力　我心酸地看着你，看着你两眼闪烁着的泪光。

梁若彤　就在那一刻，我记起了鲍·布拉赫特的那首诗："你的爱属于我，夜晚降临的时候，抱住我，亲爱的，我们开始飞行。"

田　力　我们飞行……我们在夜空中飞行，我们在海潮声中飞行……

梁若彤　这是我人生的第一次飞行。

田　力　我也是第一次。当海潮退了，一切都沉寂下来的时候，我的头轻轻枕在你柔软的小腹上，你用手缓缓梳理着我散乱的头发……

梁若彤　（迷茫地）不对，不是这样的，是我的头枕在你的身上，是你用手……（转身面对着田力）不不！那人不是你……

　　　　［两人都从幻想中惊觉过来。

梁若彤　用小腹让你舒服地枕着的，是另一个女人吧？我在海滩上的那人……不是你……

田　力　是的。的确不是我。

梁若彤　你怎么能这样！这样顺着我说的话，闯进我的回忆里？

田　力　对不起，我无意冒犯你，我只不过说出了我曾经经历过的一个生活片段。

梁若彤　见鬼！难道说——海滩……贝壳……还有飞行……

田　力　都是真的，我都经历过，它们就像昨天刚刚发生。

梁若彤　（惨然地）亲爱的，不是老天有意捉弄我们，就是我们真有缘分。你我在认识之前，居然会有这么相似的经历。

田　力　我也感到不可思议。也许真是造物主的一种安排……若彤，其实，当我第一次踏进这个家，你妈妈第一次介绍你给我认识的时候，我就……就……

梁若彤　说出来吧。

田　力　就喜欢上了你……

梁若彤　啊？为什么？

田　力　是因为……（上下看着梁若彤，欲言又止）

梁若彤　我……长得像她？

〔田力点了点头。

梁若彤　见鬼！闹了半天，我居然……成了另一个女人的替代品？

田　力　我不也是另一个男人的替代品吗？

梁若彤　（冷然地）不！你永远也代替不了他。

田　力　这我应该想到的。

梁若彤　我曾经努力过。当我们最初认识的时候，我就预感到会出现这种状况的了。我想用时间来冲淡过去的一切，但我后来发现，这是徒劳的。

田　力　难道，不可能再有转机了吗？

梁若彤　也许吧，我不能肯定。

田　力　（突然鼓起勇气）若彤！我……

梁若彤　你别说了。真有意思，我们今晚倒像一对刚进入初恋的愚蠢的小男生和小女生。

田　力　那我们就从初恋开始，行吗？

梁若彤　行呀。那你说，恋爱双方的第一要素是什么呢？不是童话式的一见钟情，更不是荷尔蒙分泌出来的什么情欲。

田　力　（茫然地）那是什么？

梁若彤　坦诚。不过，你我都明白，这一点我们都做不到。

田　力　不不，我不瞒你了。我跟我原来那个她是大学的同学，我们相爱，爱得很热烈可也爱得很苦，但她的父母拒绝接受我。

梁若彤　为什么她的父母会拒绝你呢?

田　力　这点…我也不知道。

梁若彤　是不知道还是不想说?

田　力　我是真的……真的……

梁若彤　（打断）行了行了亲爱的，别为难自己了。你什么时候觉得该跟我说实话了，我们的恋爱就从什么时候开始——OK？

［田力默然。

梁若彤　亲爱的，你那个在澳洲的老爷子今天给你的信说些什么了?

田　力　没说什么，还是那些话。

梁若彤　是吗?叫你要原谅他，说他当初并没有抛弃你母亲，你母亲的去世，跟他毫无关系……还是说这些?

田　力　若彤，我们……能不能谈点儿别的?

梁若彤　（似乎随意地）好吧，那就谈点儿别的。我那个外号叫圣母的同学，还参加了我们的婚礼，你还有点儿印象吧?

田　力　记得，长得胖胖的，个子也不是很高。我还记得她英文名叫玛莉亚。

梁若彤　她的英文名改了。到澳大利亚留学后，她们班有十几个虔诚的基督教徒，强烈抗议她滥用圣母的名字，她只好去掉了一个亚字，改名叫玛莉了。她前几天回国了。

田　力　（立即警觉地）是吗?

梁若彤　（狡黠地）她跟我说，回国之前去了一趟珀斯。

田　力　（暗吃一惊，但仍尽量不动声色）去过珀斯?那里不是离悉尼……

梁若彤　是非常远，一西一东的，就像从北京到上海。可她还是去了，还到了那里的唐人街。她在出国前不是听你说过，你老爷子在那儿开了家龙凤呈祥中国餐馆吗?所以她……（故意不往下说）

田　力　（心乱如麻，机械地）她……真去了?

梁若彤　想知道玛莉在那家餐馆发现了什么吗?

田　力　发……发现什么?（终于支持不住，坐到沙发上）

梁若彤　（仿佛这才看出田力的表情）亲爱的，她不过是到你老爷子的餐馆去，你紧张什么？

田　力　不，我没紧张……

梁若彤　（冷然一笑）亲爱的，她在那儿发现了你老爷子餐馆的饭菜非常难吃，完全没有什么中国菜的味道，简直是大杂烩——放心吧，她没去找你老爷子麻烦。

田　力　（惊魂未定地）她……她为什么……不找他？

梁若彤　我也跟她说了，下回去那里一定要找你老爷子，一是帮我问候一下我那个从未见过面的公公；二来嘛，吃东西也可以打个折。是吧？

田　力　是，是的。

梁若彤　（盯着田力）亲爱的，你觉得天气很热吗？

田　力　不，不热。

梁若彤　那你怎么满头大汗的？（从睡衣口袋中掏出一块纸巾，显得很体贴地）擦擦吧。

田　力　（接过纸巾胡乱擦拭几下）谢谢……

　　　　［洪敏身穿睡衣上。

洪　敏　宝贝——哦不，小彤！……嗯，小力也在？

田　力　妈妈。

洪　敏　都几点了，你们怎么还不睡？

梁若彤　妈，你不觉得这个时候最适合聊天吗？

洪　敏　聊天？

梁若彤　对了妈妈，刚才田力讲了个故事，可有意思了。（对田力）是吧亲爱的？

田　力　（只好勉强地）是的……

洪　敏　半夜三更的还不睡，在这儿讲故事？

梁若彤　妈，是真的很有意思。你要不要听听？

洪　敏　我不听。你们快上楼睡觉去。

梁若彤　妈，平时不跟你说话，你有意见；我现在有了跟你说话的兴趣，你叫我睡觉去？

洪　敏　（一愣）这……好吧，你说吧。

梁若彤　妈，就让我当你一回乖乖女吧，请坐。（显得很是孝顺地扶洪敏坐了下来）

[洪敏满腹狐疑地看着女儿。

梁若彤 亲爱的，这故事是你说还是我来说呢？

田　力 （手足无措地）还是……你说吧……

梁若彤 好。妈妈你听着。这故事说的是，有三个大学生，一同遭遇了一宗车祸，给送进了医院抢救。医生一检查，三人都死了。

洪　敏 都死了故事不就完了？

梁若彤 不不，这故事才刚开头呢。医生正准备将他们送太平间，突然，其中一个商人的儿子坐了起来。

洪　敏 活过来了？

梁若彤 没错。医生奇怪了，连忙问他：你不明明死了，怎么又活了？商人的儿子说，他们三人正走到地狱的门口，要向那个把守大门的判官报到的时候，判官向他们宣布，只要他们每个人的家里愿意付一万块钱，他就想办法让他们重返人间。商人的儿子马上表态说，没问题，我让我爸马上就将钱电汇过来。所以判官就放他回到人间了。

洪　敏 荒唐！哪有这样的事的？

梁若彤 （冷冷地）妈，你是不是不想听下去了？

洪　敏 不不，你说，你说。

梁若彤 医生又问，那他们二位呢？商人的儿子说，他们俩正跟判官在协商谈判呢。那个公务员的儿子问，能不能保证到时开张发票，好让他给父亲回单位报销。

洪　敏 （不禁被逗乐了）哈……还有一位呢？

梁若彤 还有一位嘛——父亲是种地的，他正向判官讨价还价，他说，他上学都只能靠助学金，问这钱能不能减免；或者，等他毕业以后挣了钱再给……

洪　敏 （察觉出女儿话中有话，收回笑容，冷冷地）你故事说完了？

梁若彤 说完了。跟你说了老半天故事，我肚子有点儿饿了，去厨房找找看有什么吃的。（转身下）

[静场。

洪　敏 （恼火地）田力，这就是你讲给她听的故事？

田　力 这……这故事的原版不是这样的。商人的儿子是美国人，公务员的儿子是加拿大人，农民的儿子是犹太人。

洪　敏　那她为什么改成是农民的儿子？……（自以为悟出来了，恼怒地）明白了，她这是拐着弯骂我！我不让她嫁给那个人，她心里一直恨我。

田　力　（心情复杂地）妈，也许若彤不是这意思。

洪　敏　你别为她辩护了！你不认识那小子，他第一次上门我就……（自感失言，稍顿）你别以为我对他们有什么偏见，我是怕若彤受不了。

田　力　受不了？

洪　敏　是的。那些人哪，从小养成的令人难以容忍的习气，是一辈子都无法改变的！比如说，不爱洗澡、洗头也就罢了，可他们甚至连脚也不洗就敢上床！就说你爸爸……（猛然醒悟，稍顿）哦，你爸爸和我那个大学的同事苏阿姨你还记得吧？她那女儿不就不听她的话，硬要嫁给一个出身农家的大学生吗？结果怎么样了？结婚没几天，那些穷亲戚就一拨一拨地来，没完没了地来！没外人在的时候，小两口还一起干干家务活，那些亲戚来了，当丈夫的一动手，那些七大姑八大姨的就骂他：你还是不是大老爷们哪？你娶媳妇是用来干什么的呀？硬不让他干，要他陪着他们闲聊天。你说，这又能容忍吗？

田　力　（机械地）是的，是的……

洪　敏　不说这些了。小力，那些材料都搞好了？

田　力　都打好了，明天我回公司去再打印出来。

洪　敏　不，不能回公司打印。

田　力　好的。那我一会儿就印好它。

洪　敏　辛苦你了。还有，明天去上海，你跟我一起去。

田　力　去上海？你的意思是——这个项目准备跟杨平叔叔合作？

洪　敏　（满意地）聪明！小力呀，我当初选择你没错！这事你怎么看？

田　力　（斟词酌句地）假如我们两家合作的话，双方的确可以优势互补。只不过，那个杨叔叔我接触了几次，觉得他——怎么说呢——未免太精明了。

洪　敏　你还不了解他。我最欣赏他的，就是他的精明，还有他身上的贵族气质。

田　力　我听你的。

洪　敏　对了，明天我们去上海，叫若彤也一起去。

田　力　她也去？

洪　敏　你杨叔叔不是很想见她嘛。这死妮子，一会儿你跟她说。

田　力　（有些为难地）这……哦，她出来了。

　　　　[梁若彤端着一碗夜宵上，旁若无人地走到沙发上坐下，挑衅地故意将脚又搁到小几上吃起来。

　　　　[洪敏不快地看着，但没说什么，走开几步。

田　力　若彤，妈妈让你明天跟我们一起去上海。

梁若彤　去上海？干吗？

田　力　前几天那个杨平叔叔来了，没能见到你。他说你们已经很久没见过面了，很想见见你。

梁若彤　（干脆地）不去！

　　　　[田力不知说什么好。

洪　敏　（忍不住地）小彤，你别忘了，从小你杨叔叔就疼你，如今他——

梁若彤　（打断）那请你替我谢谢他。也请你转告他，我有我爸爸一个人疼，已经够幸福了。

洪　敏　（气极）你……你这是什么意思？

梁若彤　应该说，老说这些没意思，无聊！还败胃口！（将手上的碗重重地搁在小几上，又旁若无人地径自上楼去了）

　　　　[洪敏恼怒地盯着女儿的背影。田力噤若寒蝉。

　　　　[灯渐收。幕闭。

第三幕　第一场

[数月后。白天。

[幕启。田力身穿一套休闲装，正坐在电脑前敲击键盘。田力幕后音："小小：我的那个梦，也许用不了多久，就可以变成现实了。为了这一天，我什么都愿意付出……"

[田力身上的手提电话突然响了。

田　力　（掏出电话接听）你好……是的，我就是佩森……啊，乔治？哎呀，你小子可真难找哟，你怎么到现在才复我的电话？……我说乔治呀，你还是来帮我的忙吧，我未来网络公司副老总的位置就留给你了……嗯，说回正经的，你他妈的来不来？……今晚找个地方聊聊？没问题，那就还在那间酒吧见吧，不见不散。拜拜！（关了电话，显得很是兴奋）

[梁若彤悄然上。

田　力　（转身发现，有些不太自然地）若彤。

梁若彤　瞧你兴奋的。你那个网络公司准备开办了？

田　力　正在筹备。妈妈对这事还是非常慎重的，她让我先配备好主要管理层的人员，还要给她一份详细的可行性计划。刚才跟我通电话的那个乔治是读软件的博士生，我想叫他来帮我。

梁若彤　亲爱的，不是听说美国的纳斯达克指数一直在下跌吗？IT业的前景真会那么乐观？

田　力　那只是暂时的。未来统治这个世界的，必然是这发展前途无可限量的IT业！它将深入到人们生产、生活的方方面面！若干年后，你想躲都躲不开它。

梁若彤　那看来你的梦想就要实现了。怪不得最近你老爱穿这些休闲装，听说那些网络公司的头儿都喜欢把自己打扮成大男孩？是吧？

田　力　若彤！

梁若彤　让我看看——（朝田力上下左右打量一番，又绕到他的身后看了看）

田　力　你这是干吗？

梁若彤　（一本正经地）亲爱的，你这副打扮还是挺"酷"的哩，准能迷倒不少小女生。

田　力　（哭笑不得地）你呀，什么话从你嘴里出来都有点儿别的味道。

梁若彤　（伸过手去）祝贺你，未来的老总！

田　力　（有些尴尬地）若彤，你别再逗我了行不行？

梁若彤　（收回手）好啊，不跟我握手你会后悔的。有意思，开始是老总的女儿，现在快变成老总的夫人了——这感觉还真挺奇妙哩。

田　力　（无奈地）一天不损人，你就没法过了？

　　　　［突然响起手提电话的铃声。

田　力　（掏出自己的手提电话看了一眼）若彤，是你的手提电话响了吧？

梁若彤　（边从提包内取电话，边不满地）见鬼，你什么时候把铃声调得跟我的一样了？（听电话）嗨——对，我是丽莎……你是安琪？……（下意识地看了田力一眼）

　　　　［田力会意，走到另一边较远处。

梁若彤　（小声地）情况怎么样？……是吗？那太好了，我今晚就跟他摊牌！（又下意识地看了远处的田力一眼）……不，一定要说……哦，这样吧，我上楼给你打过去，你等我。（关了电话，匆忙上楼了）

　　　　［田力看着梁若彤的背影，若有所思。

　　　　［白秋华吃力地一手提着一个大袋子，另一手提着一只大菜篮子从大门口上。

田　力　（连忙走过去）来来，我帮帮你。

白秋华　（连忙谢绝）不行的田先生！

田　力　没关系。（抢着提过东西）都是些什么鬼东西那么沉哪？

白秋华　那袋子里是按洪老师开的单子买的汤料，那篮子里的是这两天要吃的菜。

田　力　（提着东西在客厅中央放下）这么重，你就一直提着走回来？

白秋华　这算什么，我不是从小就干惯活的嘛。你信不信，我读中学的时候还在家乡的砖瓦厂干过，一担瓦泥二百多斤，差不多是我体重的三倍哪！

田　力　其实我也……（猛然醒悟，尴尬地改口）我是说，真看不出你力气那么大。

　　　　［正在这时，梁大雍坐着轮椅从内上，手上拿着一本书，双耳戴着一副耳机。

田　力　爸爸。（上前去推梁大雍的轮椅）

梁大雍　（摘下耳机）你们在聊什么？

田　力　没有，小阿姨她刚上街买了些东西回来。

白秋华　梁教授，你怎么这么喜欢戴着这副耳机？

田　力　哦，他在休息的时候就喜欢静静地一个人欣赏音乐，最喜欢的是贝多芬的《命运交响曲》。

梁大雍　没错，是《命运交响曲》。它能给你一种平静，一种抚慰，一种心理上的满足……当我需要让脑子休息的时候,我就听它,一个人静静地听,静静地平复心灵……不说这些了,小菊,介意我向你提出个问题吗?

白秋华　梁教授,什么事?

梁大雍　你真是中专毕业的?

白秋华　梁教授,你觉得我是……骗你们的?

梁大雍　不,你理解错我的意思了。我是觉得,你不像只有中专文凭,你的英语熟练水平,还有,你好像对我的论文和那些专业书籍挺有兴趣.(举起手上的书)尤其是我写的这本书。

白秋华　(有些慌乱地)没这回事。那天我帮你收拾书房,只不过随手翻了翻你这本书,我是……

梁大雍　看你紧张的。孩子,我是说,你要真的对我的专业发生兴趣,我高兴。反正我现在不再带研究生了,我就收你当我的编外学生,你一边在这儿当你的小阿姨,一边跟我学学,不好吗?

白秋华　我……

梁大雍　你考虑考虑,啊?我想到院子里去走走。

田　力　爸,我陪你去。

梁大雍　不用,我自己去就行了。(下)

　　　　[田力转过身,有些惊讶地看着白秋华。

白秋华　(掩饰地)我也该干活了。(欲去提那些东西)

田　力　这么重,我来帮你提进去。

白秋华　不,不用,还是我自己来吧。

　　　　[两人正争抢间,梁若彤从楼上下来。
　　　　[两人都看见了,不约而同地放了手。

梁若彤　继续继续,我什么也没看见。

　　　　[白秋华羞红着脸,一把提起那两样东西进内去了。

梁若彤　亲爱的,没想到你还挺怜香惜玉的哩。

田　力　(不禁有些恼火)你留点儿口德好不好?你怎么说我都不要紧,人家可还是小姑娘呢!

梁若彤　哟，生气了亲爱的？（故作撒娇地）我说错了，向你道歉，请你原谅。行吗？

田　力　无聊！

梁若彤　（似乎忽然想起什么，从小提包内取出一张百元钞票）拿着。

田　力　（惊讶地）你给我钱干吗？

梁若彤　我都差点儿忘了，我们不是为这个小阿姨能不能干满两个月打过赌吗？看来是你赢了。

田　力　（轻松下来）原来你说这个。不，今天是十二号……还差一天才两个月哩。

梁若彤　是吗？那就再等一天。（将钱收回钱包，正要离开，又想到了什么）我说亲爱的，今晚你有空吗？我要跟你说个事。

田　力　今晚我约了乔治……

梁若彤　没关系。我等你，多晚都行。（说完匆匆在田力脸上吻了一下，嬉笑地）满意吗亲爱的？（快步出门）

〔田力摸着脸上梁若彤吻过的地方，心神不定地发愣。

〔白秋华又从内上。

田　力　（歉意地）对不起小菊，刚才若彤她……

白秋华　没什么。

田　力　她只是说话有时尖酸刻薄点儿，其实她的心还是挺好的。

白秋华　我也觉得她人好，并没有那种大小姐的派头，有时看我忙不过来，还帮我忙。前几天她送给我一套衣服，说是穿旧了也不合身了，我仔细一看，原来是新买的。

田　力　是这样……嗯我说，刚才梁教授跟你说的……

白秋华　不不，梁教授是跟我开玩笑的。

田　力　不是的。我了解他这人，你要是真的有这兴趣的话……

白秋华　谢谢你田先生，我知道你是好心的。不过，目前我最要紧的，是当好我的小阿姨。

田　力　小阿姨？……真别扭！我说，我听我爸爸叫你小菊……我可以吗？

白秋华　这不大好吧。

田　力　当然，有其他人在场我还是叫你小阿姨。你也不用老叫我田先生，他们要不在，你就叫我田大哥，好吗？

白秋华　田大哥？

田　力　（高兴地）对，就叫我田大哥。你再叫我一声！

白秋华　……田大哥。

田　力　哎。小菊，你不知道，你长得可真像我妹妹，性格也像。她只比我小两岁，从小就非常聪明，又非常懂事、善良，还有一个最大的优点是小小年纪就非常善解人意。（勾起回忆，心疼地）可惜她后来得了一场大病，家里一时凑不出钱送她到那些大医院去治疗，结果给耽误了。离开我们的时候，她才只有十四岁……

白秋华　（感情复杂地）田大哥……

田　力　（感慨地）有些人是不知道什么叫穷的滋味的，不懂得为什么有一句老话说"一文钱逼死一个英雄汉"！

白秋华　（提醒地）田大哥，你知道你刚才都说了些什么吗？

　　　　［田力这才猛然醒悟，有些尴尬。

白秋华　（笑笑）田大哥，我明白你的意思，你知道我是从穷山沟出来的孩子，所以故意编造了一个故事说给我听。是吧？

　　　　［田力简直有些无地自容了。

白秋华　田大哥，那天你问我家乡在哪儿，我只说了在兰州。其实是距离兰州很远的地方——出来了，也就都认自己是兰州人了。那是个穷地方，可也是个好地方。小时候妈妈教我背唐诗，教那首《凉州词》的时候，她对我说，王之焕这首诗写的凉州，就是我们家乡。

田　力　（诧异地）你妈……教你背唐诗？

白秋华　我妈是镇里中学的老师。她教了几十年的书，而且一直待在一个学校。她不仅教我背唐诗，还教我学唱家乡的歌谣，都是一些年代久远的歌谣。有些我到现在还记得哩，有一首就是这样的——"娶了个大老婆啊，脸上的窝窝多。买了一升面啊，倒搭去了一半多。哎……世上的穷人多啊，哪一个就像我……"

田　力　这歌是真好，古朴，纯真。只是让人听了，想笑，可鼻子又会有点儿酸酸的。

白秋华　是的。你可以说是一种苦中作乐，也可以说是一种幽默。我们穷是穷，但我妈总说，穷要穷得有志气。田大哥，你说呢？

田　力　这……是的。你妈说得对。你妈她现在好吗？

白秋华　去年去世了。

田　力　（歉意地）对不起。

白秋华　没事。田大哥，有空，你能帮我在梁教授的书房找一本书吗？

田　力　什么书？

白秋华　一本英文原版书，是英国著名诗人托马斯·葛雷的诗集。我以前读过他的一首诗，叫作《一只心爱的猫在金鱼缸中淹死有感》。

田　力　《一只心爱的猫在金鱼缸中淹死有感》？怎么那么耳熟的？

白秋华　我听人说，这首诗的英语原文非常精彩。

田　力　啊，我还有些印象哩——那诗是说，那只可爱的小猫，趴在缸沿上，看着缸中的小金鱼，以为那就是天上的仙女，想入非非，结果站立不稳，掉下去淹死了。是吧？

白秋华　对。我很想再看看这首诗，尤其是最后那两句，多有哲理啊——"感到诱惑的，并非都是可猎取的目标；那熠熠生辉的，并非都是金子在闪耀！"（径下）

田　力　（沉吟地）"感到诱惑的，并非都是可猎取的目标；那熠熠生辉的，并非都是金子在闪耀……"她怎么跟我说这些？她是真的自己想看那首诗，还是借这个提醒我？难道她……（摇头苦笑）不不，我未免太神经过敏了吧……

　　　　［灯渐收。

　　　　［暗转。

第三幕　第二场

　　　　［当天深夜。客厅。
　　　　［梁若彤半躺在沙发上假寐，手上还拿着一本书。
　　　　［田力轻轻地开门进来。

梁若彤　（立刻就醒了）亲爱的，你回来了？

田　力　你怎么还没睡？

梁若彤　不是说好等你吗？奔波劳累了一天，坐下吧。

〔田力坐了下来。梁若彤给他端来了一杯水。

田　力　（有些受宠若惊）谢谢。妈妈回来了吗？

梁若彤　今晚我没看见过她，更不知道她去哪儿了。

田　力　哦，那位新加坡的客商赵先生来了，她去陪他。对了，那个上海的杨平叔叔也在。

梁若彤　（厌恶地）你少在我面前提起这个人。

〔田力默然。

梁若彤　（恢复原态）亲爱的，你喝酒了？

田　力　陪乔治喝了点儿啤酒。

梁若彤　怎么样——你跟那个乔治谈的？

田　力　这小子，又想过来可又舍不得离开现在的公司。他的头儿前天刚跟他说了，又要给他升职——技术总监。在这么大的公司，这职位也的确很有诱惑力的。

梁若彤　这么说，还没跟他敲定？

田　力　基本敲定了。他还是挺哥们儿的，打算过几天就跟他的头儿说。

梁若彤　那可以说万事俱备，只欠东风了？

田　力　还有妈妈那道关口呢。要投入的资金可不是小数目。

梁若彤　你就没想过我这儿也是一道关口吗？

田　力　（一愣）你……

梁若彤　是呀。你想想，我妈所以同意拿这么一大笔钱出来给你办这个公司，不是因为你是她的女婿吗？假如我们解除了婚约……嗯哼？

田　力　（感到震惊）若彤，你……

梁若彤　看把你吓的，我只是跟你开个玩笑。（似不经意地）亲爱的，还记得我那个叫圣母的同学吗？

田　力　（内心一紧）……记得。

梁若彤　上次我没有说实话。她回国前去珀斯那个龙凤呈祥中国餐馆，并不是没去找你那个什么爸爸，而是没能找到。那家餐馆的老板不姓田，而且年纪只不过三十岁多一点儿。

田 力 ……是吗？

梁若彤 她感到不可思议，就多留了一天，当了回私家侦探，打听到那老板原来就是你的大学同学。他也真够哥们儿义气的，每月定期给你来一封海外家书！

［静场。

田 力 （镇定下来）若彤，这事我早有预感了。你今天终于说了出来，我们也就不用再玩上次那种猫捉老鼠的游戏了。你想干什么，说吧。

梁若彤 其实，我觉得我还是可以理解你的。当初，你孤身一人来到这个城市，爱情失败了，你想闯出一番事业，应聘进了我妈的公司，又正好碰上我妈对你的才华非常欣赏，进而又想让你当她的乘龙快婿。命运真会捉弄人啊，你以前女朋友的父母嫌弃你是个乡下人，偏偏我母亲也是一样的角色。在这种情况下，你想借助我妈的力量实现你的梦想。你没有了更好的选择，只好编造了一个父亲在国外的故事。是吧？

田 力 是的。我知道，你认为我这种做法是不道德的，甚至是卑劣的。

梁若彤 No、No、No，你并不了解我。我不会这样认为的。我对你的做法完全理解，也不觉得有什么不道德的地方。原因很简单，我不也对你隐瞒了真相吗？要说不道德，我不也一样？

田 力 不要再兜圈子了。你想怎么办，说吧。

梁若彤 痛快！我想跟你来个君子协定。

田 力 具体条件——

梁若彤 说简单嘛很简单，要说复杂也挺复杂。长话短说吧，我决定要生个孩子——不过，这孩子不是你的。

田 力 （惊异地）你说什么？

梁若彤 你先别急。你不是一直听他们说，我那个前男友已经出国了吗？其实不然。

田 力 他还在国内？

梁若彤 也不是。他已经……到另一个世界去了。

田 力 这我真是没想到的。

梁若彤　（惨然地笑笑）就在我跟你说过的海滩上最后一夜的第二天，他就回家乡了，在那里找了一份工作。我不瞒你，我当时并不打算向我妈屈服，我们只是在寻找机会。非常不幸的是，他回去不久就发生了一宗车祸。当我赶到他的身边，他已经进入弥留状态。医生对我说，抢救对于他只是尽可能延缓他的生命，已不可能活过来了。站在他的床前，望着即将永别的恋人，泪流尽了，一个强烈的愿望也在我心中升起来了——我不能就这么让他永远离开我，我要让他永远留在我的身边。唯一的办法只有一个：我要为他生下一个孩子！那孩子，也就是他生命的延续。

田　力　（又一次感到震惊）这……可能吗？

梁若彤　感到不可思议，是吧？这首先要感谢当代先进的医学技术，也要感谢当时陪同在我身边的安琪。她得知我的想法，不仅非常支持我，而且努力与那些医生斡旋，终于说服了那些医生们，帮我取出了他生命的种子，而且成功地在液态氮零下一百六十多度低温下保存了下来。当然，我也付出了一大笔钱。再跟你说句实话，我为什么一直不选择出国留学，原因也是这个。

田　力　原来是这样……

梁若彤　就在今天上午，安琪来电话告诉我，她终于联系上那位人工授精方面的权威专家了，他表示成功的机会可以高达百分之二十。你可别小看这百分之二十，因为即使在正常的情况下，人工受孕的成功几率也不过只有百分之三十左右。

田　力　一个多月前，你所谓出去旅游，其实也是去联系这事吧？

梁若彤　（点了点头）不过那次我没能见到他。这两天我就会跟安琪再去与他商讨实施细节。安琪曾经劝我，这事根本不用跟你说实话，到时要是成功了，只要推说是我们之间避孕失败，不就神不知鬼不觉了吗？可我不同意，我认为这样对你不公平。

田　力　谢谢你若彤，一是谢谢你的开诚布公，二是谢谢你能够这么考虑我的感受和对我的尊重。我似乎今天才第一次认识你。这么大的事，你居然可以这么语气平静地述说，仿佛只是跟我讨论该不该一起去商场买一双鞋子。

梁若彤　对不起。我这么做的确对你是一种残酷，我只能表示我的歉意。我也想知道，对这事你能够理解吗？

田　力	我可以理解。只是，我也有点儿好奇。这计划是你早就酝酿好的，我也了解你的性格，一旦决定了的事，绝不回头，而且这个人无论是不是我，你都会这么做的，是吧？但你为什么会选择我？你早就估计到我会接受，你就这么自信？
梁若彤	其实在你之前，我妈曾经给我物色了好几个人。我也不知为什么，一见到这些人，我就总会想起贝西．斯密斯的那句话："我周围住着十九个男人，其中十八个都是笨蛋，剩下的那个也好不到哪里去。"
田　力	我真为我们男同胞感到悲哀啊。
梁若彤	他们中其实并不乏比较优秀的，但我一个也没能看上。
田　力	这么说，我就是十九个中剩下的那个了？不是也好不到哪里去吗？
梁若彤	不，你跟他们还是不一样的。一来我觉得你为人比较厚道——说实话，我还是有点儿喜欢你的，只不过不是那种出于男女之间情爱的喜欢，而是像哥哥那样的喜欢；二来嘛，我早就有预感，你并不是你自己宣称的那种有钱人家出来的人，你想进入我们的家，你是有目的的——说难听点儿，你可以让我有机可乘。
田　力	（惊讶）你早就怀疑我的身世？
梁若彤	是的。你可以蒙住我妈，但你骗不了我的直觉和观察。这点我要感谢我的一个老师。她跟我说过，看一个人是不是有良好的家庭教养，尤其是那些受过一定教育的人，不是看他在人前的表现，而是要注意他一些在无意识状态下流露出来的生活习性，还有他的好恶倾向，以及情感表达方式。因为在十几二十年的特定环境中养成的习惯，是很难改变的，有些人甚至是一辈子都无法改变。
田　力	经典！你这个老师还专门教你们这些大小姐识别男人？
梁若彤	你想歪了。你忘了我是学管理专业的吗？在我们的专业中，管理人，是第一要义。
田　力	真有你的，居然运用你的专业知识挑选丈夫。
梁若彤	不行吗？不知你还记不记得，当我们第二次单独一起出去吃饭，你问我想吃什么，我提出可不可以要一个青菜——那是在乡下一直都是作为猪食的一种野菜，这几年不知什么原因城里人居然喜欢得不得了，而且价格不菲——你

不仅同意了，还跟我说，从小到大都没听过这种菜。可这盘菜上桌以后，你只在开头吃了一小口，就再也不动它了。到了后来，你又警觉到了，掩饰地说：梁小姐，我知道你喜欢吃，你就多吃点儿吧……

田　力　你就凭这做出判断了？

梁若彤　当然不是。可你后来的许多无意的举动，越来越露出你的……本色。特别是你为了讨好我妈，表现出来的那种谦恭诚恳、谨小慎微，恰恰显示出你不是那些大家庭长大的。那些所谓出身豪门的人，即使表面再谦恭有礼，骨子里都是妄自尊大的。

田　力　你观察得可谓细致入微。你的这些话，听得我都有些毛骨悚然了。

梁若彤　对不起，对这点，现在我除了道歉，真是无话可说。

田　力　这么看来，如今我是无可选择了？

梁若彤　不。你有三种选择：一是如果你觉得这对你是一种屈辱，我们可以解除婚约。至于我生下这个孩子怎么办，纯粹是我个人的事。二，如果你觉得可以容忍，以后你只是那孩子名义上的父亲，并不用担负任何实质上的责任。三，你还可以先跟我保持夫妻关系，当你事业上到了可以独立操控的时候，我们再分开。你放心，在这之前我绝对不会跟别人尤其是我母亲说，我会成全你的。

田　力　这么说，我面前是一条三岔路口。那你最希望我做出哪种选择呢？

梁若彤　第二种。因为我对你还是有一定感情的，而且，感情这玩意儿，也是可以培养的。好了，该说的我全说完了，你好好考虑吧。考虑成熟了，再告诉我你的决定。OK？（缓缓地上楼）

田　力　（烦躁地一把扯掉领带，又解开衬衣的纽扣，依然无法解除心中的烦闷，来到一角的酒柜前取来一瓶酒，一连灌下好几杯，失态地）真好玩，我要当父亲了，可孩子又不是我的！（突然哈哈大笑）哈……（忽然感到站立不稳，摇摇晃晃）

〔白秋华从厨房方向上，连忙上前扶持住田力。

田　力　（一愣，醉眼惺忪地）小菊？你……怎么在这儿？

白秋华　洪老师要我做一个什么甏炖鲍肚，要小火炖好几个钟头，而且人不能离开。所以我……

田　力　那刚才我们说的话,你都……听见了?

白秋华　田大哥,我……不是有意的。

田　力　没关系,你听见了也没关系。(又喝下一大杯酒)小菊,你现在一定很瞧不起我了是不是?你觉得我这人很卑劣、很龌龊了是不是?我原本就不配你叫我大哥,不配!(说完又欲倒酒)

白秋华　(阻止地)田大哥,你别喝了。

田　力　(无助地)小菊,你说我怎么办?你能不能告诉我,我该怎么办?

白秋华　田大哥,不是有这么句话嘛:路,就在你的脚下。

田　力　可我眼前有三条路啊。小菊,你不知道,自从我经历了那场失败的恋爱以后,我下了最大的决心:爱情失败了,事业无论如何都要成功。也许我成不了中国的比尔·盖茨,但只要我努力,我一定能在IT界闯出自己的一番事业!我要让那些瞧不起我的人看看,我这个农家的儿子,不是傻瓜,不是笨蛋!

白秋华　田大哥,你不是傻瓜,更不是笨蛋。

田　力　可那些人不这样认为啊。小菊,你知道昨天晚上我看那条关于出租屋的电视新闻,为什么会发火吗?

白秋华　就是为什么城乡接合部黄色录像一直禁而不止的那条新闻?

田　力　正是。那个娇滴滴的女主持人,说不定昨天她还是哪条山沟沟里的丫头片子,但她却用多么鄙夷的口气在说着她的父老乡亲,说他们是社会安定的破坏者。破坏者!我承认,他们中是有一些流氓、痞子甚至娼妓,但大多数不是安分守己的打工者吗?你说,这座城市的高楼哪一座不是他们参与盖起来的?哪一条大马路不是他们帮着修成的?他们参与了现代物质文明的创造,却无缘享受物质文明的恩泽,连应得的那点可怜的报酬,也仿佛是别人的施舍!

白秋华　田大哥,别说了,你别说了……

田　力　不,我要说!他们白天在工地上死命干活,晚上就住在那些低矮的窝棚里、闷热的铁皮屋里。不要说空调,就连一把风扇也没有,你叫他们怎么熬过那漫漫长夜?他们无处可去,在外面游荡,你们说他们是治安的隐患,他们不文明的举止和褴褛的衣着,败坏了城市的风景。而他们挤在那臭气熏天的录像室里看那些无聊的录像打发时间,又被人说成就是他们制造了黄色录像市场。难道他们不想也坐在音乐厅里听那些该死的高雅古典音乐？不想在剧场里欣赏那些踮起脚尖的小天鹅？这一切，就因为他们没钱！难道没钱就是罪过，没钱就是社会的贱民吗？（无法平息心中的激愤，又倒了一大杯酒）

白秋华　田大哥，（夺过酒杯，一字一顿地）你不能再喝了！

田　力　（痛苦地用手抱住头）我在这里慷慨激昂，其实只不过是在发泄自己内心的苦闷。我有什么资格说这些话？我一边在指斥那些人，一边不正在千方百计想要挤进他们的行列吗？我第一次发现自己是那样的虚伪。我是个伪君子！伪君子！

白秋华　田大哥，别再自责了。当你看出自己是什么人的时候，往往正是要远离它的开始。

田　力　谢谢你小菊，谢谢你没有嘲笑我，没有看不起我。我所做的一切，只不过是想证明我自己的价值。我承认我这种方式也许是不道德的。我想，我的确不是什么谦谦君子，但我自认还不是那种卑鄙的小人吧？你说，你告诉我，我是不是？是不是？

白秋华　田大哥，你自己不是早说过，在这个世界上生活的人，并不能只简单地划分为君子和小人两大类吗？

田　力　（惊异地）你在哪儿听我说过这样的话？

白秋华　（平静地）就在你给我发出的电子邮件里。

田　力　（更惊异了）什么？你……你就是——

白秋华　我是小小。不过，我是来到这里以后，才发现你是牛牛。

田　力　（喃喃地）小小……小小……

白秋华　牛牛……田大哥！

　　〔电话铃声突然急促地响了起来。

　　〔田力并不理会电话，向白秋华慢慢走去。白秋华也向田力走去。两人越走越近了……

　　〔光渐收。

　　〔幕徐闭。

第四幕

[前场翌日晨。

[幕启。梁大雍坐在平日田力所用的那部电脑前盯着屏幕。响起了田力的幕外音:"小小:你怎么又突然要离开呢?你现在在哪儿?如果你能够收到我这封电邮,请给我电话,好吗?我真的有话要跟你说,你不能这么说走就走……你的牛牛。"

[梁大雍重重地叹了口气。

[洪敏气急败坏地上。

洪　敏　(再也顾不上仪容,将手上的提包往沙发上一扔,立即大声地)田力!田力!(发现梁大雍)……老梁,

梁大雍　田力他不在。

洪　敏　不在?(急得如热锅上的蚂蚁,又朝楼上大喊)小彤!小彤!

[梁若彤懒洋洋地从楼上下来。

洪　敏　小彤,你丈夫呢?

梁若彤　不见。

洪　敏　一大早就去哪儿了?

梁若彤　你问我我问谁?他去哪儿又不用跟我请示。

洪　敏　你怎么这样跟我说话?

梁若彤　我该怎么跟你说话,你教我呀。

洪　敏　你这个死妮子,你……(忍住气)好,我现在没功夫跟你生气,你马上回房里去换套衣服,跟我出去。

梁若彤　出去干吗?

洪　敏　陪我去见你杨叔叔。

梁若彤　不去!

洪　敏　你……(又忍下怒气)小彤,这事真是十万火急呀!怪不得昨晚那个新加坡姓赵的客商整晚都跟我耍太极拳,一直到今早我才套出了他的话,原来你杨

叔叔居然跟他私下达成了协议，把我给甩了。

梁若彤　这么不讲信誉的家伙，你不理他不就成了？

洪　敏　你知道什么？这可是上亿元的大生意呀！再说，你叫我怎么咽得下这口气呀！

梁若彤　哟，原来你要把我当你的筹码了？妈，对不起，我是不会见他的。

洪　敏　你……老梁，你怎么不说话？

梁大雍　我能说什么呀？她已经不是三岁小孩子了，她要做什么，自然有她的道理。

洪　敏　好啊你！（转对女儿）我再问你一次——你究竟去不去？

梁若彤　妈，我记得已经跟你说过好多次了——我有我爸爸一个人疼，已经够幸福了。

洪　敏　（黑起脸，对梁大雍冷冷地）你是不是跟孩子说了我跟杨平什么了？

梁大雍　笑话！你跟杨平有什么呀？我只是知道，你们俩都是我当年的学生。你什么时候告诉过我，你们除了是同学还是什么呢？

洪　敏　（语塞）你……那为什么孩子会说出这种莫名其妙的话呢？

梁若彤　妈，你别再逼爸爸了。看来你们结婚几十年了，你到现在还不了解我爸。他的确从来没跟我说过什么。只是，我们都不要再打这些哑谜了，还是这么一直心照不宣地过下去吧，至少还可以维持住这个家。捅破了这层薄薄的纸，对谁都没什么好处。

洪　敏　（愣了）你这个死妮子，你想说什么？

梁若彤　我只想告诉你，我只有一个父亲，他的名字叫梁大雍！他永远是我心目中最值得尊敬的父亲，而且是无可替代的父亲。我只想听他用浓重的乡音，亲切地叫我丫头，而不想听别人用蹩脚洋泾浜英语装腔作势地叫我什么宝贝！我的话说得够明白了吧，妈妈？（径自上楼去了）

　　［洪敏怒不可遏地盯着女儿的背影，却又只能无可奈何。

　　［洪敏的手提电话突然响了。

洪　敏　（接听）我是洪敏……你是杨平？你现在在哪儿？……什么？你和那个赵先生现在已经在机场？不，你不能走，我马上去你那儿……（匆忙欲下）

　　［田力从门口进来。他显然一夜未眠，神情显得很是憔悴。

洪　　敏　（停下，不由迁怒地）田力！你究竟到哪儿去了？

田　　力　我……

洪　　敏　哼，从昨晚到现在，电话打到家找不着你，打你的手机你居然关了机！你到底想干什么？

田　　力　对不起。

洪　　敏　我现在不需要你跟我道歉，我要你马上跟我一起去见那个杨老板。那家伙想独吞了这笔买卖，把我们给甩了。

田　　力　我早就提醒过你，他实在太精明了。

洪　　敏　你什么时候提醒过我？你现在是跟着幸灾乐祸看我的笑话是不是？少废话，快跟我一起去截住他！

田　　力　没用的。在商场上你我都不是他的对手。再说，我现在有更重要的事要处理，帮不了你了。

洪　　敏　（气急败坏地）你敢！你们一个两个今天都吃错了药了是不是？你……你会后悔的！（匆匆冲下）

梁大雍　小田，找到小菊了吗？

田　　力　没有。爸爸，对不起，我一直在欺骗你们，我……

梁大雍　你不用说了，小彤都告诉我了。

田　　力　其实，就算若彤不说，你也是早就猜出我的身世了，是吧？

梁大雍　你呀，似乎并不想瞒我：名字叫田力，小名叫牛牛，再加上你又取了个很怪异的英文名字叫佩森——农夫，这几个名字联在一起意味着什么啊？

田　　力　爸爸，前些日子有人替我给老家寄钱，那个人就是你吧？

梁大雍　这不是人之常情嘛。对了田力，我只是没料到，小菊这孩子居然会找你找到这儿来了。

田　　力　不，爸爸，这点你弄错了。我在此之前的确跟她只是网上聊天的朋友，连她是个女孩子也只是个猜测。我们在这儿相逢，只不过是两颗流星在这里的一种偶然碰接。她到我们家，的确是有目的的，但她想认识的人不是我。

梁大雍　（异常惊诧地）难道说，她……她是……小田，你必须把所有知道的全告诉我！

田　力	她其实是个刚毕业的大学生。她回老家整理她妈妈遗物的时候，发现了她妈妈原来在这个城市读过大学。她还发现妈妈念念不忘自己的一位老师，而且不是一般的怀念，因为在她临终前已经处于无意识状态下，在一张小纸上写下的只有三个字，就是这位老师的名字。
梁大雍	（沉吟地）这位老师就是我？
田　力	是的。
梁大雍	那她妈妈叫什么名字？
田　力	她没说。
梁大雍	那么，她是哪里人，说了吗？
田　力	只说是距离兰州很远的一个山区小镇……对了，那个小镇的名字很怪，叫……（一时想不起来）
梁大雍	小勺子镇？
田　力	对，就这名字。
梁大雍	原来她是白兰的女儿。怪不得她一来我就觉得有点儿面熟，她长得跟白兰是有点儿像。（黯然神伤地）白兰走了……她怎么会先我而去了呢？
田　力	她说她当时也不知出于一种什么心理，突然觉得要来见识一下你就来了。来了以后想办法打听到了你，居然还了解到我们家要请一个保姆。她就隐瞒了真实身份，通过在家政公司应聘来了。她开始只是想来十天半月，没想到来了以后，她发现自己对你的研究专业竟然会产生非常大的兴趣。她说她终于明白她妈妈为什么会这么崇拜你了，也就决定继续留下来，一边当小保姆，一边在你身上学点儿东西。她说她绝对没有别的企图，目的真的就这么单纯。
梁大雍	这点我相信，她像她妈妈，白兰年轻的时候也是个很单纯的姑娘。（沉吟了好一会儿）小田，你不会相信我跟她妈妈只是一种简单的师生关系吧？
田　力	不，我不想知道这些。
梁大雍	话说到这儿，还是都告诉你吧。也许，我说的东西，对于现在这种处境的你，会有帮助也说不定呢。（做了个深呼吸）小田，先来个音乐吧。对了，就听你最喜欢的那个卡朋特唱的歌。

田　力　听《往日再现》还是《世界之巅》？

梁大雍　就听《往日再现》吧。小田，你为什么这么喜欢她的歌？

田　力　我自己都弄不清楚。听人说起她是被人杀害的，而杀她的却又是一个非常喜欢她的忠实歌迷，我就无缘无故地喜欢上了。

　　　　[田力播放音乐。立即响起了《往日再现》的歌声。

梁大雍　我这故事得从三十多年前说起。那时我跟你一样，也是从山村里走出来的孩子。大学毕业以后，我留校当了教师。后来，小菊的妈妈和小彤的妈妈又成了我的学生。我在隐隐约约之中，感受到了班上这两个最漂亮的姑娘都喜欢我。到她们毕业的时候，小彤的妈妈向我明确地表达了这种意思。当时，我是有些犹豫的，因为我其实喜欢小菊的妈妈要多一些，她更单纯，也更可爱。可是，因为小菊的妈妈一直没有向我明确表示，还有，小彤外公家优裕的家庭环境，对我这个从穷山村里出来的年轻人，毕竟是有很大诱惑力的，因此，我做出了我人生最失败的一次选择。

田　力　那以后你们再也没见过面了？

梁大雍　只见过一次，那是小彤出生以后。当时我心里感到苦闷，千里迢迢找到了那个小勺子镇。这时，小菊妈妈也已经结婚了，我们就在她那所学校的旁边见面。说是见面，实际上只是站在一棵大树下说了几句话，而且说的都是不着边际的话。当大家都感到无话可说了，我也就离开了。从此也就再没见过她。故事就这么完了，非常的简单，你听了一定失望，平淡无奇，毫无浪漫可言。

田　力　不是的。我觉得，你们站在树下的那一瞬间，任何语言都是多余的，它本身已经成为一种永恒，一种超越时空的永恒。

梁大雍　你说得真好。是的，就是这个平淡的画面，在我的脑海中一直保留着，还总会悄悄地进入我的梦境……孩子，你不是总对我戴着这副耳机听东西感到好奇吗？你总是想知道我听的是什么《命运交响曲》是吗？（从随身的小录音机里取出磁带）拿去，把那音乐换了，听听我这世界上最美妙的交响吧。

　　　　[田力接过磁带，放到音响里。顿时，传出了一种杂乱的声音——锅碗瓢盆的碰撞声、孩子的哭闹声、大人对小孩的呵斥声，还有老人的咳嗽声，全混

和在一起，变成一种奇异的交响。

田　力　（非常惊讶地）爸，你这是……

梁大雍　这就是真正的命运交响曲，生活交响曲。孩子，我在这里过了几十年了，可直到今天，还是没能在这里找到家的感觉。从进入这里的第一天开始，小彤的妈妈就一直无法容忍我的那些所谓"农家习气"。这几十年，是她改造我的几十年，但我还就是改不了。直到坐进这轮椅里，我的改造才算结束了。这么一来，这空空洞洞的大屋子，还有可能是个家吗？

田　力　我理解，我在这半年里，也感到活得很累。

梁大雍　我有时偶尔到一些大杂院里，听到了这种声音，我觉得是多么的亲切、温馨。那才是家啊——尽管有为油盐柴米之类的琐事而吵吵嚷嚷，也有因邻居在公共厨房发生磕碰而打打闹闹，但那才是生活，那才是家。我想法把这些声音录了下来。当我想家的时候，当我觉得苦闷的时候，我就听听，一听，心也就平静了，安宁了。

田　力　爸！

梁大雍　孩子，上路去吧。不要等到像我这么老了才空谈后悔；不要像我这样，有腿也不想走，不愿走，还要自欺欺人地说走不了！（猛地从轮椅上站了起来，又一脚将轮椅往后蹬开，稳健地走动了几步）

田　力　（又一次感到异常震惊）爸爸，你……

梁大雍　（又平静地坐回轮椅上）孩子，该怎么做，是到了抉择的时候了。

田　力　（激动不已，慢慢走到梁大雍跟前，跪下，握住了他的手，真诚地）爸爸，谢谢你。你刚才给我说的，我会永远记得的。你让我懂得了，什么才是生活，什么才是家。

〔梁若彤手提着一只大皮箱从楼上缓步下。

〔梁大雍和田力都注视着梁若彤。

梁若彤　（走到田力的跟前，尽可能平静地）田力，我知道你会选择这条道路的。我已经把你的衣服和日常需要的东西都收拾好了，至于那一大堆书，改天你找到了住的地方再回来取吧。

田　力　（接过皮箱）若彤，谢谢。

梁若彤　田力，那个……小菊呢？

田　力　还没找到她。

梁若彤　真有意思。我们曾经为她能不能干满两个月打过赌，没想到她真的就差那么一天。我赢了。

田　力　（笑笑）我也没输，她是午夜过后才离开的。

梁若彤　你还会继续找她吧？

田　力　（点点头）会的，因为我们是朋友。

梁若彤　希望我们以后也还是朋友。

田　力　不光是朋友，目前，我们还应该是夫妻。

梁若彤　（有些惊疑地）夫妻？

田　力　是的。至少在孩子出生之前，我们还是夫妻。若彤，把孩子生下来吧，就让**我当这孩子的父亲。我愿意当他的父亲。你同意吗？**

梁若彤　（明白了，重重地点头，感激地）田力，你能不能再像丈夫那样抱抱我？

　　　　［田力轻轻地拥抱着梁若彤，还轻轻地亲吻了一下她的头发。梁若彤却突然紧紧地抱住田力。

田　力　好了若彤，别这样。该跟你说再见了。

梁若彤　（放开田力，有些哽咽地）再见。有空，回来看看我们……（终于忍不住了，轻轻拭去渗出来的泪水）

田　力　我会的。（走到梁大雍面前）爸爸……我，还能再叫你一声爸爸吗？

梁大雍　为什么不能。你永远都是我的孩子，小菊也是我的孩子。我是世界上最幸福的父亲，我拥有三个孩子，而且——都是好孩子……

田　力　（深情地）爸爸！

梁若彤　（走到音响前）田力，让我用音乐为你送行吧！

　　　　［萨克斯管独奏曲《回家》那撩人情思的旋律慢慢响起，渐渐地在空中回旋。

田　力　爸爸，若彤，再见！（提起皮箱，大步朝大门走去）

　　　　［梁大雍父女目送着田力离去。

　　　　［梁若彤突然扑到父亲的怀中痛哭。梁大雍轻轻抚慰着女儿。

　　　　［音乐继续。

[幕徐闭。

[剧终。

(剧本版本:《剧本》期刊 2001 年第 5 期,2001 年广东话剧院首演)

·话剧卷·

十三行商人

编剧：陈京松　吴惟庆

人物表

潘亦仁　广州十三行公行总商，同宜行老板。第一幕四十八岁
潘维观　潘亦仁之子，后接任同宜行老板。第一幕二十三岁
潘维明　潘亦仁与三姨太之子，潘维观同父异母的弟弟。后为德欣行老板。第一幕二十岁
叶文秀　潘维观之妻，第一幕二十岁
三姨太　潘亦仁三姨太，潘维明的母亲
小玉香　花艇名伶，潘维观的情人。第一幕二十岁
郑木森　海关监督
潘夫人　潘亦仁大太太，潘维观的母亲
刘炳昌　行外商人
大　卫　英国商人
彼　得　美国商人
朱宝发　十三行行商
同宜行伙计阿福、阿昌及潘家仆人、洋商、市民等

时　　间　1819年（嘉庆二十四年）至1841年（道光二十一年）
地　　点　广州

序幕

［1792年（乾隆五十七年）9月。

［热河避暑山庄的烟波致爽。旭日东升，绿树环绕，几棵参天古树盘根错节。远处可见立在群山之巅的磬锤峰。

［幕启：乾隆上，仰望古松，手抚树干。

［和珅拿着礼单上。

和　珅　万岁爷，王后、阿哥和百官都在准备恭贺您的圣寿呢，连万里之外的英吉利国也派来使臣。

乾　隆　和珅啊，朕八十已是垂暮之年，可这古松已逾百年，却仍挺拔葱郁，勃勃生机。

和　珅　这树怎么能跟万岁爷比？一万年后，皇上重游此地，这棵树早已化土成灰了。

乾　隆　一万年之后，朕还在？

和　珅　在，万万年后，皇上也在。

乾　隆　大清呢？

和　珅　有皇上您，大清与天地同在。

乾　隆　（沉思片刻，略微摇摇头）和珅，你刚才说英吉利国……

和　珅　万岁爷，英吉利国使团135人十天前抵达京城。其代表马戛尔尼为祝皇上八十寿辰，赶到避暑山庄，捎来英王书信，并送来天体运行仪、地球仪、望远镜、新式织布机、榴弹炮、战船模型等寿礼八百件，这是礼单。

乾　隆　英吉利之人，若能诚心恭顺，朕必加恩待，以示怀柔。

和　珅　皇上，他们提出要求……

乾　隆　弹丸小国之使臣，竟敢对大清提出要求？

和　珅　臣也这样申斥他们。

乾　隆　他们想怎么样？

和　珅　英夷要求除广州外，开放舟山、宁波、天津诸港，改一口通商为五口通商……

乾　隆　名曰通商，实则觊觎我大清江山。和珅，你去告诉他们，一口通商乃大清国策，不仅朕不能改，朕的子子孙孙也不能改！

和　珅　那……与夷人之交易……

乾　隆　除贡品可直送京城外，一切交易由广州十三行独揽。

　　　　幕间合唱

　　　　　　　　洋船争出是官商，
　　　　　　　　十字门开向二洋；
　　　　　　　　五丝八丝广缎好，
　　　　　　　　银钱堆满十三行。

第一幕

第一幕　第一场

［1819 年（嘉庆二十四年）。

［大门轰然打开。广州潘家府邸。迎面高悬一块硕大木匾，上书"同宜行"三个镏金大字。

［厅堂张灯结彩，正中是一幅巨大的"囍"字。众多穿戴讲究的客人前来祝贺。潘家仆人跑前跑后照应着。

［内喊：一拜天地——二拜祖宗——三拜高堂——夫妻对拜。

［阿福跑上，请众人让开。

阿　福　（对内高喊）新郎新娘拜匾！

刘柄昌　拜匾？

朱宝发　广州城里的人都知道，同宜行潘家娶亲不仅要拜天拜地拜高堂，还要拜金匾，念祖训！

［潘维观、叶文秀上。潘亦仁及潘夫人等随上。

潘维观
叶文秀　（二人跪拜）忠君守法，勤勉务实，海纳百川，货通天下！

阿　福　新娘向宾客献心抱（媳妇）茶——

［叶文秀向宾客献茶。

朱宝发　潘老板，您的生意如日中天，今日大公子又娶了钱庄叶老板的千金，这同宜行必定是财源滚滚。

潘亦仁　若不是当年乾隆爷把海外通商特权交给十三行，同宜行也不会有今天。

朱宝发　十三行确应饮水思源，但为商还要精明通达。这次洋人运来的钟表、望远镜、地球仪、手枪、法郎饰品等物，除少量贡品外，无人敢买，潘老板趁机压价，通通吃下，派二公子维明运到京城，卖给那些王爷、贝勒和达官贵人，定会赚得钵满盆盈。

刘柄昌　潘老板！今后十三行各位老板发财，也要关照我们这些行外商人啊。

潘亦仁　十三行也有难处，船大难调头呀。我进了五千匹上好的丝绸，可外商无人问津，至今还压在仓里。

［大卫、彼德上。大卫身旁跟着一个英国水手，托着礼品。

彼　德　（向叶文秀献上一束鲜花）祝你永远像鲜花一样美丽。

叶文秀　彼德先生，谢谢。

阿　福　（撇嘴）小气，一束花值几个钱？

潘亦仁　多嘴。

大　卫　你们美国商人，不懂大清礼仪。我代表英吉利商恭贺潘大公子新婚之喜。（大卫揭开礼品盒的红幔盖）这是我特意在大英帝国定制的礼物。

潘亦仁　这是……

大　卫　clock。

彼　德　大卫先生，你们英国商人却懂大清礼仪，维观大喜，你来送钟（终的谐音）？

潘亦仁　（很不高兴）抬下去！阿福，招呼客人入席。

阿　福　喳！今天是潘家大喜，请各位亲朋好友进大堂入席！

［众人下。潘亦仁欲下，大卫拦住。

大　卫　　潘大人留步。听说贵行有五千匹丝绸？

潘亦仁　（惊喜）大卫先生有兴趣？

大　卫　　我准备全部收购！

潘亦仁　付现银？

大　卫　　以货易货。

潘亦仁　（疑惑）你运来的棉花和胡椒不是都出手了吗？

大　卫　　我还有些药材。

潘亦仁　不会是……

大　卫　　正是福寿膏。如果潘老板有意，咱们就成交。

潘亦仁　莫非鸦片？同宜行能不能做这种生意，你该问问这块挂了六十年的匾。

大　卫　　匾？（左看右看，不知所以）

潘亦仁　大卫先生，你看不懂匾，也就看不懂十三行商人。还是去喝喜酒吧。

[潘亦仁与大卫下。

[外面官兵高喊："海关监督郑大人到！"

[海关总督郑木森带兵上。两个官兵欲冲进厅堂，阿福上前拦住。

阿　福　　干什么？干什么？你们……哟，郑大人！小的给您请安了，今天是潘家大喜，没想到郑大人亲自光临，等小的先去禀告一声。

郑木森　站住！朱宝发在吗？

阿　福　　正在大堂饮酒。

郑木森　给我拿下！

[官兵进大堂把朱宝发押出来，潘亦仁闻声出来，众人也都跑了出来。

潘亦仁　住手！你们这是干什么？

郑木森　潘老板，恭贺潘大公子大婚之喜啊……

潘亦仁　有这样贺喜的吗？从酒宴上把我的客人抓走。

郑木森　这是本官的公务，对不起了，把朱宝发带走！

潘亦仁　慢！本人乃十三行公行总商，想知道朱老板到底犯了什么法。

郑木森　为了不失天朝体统，朝廷三令五申不许向洋人借钱。可朱宝发竟欠下英商大卫八十万两银子，大卫告上了朝廷，圣上龙颜大怒，下旨将朱宝发全家发配伊犁，即刻上路，不得延误。带走！

[官兵把朱宝发押下。

郑木森　潘老板，朱宝发所欠英商八十万两银子，各行商共同偿还。

潘亦仁　十三行历来联带互保，这规矩我懂。

郑木森　若不能按时偿还，拿你这公行总商试问！

潘亦仁　难怪人说，宁为一只狗，不为行商首呀。

郑木森　还有，黄河再次决堤，朝廷要十三行每户行商捐银二十万两。太后寿辰，每户行商所献贡品也应尽快发运京城。

潘亦仁　郑大人，一下子拿出这么多银子，我们有难处呀。

郑木森　我就没难处吗？海关去年上缴朝廷的税银有二百三十万两，可今年海关的税银还不及去年的三成。好了，本官尚有公务要办，告辞了。

[郑木森下。

潘亦仁　各位，朝廷旨意不可违。

商人甲　连朱老板欠的，每个行要摊三十多万两！

潘夫人　老爷，再难，也得让客人把喜酒喝了啊。

潘亦仁　对对，各位入席，喝了喜酒，再想办法。

[众人下。潘亦仁叫住阿福。

潘亦仁　维明去北京送货该回来了吧？

阿　福　是啊。他来信说要赶回来参加维观的婚礼。也许路不好走？

潘亦仁　你去迎一迎。五千匹丝绸压在仓里，又要白白拿出三十多万两，同宜行手上已经没有现银，全指望他带回的几十万两银子救急了。

阿　福　好，我收拾一下，就去。

[潘亦仁下。三姨太上。

三姨太　阿福，你去接维明？

阿　福　老爷让我去迎一迎他。

三姨太　他从小和文秀好。现在，文秀嫁给了他大哥，他还不知道，你给他吹吹风，劝劝他。

阿　福　我明白。

[阿福下。三姨太心神不宁。阿福急匆匆跑上。

阿　　福　三夫人，维明他……他……

三姨太　维明他怎么了。

阿　　福　他已经回来了。可是……

三姨太　可是怎么了？

阿　　福　他来了，你还是问他吧。

[阿福下。潘维明上，头上缠着纱布。

三姨太　维明！

潘维明　（跪下）母亲！孩儿给母亲请安。

三姨太　快起来，你这是……怎么啦？

潘维明　妈，我……

三姨太　伤得重不重，让妈看看。

潘维明　妈，文秀她……她嫁给我大哥了？

三妻太　维明，走，回去让妈看看你的伤……

潘维明　妈，是不是文秀嫁给我大哥了？

[内喊"送新娘入洞房！"戴着盖头的文秀及四个丫环上。维明要冲过去，被三姨太拉住。

三姨太　孩子，她已经是你大嫂了，千万别做傻事呀。

潘维明　天大的傻事我都做了，再做一件也算不了什么。

[潘维明冲过去，拦住叶文秀。三姨太担心地看着。叶文秀躲避潘维明，但潘维明阻拦着，不让叶文秀下。

叶文秀　想看新娘子？好，那你就看吧。（摘下盖头）你的头受伤了？

潘维明　头上的伤早晚会好，可心伤了，会疼一辈子！文秀，你怎么会嫁给潘维观？

叶文秀　父母之命。

潘维明　可我们两家的父亲都知道我们相好啊！

叶文秀　可他们也都知道，同宜行永远不会传到你的手里。

潘维明　那你就忘掉当年我们在珠江边的海誓山盟了吗？

叶文秀　（极力克制）维明，我与你在珠江幽会，本来就违背女子之道。你就把过去的事……当作儿戏吧。

潘维明　儿戏，过去的一切都是儿戏？文秀，你……

叶文秀　你该叫我大嫂。（急下）

[潘维明欲追，三姨太上，拦住潘维明。

潘维明　父亲偏心。为什么苦事累事危险事总是给我，好事美事得意事总是给他？

三姨太　不怪你父亲，谁让我不是正房呢。

潘维明　可我和维观都是父亲的儿子，从我记事起，父亲就讨厌我，大哥就小看我。最让我伤心的是，文秀也骗我，耍我！

三姨太　维明，你已经长大了，有些事情妈不能再瞒你了……

[潘亦仁和潘维观急上。阿福上。

潘亦仁　银子呢？银子呢？北京带回来的几十万两银子呢？

潘维明　（跪下）父亲，孩儿该死。

潘亦仁　我问你银子哪去了，快说呀。

潘维明　刚进湖北，遇到劫匪，我们寡不敌众，银车被……

潘亦仁　被怎么样？

潘维明　被洗劫一空……

潘亦仁　你……你……

潘维观　由京城大名鼎鼎的威风镖局负责押运，黑道上谁敢拿鸡蛋碰石头？

潘维明　小弟请的是鸿运镖局。

潘亦仁　不是再三嘱咐过，一定要请威风镖局护镖吗？

潘维明　鸿运镖局护镖费用只是威风镖局的四成……

潘亦仁　就为省几个银子，你便请了从未听说过的鸿运镖局？

潘维明　孩儿因小失大，请父亲责罚。

潘亦仁　责罚责罚，就是打死你，能解我燃眉之急吗？那几十万两银子回得来吗？

潘夫人　（对三姨太）你先去给维明看看伤吧。（三姨太拉潘维明下）

[众客人上，纷纷告辞。

潘亦仁　各位酒没喝好，本人择日另请。阿福，送客！

潘夫人　老爷，事已至此，你就想开些吧。

潘亦仁　想开些？要替朱宝发还债，还要给朝廷二十万两整治黄河，可银子从哪来？

　　　　［潘维明拿着行李上。三姨太跟在后面。

三姨太　维明，维明，你毕竟是潘家的人呀！

潘亦仁　哼，你的不争气的儿子，还好意思说是潘家的人！

潘维明　父亲，孩儿不孝，无脸再见父亲，请准儿子自立门户，不在商场上混出个样子来，我永不回潘家。

潘亦仁　（气急）你……你连到手的银子都白白地扔了，还想自己在商场上混？

潘维观　父亲，维明急火攻心，他此刻说的话不能当真。

三姨太　是呀。维明，还不快给父亲认错。

　　　　［叶文秀上。

叶文秀　维明……

潘维明　这没有你的事！父亲，我丢掉的几十万两银子我一定还给您！（拿出一支手枪）

潘亦仁　你……你想干什么？

潘维明　您怕什么？（递给潘维观）大哥，虽然你从小就看不起我，可我并没忘了你喜欢枪。这也许是我给你的最后一份礼物了。从此以后，咱们生意场上见！（下）

　　　　［三姨太下。潘维观和潘夫人欲追。

潘亦仁　都给我回来！让他走，我潘亦仁没这个儿子！

　　　　［阿福拿账单上，悄悄递给潘维观。潘维观拿来就往袖子里掖。

潘亦仁　那是什么？

潘维观　父亲，没什么。这是……彼德开的一张货单。

潘亦仁　拿来！（接账单）你这个孽障，不到一年竟从账房支了六万两银子！

潘夫人　维观，你支这么多银子干什么？

潘维观　父亲，我是应酬那些外商。

潘亦仁　应酬个屁，吃喝嫖赌，挥霍无度，为花艇上那个小……小……

阿　福　小玉香。

潘亦仁　为个花艇妹魂不守舍，丢人呀。去，拿斧子来！

[众人面面相觑。

潘亦仁　去!

[阿福拿斧子上。

潘亦仁　给他!

[潘维观接过斧子。

潘亦仁　(指匾)与其让你败家,还不如让你先把这块匾砸了!你不砸?我砸!

[众人拦住潘亦仁。潘维观、叶文秀及众仆人、丫环跪下。

潘亦仁　同宜行呀!(老泪纵横)

潘维观　(跪下)父亲,儿子不孝,请父亲责罚。

潘亦仁　我问你,这"同宜"两个字是什么意思?

潘维观　易经曰:"二人同心,其利断金";诗经云:"之子于归,宜室宜家",此乃同心同德,家庭和顺之意。

潘亦仁　我们潘家的祖训呢?

潘维观　忠君守法,勤勉务实,海纳百川,货通天下。

潘亦仁　可你呢?游手好闲、花天酒地,何谈海纳百川,何谈货通天下!

潘维观　父亲,我一直想在商场一显身手,可您总不放手让我历练,所以我……

潘亦仁　所以你就不务正业?咱们十三行商人,要勤奋,要务实,要脚踏实地做生意。你虽然精明,但当个商人,还差得远!

叶文秀　维观,如果真让你做生意,你不会让父亲失望,对吧?

潘维观　今天是我成婚之日,从今往后,我革面洗心,做一个堂堂正正的十三行商人。望父亲给我一个机会。

叶文秀　父亲,就让他试着做一笔生意吧!

潘亦仁　做生意?谈何容易!

潘维观　父亲,咱们家不是积压了五千匹丝绸吗?交给我吧!

潘亦仁　你?

[切光。

第一幕　第二场

［上一场半个月后。潘家花园。

［小玉香手执折扇上，东张西望。潘维观上。

小玉香　小玉香恭喜新郎官。

潘维观　你没看过《三国演义》吧？

小玉香　什么三国四国的，跟你这新郎官有什么关系？

潘维观　"身在曹营心在汉"说的就是我。

小玉香　（想了想）噢，这意思就是：你吃着碗里的，看着锅里的！（笑）

潘维观　（左右环顾）我现在吃的是生意人的饭，看的是洋人的钱口袋，想的是……（拿出一只怀表给小玉香）

小玉香　我一个花艇女子，要这怀表有什么用？

潘维观　当然有用。譬如说，我约你晚上十点钟相会，有了它，你就能把握好钟点了呀。（小玉香接表，潘维观顺势握住她的手）

［叶文秀内喊：把茶具拿过来。丫环：来了。潘维观赶快把手松开。

小玉香　大少爷，看把你吓的！

潘维观　我有什么好怕？今天是少奶奶要你来的。

［叶文秀上。

潘维观　文秀，我已经替你把她请来了。

小玉香　小玉香给少奶奶请安。

叶文秀　（对小玉香）起来吧。

小玉香　谢少奶奶。

叶文秀　小玉香，要是大少爷娶你做二房，你愿意不愿意？

小玉香　不不，大奶奶，小玉香不敢高攀。

潘维观　文秀，你别为难她。

叶文秀　为难她是为了不为难你。你若真的喜欢她，就跟父亲讲，把她娶过来。

潘维观　真的？文秀，你……你可真是东方活菩萨，西方维纳斯，南方……

叶文秀　父亲可是潘家的如来佛,你大不了是个孙猴子。

潘维观　父亲有五房姨太太,我娶个二房不过分吧?

叶文秀　这话去跟父亲讲。维观,能不能让洋商买咱们的丝绸,可就看你的了。

潘维观　放心,我在美利坚逛了一年多,正事没干,可洋人的脾气我摸透了。再说有你这西关小姐,夫唱妻和,还怕摆不平那帮洋人?

叶文秀　小玉香,叫你带几个姐妹来,人呢?

小玉香　在门口。门丁不让她们进来。

叶文秀　我请的人也敢拦!走,跟我去把她们请进来。

小玉香　是。

　　　　［叶文秀、小玉香下。仆人抬桌子上。

潘维观　桌子摆在这!

　　　　［潘亦仁上。

潘亦仁　你这穿的是什么?

潘维观　这是美利坚的晚礼服。

潘亦仁　辫子呢?

潘维观　(脱帽转身露出辫子)在这。

潘亦仁　快去把这人不人鬼不鬼的衣服换了。

潘维观　换了这衣服,和外商的买卖就做不成了。

潘亦仁　做买卖不在穿衣服,在你有没有本事。

潘维观　您的意思是,有本事,不穿衣服,照样做买卖?

潘亦仁　算你明白。(自觉失言)胡说!

　　　　［文秀、大卫、彼德等外商上。

叶文秀　洋商们都来了。

潘维观　各位,请坐……

　　　　［叶文秀上,对潘维观耳语,然后扶潘亦仁坐下。

大　卫　潘公子,是不是同宜行丝绸卖不出去,找我们帮忙?

潘维观　岂敢。您是狼,我是羊……

大　卫　是呀是呀,狼就是要给羊帮忙……你敢取笑我?

叶文秀　诸位见多识广，可曾见过世间万物最勤劳、最通人性的生灵？

彼　德　最勤劳、最通人性的……是马？

　　　　［叶文秀拍拍手。两个丫环端上养蚕的竹笸箩。众洋商围观。

洋商甲　这是什么？

洋商乙　看，它们像蜘蛛一样在吐丝。

潘维观　这就是蚕。

洋商甲　早就知道丝绸是用蚕丝织成的，却从来没见过蚕。

彼　德　天呀，这么细的丝，要多少丝才能做一条丝绸手帕？

潘亦仁　（拿起一个蚕茧）一条蚕一生吐的丝，就是这样一个蚕茧。大清有成千上万的蚕农，每个蚕农养着成千上万条蚕。

叶文秀　我们炎黄子孙养蚕纺丝有上几千年的历史了。早在一千多年前的汉代，丝绸就漂洋过海，到了波斯。

大　卫　借几条虫子讲古论今。潘公子醉翁之意不在酒呀。

潘维观　不在酒，在乎情。彼德，出来半年多了，想家吗？

彼　德　想啊。每次离家出海，父亲总要千叮咛、万嘱咐，母亲总会含着泪水，目送我的货船消逝在海平线。

潘维观　"春蚕到死丝方尽"说的就是你这种离愁别绪。

彼　德　"春蚕到死丝方尽"？

潘亦仁　这是中国唐代诗人李贺的诗，在汉语里，蚕丝的丝和相思的思同音。蚕死了，丝也尽了，人何尝不是如此。

潘维观　彼德，十三行商人都不会忘记，中国皇后号是美利坚到大清的第一艘商船，你的父亲是那船上的大副。

彼　德　听父亲说，1784年2月22日，也就是美国首届总统华盛顿的生日那天，"中国皇后"号从纽约启航，渡过大西洋，绕过好望角，通过印度洋，整整半年后到达广州黄埔港。我父亲亲自鸣炮13响，向神秘的东方古国致敬。

潘亦仁　"中国皇后"号带来了棉花、铅、胡椒、羽纱、皮货、人参。买走红茶2460担，绿茶562担，棉布864匹，瓷器962匹，丝绸690匹，肉桂21担。

彼　德　您怎么会如此清楚？

潘亦仁　　那 690 匹丝绸就是维观的祖父供的货。要知道,早年大清有令,丝绸严禁出口。直到乾隆年间才开禁,那是同宜行做的第一笔丝绸生意。

彼　德　　"中国皇后号"出航十五个月回到纽约,轰动了美国社会。人们争相购买中国货物,连乔治·华盛顿总统也买了几件中国瓷器呢。

大　卫　　(拍手)好啊,好。潘公子大谈往事,动之以情,无非是想让我们买同宜行的丝绸。可众位都知道,丝绸固然是中国特产,但在西洋诸国却销量不大,因为丝绸在西洋人手里不过做条手帕、发带,充其量做块窗帘。

潘维观　　大卫先生错了。诸位请看我这件衬衫(脱下燕尾服)。

外商甲　　你这面料是……

彼　德　　丝绸!维观,想不到丝绸也能做衬衫!

叶文秀　　何止是衬衫。

　　　　　[叶文秀拍拍手。小玉香身着丝绸旗袍,脚穿精美缎鞋,手持丝绸彩带,边歌边舞上。

小玉香　　(唱粤语小调)

　　　　　　　洋船争出是官商,

　　　　　　　十字门开向二洋,

　　　　　　　五丝八丝广缎好,

　　　　　　　银钱堆满十三行。

　　　　　[众外商如痴如醉,击节叫好。

大　卫　　西洋女子对中国服饰没有兴趣。

潘维观　　她穿的是满族旗袍,西洋女子则喜爱各式裙装,请看——

　　　　　[几个花艇妹身着丝绸缝制的西式长裙和礼服上。

外商甲　　美不胜收!

外商乙　　秀色可餐!

　　　　　[潘亦仁、潘夫人及一些丫环几乎同时用手捂住眼睛。

潘亦仁　　(把潘维观叫到一旁,悄声问)维观,这些人是……

潘维观　　放心,不是咱家的丫环,是请来的花艇妹。

潘亦仁　　这衣服?

潘维观　这是西洋女子穿的长裙。

潘亦仁　怎么没缝好就穿？

潘维观　缝好了呀。

潘亦仁　那怎么还……还露着？

潘维观　这是为了……为了……为了节省面料。

潘亦仁　好哇，你不仅把花艇妹请到潘府，还让她们袒胸露背！

潘维观　父亲，洋人讲究罗曼蒂克（浪漫），让他们心旷神怡，晕晕乎乎，这生意就好做了。

潘亦仁　伤风败俗，还骡踢马踢！（向各洋人揖手）各位，鄙人有事，先告辞了。（与潘夫人下）

叶文秀　各位客商光临寒舍，我们没什么好招待的，我按维观说的样子请人缝制了一些衬衫和裙装，如不嫌弃的话，衬衫送给各位，裙装请各位带回去，送给你们的夫人和女儿。

［丫环们把包装精美的服装分别送给客商。潘维观把一份送给彼德。

潘维观　彼德，这里的衬衫和女装是文秀亲自缝制的，送给你父亲，如果可能，请他再来广州。

彼　德　我替父亲谢谢潘太太。（打开，拿出一条裙子）维观，这衣服的图案好漂亮！

潘维观　这是广绣。是不是想见识一下？

彼　德　让我开开眼。

［叶文秀拍手，几个女子上，绣花。

外商甲　如此一针一线，绣这样一条裙子要多长时间？

叶文秀　一个人要一个月才行。

彼　德　了不起，了不起。

大　卫　潘公子倒是去过美国，很懂美国人的推销术，你真以为能做成这笔丝绸生意？

潘维观　不敢奢望。英吉利商人财大气粗，大卫先生不敢买，其他国的先生们恐怕……

彼　德　维观，你太看不起人了。1784年我父亲随"中国皇后号"来大清，为的就是打破东印度公司垄断美国茶叶市场的美梦。

大　卫　1784年？（大笑）那时候，大英帝国已成为横跨三大洋的日不落帝国了！

彼　德　你也别忘了，英国人几十年前就被我们赶走了，照耀美利坚国土的是美国的不落的太阳！

大　卫　你……好，你这美国的太阳，就把同宜行五千匹丝绸都买下来。

彼　德　你以为我不敢？

大　卫　你若撑坏了，我免费提供酵母片。

叶文秀　彼德先生，这五千匹丝绸你在美利坚也许卖不掉。

大　卫　看来潘太太是个明白人。

叶文秀　但如果找一家制衣厂把这些丝绸都制成衬衫和长裙便会供不应求。

彼　德　对，英雄所见……所见雷同……

潘维观　是英雄所见略同。

彼　德　维观，你家有多少丝绸？

潘维观　五千匹。

彼　德　我全包了。

彼　德　我还有个条件。

潘维观　说。

彼　德　你送给我五百套丝绸长裙，配上相应的缎鞋、手帕、发带、披肩，再绣上有中国特点的图案。我要让上流社会的小姐太太做活广告。

潘维观　这样吧。其中一百套同宜行奉送。另外四百套，我这个价卖给你。

　　　　[潘维观和彼德在扇子后面用手比划着。

外商甲　把丝绸都卖给他了，那我怎么办？

潘维观　诸位放心，广州和佛山有许多丝织厂。有意收购的，请到前厅签约。

众　人　走，请……

大　卫　（对彼德）拆我的台？你高兴得太早了！

彼　德　您生气得太晚了。

　　　　[大卫恼羞成怒，下。潘维观领众洋商下。阿福陪着潘亦仁、夫人、文秀上。

阿　福　老爷！那些洋人争着掏银子，还咧着大嘴傻乐！

潘亦仁　想不到，维观人小鬼大啊！

潘夫人　老爷，他不小了。看看，这么大一单生意由他做成了。

　　　　［潘维观兴冲冲上。

潘维观　五千匹丝绸一抢而空。

潘亦仁　好是好呀，可是十三行其他商家呢？

潘维观　父亲，少管别人的事。这叫竞争，我在美利坚的时候……

潘亦仁　你少跟我提那个美利坚了。生意做完了，这件人不人鬼不鬼的衣服怎么还不换掉？

潘夫人　这件衣服为同宜行立了功，老爷，他喜欢就让他穿一天吧！

叶文秀　趁父亲现在高兴，还有什么事赶快说一下。

潘维观　父亲，有一件事情不知道能不能……

潘亦仁　说。

潘维观　我想讨……

潘亦仁　二房？我看那就……是你跟我说的吧？美利坚男人只能娶一个老婆。

潘维观　父亲，做生意学美利坚，讨老婆还是按大清规矩。

潘亦仁　讨吧。可不能亏待了文秀。

潘维观　放心，绝对不会。（维观拉着小玉香上）父亲你看，就是……

小玉香　小玉香给老爷、太太请安。

潘亦仁　我们潘家祖上传下规矩，花艇上的歌女，青楼里的女子是断断不能进潘家大门的。（拂袖而去）

　　　　［切光。

第一幕　第三场

　　　　［珠江码头。上一场半年后的一个晚上。

　　　　［潘维明东张西望。大卫上。

　　　　［江中小船上的花艇妹高喊："公子，公子，先生，到我们这儿来……"

大　卫　潘公子……

潘维明　大卫先生，你把我叫到这来干什么？朝廷有条例，洋人深夜不得外出。

大　卫　为了你这位朋友，我不怕两肋插刀。

潘维明　你是为了银子不怕两肋插刀吧。

大　卫　为了银子我可以三肋插刀。你离开潘家时，发誓要干出个样子来，可半年了，你要办的德欣行官府怎么还没批呀？

潘维明　申请建立新的商行，要有充足的资产，我是巧妇难为无米之炊。

大　卫　我找你，正是为了给你米下锅。

潘维明　借钱给我？你的利息……

大　卫　不是借钱给你，而是与你合伙做笔生意，赚的钱，七成给你。

潘维明　卖鸦片？

大　卫　潘先生聪明。

潘维明　嘉庆皇帝登基第一年就下诏禁鸦片。

大　卫　正因为禁，这笔生意才能赚到几万两白花花的银子呀。

潘维明　（犹豫）可万一……

大　卫　万一被海关查出来也无妨。你们大清朝的官员谁不见钱眼开？花上几千两银子，还堵不住郑木森那张嘴？

潘维明　（思索片刻）好，顾不得那么多了。（向内观望）快走，有人来了，好像就是潘维观。

大　卫　想不想让他吃些苦头？（与潘维明耳语）

潘维明　真的？

　　　　　［潘维明与大卫下。传来小玉香哀怨的粤曲。潘维观和彼德上。

彼　德　小姐，你们把船划过来，我们要听曲子！

　　　　　［一条花艇慢慢划过来。小玉香走下花艇。

小玉香　（背对着潘维观）大爷，你想唱什么曲子？小玉香唱给你听。

潘维观　小玉香！

小玉香　（大吃一惊）维观，你……你有一个多月没来了。

潘维观　玉香，你瘦了。韩玉有词曰"梦中兰闺相见惊。玉香花瘦，春艳盈盈。"这

"玉香花瘦"说得正是此时的你。

小玉香　我不知道谁是韩玉，只知道潘少爷把我忘了。

潘维观　我现在要帮父亲做生意嘛。你不喜欢一个碌碌无为，终日醉生梦死的男人吧？

小玉香　只怕男人银子越多，情义越少。

潘维观　我这不是来看你了吗？

小玉香　你不怕让你父亲知道？

潘维观　怕？当年我去美利坚的时候，在马来附近遇到海盗，身中两刀，要不是彼德枪法好，我早喂鲨鱼了，死过一回的人，还有什么好怕？

小玉香　可我怕。

潘维观　你怕什么？

小玉香　我……我好像有了……

潘维观　真的？你怀的是我们潘家的骨肉，父亲知道了，定会网开一面。

［小玉香刚要抱潘维观，忽然看到彼德。

潘维观　我来介绍一下，这位就是我的救命恩人，同宜行的大客户彼德先生。

小玉香　小玉香见过彼德大人。

彼　德　请起，请起！

潘维观　彼德是个中国通，对广东的民歌非常感兴趣，他今天特地来请你一展歌喉。噢，我还给你带了样东西。（拿出一个瓶子，打开盖）

小玉香　好香啊！

潘维观　这是彼德从美利坚运来的香料。父亲不敢买，怕不好出手。我背着父亲全包了下来。现在我已给江浙一带大户人家、商铺，连同青楼都发去无字函。

小玉香　无字函？

潘维观　（拿出一张白纸）你看。

小玉香　你在这纸上掸了香料？

彼　德　他寄白纸我还笑他。想不到，不久就来了许多货商订货，现在只等他们的银子了。

潘维观　小玉香，别愣着呀，走，今天我拉琴，你唱曲。

[潘维观、彼德、小玉香上船。小玉香唱了起来。

[潘维明领着两顶轿子上,潘亦仁、郑木森下轿。

潘维明 郑大人,你看!

潘亦仁 郑大人,朝廷没说十三行的商人不可以逛花艇吧?

潘维明 可是朝廷有条例,洋人深夜不得外出,更不能出入此种是非之地!

潘亦仁 洋人?

潘维明 郑大人,可看到船头的那个男子?

郑木森 他是谁?

潘维明 美利坚人彼德。

郑木森 潘维观!

[潘维观上。

潘维观 父亲,郑大人,我……

郑木森 (指彼德)把那位公子请过来!

[彼德低着头上。

潘维观 郑大人,这是……是澳门来的一位朋友。

郑木森 这帽子很别致,能不能摘下来给我观赏观赏?

潘维观 郑大人,你喜欢这帽子?我家里有……

郑木森 把他帽子摘下来!(潘维明摘下彼德的帽子,拿下假辫子,递给郑木森)潘大少爷,这洋人是你带来的?

彼　德 是我……我自己来的。和潘维观一点关系也没有。

郑木森 我问的是他。

潘维观 是我带来的。鄙人认罪,请郑大人开恩。

郑木森 这件事罚些钱便可了事,可你向洋人借钱……

潘维观 不,没有的事。

潘维明 没有?彼德的香料是不是全在你手上?

潘维观 是又怎样?

潘亦仁 什么,你把那批香料全买下来了?我不是说过不好出手嘛!

潘维明 你可付货款?

潘维观　我给他签了支票。

潘亦仁　支票？支票是什么鬼东西？

彼　德　就是一张取款的凭证，相当于美利坚的支票。凭这张单，我随时可去同宜行账房提款。

郑木森　你提了吗？

潘维观　生意是我背着父亲做的，彼德同意等江浙商家的银两到了再去提款。

郑木森　这就是说，你现在欠了彼德的货款？

潘维观　这不叫欠，是信用。按美利坚国的商业惯例……

郑木森　大清国岂能效仿番佬之术！

潘维观　郑大人的怀表也是番佬之术吧？

潘维明　怀表只是一种货物。

潘维观　西洋治天花的种痘之术，经十三行传到京城皇宫，也有罪吗？

郑木森　潘大公子能言善辩。可是你别忘了，潘家祖训第一句便是"忠君守法"。皇上有旨，严禁向洋人赊欠，你未付款，先收货，这是忠君吗？大清律法，禁止洋人夜间进入广州城，你将彼德带入此种地方，这是守法吗？

潘维观　忠君守法并非墨守成规，没有航标的海域并非不能行船！

潘亦仁　维观，不要说了！

郑木森　潘老板，还记得我在你大公子的婚宴上抓走朱宝发吗？

潘亦仁　朱宝发欠了英商大卫的银子，全家发配伊犁。

郑木森　今日，同宜行欠了彼德的银子，你是同宜行行主，该当何罪，不用我说了吧。

潘维明　郑大人，欠洋商钱的是潘维观，该判罪的是他。

潘维观　郑大人，买香料的事，我父亲并不知情，要抓就抓我。

郑木森　你还不是同宜行老板。让我抓你？你还不够格！

彼　德　我抗议，借钱给潘公子是本人情愿。此事若在美利坚……

郑木森　这里是大清国！本官命令你速离此地，回到你们的夷馆。

彼　德　维观、老爷……

[官兵将彼德推下。

郑木森　潘老板，此事如果上报朝廷，你也许……有什么事要交代，赶紧说吧。

潘亦仁　多谢郑大人。

［郑木森下。

潘维观　父亲，儿擅自做主，买进香料，本来，这几日江浙商人的银两就可运来……

潘亦仁　（指潘维明）我和我儿子谈家事，你在这不大方便吧？（潘维明下）维观，事情没那么简单，谁让我们没用丝绸换大卫的鸦片呢？

潘维观　您的意思……这事和大卫有关？

潘亦仁　你进香料连我都不知道，潘维明怎么会知道？定是大卫给他通风报信。

潘维观　大卫想做鸦片生意，维明想在生意场打败我，二人便串通一气。没想到竟连累了您。

潘亦仁　维观，咱们潘家本是书香门第，自从乾隆皇帝改四口通商为一口通商之后，你的曾祖父才在朝中重臣的怂恿下弃官从商，创建了同宜行。可商场和官场一样凶险，尤其我们十三行，被朝廷、官府、洋人、行外的商人四面夹击，就像困在铁桶里，想喘口气都难哪！朝廷不管生意如何，只知道要钱要钱，十三行简直就是朝廷的银库！咱们要是守着几千亩田地，几十间的大宅院，喝茶，读书，钓鱼，下棋，该有多好啊！黄金本为贵，安乐胜千金啊！

潘维观　我们潘家的祖训说要"海纳百川，货通天下"。现在无论是英吉利，还是美利坚，货船穿梭于大洋之上，取天下物为己用。英吉利人已经用上了蒸汽机了。十三行是连接大千世界唯一的通道，如果连这扇门都关上，大清岂不与世隔绝了？

潘亦仁　（大怒）此时此刻，你还强词夺理？（略缓和）维观，你自幼读书有过目不忘之才，父亲不该让你涉足商场。回去好好读书，明年进京赶考吧。

潘维观　那同宜行的生意……

潘亦仁　不做了，不做了。等我出来以后，咱们举家还乡，归隐田园。

潘维观　可我实在咽不下这口气。

潘亦仁　你非要等我们潘家倾家荡产才算完吗？

［郑木森干咳了两声，叫道：潘老板。潘维明上。

潘维明　父亲，孩儿只是跟潘维观赌气，并无意要害你老人家。

潘亦仁　潘老板，我多谢你，我多谢你啊。

潘维明　父亲你听我解释啊……

潘维观　你这不忠不孝的败类，滚！

　　　　[潘维观扶潘亦仁上轿，跟下。小玉香上，欲追潘家父子。

潘维明　（看着小玉香）潘维观，你不是说我不忠不孝吗？那我就没有什么事不能做了。

小玉香　二少爷……

潘维明　看到了吧，用不了多久，潘家父子就会像朱宝民一样发配伊犁了。

小玉香　（吃惊）你好歹也是潘家的人，求求郑大人饶过他们吧！

潘维明　我可以求郑大人网开一面，但你要先答应我一件事！

小玉香　我？我能做什么？

潘维明　做我的老婆。

小玉香　别的我都可以答应，唯独这件事……

潘维明　为什么？别以为我不知道你和潘维观的那些勾当！

小玉香　什么？你知道我怀了维观的孩子？

潘维明　什么？孩子？

小玉香　是的，我怀了大少爷的孩子。

潘维明　孩子？潘维观的孩子？哈哈哈哈！小玉香，你若不答应嫁给我，那我就走了，告辞！（欲下）

小玉香　等等……

　　　　[切光。

第一幕　第四场

　　　　[上一场半年后，潘家大堂。
　　　　[桌上摆着一摞账本，文秀在不停地打着算盘，潘维观站在一旁。

潘维观　文秀，还差多少银子？你快说呀。

　　　　[文秀不理，仍埋头打着算盘。三姨太拿着首饰盒上。

三姨太　　维观。噢，文秀也在。

潘维观　　三妈……

三姨太　　我知道眼下家里最缺的就是银子，我手里也只有这些了。你们拿去吧！

潘维观　　（情不自禁地）谢谢三妈。

三姨太　　这些首饰，你们看看是否能够派上点用场。

潘维观　　这可不行……

叶文秀　　三妈，一个女人，没有点首饰怎么成啊！

三姨太　　拿着吧！救老爷要紧。

　　　　　［三姨太下。阿福上。

阿　福　　少爷，少奶奶……老爷……老爷回来了！

　　　　　［潘亦仁神情恍惚地上。众人冲到门口，拥着潘亦仁进厅堂。

潘夫人　　阿昌，准备火盆、端茶、点灯。

叶文秀　　快端洗脸水，加些文旦叶除晦气。

　　　　　［潘亦仁坐下，一言不发。潘维观、叶文秀、三姨太跪在老爷面前请安。众仆人给老爷请安。

三姨太　　我那孽障不孝，害得老爷入狱，实在对不住。

　　　　　［三姨太在潘夫人示意下捂着脸下。潘亦仁挥挥手，众人下。

潘亦仁　　（凝视着同宜行的匾）同宜行……维观，回头找几个人把这块匾拆下来，明天我们举家返乡，陶渊明说得好，"久在樊笼里，复得返自然"。

阿　福　　老爷，这老家是回不去了。

潘亦仁　　你说什么？

潘维观　　父亲，为了不让皇上知道这件事，我们宫内宫外、上上下下打点了八十万两银子。

潘亦仁　　什么？

阿　福　　老爷，大少爷还给朝廷捐了二十万两，说是给四川剿匪用的。

潘维观　　那是对朝廷的投资。

潘亦仁　　可……钱从那儿来？

叶文秀　　父亲，我从钱庄借了二十万两银子。

潘亦仁　还有那八十万两呢?

潘维观　父亲，我……我把咱们老家的地和房产都卖了。

潘亦仁　什么? 你……

潘夫人　老爷，这些银子若不花，就是不全家发配，老爷您也要远赴伊犁呀。

潘维观　父亲，留得五湖明月在，不怕无处下金钩。

潘亦仁　可你卖掉的，正是我们潘家的"五湖明月"呀。我被抓走那天，在江边都跟你说了些什么?

潘维观　好好读书，明年进京赶考。

潘亦仁　还有呢?

潘维观　关掉同宜行，全家隐居田园。

潘亦仁　可你把我的话当成了耳边风!

潘维观　隐居田园，如同临阵脱逃!

潘亦仁　放肆! 拿家法来! 拿家法来!

叶文秀　老爷，您不在家的这些日子，维观为使同宜行恢复元气，东山再起，煞费苦心。比如那一船水银……

潘亦仁　水银?

潘维观　父亲，彼德从美利坚运来一批水银，在广州滞销了几个月卖不出去，我花低价把它买进来了。

潘亦仁　人家卖不出去的货，你倒把它全揽进来了?

叶文秀　最近广州水银价格特别低，一些外商进口到广州的水银都转口卖到日本、马来和印度，最近不会有水银再到广州了。

潘维观　等内地的制镜厂把水银用光了要进水银时，只有我们同宜行有货，那时候卖出的价格会比彼德进的价格高出好几倍。

叶文秀　近年，英吉利人喝茶成风，每家要用收入的一成买茶叶。去年十三行出口茶叶上百万箱，多数被英吉利的东印度公司买走。维观已经派人到福建物色茶山，等把水银卖了后，就买几座茶山，到了春天，即使我们手头没有银子，也不愁没有茶叶卖。

潘维观　我想，等明年手头宽裕了，就开设同宜行自己的丝织厂。

叶文秀　　维观还让彼德在美利坚的报纸上为咱同宜行登了广告，让美利坚人都知道大清有个同宜行。

潘亦仁　　（凝视着潘维观）你如果早几年这样，咱们的同宜行何至如此啊。

潘夫人　　我早说过了嘛，维观天生是当商人的料。

潘维观　　父亲，请放心，我一定会在老家建大清最好的庄园，让您和母亲颐养天年！

潘亦仁　　（一时不知说什么好，沉默片刻）听你母亲说，那个花艇妹怀了你的孩子……

潘夫人　　是小玉香。按日子算，就该生了。

潘亦仁　　为了潘家的骨肉，你就娶回来吧，还是那句话，不能亏待文秀啊。

　　　　　[阿福上。

阿　福　　老爷，二少爷……不，潘维明来了。

　　　　　[潘维明上。

潘维明　　哈哈哈！（很突然）父亲，您回来了？

潘亦仁　　还好啊，我没有死在大牢里。

潘维明　　孩儿给父亲和大妈请安！给母亲请安！

三姨太　　维明……

潘维观　　潘老板，你今天来此不是为了看我父亲是不是活着的吧？

潘维明　　我听说你们马上就要返回老家，隐居田园？

潘维观　　是，怎么样？

潘维明　　这同宜行的匾……

潘维观　　你已经不是潘家的人了，这匾跟你有什么关系？

潘维明　　我知道你们不会白给我，我花银子买，总可以吧。

潘维观　　你能出多少银子。

潘维明　　我出十万两。

潘亦仁　　真没想到，这块匾还值这么多银子？说说为什么？

潘维明　　无论是行内商人还是行外商人，都知道同宜行的货色好，守信义。

潘亦仁　　货色好，守信义，可为什么办不下去了呢？

潘维明　　这……天有不测风云嘛。

潘维观　　这么一说，我们倒不想卖了。

潘维明　嫌银子少的话，我再加五万两。

叶文秀　你如果不说，我还真不知道这块匾值这么多钱。

潘维明　那你们想要多少钱？

叶文秀　一百万两……

潘维明　什么？

叶文秀　也不卖！

潘维明　为什么？

叶文秀　（痛斥）因为你是个不忠不孝、丧尽天良的败类。如果这块匾到了一个连父亲都敢出卖的人手里，"同宜行"这三个字还有脸摆在人前吗？

三姨太　维明！

潘维明　你们现在连一文钱的本钱都没有了，还能撑到什么时候。

潘亦仁　（怒）滚！你……你给我滚！

　　　　[三姨太走上来拉潘维明。

潘维明　（欲下又回来）还有一件小事忘了告诉潘大少爷（拿出一张请帖）。

潘维观　（看请帖）潘老板要大婚，恭喜呀。

潘维明　难道不想知道我娶的是谁吗？

潘维观　我不感兴趣。

潘维明　你会感兴趣的，因为我娶的是小玉香。

潘维观　不可能！

潘维明　怎么不可能？

潘维观　她怀了我的孩子。

潘维明　你的孩子？到珠江里去捞吧！

潘维观　你……你这个混账！（两兄弟扭打起来，潘维观拔出潘维明送给他的手枪）我打死你。

　　　　[潘夫人拉着潘维观，三姨太用身体护着潘维明。

潘亦仁　住手！

　　　　[老爷夺过枪，指向潘维明。

三姨太　（跪下求老爷）老爷，他可是你的亲儿子啊！

[潘亦仁向天开了一枪。

潘维观 我的孩子啊!

潘亦仁 维观,给我起来,(潘维观慢慢站起)把眼泪擦了,把腰挺直了!同宜行这匾,不摘了,我把它交给你了。(电闪雷鸣)要下雨了,过去有女娲补天,现在该去补天的,就是你潘维观了!

[切光。

第二幕

第二幕　第一场

[二十一年后(1840年,道光二十年),广州一条繁华的商业街,舞台一侧是茶楼。

[一派繁荣景象:挑担的、推车的纷纷从商业街经过。

[潘亦仁、潘维观、潘夫人、叶文秀坐着喝茶。几个孩子一边在街道上玩耍,一边唱。

孩子们 (粤语)洋船争出是官商,十字门开向二洋,五丝八丝广缎好,银钱堆满十三行。(打字幕)

潘亦仁 屈大钧的《竹枝词》让孩子们念成儿歌啦!

潘夫人 这些年,十三行倒闭了好几家,可咱们同宜行却越来越红火。

叶文秀 生意场也磨炼人。彼德说,洋人都怕和维观谈生意,因为他滴水不漏,没空子可钻;可洋人又愿意和维观谈生意,因为他总会让他们有利可图,运回最抢手的货物。

潘亦仁 青出于蓝呀,同宜行到了维观手里不过二十年,便如日中天,成为大清商家的佼佼者。

叶文秀　　不光是大清，连美利坚修铁路都用了咱同宜行的银两。

潘维观　　这离不开父亲的谆谆教诲，也离不开文秀的雪中送炭，锦上添花。

潘亦仁　　你离不开文秀是真，可我的那些生意经你不愿再去念了。

潘维观　　我从未敢违背潘家的祖训呀。

潘亦仁　　祖训所说"海纳百川"，本指的是进口各国货物，可你却说，洋货要进，洋人的什么商业法则也要拿来。

潘维观　　父亲，我家祖训是乾隆年间订下的，现在已经是道光二十年了。

　　　　　［刘炳昌带一行人上，叶秀文把潘亦仁和潘夫人带到角落里坐下。

刘炳昌　　久违了，潘老板。

潘维观　　刘炳昌，聚相楼的茅台酒味道着实不错，什么时候再去小酌？

刘炳昌　　潘老板，下次我做东。今天我们是来请您帮忙的。

潘维观　　怎么帮啊？

刘炳昌　　把红茶的收购价格提高两成。

潘维观　　诸位如果不愿意把茶叶卖给同宜行，尽可以卖给别人，但没有逼同宜行提价的道理吧？

刘炳昌　　潘老板，如果我们把这些红茶都卖给外商，您能答应吗？

潘维观　　如果你们不怕官府治罪的话，尽可以直接和洋人打交道。

刘炳昌　　洋人？八十年前，四口通商时，我们福建漳州商人就已经和洋人做生意了。可后来偏偏来了个一口通商，与洋人做生意就成了你们十三行的专利，未免太不公平了！

潘维观　　一口通商和十三行专营洋货，是当年乾隆爷的旨意，无论是对是错，也不该刘老板说三道四吧？

茶商甲　　刘老板，莫扯远了，只谈眼前。

刘炳昌　　好，那就说眼前的。如果潘老板答应我们的要求，一切好商量。否则……

潘维观　　怎么样？

刘炳昌　　否则，我们永不向贵行提供红茶！

潘维观　　诸位，请容我和内人商量一下。

　　　　　［潘维观与叶秀文低声商量。叶文秀悄悄叫过茶商丙，给他一张银票。

潘维观　各位千里迢迢把红茶从杭州运到广州,为了不使各位失望,我收红茶是不得已而为之。既然在价格上达不成共识,从即日起同宜行停止收购红茶。

〔红茶商人哗然。

茶叶甲　潘老板,同宜行不收,别的商行吃不下这么多茶叶呀。

叶秀文　这红茶要是我们自己喝,贵些也就贵些了。可同宜行是商行,收了红茶就要卖给外商。如果二两银子收,一两银子卖,我们还不如搭个棚子,给逃荒来的人施粥呢。

茶商丙　是呀,这些年,多亏了同宜行收红茶,要不,咱们这红茶卖给谁?潘老板,您行行好,把我的红茶按同宜行的价格收了吧。

〔一些红茶商人附和。

叶文秀　维观哪,人家大老远地把红茶运过来也不容易,收就收了吧。

潘维观　这样吧,如果你们把红茶的价格按原价再压低两成,我就豁出去了,就算赚不到银子,也算我帮各位一个忙。

茶商乙　潘老板,我全靠卖这批红茶偿还借下的高利贷,您不但不提价,还降了两成,我……我……血本无归呀。

〔潘亦仁几次要起身,都被潘夫人拉住。他终于耐不住了。

潘亦仁　维观,欺人是祸,饶人是福。这位老板的茶,你就多给几十两银子吧。

茶商乙　(连连给潘亦仁作揖)谢谢这位老爷!

潘维观　父亲,做生意要两厢情愿,我不能逼他们强卖,他们也不能逼我强买。

潘亦仁　商人也不能忘记"仁义"二字呀。

潘维观　坏了经商的规矩、法度,"仁义"从何谈起?

潘夫人　(对潘维观)就听你父亲的话,多给他几十两银子吧。

潘维观　做生意,要对客户一视同仁,多给了他,对别的商人有失公平。

潘亦仁　你……连我的面子都不给了?

潘维观　父亲,我这是为了同宜行的面子。

潘亦仁　你……你……那好,从今天起,我收回同宜行!

〔众茶商拥到潘亦仁面前。

刘炳昌　潘老板。冲您这颗菩萨心,我们只要求提价一成。

潘亦仁　要是大家赞成的话，就去码头交货吧。

　　　　［众商人要走。

潘维观　慢。父亲，按潘家祖训，要忠君守法。更换行主须报官府核准，说变就变不合朝廷为十三行定下的规矩。在官府核准您收回同宜行之前，我还是同宜行行主吧？

潘亦仁　你……

潘维观　父亲，在商言商。

潘亦仁　你就这么不讲人情？

潘维观　只讲人情不讲行情，商人们就不要做生意了。

茶商乙　潘老板心狠，既然你不帮我，就让这珠江成全我吧！

众茶商　不好，他跳江了。

　　　　［茶商乙跑到珠江边，欲跳，被人拉住。

潘亦仁　维观，你……你非要闹出人命来吗？

潘维观　生意场上优胜劣汰，十三行中红极一时的裕昌行、致仁行，不也都倒闭了吗？

潘亦仁　你越来越会做生意，可你越来越不会做人。

　　　　［叶文秀扶潘亦仁和潘夫人下。阿福跟下。

刘炳昌　潘老板，你真要逼死人吗？

潘维观　如果因为一笔买卖就寻死觅活，我们潘家的人不知要跳多少回珠江！

　　　　［茶商们不知如何是好。潘维明与大卫上。

潘维明　各位不必再为红茶的事发愁了，我给大家带来一位财神爷。

大　卫　大家好！

潘维明　这就是渣甸洋行的大卫先生！

潘维观　（对潘维明）潘老板，好久不见了，怎么，也有空来喝茶？

潘维明　我可没有潘大少爷的闲情逸致，只不过是路见不平，拔刀相助。

潘维观　平与不平，都是我们大清商人之间的事，你为什么要让洋人插手？

大　卫　大英的渣甸洋行要跟广州商人谈生意，问一下红茶价格，也在情理之中吧？

潘维观　潘老板，渣甸洋行做的是什么生意，你该知道吧？

潘维明　他们收的是茶叶、丝绸和瓷器。（烟瘾发作）

潘维观　没错，收的是茶叶、丝绸和瓷器，但销的是什么？

大　卫　我们销的不过是一些药材。

潘维观　如果鸦片是药材，那您的大英帝国为何禁止鸦片入境？潘老板，前几年，你因贩鸦片受到官府处置，别的商行也因此连坐，这教训可不要忘了。

大　卫　那次是船主的失误，为此，我已经向潘老板道过歉，并赔偿了他因罚款而受到的损失。

潘维明　（耐不住烟瘾）枪，枪！

　　　　[大卫示意马仔给潘维明大烟枪，潘维明吸大烟。

潘维观　（指大卫）你让他染上烟瘾了？

大　卫　他在享受福寿膏带来的快感。

潘维观　维明……

大　卫　（对茶商）我现在按你们提出的价格收购所有的红茶。

刘炳昌　此话当真？

潘维观　大卫先生不会用白银付款吧？

大　卫　付款方式，可以面议，我保证不会让茶商们吃亏。

刘炳昌　既然如此，我们把茶叶卖给渣甸洋行。

大　卫　NO！NO！NO！按大清的规矩，你们把红茶卖给德欣行，我再从德欣行收购。

刘炳昌　走，把茶送给德欣行去。

　　　　[众商人欲下。

潘维观　慢。同宜行愿意按同等价格收购红茶。

大　卫　我提价一成。

潘维观　我也提价一成。

大　卫　我再提价一成。

潘维观　我也再提价一成，而且付现银。大卫先生，你也付现银吗？

大　卫　你跟我作对？

潘维观　这叫价格竞争。

大　卫　好好，有你后悔的那一天！（大卫和潘维明下）

刘炳昌　谢谢潘老板。您真慷慨啊！

茶商丙　多谢潘老板救了我。

潘维观　救你？我逼人跳江你们看见了，可有人要逼大清亡国你们看见了吗？（众茶商羞愧）你们身上流的是炎黄的血，读的是孔孟的书，喊的是吾皇万万岁，可一见到银子，就忘了自己是大清子民！

茶商丙　潘老板，我们……

潘维观　去交货吧。

　　　　[众茶商下。潘亦仁与阿昌急上。

潘维观　父亲，您是为这批红茶而来？

潘亦仁　国难当头，还顾得上生意？你先听听林大人这封信。（念）十三行公行总商潘亦仁及同宜行行主潘维观阁下大鉴：近闻，大不列颠国议会已通过议案，派遣四千英军、四十艘舰船进犯我大清。御敌于国门之外，所需军费甚巨，朝廷拨款项有限。同宜行乃众商之首，望国难当头之际，亦仁兄慷慨解囊，以救广州于水火之中。此盼切切。钦差林则徐。

潘维观　父亲，这意思是不向我们要银子。

潘亦仁　你这个同宜行的行主有何打算？

潘维观　给。先拿出一百万，不，二百万两！

潘亦仁　这才是我的儿子！阿福，走，跟我去提银子！

　　　　[潘亦仁、阿昌下。一队官兵上。

头　领　谁是同宜行的行主潘维观？

潘维观　我是。

头　领　跑到码头来了，想逃？

潘维观　我没犯法，没有前科，为什么要逃？

头　领　还嘴硬？把他带走！

　　　　[几个官兵抓住潘维观。

潘维观　你们凭什么抓我？

头　领　凭什么？钦差大臣林则徐林大人来广州查禁鸦片。你勾结洋人……

潘维观　十三行与洋人做生意是朝廷允许的。乾隆二十二年……

头　　领　乾隆爷也没让十三行与洋人做鸦片生意吧？

潘维观　鸦片生意？无稽之谈。刚才，为了不让大卫用鸦片换红茶帮的茶叶，我将红茶的价格提高了四成，同宜行为此损失了几十万两银子呀！为抗英军，同宜行还捐给官府二百万两银子！

头　　领　还狡辩？抬上来！

　　　　　［兵勇抬上一只箱子。叶文秀、阿福跟上。

头　　领　这是同宜行的货吧？

叶文秀　是的，我刚进的丝绸……

头　　领　打开！（兵勇开箱，搜出鸦片）

叶文秀　啊？鸦片……

潘维观　文秀，怎么回事？

叶文秀　我进的明明是丝绸啊……

　　　　　［切光。

第二幕　第二场

　　　　　［上一场两天后，死囚大牢。潘维观披枷戴锁，坐在地上。

　　　　　［狱卒画外音：夫人有话快说吧，一会来人，小的担待不起。叶文秀：多谢军爷。

　　　　　［叶文秀上。

叶文秀　维观！

潘维观　文秀？文秀，母亲好吗？

叶文秀　（摇摇头）她哭了三天三夜，眼泪已经哭干了。维观，我对不起你，是我害了你，我……

潘维观　那批货……

叶文秀　是潘维明的。他昨天找我，说他的德欣行倒闭了，连喝粥的钱都没有，求我

	收下那些丝绸。我看他实在可怜，就……我好糊涂呀！
潘维观	换成我，也不能见死不救。这事怪不得你。文秀，这些年，辛苦了你。
叶文秀	维观，辛苦的是你呀。这些年，我越来越觉得跟你在一起过日子心里踏实。你心里有一杆秤，什么做得，什么做不得，清清楚楚。你不拘小节，可懂得大是大非。可因为我……
潘维观	文秀，不说了，回去以后好好地侍奉父亲和母亲……
叶文秀	维观！父亲已经去找林大人了……
潘维观	没用的，除非有人证明鸦片是潘维明装在丝绸里的……可惜呀，十三行的生意，我还没做够就……如果阴曹地府里有生意场，我还要做商人！
	[狱卒画外音："潘维观时辰已到"！
潘维观	文秀。你得替我办一件要紧的事。
叶文秀	你说吧。
潘维观	我和彼德签的那批货还有七天就到期了，你一定要按时把那批货运到码头。
叶文秀	维观！都这个时候了你还惦记着生意？
潘维观	我惦记的是我潘维观的脸面。就算同宜行不办了，这最后一笔生意也要善始善终。我死后，宁可不办丧事，也不能让洋商骂咱们大清商人不懂商场规矩。
叶文秀	维观！
潘维观	文秀！
叶文秀	维观！我对不起你……
	[潘亦仁与监斩官上。
监斩官	时辰已到，将钦犯潘维观押赴刑场。
	[潘亦仁给监斩官塞银子。
监斩官	有话快说。
潘亦仁	维观！
潘维观 叶文秀	父亲！
潘维观	父亲！不孝的儿子再也不能侍奉您老人家了。
潘亦仁	维观呀，生意场，生意场，是地地道道的生死场呀！我真后悔，为什么把同

宜行这副千钧重担交给了你？要说害了你的，是我，是我呀！

潘维观 父亲！这怎么能怪您？也许，儿子今天该死。可想到大卫、潘维明那些贩卖鸦片、荼毒生灵的人逍遥法外，我不服，不服！就是到了阎王老爷那我也要鸣冤喊屈，也要捉拿不法商人的阴魂！

叶文秀 维观，潘家不能没有你，咱们的儿子阿林也不能没有你这个父亲呀！

潘维观 阿林！两年后，他从美利坚回来就该是条汉子了。可惜……我再也见不到他了。

潘亦仁 维观，你放心吧。有我在，有文秀在，就一定把阿林养大成人，绝不让他受一点委屈……维观，从你儿时起，我就对你过于严厉。现在，让父亲给你倒一碗酒吧。

〔潘亦仁老泪纵横，端出一坛酒。叶文秀把酒倒在一只碗里。潘亦仁把酒送到潘维观嘴边。

潘维观 （一饮而尽）父亲、文秀，我先走一步了……

〔三姨太内喊："冤枉！潘维观冤枉！"推开狱卒上。

监斩官 有何冤情，快快道来。

三姨太 几天前，我去看望潘维明，亲眼见大卫将几只箱子给了潘维明。我问这是什么，潘维明说这是几箱丝绸。丝绸箱子里的鸦片肯定是大卫装进去，陷害潘维观的。

〔武官上。

武　官 两广总督林则徐林大人有令：经查，同宜行为商八十余年来，上尊大清禁烟法令，下行诚信经商之道。当英军逼近大清之慷慨捐助军费二百万两。此次鸦片一案，切不可草率行事。若确为错案，立即开释，捉拿栽赃陷害之元凶。

潘维观
叶文秀 （愣了片刻）苍天有眼！

〔切先。

第二幕　第三场

[上一场一天后。潘家厅堂。

[潘亦仁在潘家厅堂看地图，阿福上。

阿　福　老爷，今天您的七十大寿，寿宴准备好了。夫人说……

潘亦仁　虎门前线正在激战，都这个时候了，还办什么寿宴？

阿　福　可是……

潘亦仁　可是什么？告诉夫人，这七十大寿不过了！

[阿福下。潘维观急上。

潘维观　父亲，虎门炮台失守，关天培殉国，英军包围了广州城。

潘亦仁　英军不是只有四千人吗？

潘维观　可他们船坚炮利。听说，大卫早就将大清军队的布防画成图，送给英军。

潘亦仁　把大卫驱逐出境，等于放虎归山呀。林大人打算怎么办？

潘维观　朝廷贬了他的官，将他调离广东了。

潘亦仁　朝廷？皇上？

潘维观　父亲，现在保卫广州城，就靠我们自己了，我已经从四邻八乡招募了两百名水勇。

潘亦仁　好！再拿三百万两银子，派人送给官府，造铁船、铸火炮、造水雷。

[丫环慌张跑上。

丫　环　老爷，不好了。

潘亦仁　怎么了？

丫　环　三姨太她……

潘亦仁　三姨太她怎么了？

丫　环　跳井了。

潘亦仁　还不快把她救上来。

丫　环　晚了。你快去看看吧。

潘亦仁　多事之秋啊！

　　　　　［潘亦仁与丫环下。彼德怒气冲冲上，身上有臭鸡蛋等。

潘维观　彼德？这一身臭鸡蛋是街上人扔的？他们以为你是英吉利人了。这个时候，你怎么还敢进城？

　　　　　［叶文秀拿毛巾擦彼德的衣服。

彼　德　维观，你派人给我送来的茶叶混进了两成去年的陈茶！没什么好说的，按合同，这批茶叶按三等品作价，另外，还要付违约金。

叶文秀　维观可是你的生死朋友。

彼　德　朋友是朋友，生意是生意。

叶文秀　（愤怒）彼德，你该知道，半年前维观险些被砍头？

彼　德　知道，当时我为此痛哭过。可现在维观脱险了，那张合同就有效。

叶文秀　你知道维观在上刑场之前嘱咐我什么吗？

彼　德　（摇摇头）

叶文秀　宁可不办他的丧事，也要把你的货按期运到；就算同宜行不办了，这最后一笔生意也要善始善终！

彼　德　（惊讶，感动。握住潘维观手）维观！如果你手头实在紧……

潘维观　不，错在同宜行。一切按合同办。你先回去，我派人设法出城把银子送到你的船上。掺杂作假的人我定会严厉处置。

彼　德　维观，你是个好朋友，也是个好商人。再见！（拥抱潘维观。下）

　　　　　［炮声隆隆。市民慌忙跑上。潘亦仁、潘夫人等人上。

市民甲　（指潘亦仁）若不是你们十三行与洋人做生意，洋人也不会打过来。

市民乙　对，大清要什么有什么，为什么要和洋人打交道？

潘亦仁　（自言自语）这十三行也许办错了。

潘维观　大家不要慌……文秀，你带着父亲母亲回到乡下避一避。阿福，把"同宜行"的匾摘下来，先运回老家。

潘亦仁　都这个时候了，怎么还在做你的商人梦呀！

叶文秀　母亲，船我已经准备好了。

潘亦仁　料理完你三妈的后事，维观、文秀就送母亲走吧。

潘夫人　你呢？

潘亦仁　我还有些事要办。

　　　　［潘亦仁、潘夫人、叶文秀下。潘维明争吵着冲进门来。

阿　福　大少爷，潘维明来了。

潘维观　你来干什么？

潘维明　来看我母亲。

阿　福　你母亲她已经……

潘维明　我知道。（跪下）母亲，孩儿对不住您了。

潘维观　你不跟大卫搅在一起，三妈她也不会走这一步啊。

潘维明　我做的事，我会负责的。

潘维观　维明，小玉香和她的……她的孩子……

潘维明　走了，带着孩子走了，谁也不知道她去了哪。大哥，这件事我对不起你。

潘维观　我去找，就是到天边我也要把她和孩子找回来！

潘维明　大哥，小弟有一事相求。

潘维观　说吧。

潘维明　求你让我见父亲一面吧！

潘维观　好，我去请父亲。

　　　　［潘维观下。叶文秀上。

潘维明　文秀，不，大嫂。

叶文秀　维明，这么多年，你该知道谁是谁非了吧？

潘维明　知道了，也晚了。我来，一是祭奠母亲，二是见父亲、大哥和你……你们一面。

　　　　［潘亦仁与潘夫人、潘维观上。

潘维明　父亲，孩儿知道对不起潘家，对不起您。

潘亦仁　你对不起的是十三行啊。维明，去自首吧，我们替你证明，会讲清楚的。

潘维明　我知道该怎么办。父亲，您认我是您的亲生儿子吗？

潘亦仁　孩子，我过去错怪了你母亲。

潘维明　父亲，请您把咱家酿的酒给孩儿一碗，让九泉之下的母亲闭上眼睛。

　　　　［叶文秀将酒递给潘亦仁，潘亦仁递给潘维明，潘维明先洒些酒在地上，然

后一饮而尽。潘维明犯了烟瘾，浑身发抖。

潘亦仁　维明，你是不是喝多了？

潘维明　枪，枪……

潘维观　是你送我的那把枪吗？在这。（潘维观拿出枪。潘维明失望，呆呆地看着）你上烟瘾了，要的是……是烟枪？

［潘维明发疯似的夺过枪。

潘维观　维明，你要干什么？把枪给我！

潘维明　母亲，孩儿来了！

［潘维明拿枪冲下，一声枪响。众人跑下。

众　人　维明，维明！

［潘亦仁欲下，阿昌上。

阿　昌　老爷，官府要与英吉利讲和，让十三行准备银两，给英吉利人赔款。

叶文秀　赔款？如果拿不出钱呢？

阿　昌　就把十三行的房产和货物押给英吉利人。

［潘亦仁默默地看着同宜行的匾额。

潘亦仁　（接过丫环递上的灯笼）同宜行啊，八十多年了。多少瓷器、茶叶、丝绸从这里漂洋过海，让世界知道我大清物华天宝，人杰地灵。十三行是广州的门，大清的窗。本来，这门，这窗该吹进些清新的空气，可是谁知道，却涌进一股股浊浪。难道，真的不该和洋人做生意？难道潘家祖训所说"海纳百川，货通天下"错了？是呀，如果把大清的门户关得紧紧的，鸦片怎么进得来？剪不断，理还乱呀，真不知道后人如何评说我们这些十三行商人！

［儿歌画外音：洋船争出是官商，十字门开向二洋，五丝八丝广缎好，银钱堆满十三行。

潘亦仁　堆满银钱又有何用？（悲泣。凝视着同宜行的匾额，慢慢举起灯笼）

［夫人、叶文秀、阿福等上。

夫　人　老爷，你这是要……

叶文秀　（挡住潘亦仁）父亲，小心灯笼里的火烛。

潘亦仁　就是没有这火烛，心头之火也会燃成烈焰！

[潘亦仁用手挡开叶文秀，再次用灯笼点火。潘维观冲上。

潘维观　父亲，您为什么要这样做？

潘亦仁　为什么？林则徐被贬了，四方城挂上了白旗，十三行辛辛苦苦赚来的银子就要赔给英吉利强盗了，可你还想留着这块匾。

潘维观　父亲，这同宜行凝结了潘家几代人的心血，一把烧了，您不心疼吗？

潘亦仁　维观呀维观，你精明能干，经商非常人可比，可你救得十三行吗？

叶文秀　（有意把话岔开）父亲，同宜行怎么办，以后再说。今天是您的七十大寿，就是寿宴不摆了，我们也要给您老人家祝寿。

潘夫人　对，来来来，给你们的父亲祝寿。

[潘维观、叶文秀跪。

二人合　祝父亲健康长寿！

[阿福、阿昌、丫环等跪。

众　人　祝老爷寿比南山。

潘维观　父亲，您还记得吗？（拿出一张纸递给潘亦仁）

潘亦仁　账单？

潘维观　我与文秀结婚那天，父亲从这张账单上知道我挥霍了六万多两银子。

潘亦仁　你一直留着它？

潘维观　那次父亲对儿的教诲，使我受用一生。今日，我送您一份寿礼。

[两人抬一个很大的地球仪上，放在台上。

潘维观　从您接手同宜行起，我们的货物通过七条航线运往过东洋、西洋，八十多个国家的商人与咱们同宜行有过来往。这些国家，我都在这地球仪上一一标出。您看。

潘亦仁　（仔细观看）荷兰、丹麦、俄罗斯、马来……（看看手中的账单）没什么可惋惜的了。硝烟炮火中还给我祝寿，谢谢你们了。（鞠躬）好了，你们走吧。

叶文秀　父亲，您呢？

潘亦仁　我要再看看这同宜行。（走进同宜行，关上大门）大清就要亡了，十三行也完了。维观还年轻，路还长。就让我这古稀老人和同宜行一起走吧。

潘维观　父亲！父亲！

潘夫人 老爷,开门呀!

叶文秀 阿福,把门砸开!

［火光熊熊。顷刻,同宜行在烈火中轰然倒塌……

潘维观 父亲!父亲!

［众人面对同宜行跪下。

潘维观 (悲痛地伏在地球仪上,如唱挽歌)洋船争出是官商,十字门开向二洋,五丝八丝广缎好,银钱堆满十三行……

［画外音:鸦片战争之后,清政府被迫改为一口通商为五口通商,十三行商人为清政府干的最后一件事,就是拿出大笔银两,替清政府支付战争赔款……一些十三行商人离开广州,转移到上海等地,红红火火的十三行,从此退出了历史舞台。

［全剧终。

(剧本版本:作者提供,2005年广东话剧院首演)

· 话剧卷 ·

南越王

编剧：陈京松 金敬迈

人物表

赵　佗　　30岁至106岁

陆　贾　　40岁至70岁，汉朝太中大夫

俞　勉　　48岁至78岁，后为南越丞相

吴任轲　　19岁至59岁，后为南越大将军

荔　女　　13岁，南越少女

三示公公　55岁，太监

水　妹　　15岁，俞勉的女儿

俞广驷　　20岁，俞勉的儿子，后任中尉

赵　母　　赵佗母亲

刘　邦

官员、马夫、兵士、侍女等

时　间　公元前210年（秦统一中原第12年，秦始皇死前一年）
　　　　至公元前179年
地　点　岭南番禺、长安汉朝皇宫

开幕前旁白：

公元前221年，秦王嬴政扫平齐、楚、燕、赵、魏、韩六国，统一中原，定都咸阳。公元前214年，秦始皇派任嚣、赵佗率五十万大军进驻南越，设南海郡，郡府为番禺。从此，岭南百越诸地正式纳入中国的政治版图。

第一幕

［公元前 210 年。

［幕启。热带树林中的祭坛。祭坛上方挂着虎头图腾，供奉着猪、羊、牛、狗头。

俞广驷　请出俞氏部族祖传虎头宝刀。

［二人托着虎头刀递给俞广驷。俞广驷跪在俞勉面前。几个男子将面蒙黑纱的荔女绑在木桩上。荔女拼命挣扎。

俞　勉　上酒。（水妹端给俞广驷一碗酒。俞广驷一饮而尽）苍天在上！（众越人跪）恳请开恩降福，赐我南越俞氏部族风调雨顺，除灾祛病，子孙绵延，百畜兴旺。广驷，接刀！

［将刀将给儿子。一阵马嘶，众人向内张望。

［俞广驷举起刀欲砍荔女，赵佗跃上祭坛，用剑架住虎头刀。吴任轲、马夫等秦兵急上。赵佗把手中马鞭扔给马夫。

俞广驷　你是什么人？如此大胆，不怕上天吗？

［赵佗大笑。三示公公气喘吁吁上。

公　公　此乃秦国始皇帝所封南海尉赵佗赵大将军，为整肃民风，巡视此地。还不快跪！

俞　勉　我俞勉跪神跪天不跪人！

［众人见俞勉未跪，也都站立不动。

赵　佗　俞勉，你好大的胆子！北至南岭，西至夜郎，南至海疆，东至闽越，整个南越都遵从秦律，没有人敢用活人祭天了。你该知道，用活人祭天者，以杀人论处。

俞　勉　活人祭天，自古如此。若对天不恭，招来灾祸，我身为俞氏部族首领，如何面对南越父老？南越自古不问中原之事，南海尉也休管越人之事！

赵　佗　昔日诸侯瓜分中原，今日大秦一统天下。本将军奉始皇帝之令进驻此地，南越便为大秦之领域，越人便为大秦之子民！我整肃民风，首先就要管管你这胆大妄为的俞勉!

俞　勉　（不理睬赵佗）祭天!

　　　　［俞广驷举起虎头刀又要砍杀荔女。赵佗用身体挡住荔女。

赵　佗　好漂亮的虎头刀。

俞广驷　这是俞氏部族的神圣之物。

赵　佗　（揭去荔女的面纱，荔女的嘴被草绳勒住）而此刻，这神圣之物却要诛杀与你同祖同宗的柔弱女子!

俞　勉　这是本部族之事。

赵　佗　错! 此乃大秦之事，社稷之事，万民之事!

俞广驷　（拿着刀，不知所措）父亲……

赵　佗　又错! 你该问始皇帝钦定的大秦律是否答应。

　　　　［田麦上。

田　麦　报将军，抓住一个文身师。

赵　佗　按本将军之令，收缴文身器具，羁押三十日!

田　麦　是!（下）

俞广驷　赵佗，你就不怕我手中的虎头刀?

赵　佗　刀? 不过青铜一片。

俞广驷　本人手中之刀，可抵猛虎烈豹!

赵　佗　我这手中之剑，率数十万大军，攻克南越天险，完成始皇帝统一天下之伟业。

俞广驷　哼，谁强谁弱，凭手中利器说话。

赵　佗　既然如此，你与我比三个回合，我若输了，从此不再过问你俞氏部族之事。

俞广驷　好，那就让你领教这虎头刀的厉害!

赵　佗　慢（对俞广驷），我若赢了呢?

俞广驷　我任凭你处置!

赵　佗　处置你何用之有? 我若赢了，南越从此要尊秦令，守秦法，效忠始皇帝，听命本将军，永世甘为大秦子民! 俞勉，听清楚了吗?

俞　勉　哼，你带兵霸占越人之地，还念念不忘你的始皇帝!

赵　佗　为天下第一伟人始皇帝进驻南越，是我赵佗一生的荣耀。

俞广驷　你欺人太甚！（举刀）

俞　勉　广驷，比不得呀！

赵　佗　俞勉，你儿子不怕，你倒怕了？

俞　勉　我……

俞广驷　此刻就让你做我刀下之鬼！看刀！

　　　　［赵佗与俞广驷刀剑相斗，仅一个回合，赵佗便用手中之剑将俞广驷的虎头刀斩为两截。众人震惊。

众　人　虎头刀！

赵　佗　俞勉，老老实实做大秦子民吧！

俞　勉　你……你竟断我俞氏部族的虎头刀！

　　　　［俞勉猛地甩出一柄飞刀，刺中赵佗左臂。

吴任轲　将军！

赵　佗　我身上已有五处刀伤，再添一块，何足道哉。（拔出飞刀）

俞　勉　可惜，赵将军再也见不到你的始皇帝了！

水　妹　父亲，你的刀浸了蛇毒？

俞　勉　（大笑）

　　　　［吴任轲从兵士队列中扑向赵佗，用嘴吮毒。

赵　佗　你是……

吴任轲　兵士吴任轲。

赵　佗　以后你便是我的贴身侍卫！

公　公　你等大逆不道，按秦律要将你们全族抄斩！

　　　　［田麦拔剑与秦兵一起冲向俞勉。俞广驷抄起一把铜刀挡住俞勉。越人与秦兵对峙，一触即发。

水　妹　哥哥，你会害死全族的人呀！我这有解毒药，快快涂上。（给赵佗抹药）

田　麦　将军，俞勉顽冥不化，不杀他，秦令难行！

　　　　［赵佗手抚剑鞘，一步步逼向俞勉。越人惊恐地看着赵佗。

　　　　［一秦吏上。

秦　吏　报将军，下官抓住一个捕蛇而食的越人！

　　　　［后面几个人抬着一个蛇笼，蛇笼中关有一人。

俞　勉　越人祖祖辈辈以蛇为佳肴，你的始皇帝连越人吃什么都要管？

　　　　［众越人见此情景愤怒异常。

秦　吏　南海尉赵大人曾经颁布旨令，废除南越之陋习。

赵　佗　何为陋习？

秦　吏　活人祭天，部族械斗，文身断齿。

赵　佗　可有不许吃蛇之令？

秦　吏　咱们中原汉人从不吃蛇呀。

赵　佗　你可曾住过南越的吊脚楼？

秦　吏　没有。

赵　佗　你可曾穿过越人的麻织衣衫？

秦　吏　没有。

赵　佗　你可曾捕杀过虎豹豺狼？

秦　吏　也……没有。

赵　佗　那是否要将住吊脚楼、穿麻布衣、捕猎为生者一律处死？

秦　吏　下官是……是按您的意思……

赵　佗　除活人祭天、部族械斗、文身断齿外，尊重越人一切习俗，才是本将军的意思！

公　公　还不把人放出来！

　　　　［俞广驷等将奄奄一息的越人抬出。一条蛇爬出来。

秦　吏　蛇！蛇出来了！

赵　佗　（一剑砍中蛇的七寸，用手拎起死蛇）三示公公，叫人将它带回府中，烹给本将军下酒。

公　公　（不敢接）马夫！（马夫上）拿回去给将军下酒。（马夫拿蛇下）

俞　勉　我们越人用蛇血入酒，赵大人是否想尝一尝？

赵　佗　好。有烦首领配制。

　　　　［俞勉杀蛇取血，倒入木碗中。水妹端给赵佗。赵佗喝了一口。

赵　佗　味道不错，只是这酒远不如中原酿造的香醇。（递给秦吏）来，这些赏你了。

（秦吏莫名其妙，只得喝酒）三示公公，依秦律，违抗将令者如何？编造将令者如何？

公　　公　　斩！

赵　　佗　　（对秦吏）你是随我一同进驻南越的吧？

秦　　吏　　我跟了您五年。将军，饶我这一次。

赵　　佗　　我可饶你，但秦律不饶你。这就算本将军给你的送行酒了。拉下去！

　　　　［田麦拉秦吏下。赵佗走上祭坛。

赵　　佗　　你叫什么名字？（解开绑荔女的绳索）

荔　　女　　荔女。

赵　　佗　　回家吧。

俞　　勉　　（挡住荔女）慢！

赵　　佗　　俞勉，你真的要和本将军对抗到底吗？

俞　　勉　　是赵将军逼我这样做的。

赵　　佗　　我如何逼你？

俞　　勉　　越人靠天吃饭，连我这个部族首领都不能顿顿吃饱，更不用说普通百姓。而你一下子带来几十万人马，这不是从我们的嘴里抠粮食吗？

赵　　佗　　（大笑）知道吃不饱，更应该归顺大秦。南越缺少金银田器马牛羊，故而要靠天吃饭。我虽带来了几十万人马，可还修了一条连接中原的灵渠。南越若与中原通商，便可取天下之物为越人所用，何愁不能温饱？听说你通晓汉文，读过中原典籍，你可曾听过"法者，所以爱民也"？

俞　　勉　　此言出自商鞅的《更法篇》。部族祭天，正是为上天保佑越民。

赵　　佗　　上天为万物之造化，而非残害民生之恶鬼。祭天者，贵在心诚，顺应天意。若以祭天为名，残害无辜，不仅秦律不答应，上天也不答应！

俞　　勉　　大将军禁止越人祭天？

赵　　佗　　始皇帝乃授命于天，岂会禁止祭天？我既信奉以法爱民，今日就亲自祭天，以求上天降福南越百姓！

俞　　勉　　不用生灵，就凭赵大将军的几句空话，也算祭天？

赵　　佗　　看！

俞　勉　　马？

赵　佗　　那是本将军的战马。《周礼》曰：马八尺以上即为龙。华夏先人禹就曾杀马祭天。今日便用此活龙为所有南越百姓祭天！

　　　　　[马夫冲上来。

马　夫　　万万不可杀马呀！（抱住赵佗的腿）用我祭天，杀我，杀我吧！

赵　佗　　住嘴！

田　麦　　将军，那马在战场上救过您的命呀！

公　公　　赵将军，那马可是始皇帝亲赐呀！

赵　佗　　始皇帝赐我战马，不但让我进驻南越，还让我统领大秦南疆。为始皇帝效命，我赵佗光宗耀祖，我的战马也死得其所！田麦，杀马祭天！

　　　　　[田麦下。马夫疯狂地跑下。一阵马斯。马夫幕后哭喊：马，将军的马呀！

　　　　　[吴任轲突然晕倒在地。

赵　佗　　吴任轲！

水　妹　　他吸了蛇毒，此刻毒性发做了！

俞　勉　　快灌解毒药！

　　　　　[水妹与荔女往吴任轲嘴里灌药。

赵　佗　　想不到，他没有死在战场下的血雨腥风之中，却倒在，倒在你的毒刀之下！

公　公　　把他绑起来！

　　　　　[田麦等人绑俞勉。俞广驷等人上前，被俞勉制止。

俞　勉　　将军杀马为越人祭天，我代全部族谢谢将军。我伤了赵将军，又使您的部下危在旦夕。我听凭你的处置。

　　　　　[赵佗看看吴任轲，猛地挥起刀……

荔　女　　将军，你……

　　　　　[赵佗手起刀落，砍断了绑缚俞勉的绳索。俞勉愣了一下，跪倒在赵佗面前。

俞　勉　　赵将军，自今日起，俞勉及所属部族，归顺大秦。

赵　佗　　好，本将军任你为大秦南海郡郡丞。

俞　勉　　谢赵将军，俞勉甘为将军效犬马之劳！

赵　佗　　三示公公，即刻派人去咸阳禀告始皇帝，此处乃蛮荒之地，请即刻调运南越所需之金银田器马牛羊，并再派遣三万名补衣女，许配给壮年秦兵为妻。

公　公　是。

赵　佗　天下一统，代价何其惨烈。几百年间，血流成了河，将士的尸骨覆盖了千里原野；无数百姓，妻离子散，惶惶度日。该让战死的将士入土为安了，该让离散的亲人骨肉团聚了，该让饥寒交迫的百姓们好好地种他们的地，纺他们的麻了。从此以后，天下太平，刀枪入库。始皇帝，南疆的群山沧海、湖泊大川、森林沃野都是您的了，都是大秦的了！是我赵佗最终实现了始皇帝一统天下的夙愿！

[切光。

第二幕

[公元前207年（秦亡）。赵佗33岁。

[南海尉赵佗府邸。公公与俞勉正在谈论。

俞　勉　三示公公，听说了吧，阿房宫几百里呀，项羽一把大火，就灰飞烟灭了。想不到啊，派去咸阳面见大秦皇帝的人还没到，赵将军的大秦国就完了。

公　公　俞郡丞，是咱们的大秦国。

俞　勉　我与公公不同。没有秦国，就没有您这秦国的公公，现在朝代换了……

公　公　朝代换了，公公不换。过去我效忠秦国的赵大将军，现在我效忠无朝无代无人可管的赵大将军。

俞　勉　你效忠赵大将军，可赵大将军去效忠谁呢？

公　公　将军他……

俞　勉　听说他病了，是心病吧？这些天，他好像老了十岁。

[吴任轲上。旁若无人，径直走向赵佗的内室。

公　公　（拦住吴任轲）左将若有事，我去通报。

吴任轲　你？赵将军病了，我吴任轲就不能来探望？（推开三示公公）

公　公　若将军无恙，谁还敢拦你吴左将？

［赵佗内唱：

> 黄河之水洋洋，
>
> 黄河之水流淌。
>
> 撒下渔网呼呼响，
>
> 黄鱼鳝鱼都进网……

公　公　俞郡丞，左将，听到了吧？将军此刻心烦意乱，不愿见人。你们还是在外边候着吧。

俞　勉　我有要事向将军禀报……

公　公　若将军心情好一些，我会传你们。

［俞勉、吴任轲下。赵佗边唱边上。

> 河边芦苇根根高耸，
>
> 妇女们人人颀长，
>
> 武士们个个轩昂。

（根据《诗经·卫风·硕人》翻译）

荔　女　将军，您唱的是什么？这么好听。

赵　佗　你知道黄河、渭水吗？我看到珠江就像看到黄河、渭水一样。

荔　女　将军的话我一点都不懂。

赵　佗　渭水边上，有我的母亲……

荔　女　将军，你也有母亲？

赵　佗　我怎么会没有母亲？

荔　女　（不好意思地笑了）将军的母亲和别人的母亲不一样吧？

赵　佗　天下的母亲都一样，都疼爱自己的儿女，都想儿女永远守在她们的身边。可我，十七岁时就离开了母亲……

荔　女　您的母亲很难过吧？

赵　佗　（拿出一个拨浪鼓，摇了一下，荔女听到拨浪鼓发出的响声，很惊奇）我小时候，母亲常用这拨浪鼓哄我。我离家时，母亲非要我带着它。我笑母亲还把我当孩子。母亲让我带着它，为的让我想着母亲，就是我有了孩子也不要忘记母亲……（荔女拿过拨浪鼓，轻轻摇着）我明白了，母亲是怕再也见不到我了。我是去打仗，去厮杀呀。

荔　女　将军身上有好几块伤疤，一定打了好多好多的仗吧？

赵　佗　我是为始皇帝打仗，为始皇帝统一了天下，为始皇帝建立了南海郡。可现在，这一切就像开了个玩笑，就像一场梦。

公　公　将军，大秦亡了，可南越还在您的手里呀。

赵　佗　只能如此了。我救不了大秦，就替九泉之下的始皇帝管好南越吧。

公　公　俞勉有要事向禀报，吴任轲前来探望将军。

赵　佗　让他们进来。

[俞勉、吴任轲上。

吴任轲　将军，您的身体……

赵　佗　俞勉，什么事？

俞　勉　秦亡之后，人心惶惶。近日，已有一百多名中原来的兵士逃离营寨。

赵　佗　（问吴任轲）果真如此？

吴任轲　我派人抓回了二十多人，正准备按军法处置。

赵　佗　算了吧。兵士们在南越也不容易，吃的不顺口，又没有女人。咸阳此时，渭水涟涟，春风杨柳。可这里，天天下雨，身上都要发霉了。

[田麦上。

田　麦　将军，吴芮率十几万兵马占了长沙，正逼近梅岭边关。

赵　佗　赶快召集兵士，准备粮草！

俞　勉　将军，那吴芮是刘邦的人，与他开战，必将战火引入南越呀！

吴任轲　打的就是他刘邦的人！

俞　勉　你要去与刘邦项羽交战？

吴任轲　正是。刘邦项羽不过草莽流寇，却想夺天子之位。赵将军武功盖世，谋略更无人能敌，若进军中原，定能扫平天下，登基加冕，成就一番英雄伟业。

公　公　南越兵士不足，若与刘邦项羽争天下，如同羊入虎口。

吴任轲　即令越人男丁十五至五十岁者入伍。

俞　勉　万万不可！

吴任轲　为何不可？

俞　勉　几十万之众，何来兵器？

吴任轲　即刻打造。

俞　勉　南越无铁。

吴任轲　可用青铜。

俞　勉　越人只知农耕，不懂战事。

吴任轲　点派中原兵士，演习操练越人。

俞　勉　若要开战，越人定将血洒疆场。

吴任轲　不流血，不死人，岂能成就霸业？

俞　勉　汉人愿意去死，我俞勉可不闻不问，但休想要越人去冲锋陷阵！

吴任轲　这正是赵将军建功立业的时机！

公　公　吴左将英雄气概。天下各路豪杰皆不是刘邦项羽的对手，看来只有你手中的青铜刀才能打败二人麾下的百万之师呀。

吴任轲　你大概是怕刘邦项羽斩了你这秦皇宫里出来的太监吧！

俞　勉　无论你说什么，对越人有利的，我可效犬马之劳；对越人不利的，我死不能从！将军，当年您能从祭坛上救下荔女，现在，您就忍心数十万越人去送死吗？您口口声声说的是"法者所以爱民"啊！

吴任轲　什么"法者所以爱民"？大秦都亡了！

[荔女不小心，手中的拨浪鼓掉在地上。赵佗捡起，轻摇一下。

吴任轲　将军，这是天赐良机，打吧！

赵　佗　打？过去我为始皇帝打，现在为谁打？（摆摆手）你们下去吧。

[俞勉、吴任轲下。

公　公　大将军，仗不可打，但您也该早做打算。这里也是一块天下呀。

赵　佗　就在这块天下建个南越国吧。

公　公　大将军英明。不过，建国之后，吴任轲太过张狂，不能重用！

赵　佗　他年纪还轻嘛。

公　公　吴任轲当年口吸蛇毒，救将军于危难，但今日吴任轲已非昔日之吴任轲了。天上风云会变，人心也会变呀！

赵　佗　他总不会不认我这个大将军吧？

公　　公　可人有时连自己是谁也会忘了的呀。（对荔女挥手。荔女下。）将军，您不妨试探一下。（对赵佗耳语）

赵　　佗　（无奈）就依你吧。

　　　　　［公公下。片刻，公公与吴任轲上。

吴任轲　将军，听三示公公说，您……

赵　　佗　头痛如裂，目眩心促，腹中剧痛，身上几处旧伤如刀剜骨。莫非我东征西讨，杀人如麻，要遭上天报应？

吴任轲　将军，南越不能没有您。您若有不测，我定随您而去！（哭泣）

公　　公　吴郡尉，如果您也随将军走了，谁带兵打到中原争天下呀？

吴任轲　将军是让我……

　　　　　［赵佗示意，三示公公下。

赵　　佗　此病来势迅猛，也许我时日不多了。

吴任轲　不，将军能活千岁、万岁！

赵　　佗　人非鬼神，岂能长生？只是我心中之愿未竟，撒手人寰，心有不甘。

吴任轲　将军的心愿下官知道。

赵　　佗　那你就将我的……我的心愿写……写下来吧。

吴任轲　是。（在一块丝帛上书写。赵佗似睡非睡）将军，将军！（赵佗不语。吴任轲犹豫一下，拿起几上赵佗的印章）将军，这是您的印章。

赵　　佗　你看着办吧。

　　　　　［吴任轲盖印后，匆匆下。三示公公上，扶起赵佗。

公　　公　将军，您想开些。

　　　　　［赵佗无比痛苦，呆坐不语。荔女端茶上。

荔　　女　将军，我从山上采来草药，您先把这个嚼了，我去煮药。（把一片槟榔送到赵佗嘴边）

赵　　佗　（嚼了几口，吐出。大怒，踢倒荔女）吴任轲盼我早些死，你也想毒死我吗？

　　　　　［卫士冲上，剑指荔女。

荔　　女　（惊惶失措）将军，我……我……

公　　公　还不快给将军赔罪？

荔　女　（跪下）我给将军嚼的是槟榔。槟榔不仅开胃消食，还治腹泻、水肿。将军肠胃不好，我想……

赵　佗　如此苦涩，如何能食？

荔　女　将军还不习惯。越人从小就吃。不信，我吃给您看！

赵　佗　（示意卫士退下）将军心绪不好。你恨我吗？

荔　女　（摇头）将军对我恩重如山，没有将军，荔女早就……

赵　佗　有人救过你，也有人救过我，可这都是过去的事了。

[荔女与三示公公将赵佗扶到榻上。

公　公　荔女，去煮药吧。（荔女下）

赵　佗　三示公公，始皇帝死了，天下乱了，人心也乱了，真叫人心灰意冷。

公　公　将军，天下乱，南越不能乱。在此建国，既能躲避战火，又能施大秦恩泽于南越。

[荔女端药上。

赵　佗　荔女，你对我如此尽心尽意，就没想要些什么？

荔　女　想过。

赵　佗　想要什么？

荔　女　（不好意思）想要……要将军的夸奖，将军的笑容，想要将军……多看我一眼。

赵　佗　还有呢？

荔　女　这些还不够多吗？

赵　佗　可惜，你是个女人。好，今天我好好看看你。（端详荔女）巧笑倩兮，美目盼兮。

荔　女　将军的话，荔女不懂。

赵　佗　我的家乡有一首民歌《硕人》，说的是卫王妻子美貌过人，微笑在嘴角流淌，眼睛黑白分明。

荔　女　将军您……您该歇息了。

[荔女与三示公公扶赵佗下。吴任轲、俞勉争吵上。卫兵要拦，被吴任轲一把推开。

吴任轲　你抗命不遵，赵将军定不饶你。

俞　勉　赵将军断断不会下此将令！

吴任轲　将军弥留之际，已将身后之事托与了我。

　　　　［三示公公上。

公　公　这南越郡府，也是你们吵架斗嘴的地方？

俞　勉　三示公公，赵将军真的有病……

公　公　你不是会用鸡卜卦吗？去问天吧。

吴任轲　即刻征召五十万越人，发兵中原！

俞　勉　你假托将军之言，罪不容恕。

　　　　［俞广驷持刀上。水妹追上。

俞广驷　吴任轲，你竟敢杀死我手下之人，看刀！

　　　　［俞广驷挥刀砍吴任轲，吴任轲用剑架住。

吴任轲　你杀死收税官，不但罪该诛杀，俞氏一族，还要连坐！

俞广驷　此地是越人的天下。赵将军若有不测，一切该由我父亲做主！

俞　勉　广驷，休要乱讲！

　　　　［吴任轲剑刺俞勉，俞广驷用刀挡住。二人格斗。荔女扶赵佗上。

公　公　赵将军到！

吴任轲　将军，您……您……

赵　佗　我为何还不死，是不是？（众人面面相觑）俞勉，你儿子杀死税官，按律该当如何处置？

俞　勉　满……满门抄斩。

赵　佗　田麦，将俞勉父子绑了！

　　　　［田麦绑俞勉、俞广驷。

水　妹　将军……

俞　勉　住嘴！将军，犬子犯罪，为父者死而无怨。但请将军，万万不可发兵中原，若引来战火，南越将生灵涂炭！

赵　佗　俞勉，篡位夺权者，该当何罪？

俞　勉　凌迟处死。

赵　佗　（问吴任轲）是吗?

吴任轲　正是!

赵　佗　那好，将吴任轲绑起来。（田麦绑吴任轲）搜他的身！（田麦从吴任轲身上搜出丝帛）念！

田　麦　（读）我若有不测，南越之权由吴任轲掌管。即刻征召五十万越人，发兵中原，夺取天下，建立霸业。赵佗亲立。

吴任轲　将军，这不正是您的心愿吗?

赵　佗　我的心愿是管好南越的事！

吴任轲　可这……盖了您的印呀。

赵　佗　田麦，读读印章。

田　麦　法者爱民！

赵　佗　（欲拔刀）我恨不得……你这小兔崽子啊！

吴任轲　小人有罪。

赵　佗　俞勉，你可认罪?

俞　勉　税赋过重，越人抗税，出于无奈。

赵　佗　真是只总想护着越人的老母鸡呀！松绑！（兵士将三人放开）我不杀你们，是要你们好好在南越做事。若再有心怀叵测、图谋不轨者，我手中之剑断不答应！

三　人　谢将军！

公　公　该谢武王。

众　人　武王?

赵　佗　从此刻起，本将军是南越国武王！

众　人　武王千岁！

赵　佗　吴任轲。

吴任轲　臣在。

赵　佗　在横浦、阳山等秦所开辟进越通道派重兵把守。

吴任轲　是。

赵　佗　俞勉。

俞　勉　臣在。

赵　佗　在边关上设立关市，让越人与中原商人在关市进行交易。

俞　勉　是。

赵　佗　当年秦国皇帝从中原遣来一万五千名女子，但中原将士有几十万之多。汉越通婚，势在必行。吴任轲，你征战多年，本王也赐你一门婚事：即刻与水妹成婚。

水　妹　（看俞勉）父亲，这……

俞　勉　还不快谢武王！

吴任轲
水　妹　谢武王！

赵　佗　俞勉，请你为本王做媒，可否？

俞　勉　臣甘效犬马之劳。只是不知将军所娶何人？

赵　佗　三示公公，将她请出来。

　　　　[三示公公与荔女上。

俞　勉　将军，她……她出身卑贱，不过是您的侍女！

赵　佗　此刻起，她不再卑贱，也不再是侍女了。荔女，我按中原习俗，娶你为妻。

　　　　[水妹惊呆。

荔　女　将军……不，不不……我……

公　公　荔女，你不愿意嫁给武王吗？

荔　女　我……我愿意……

　　　　[俞勉与吴任轲、俞广驷、水妹等跪下。

众　人　恭贺荔妃娘娘！

俞　勉　武王，您今日是双喜临门呀。

赵　佗　何喜之有？将南越并入大秦版图的是我赵佗，而割据南越独霸一方的也是我赵佗呀！我如何面对始皇帝在天之灵！

第三幕

第一场

[公元前 197 年，汉皇宫。刘邦居中正襟危坐。大臣分列两侧。

刘　邦　把公主送给匈奴人当老婆？屁话！别忘了，北疆我陈兵十万，南部还有我几十万大军！

大臣甲　皇上，北方匈奴虽是燃眉之急，但南疆赵佗不得不防。长沙王吴芮派人来报，赵佗很不安分！

陆　贾　皇上，长沙王无中生有。他对南越垂涎已久，因无力与赵佗抗衡，便屡次挑拨南越与朝廷关系，是想借朝廷之师铲除赵佗，将南越归入长沙国版图。

大臣甲　别忘了，赵佗入越时，带有数十万秦兵！

陆　贾　赵佗要复秦，皇上起兵之时，便会动手。皇上，当务之急是解决匈奴之患。对南越以安抚为宜，不如加封赵佗为南越王。

大臣甲　陆大人，大汉入主长安后，为使长沙王抑制赵佗，皇上已将南越封给长沙王了。

刘　邦　长沙王也不是好东西。天下是朕的，朕偏将南越再封给赵佗！

陆　贾　皇上英明。先让长沙王与赵佗鹬蚌相争，两败俱伤，待剿灭匈奴之后，再一举收回长沙、南海二郡。

大臣乙　皇上，据长沙王使者称，赵佗早就在南越建国称王了！

刘　邦　哦？

陆　贾　赵佗称王之时，天下未定！

刘　邦　溥天之下，莫非王土；率土之滨，莫非王臣。南越乃大汉疆土，越人乃大汉臣民，岂容赵佗割据一方？

大臣甲　皇上，当年秦国皇帝嬴政为挟制率兵将领，将他们的妻儿老小都扣在咸阳。

为惩戒赵佗，可斩杀其家人！

陆　贾　不可。如此一来，定将赵佗逼上绝路，死心抗汉。再者，大汉国土称王者并非赵佗一人。

大臣丙　诸王是皇上所封，对皇上称臣。

陆　贾　诉诸武力，虽能打败赵佗其人，但不能降服赵佗其心。臣愿只身前往南越，说服赵佗，令其归汉称臣。

刘　邦　朝中无戏言。

陆　贾　臣家眷俱在长安。臣若不能说服赵佗，任凭皇上发落。

刘　邦　好。传令，即刻将南部军队调往北部边关！

[切光。

幕间

越人甲　听说，刘邦要派人来了。

越人乙　听说，刘邦派大军讨伐南越了！

越人丙　听说，汉军已经占了梅岭边关！

越人丁　听说，汉军就要进番禺城了。

众　人　南越要完了！

第二场

[公元前216年，上一场一年后。南越国王宫。赵佗（36岁）着越人服装与众臣议事。

俞　勉　武王，番禺城里人心惶惶。一些人打点行装，若有风吹草动，便进山避祸。

俞广驷　听说汉国大军就要打过来了，凡是给武王办事的人都要杀头。

俞　勉　当年秦始皇打下南越，刚过了几年太平日子，刘邦又来打南越，南越是块肥肉？（用粤语）我们没有招惹谁呀！

俞广驷　打过来的会不会是长沙王吴芮的兵？

赵　佗　长沙王没长这个胆！敢打南越的，只有刘邦老儿。

吴任轲　武王，与其坐以待毙，不如先发制人，举兵讨汉！

　　　　[田麦急上。

田　麦　武王，汉人来了！

赵　佗　这么快？

　　　　[众人惊慌。

俞　勉　汉军来了，快让城里的越民上山呀！

赵　佗　（拔剑，对吴任轲）即刻集合城里的兵士！

田　麦　不是汉军，是汉国的太中大夫。

吴任轲　他带了多少兵士？

田　麦　带来了几十个随从。

俞　勉　是个商人？

赵　佗　管他是谁，将他请进来。

公　公　既是汉国太中大夫，武王是否更衣？

赵　佗　更什么衣！

　　　　[吴任轲挥手，一排兵士上。陆贾上。

陆　贾　（行礼）陆贾对众位大人有礼了。（环顾四周）想不到，想不到啊！（众人惊异）赵将军府邸竟与中原房舍无异。巍巍南岭，并未割断赵将军中原之情呀！

俞　勉　（没话找话）太中大夫不远万里，来到番禺，路上定很劳顿。

陆　贾　其实大汉皇宫离南越近得很。从长安出发到了咸阳就改水路，经汉水，到大江之畔的盘龙城；顺湘水而上到当年秦始皇令赵将军修的灵渠；再从南渠到漓江，从西江到珠江，直达番禺。除了湘江一段，一路均顺流而下。

赵　佗　太中大夫可知当年秦兵攻越，走的也是这条水路？

陆　贾　同是一条路，既可通行大军，也可以通商贸，行游客。

赵　佗　陆大人不会到此游山玩水吧？

陆　贾　本人到此走亲访友。

俞　勉　何人为亲，何人为友？

陆　贾　南越与大汉本是一家，生于此长于此的越人是亲，在此定居的赵将军和中原人是友。

吴任轲　陆大人自称大汉使者，何以为证？

陆　贾　这身官服还不能证明吗？

吴任轲　若我穿一身皇袍，你会跪在我面前三呼万岁吗？

赵　佗　闭嘴！

陆　贾　哎呀呀，陆贾失礼了。大汉朝廷太中大夫陆贾拜见赵将军。

赵　佗　你叫我什么？

陆　贾　大汉朝廷太中大夫陆贾拜见赵将军。

公　公　放肆！

陆　贾　若将军接受大汉皇帝册封，我自会称将军为大王。

赵　佗　我已当了十年南越国王，还要别人来封？

陆　贾　大汉之诸侯王皆为大汉皇帝所封。

赵　佗　如此说来，你是刘邦派来的使者，至此来说服我的。

陆　贾　将军，我并非汉国使者。

　　　　［众惊异。吴任轲拔剑，指向陆贾。

吴任轲　说，你是何人！

陆　贾　下官是大汉朝廷使者。

俞　勉　大汉朝廷与汉国有何不同？

陆　贾　下官若出使异国，当称汉国使者。南越乃大汉之地，焉有汉国使者出使汉国之说？

赵　佗　本王早听说你是能言善辩之士，果然名不虚传。刘邦派兵攻打南越，本王想听听你做何解释。

陆　贾　这是长沙王造的谣言。大汉皇帝非但没有派兵南下，而且将南部之兵调往北部边关。

吴任轲　即使汉国胆敢犯我南越，也叫他有来无回。

陆　贾　当年赵将军率几十万秦兵，不就轻而易举地进来了吗？

赵　佗　太中大夫，你好厉害呀。

陆　贾　不是我厉害，是大汉皇帝厉害。

赵　佗　好啊，厉害的刘邦派厉害的陆贾来探望我赵佗了。

陆　贾　听说这几年赵将军过得很舒服，皇帝也很羡慕。

赵　佗　过得舒服，何以见得？

陆　贾　早就听说赵将军这几年养尊处优，怡然自得。三位美艳夫人相伴，几双儿女绕膝。闲暇之时，舞剑吟诗，骑射垂钓。难怪将军面目滋润，心宽体胖呀。

赵　佗　太中大夫说得不假。楚汉相争之时，我已厌恶了征战厮杀。建南越国，只想让越人远离战火，安心农耕；我也可以过几天舒服日子。

陆　贾　皇帝早知将军无非分之想，才放心地将南部大军调往北疆。

赵　佗　如此说来，他并不担心我反汉？

陆　贾　若怕，为何让我带着几十车礼物来此探望将军？

俞　勉　礼物？太中大夫可知此地所缺何物？

陆　贾　金银田器马牛羊。我带来良种马牛各一百。还有农具和丝绸。此次来越，不便多带。待南越与中原商道一通，南越所需之物便可源源不断，运往此地。

俞　勉　好，好！早听说中原以牛耕田，以马驾车。若真是如此，南越无须多久便可温饱有余。若与中原通商，番禺城定会成为商埠重镇。好，好啊！

吴任轲　岳父大人，您是在做梦吧？

俞　勉　不错，陆大人带来的礼物正是我梦中所想。

吴任轲　当务之急是除外患！

俞　勉　外患、外患，别忘了，南越人还在刀耕火种！

吴任轲　刘邦给南越的恩惠不过钓饵，想钓起武王这条大鱼！

陆　贾　将赵将军称作鱼恐有不恭之嫌吧？

吴任轲　（察觉口误）武王，臣一时口误……

赵　佗　你们都给我下去，下去！（俞勉、吴任轲下）

陆　贾　将军在此地，真是一言九鼎呀。

赵　佗　哪个男人不愿意发号施令？刘邦在中原也是一言九鼎。

陆　贾　不只是中原，而是全天下。大汉皇帝托人带来三百套汉服。赵将军是否要试一试？

赵　佗　若刘邦真有诚意，必须保证对南越国……

陆　贾　先不急讲条件嘛。将军，我给您带来个人，您是不是先见见？（击掌）

赵　佗　莫非是中原美女？

陆　贾　你见了便知。（击掌）

　　　　〔两个侍女扶一老妇上。赵佗呆呆地看着，突然扑向老妇，跪下。

赵　佗　母亲，母亲！（赵母摸着赵佗的头）母亲，你的眼睛……

赵　母　娘老了，眼睛不行了。你是……是我的儿子？（荔女上，将拨浪鼓递给赵佗。赵佗摇晃起来）拨浪鼓？

赵　佗　母亲，我离家时，您将这拨浪鼓塞到儿的手里，儿没有忘记您的话，时时刻刻想着母亲呀！

赵　母　（摸）是佗儿，是我的佗儿呀！不对，我的儿子怎么会有胡子？

赵　佗　儿子离开母亲时才十七岁，如今已经四十六了。

赵　母　是呀，是呀，你离开娘已经快三十年了。在我的梦中，你还是离开家时的样子。真想看看我长大了的儿子。

赵　佗　您就好好摸摸我吧！

赵　母　佗儿，还记得咱家门前栽的几株芍药吗？

赵　佗　记得。儿肠胃不好，您常用芍药花煮汤给我喝。

赵　母　那几株芍药已经长成一片芍药园了。（拿出一个小布袋给赵佗）

赵　佗　这是……

赵　母　这是芍药开花后结的种子，你把它种下，如果能成活、开花，你就用它煮汤喝。

赵　佗　母亲！儿一定把它种下，让它在此陪伴儿子。

赵　母　娘老了。我已嘱咐家人，娘死后，将我葬在向南的高坡上，看不到我的儿子，让南来的风吹吹也好呀！

赵　佗　（痛哭）娘！

赵　母　佗儿不哭。能见到你，娘高兴呀！

赵　佗　母亲，您先去歇息，儿一会就去看您。

赵　母　佗儿，你就听了太中大夫的吧。（荔女扶赵母下）

赵　佗　陆贾，你使我与母亲相见，本王先要谢你。

陆　贾　见到将军与母亲的深情，下官也为之动容。

赵　佗　你请我母亲来，是想让我因情而忘理吧？

陆　贾　情中有理，理中有情，不合人情之理，岂能服人？

赵　佗　请问太中大夫，刘邦册封本王，所为何情？

陆　贾　同胞手足之情。

赵　佗　那理呢？

陆　贾　治国安邦之理。稳定南疆，是大汉长治久安之策。

赵　佗　太中大夫，萧何、韩信皆为中原名士，我与二人相比如何？

陆　贾　将军胜于二人。

赵　佗　我与大汉皇上相比如何？

陆　贾　将军岂能与大汉皇帝相比？大汉皇帝继五帝三王之业，统一天下，治邦理国。若无天意，岂能成此大业？

赵　佗　刘邦先将南越封给了长沙王，再封我为南越王，如此一来，长沙王定与我势不两立。

陆　贾　凭赵将军的军力，小小长沙国不足为虑吧？况且长沙国也为大汉朝廷所辖，没有皇上之令，长沙王岂敢轻举妄动？

赵　佗　长沙王当然不是我的对手，可刘邦若要亡越也不足为虑吗？

陆　贾　皇帝若要亡越，为何还要封将军为南越王？

赵　佗　那是因外有匈奴扰边，内有诸侯谋反，刘邦无暇顾及南越。待他扫除内忧外患之后，南越便会成他眼中之钉。

陆　贾　南越会不会成为皇上的眼中之钉全在将军。

赵　佗　看来，我只能老老实实做刘邦的臣子？

陆　贾　是踏踏实实做大汉国造福一方的南越王。

赵　佗　（犹豫着）陆大人，你说得够多了。先去用饭吧。

　　　　［陆贾下。赵佗入内扶母亲上。

母　亲　儿呀,你的手怎么出汗了?

赵　佗　天热。

母　亲　是见到太中大夫,心烦吧?

赵　佗　母亲,就是陆贾不讲,那些道理儿何尝不明白?只是……只是儿子舍不得呀。儿过去从来没想过称王,可真的当上了,一言九鼎,一呼百应,心里受用得很。

母　亲　是呀。小时候,你没有这拨浪鼓时,天天含着手指头。你父亲给你买了拨浪鼓,你天天攥在手里,生怕别人抢了去。

赵　佗　母亲说得对。过去,南越的一切都在我的手里,而一旦归汉,我的命运就握在刘邦的手心里了。

母　亲　这拨浪鼓你小时候喜欢得要命,可后来,你就再也不玩它了。为什么?你长大了,明事理了,知道什么轻,什么重了。

赵　佗　您说什么重?

母　亲　安逸。

赵　佗　儿明白,打了几百年的仗,没什么比天下的安逸更重。

母　亲　天下安逸了,你的心里平和了,母亲心里才踏实啊。

赵　佗　来人,去请太中大夫!母亲,小时候您常教我唱的歌。

母　亲　你还记得?

赵　佗　(唱)　黄河之水洋洋,

　　　　　　　　黄河之水流淌。

　　　　　　　　撒下渔网呼呼响,

　　　　　　　　黄鱼鳝鱼都进网。

　　　　　　　　河边芦苇根根高耸,

　　　　　　　　妇女们人人顾长,

　　　　　　　　武士们个个轩昂。

〔陆贾上。听着赵佗的歌,也轻轻唱了起来……

〔舞台上出现番禺繁华的集市。一些中原服饰的商人在叫卖丝绸、瓷器等中原物产。越人的服饰也有了变化……

[切光。

第四幕

第一场

[公元前185年，赵佗54岁。俞勉热心地指挥人们搭建祭坛。
[俞广驷上。

俞广驷　父亲。

俞　勉　商队这么快就回来了？牲畜买到了吗？

俞广驷　马二十，牛八十。不过……都是公的。

俞　勉　不是让你多买母马母牛吗？

俞广驷　您知道，吕后早已下令禁止与南越通商。若不是用重金贿赂边卡官吏，这些货物也运不进来。不过，您要的孔丘、孟轲的书我带来了。自秦王焚书坑儒之后，这些书很难找。父亲，你们怎么到江边来了？

俞　勉　（叹了口气）你刚走，就有人来报，吕后诛杀异姓王。武王怕中原家人有不测，派人去送信，按日子该回来了。乱世之下，只有祈求上天保佑了。武王招集群臣家眷祭天。你把货押回去，即刻回来。

[俞广驷下。水妹上，见到父亲想躲避。

俞　勉　你怎么总一个人？吴任轲呢？

水　妹　父亲，他……

俞　勉　你呀！（轻声）你知道吴任轲与长沙王有来往吗？

水　妹　我……

俞　勉　你也想瞒着我？自从荔女当了王妃，你心里就不安分，总想着吴任轲飞黄腾达，你也跟着荣华富贵。你就没想过，吴任轲会给你全家带来灾祸？

水　妹　我劝他不要和长沙王来往。万一武王知道了……

俞　勉　现在知道害怕了？我本该向武王禀告，可又不能看着你和我的外孙受株连。

水　妹　谢谢父亲。

俞　勉　谢我有什么用？把你老公看好才是正事。高祖皇帝驾崩之后，17岁的太子刘盈即位，但大权落在其母吕雉手中。此人轻信长沙王的谗言，视南越为心腹之患。吴任轲与他暗中勾结，是想干什么，你可要好好想想。

[吴任轲匆匆忙忙上。

吴任轲　水妹。

水　妹　你可回来了。

吴任轲　岳父大人。

俞　勉　吴任轲呀吴任轲，我女儿和孙子的命可都在你手里！

[内喊：武王驾到！赵佗、荔女、田麦等上。

赵　佗　给我家人送信的人回来没有？

俞　勉　（摇摇头）也许，这两日便会返回。

赵　佗　（问俞广驷）商队又空手而归？

俞广驷　只买到一些南越急需的铁器、田器和牛马，但数量有限。

赵　佗　（咬牙切齿）南越乃大汉之南越，吕后却釜底抽薪！（抽剑，长叹一声，慢慢将剑归鞘）

[年迈的三示公公气喘吁吁地上。

赵　佗　三示公公，你已年近九旬，本王不是让你在宫中歇息吗？

公　公　武王祭……祭天，我不来服……服侍，有违天……天意。

赵　佗　来人，扶着三示公公。

俞　勉　献四牲！（四人将牺牲摆上祭坛）南越有难，乞求上天开恩降福，保佑南越风调雨顺，衣食无忧，远离战火，安康祥和！跪拜上天。（赵佗与众人跪拜）一拜，再拜，三拜。平身。

[赵佗等起身。三示公公一直跪着。

赵　佗　快把三示公公扶起来。

[一人刚要去扶三示公公，三示公公倒在地上。

俞　勉　　三示公公！武王，三示公公他……

赵　佗　　（将自己的披风盖在三示公公身上）三示公公跟随本王三十多年，可惜，不能落叶归根了。将他葬在白云山上，让他北望中原吧。

[几人将三示公公抬下。兵士乙急上。

兵士乙　　武王，中原急报！吕后称大王蓄意谋反，派出大军讨伐南越！

[送信人踉跄上。

送信人　　武王，武王……

赵　佗　　见到我家人了？

送信人　　晚了。吕后下令将武王全家……

赵　佗　　怎样？

兵　士　　抄斩……还掘了武王在燕赵之地的祖坟……

赵　佗　　我母亲呢？

兵　士　　虽重病在床，但也被乱刀砍死！

赵　佗　　（目瞪口呆，一动不动）

荔　女　　武王，武王！

赵　佗　　（猛地跪下，大哭）母亲！（猛地站起，砍死送信人）

俞　勉　　武王节哀呀！

赵　佗　　先人受辱，家人被诛，商道断绝，大军压境，我若无动于衷，任人宰割，还是赵氏先人的后代吗？还是南越民众的王者吗？还是个顶天立地的大丈夫吗？

俞　勉　　武王……

赵　佗　　什么武王？是日起本王为南越国皇帝！

吴任轲　　吾皇万岁万岁万万岁！

赵　佗　　吴任轲！

吴任轲　　臣在。

赵　佗　　即刻将东西两侧越军调到北部边关！

吴任轲　　是！

赵　佗　俞勉！

俞　勉　臣在。

赵　佗　即刻征召十万越人加入大军，另征十万运送粮草！

俞　勉　武王，不，皇上，您这是要打……打长沙国？

赵　佗　不可？

俞　勉　长沙国是大汉属国，打长沙国就是与大汉开战呀！

赵　佗　朕就是要向汉国开战！打下长沙国后，便顺湘江而上！

俞　勉　皇上，若激怒吕后，汉国百万大军将血洗南越。我们越人……

赵　佗　越人，越人！我只知南越国人，而不知汉越之分！

俞　勉　皇上，给越人一条生路吧！

赵　佗　是吕后不给我生路。

俞　勉　皇上一直以爱民为己任，若引来战火……

赵　佗　顾不了那么多了！我爱民，谁爱我？谁保护我的家人？谁知道我的苦痛？

俞　勉　皇上，你……你疯了！

赵　佗　我这个疯子就先斩了你！（抽剑）

荔　女　（挡住赵佗）皇上！

水　妹　父亲，你先依了皇上吧！

赵　佗　即刻出征，讨伐吕贼！

　　　　［切光。传来战场上格斗声，士兵的惨叫声，马嘶声……天幕自上而下仿佛淌下鲜红的血水……

　　　　［暗转。半年后。荔女坐在江边。水妹上，见到荔女转身要走。

荔　女　水妹！

水　妹　（跪）荔妃娘娘千岁！

荔　女　水妹，快起来。这又没外人，咱们还是姐妹相称，叫我荔女吧。

水　妹　我怎么敢和皇上的爱妃称姐妹？

荔　女　几十年前，我全家都是最卑贱的人。

水　妹　所以武王娶你的时候，我……我们这些女人才忌妒你。

荔　女　不说这些。不论身份如何，咱们都是女人呀！

　　　　［二人坐在石头上。

水　妹　荔女，你哭过？

荔　女　皇上带兵去打长沙国，已经半年了。

水　妹　真不知道，为什么我们的男人总愿意去打仗？

荔　女　想打仗的只是一个男人。

水　妹　不是一个，是两个。吴任轲叫人捎信来，说打下了长沙国几座城。可不知大军什么时候才能回来。你想皇上了吧？

荔　女　皇上总说，始皇帝是英雄，他统一了华厦，让天下书同文，车同轨，尺同长。我没见过始皇帝，只见过皇上，觉得皇上才是顶天立地的大英雄！皇上剑用得好，字写得好，待百姓也好。他看我的眼神，是那样地和善；他抱起我们的小儿子，是那样地温顺，他是个有情有义的血肉之人啊。他早就不想再打仗、再流血了呀……（荔女哭了）可他怎么变了，变得那么凶，那么狠……

水　妹　荔女，别哭了。若不是吕后，皇上不会那样的呀。和我相比，你好福气。

荔　女　你才好福气。你给吴任轲生了四个儿子。

水　妹　四个女儿才好。生了儿子，当父亲的就会想入非非……我好害怕呀。

荔　女　我也怕呀。

水　妹　你怕皇上宠爱别的妃子？

荔　女　不不。当侍女时，我哪敢想皇上会娶我？那年，要杀我祭天时，说我会到天上。嫁了皇上，我才真的飞到了天上啊。不用说给皇上当妃，就是给皇上当一辈子侍女，能在皇上身边，也是我的福分！过去，我怕皇上生病，怕皇上心情不好，怕有人加害皇上，现在，我怕皇上眼睛里仇恨的火焰……

水　妹　荔女，你有没有觉得？一个女人爱上一个男人，多了一份福分，也多了一份担心，一份苦痛，有时，还多了一分罪过……

荔　女　爱怎么会是罪过？

水　妹　如果人做错了事，该怎么办？

荔　女　人在世上，要遇到多少事情。就像这珠江，有清澈的，也有混浊的。混浊的水流过来，用不了多久，就远去，清澈的江水又会流到我们的面前。

水　妹　可我觉得，流不完的珠江水，就像女人流不干的泪……
荔　女　不光女人会流泪，皇上唱到中原的黄河，也会流泪。（唱）黄河之水洋洋，黄河之水流淌。撒下渔网呼呼响，黄鱼鳝鱼都进网……
　　　　［俞勉急上。
俞　勉　荔妃娘娘，荔妃娘娘！皇上和大军就要回来了！
荔　女　仗不打了？
俞　勉　不打了，不打了。吕后病死，刘恒当了汉国皇上。
　　　　［切光。

第五幕

第一场

　　　　［公元前179年，赵佗60岁。
　　　　［丞相府。一只鼎热气腾腾。俞勉跪地焚香"鸡卜"。侍女上。
侍　女　老爷，外面来了个人，非要见老爷。
俞　勉　我说过了，鸡卜之时，谁也不见。
　　　　［陆贾上。
陆　贾　我可是走了一万多里来见你的。
俞　勉　你是……陆贾？
陆　贾　正是下官，俞大人。
俞　勉　你怎么成了个老东西？
陆　贾　俞大人也不是个小东西呀。
俞　勉　别一口一个俞大人，老夫是南越国丞相！
陆　贾　俞大人，恕下官无礼。

俞　勉　不承认南越国？你呀，几十年了，脾气也该改一改了。

陆　贾　有些脾气能改，有些脾气不能改，还有些脾气不敢改。对不对，俞大人？

俞　勉　你就剩那几颗牙了，可还能咬住人不放啊。

陆　贾　哪里哪里。下官再次出使南越。路经梅岭，被兵士扣住盘问，连官文都抄了去。下官只好先来见俞大人。俞大人，您这是……

俞　勉　老眼昏花，路看不清了，只好按越人之习，用鸡卜卦，以断吉凶，也好知道下一步该如何走。

陆　贾　以俞大人之见，武王能否召见下官？

俞　勉　坐。（侍女上茶）不是皇上要不要见太中大夫，而是太中大夫敢不敢见南越皇上。

陆　贾　皇命在身，敢见要见，不敢见也要见呀。

俞　勉　太中大夫请看，这只煮熟的雄鸡，一根鸡骨的裂纹恰如虫形。

陆　贾　是何意思？

俞　勉　凶兆。

陆　贾　莫非鄙人要虚此一行？

俞　勉　上次你带了皇上之母，此次为何没将老人家带来与皇上一见？

陆　贾　这……俞大人才是咬住下官不放啊。

俞　勉　皇上就要封王了。就算我不咬你，那些想封王的人也会咬你。

陆　贾　俞大人也在封王之列吧？

俞　勉　我老了。

陆　贾　那您的公子和吴任轲定在封王之列。看来，老夫只能空手而归了？

俞　勉　别急嘛，问问它。（指鼎）

陆　贾　不是凶兆吗？

俞　勉　此鸡骨裂纹如虫；而此鸡骨上的裂纹恰似人形，应为吉兆。

　　　　［侍女上。

侍　女　荔妃娘娘来了！

　　　　［荔女上。俞勉跪。陆贾行礼。

俞　勉　荔妃娘娘千岁！

荔　女　丞相，快起。今日是丞相78岁寿辰，皇上赏赐你御酒一坛。

俞　勉　谢皇上恩典。

荔　女　这位是……

陆　贾　大汉朝廷太中大夫拜见武王夫人。

荔　女　这些年不见，我竟认不出了。

陆　贾　武王可好？

荔　女　皇上已经几天不说话了。不是舞剑，便是浇花。

陆　贾　浇花？

俞　勉　芍药花！太中大夫该知道那花从何而来吧？

陆　贾　是武王的母亲从中原带来花籽。想不到，那花在南越也能生长。

荔　女　花在人亡。看到那花，皇上就想到母亲……

陆　贾　请娘娘向武王通报，让下官进宫在芍药花前祭奠老夫人！

荔　女　太中大夫还是和丞相一起品品皇上送来的酒吧。（下）

陆　贾　不知今日是俞大人寿辰，老夫未备贺礼。

俞　勉　想想你该给南越皇上送什么礼物吧。

[水妹、吴任轲、俞广驷上。吴任轲打量陆贾。

水　妹　父亲，我们来给您老人家拜寿。

陆　贾　俞大人，你一家人团聚，老夫不在此打扰了。

俞　勉　也好。送陆大人到后室品茶。（陆贾下）

俞文驷　他是谁呀？

吴任轲　陆贾？老东西还没死！

俞　勉　既是给我拜寿，就不要谈别的事了。孩子们呢？

水　妹　都在后花园，说一会来给爷爷、外公拜寿。

吴任轲　岳父，孩子们越来越懂事了。知道有客人在此，便没有来打扰。

俞　勉　若只是孩子打扰就好了。水妹，快去把孩子们叫来。

[水妹下。

俞广驷　父亲，您的孙子、外孙将来可以世袭王位，他们前程似锦呀。

吴任轲　是呀。我和广驷也是快五十的人了。我们现在忙忙碌碌，都是为了孩子们。

俞　勉　　若真的为了孩子，就该安安稳稳才是。
吴任轲　　岳父大人说的是。不过，有人偏偏不让俞家安稳。
俞广驷　　谁？
吴任轲　　陆贾。他此次定要劝皇上归汉。归了汉，封王就是汉国皇帝刘恒说了算了。
俞广驷　　是呀。我和任轲封不上王，孩子们将来也无王位世袭呀。
吴任轲　　岳父，不若趁皇上还未见陆贾，把他赶走。
俞广驷　　赶走陆贾？那刘恒会不会派兵打过来？
吴任轲　　刘恒？他把自己的女儿都送给匈奴人当老婆了，还说这是为了休养生息。这样的皇帝还敢打南越？
俞广驷　　我看，只要皇上不见陆贾就是了。
吴任轲　　那老东西，不见到皇上他是不会走的。
俞广驷　　那如何是好？
吴任轲　　杀了他！
俞　勉　　杀了好，杀了好啊。
俞广驷　　父亲，杀了他，汉国定会发兵来打南越呀。
俞　勉　　不会。你们杀了陆贾，皇上封你们为王……
吴任轲　　岳父大人高见。
俞　勉　　我还没说完呢。封完王，皇上再杀了你们，把两位王爷的脑袋送给汉国皇上。多好啊，陆贾也杀了，你们的王也封了，汉国皇帝的怒气也烟消云散了。（笑）
俞广驷　　父亲，这……
吴任轲　　几十年出生入死，如果连个王都封不上，生不如死！（奋然下）
俞广驷　　任轲……（欲追下）
俞　勉　　别跟他走！谁也拦不住他了……
　　　　　[切光。

第二场

［南越皇宫。赵佗一面浇花，一面看着窗外。荔女上。

荔　女　皇上，别浇了，水太多了。（从赵佗手中接过水壶）

赵　佗　见到了？

荔　女　俞勉？

赵　佗　陆贾。

荔　女　见到了。还见到了吴任轲和俞广驷。

赵　佗　噢，这两个未来的王呀。当不成了。世道变化这么快，谁也料不到呀。

荔　女　是呀。三十年前，您初到南越，这里还在用活人祭天，您把我从祭坛救下来，好像就是昨天的事。

赵　佗　从始皇帝统一天下，到楚汉相争，刘邦入主长安；从吕后弄权，再到今日的刘恒继位，只是一转眼。一转眼呀，朕就老了。

荔　女　皇上，您的身子并不显老……

赵　佗　心老了。年轻时，只想到自己会轰轰烈烈地死，从未想过自己会无声无息地老。

荔　女　您可以知足了。您到了南越，这里才有了中原传来的农耕之术，有了热闹的集市，有了繁华的番禺城。

赵　佗　陆贾第一次出使南越后，中原物产源源南下，南越特产北上长安。百姓勤勉，农渔兴旺，汉越通婚蔚然成风……若能长此以往该有多好……可恨、可惜、可悲呀……

荔　女　那吕后害了南越，也害了皇上。

赵　佗　听到母亲被吕后杀死的噩耗，我觉得一个魔鬼已钻进了我的身体，主宰了我的魂灵。我只想着杀戮、杀戮、杀戮！似乎千百人战死沙场，便可换来母亲的复生。听到吕后死了，真不知该笑该哭。看着战死兵士的墓地，我恨吕后，也恨我自己！

荔　女　那时候，您真的变了，臣妾觉得您像……

赵　佗　像什么？

荔　女　像一头发怒的野象。

赵　佗　林中野象踩死了你的父亲，这皇宫里的野象踩碎了一颗颗渴望安宁的心……（痛苦之极）

荔　女　皇上，您别太难过。现在，吕后已死，刘恒登基，魔鬼已经被您驱走，您还是英明的皇上。

赵　佗　皇上？我是皇上？

荔　女　是呀，您是南越国的皇上！

赵　佗　始皇帝，汉高祖，我能和他们相提并论？不不，他们是一统天下的皇上，是统管亿兆百姓的皇上。我只是赵佗，是追随过始皇帝的赵佗，是归附过大汉的赵佗，是由人变成鬼，又由鬼变成人的赵佗……荔女呀，此刻我好累好累，好烦好烦……我年已六旬，为何还有悖天意？

荔　女　天意是什么？

赵　佗　天意？也许就像大海、高山、江河、森林、田野、禾苗，就像天上的鸟，地上的兽，水中的鱼，一切井然有序，万物和谐顺畅……（沉默。突然地）去俞勉家，让他即刻陪陆贾进宫！

荔　女　我早已差人把他们请来。他们在外面等着您召见呢。

赵　佗　快去请，快去。

　　　　［荔女下，片刻，与陆贾、俞勉上。

俞　勉　臣俞勉拜见皇上！

陆　贾　武王，对过去之事，下官我深感愧疚！下官有罪。（欲跪）

赵　佗　（扶陆贾）这关你什么事呀？老家伙，你这张嘴可没有这么软过。过去，你就是睡觉，也像煮熟了的鸭子，嘴硬得很。

陆　贾　汉国朝廷太中大夫奉大汉皇帝之命拜见武王！

赵　佗　陆贾呀，只有你，才敢不认我这个皇上。四十岁时你替刘邦说服我，现在你又替刘恒来说服我。你一辈子就做了这一件事呀。你还像当年一样厉害。

陆　贾　让武王见笑了，我今年七十有三，已是老态龙钟了。

赵　佗　（指俞勉）在他面前，你敢说老？俞勉，我赏你的酒味道如何？

俞　勉　我让人埋在地下，等我八十岁的生日时再喝，味道会更好。

赵　佗　（大笑）你快八十了！如此说来，我最年轻！看看，看看，我这个年轻人已生华发了。

陆　贾　孔丘当年面对昼夜不息的流水说，"逝者如斯夫，不舍昼夜"。

赵　佗　此话精辟，可惜，我赵佗对孔丘不感兴趣。

俞　勉　皇上的座右铭是商鞅之言……

陆　贾　法者，所以爱民也！

赵　佗　太中大夫好记性，不老不老。

陆　贾　老朽老朽了。

俞　勉　人老心未老。

　　　　[荔女上茶。

赵　佗　荔女说，我的心已经老了。

荔　女　是皇上自己说的啊。不过，此刻您的心又变得年轻了。

赵　佗　年轻的是你啊。

荔　女　臣妾只比皇上小十七岁！

赵　佗　虽小十七岁，也当上外婆了。前年，荔女给我生了个小外孙，我说像越人，她说像汉人。荔女，快快抱来，让太中大夫看看。

荔　女　奶妈说他吃过奶，玩了一会拨浪鼓，就睡了。

陆　贾　以下官之见，既像越人，又像汉人，便是华夏之人。

俞　勉　皇上，陆大人说得极是。

赵　佗　不要称我皇上。

俞　勉　皇上，这……

赵　佗　（指陆贾）这个老家伙不认我这个皇上。

陆　贾　大汉皇帝说，南越之变，过在朝廷。

赵　佗　大汉皇帝？

俞　勉　高祖之子刘恒。

赵　佗　他今年……

陆　贾　今年二十有三。他一继位，就提出要休养生息。

赵　佗　二十三岁的毛孩子都想休养生息了，我们这些老头子还忙什么、争什么呀！该了断了。了断了，我就有了出头之日，可以颐养天年了。

陆　贾　如何了断，请武王明示下官。

赵　佗　老家伙，你忙什么？宣百官上殿！

俞　勉　皇上，江河入海，虽不可挡，但也会有股股逆流，您要当心呀。

赵　佗　放心吧，我心里有数。

[吴任轲、田麦与文武百官上。

百　官　吾皇万岁万岁万万岁！

赵　佗　平身！这位是大汉朝廷太中大夫，各位是否还认得？陆大人，听说此次前来，又给我带来礼物？

陆　贾　皇帝颁旨重修的赵氏家族陵园。（递给赵佗一个木匣）

赵　佗　（打开木匣）土？

陆　贾　下官已将老夫人遗骨葬于芍药园中。这是老人家坟上一抔土。

赵　佗　母亲！（将土撒在一株芍药花下，顷刻，这株芍药花竟然开放）芍药花开，春日降临。南越秧田已生机盎然，中原大地也该开犁播种了。大汉皇帝派太中大夫前来商谈南越归汉之事。你等有何话要说？

吴任轲　皇上，你的皇权切不可放呀！。

赵　佗　是你这王侯之权不可放吧？

吴任轲　我护卫的是南越国之权！

赵　佗　南越国之权？秦有秦皇，汉有汉帝，居南越一隅而号称天子，岂不狂悖？南越百姓追寻幸福，若不归汉，温饱尚难解决，何谈丰衣足食？汉越两地渴求安定，若不归汉，战事一触即发，何谈祥和太平？越人汉人企盼和睦，若不归汉，骨肉自相残杀，何谈手足之情？

众　臣　皇上英明！

赵　佗　是武王英明！（将竹简交给陆贾）这是赵佗给皇帝的称臣书信。

吴任轲　慢！

俞　勉　吴任轲，还不住口！

赵　佗　三十年都过来了，这会，就让他一吐为快吧。

吴任轲　皇上，您的皇上真的不想当了？

赵　佗　我不想当了，可有人想当。

吴任轲　您真的想让跟您拼杀多年的将士向刘恒称臣吗？

赵　佗　你的意思，该向你称臣？

吴任轲　既然你铁了心，就别怪我对你不恭了。（拔剑，逼住陆贾）陆贾老贼，我先杀了你，且看汉国皇帝还信不信他赵佗。

　　　　[吴任轲举剑要砍。赵佗手中之剑已指向吴任轲咽喉，另一只手夺下吴任轲的剑。

赵　佗　小兔崽子，我老了，可我手中的剑还没老。

吴任轲　你现在放了我，杀了陆贾，我还拥戴你为皇帝，否则……

赵　佗　否则怎样？

吴任轲　来人！（俞广驷带兵士冲进来）将皇帝请走，杀死陆贾！

　　　　[俞广驷令手下兵士将吴任轲抓住。

吴任轲　你……（对俞勉）你没骨气，你的儿子也没骨气！

俞　勉　我们父子要是有骨气，你还能活到今天？

　　　　[田麦上。

田　麦　报武王，与吴任轲一起谋反的五十八人全部抓获。

赵　佗　珠江的水流往大海，五六十人就想挡住？

　　　　[宫女拿出一坛酒。赵佗用剑划破手指，血滴酒坛之中。陆贾、俞勉、田麦等人依次将血滴入坛中。

赵　佗　血浓于水，情脉相联。众位干此一杯，请天地作证：南越、中原皆为华夏之地；汉人、越人，皆为炎黄子孙！

众　人　南越、中原皆为华夏之地；汉人、越人，皆为炎黄子孙！

赵　佗　好了，该办的事都办完了，你们下去吧。（挥手。兵士押吴任轲下）俞勉。

俞　勉　武王，有何吩咐？

赵　佗　给这老家伙唱支歌听听。

陆　贾　好，我真想听听越地之音呢。

俞　勉　（唱）黄河之水洋洋……

陆　贾　这是中原的歌呀，俞大人怎么会唱？

俞　勉　武王常唱这歌，我耳朵都听出茧子来了。

三老人　（唱）

　　　　　　　　黄河之水洋洋……

　　　　　　　　撒下渔网呼呼响，

　　　　　　　　黄鱼鳝鱼都进网。

　　　　　　　　河边芦苇根根高耸，

　　　　　　　　妇女们人人顾长，

　　　　　　　　武士们个个轩昂。

［烟雾升起。三老人隐去。

［舞台出现河水。106岁的赵佗从舞台上缓缓走过。

［画外音：归汉之后，赵佗内心恬静平和，一直活到106岁。赵佗死后26年，汉武帝出兵南越，将南越划分为9个郡，直接由中央政府管辖。

（剧本版本：作者提供，2006年广州话剧团首演）

·话剧卷·

天籁

编剧：唐 栋 蒲 逊

人物表

朱卉琪　　女，23 岁，红一军团战士剧社协理员，后为剧社社长
田福贵　　男，26 岁，红军营长，后为红一军团战士剧社协理员
周月儿　　女，17 岁，战士剧社宣传队员
李槐树　　男，19 岁，红军战士
马　冀　　男，19 岁，战士剧社宣传队员
小　赵　　男，18 岁，战士剧社宣传队员
小　孙　　女，16 岁，战士剧社宣传队员兼卫生员
小　陈　　女，16 岁，战士剧社宣传队员
王来德　　男，34 岁，国民党兵，俘虏
战士剧社宣传队员若干
喇嘛、藏民及其他群众若干

第一场

[舞台上悬挂着一副巨大的战士剧社的历史照片。

旁　白　1934 年 10 月，中央红军主力八万余人渡过于都河，被迫踏上了战略大转移的征程。在那滚滚的铁流里，行进着一支小小的特殊队伍，她就是在井冈山诞生的我军最早的戏剧团体——红一军团战士剧社。离开苏区时，除了简单的武器装备外，剧社的宣传队员们还携带着演戏用的胡琴、竹板、服装和道具，以及这台从苏联带回来的留声机……

[舞台缓缓转动，一部古旧的留声机越来越近，渐渐被推到舞台的中央，在

特写光的照射下显得庄重而又神奇。

［枪炮声响起，伴随着闪烁的血色红光，由远而近，愈来愈激烈，直至铺天盖地……

［1934年12月，湘江上游东岸。

［这是中央红军从江西于都出发实行战略大转移以来，遇到的最为惨烈的一场战斗。枪声、爆炸声、敌机的呼啸声交织成一片。离江岸不远的地方，临时搭起的鼓动棚已被炸塌，残破的红旗歪斜着，横幅和标语被震落，一切都被战火熏得发黑。

［马冀扛着一个木箱子上，突然脚下绊了一下，肩上的箱子掉下来摔开，花花绿绿的演出服装和道具撒了一地，他急忙趴在地上去捡。

［朱卉琪跌跌撞撞地跑上，她浑身是血，手里紧握着半副竹板；一声爆炸，气浪将她冲倒。

马　冀　谁……啊，协理员！你没事吧？

［朱卉琪摇摇头。

马　冀　协理员，这仗打得太惨了，湘江的水都被血染红了！

朱卉琪　（呆呆地）敌人的飞机冲过来，可是江边连个隐蔽的地方都没有，炸弹扔下来，大家只能抱成一团，活生生地挨炸。我被他们包在中间，我这身上都是同志们的血啊……

马　冀　（目光落到朱卉琪手中残破的半副竹板上）这不是刘社长的快板吗？怎么就剩下了一片……（突然意识到什么）怎么？刘社长他……

［朱卉琪再也忍不住，一把扯下军帽，捂住脸哭起来。

马　冀　（跳起朝着敌方）狗娘养的，老子跟你们拼了！（持枪欲冲向敌阵）

朱卉琪　马冀，回来！……（看到地上散开的道具箱）怎么，服装箱摔坏了？

马　冀　凑合着还能用吧。（收拾起箱子挪到一边）

朱卉琪　（蓦地想起什么，情急地）哎，咱们的留声机呢？

马　冀　噢，月儿找去了！

朱卉琪　一定要找回来呀……马冀，去，吹响咱们剧社的集合号！

马　冀　是！（跑向高处，用军号吹出一串特殊的号音）

　　　　［满身硝烟的宣传队员们听到号音，纷纷跑上列队。

朱卉琪　现在点名，李伢子！

　　　　［没有人应答。

小　赵　（难过地）李伢子他……光荣了。

朱卉琪　张水妹！

　　　　［队列里仍是一片沉寂。

小　陈　（抽泣着）水妹姐她……再也来不了了。

马　冀　（沉痛地）我们的刘社长……也牺牲了。

众队员　啊？协理员……（忍不住纷纷哭泣起来）

朱卉琪　（点名进行不下去了，望着眼前的江水）这滚滚的湘江水，流的是我们战友的血啊！敌人想用他们的第四道封锁线把我们中央红军全部吃掉，我们的战友，一排一排地倒在了江边……（举起手中的半副竹板）刘社长牺牲的时候，那只拿竹板的手臂被炸到了十多米远的地方，可他手里还紧紧地抓着这片竹板……

　　　　［有人哭出了声。

朱卉琪　（擦去自己的眼泪）同志们，不哭，谁也不许哭，现在需要的不是眼泪！来，大家一起动手，把我们的宣传鼓动棚重新搭起来！

　　　　［宣传队员们正欲搭棚，一架敌机俯冲过来。

马　冀　敌机来了！

　　　　［敌机从头顶呼啸而过，朱卉琪举枪射击；正赶到这里的田福贵大喊一声"卧倒"，扑过去将朱卉琪按倒在地，随即一串炸弹在附近爆炸。

　　　　［敌机声远去，爆炸声也渐平息，朱卉琪这才发现自己被田福贵压在身下，急忙爬起。

朱卉琪　（拍拍身上的土，对田福贵）同志，谢谢你……

田福贵　（一肚子火气）谢什么谢？你们还不赶快转移到安全的地方去？赶快转移！

　　　　［大家不动。

田福贵　还愣着干什么？……哎，你们就是红一军团战士剧社的吧？你们领导在哪里？

朱卉琪　我就是，战士剧社协理员朱卉琪。

田福贵　噢，你就是从莫斯科留学回来的朱卉琪同志？我叫田福贵，听说你们的社长牺牲了，上级派我这个营长来帮你照看照看剧社。这可是临时的，啊，临时的，打完了这一仗我就回去！

朱卉琪　（抑制着悲痛，紧紧握住田富贵的手）欢迎，欢迎……

田福贵　有你们这么欢迎的吗？我的第一个命令就不执行！

朱卉琪　（一时没反应过来）什么命令？

田福贵　什么命令？转移呀！（不由分说，举起驳壳枪）现在，大家听我指挥，都跟我……

［周月儿背着留声机，搀扶着李槐树急上；李槐树的眼睛受了伤，渗着血迹。

周月儿　朱大姐……

朱卉琪　月儿！（望见李槐树）这位同志他……

周月儿　他为掩护我，眼睛给炸伤了。

朱卉琪　小孙，赶快包扎！

［小孙急忙打开药箱给李槐树包扎伤口，李槐树疼痛得忍不住叫出了声。

周月儿　（又难过又焦急地）对不起，同志，都怪我……

李槐树　（忍住疼痛）哪能怪你呢！（转向朱卉琪的方向）首长，听说你们是战士剧社的，在瑞金我看过你们演的活报剧《活捉张辉瓒》，太好看了，那个反动派师长张辉瓒就是我们团抓住的呀。

朱卉琪　你是三团的？

李槐树　三团一营一连战士李槐树……（一阵剧痛袭来，马冀过去扶住他）

周月儿　（急得哭）槐树大哥，你一定要挺住啊！你救了我的命，我不会丢下你的。你记住我的名字，我叫周月儿。

李槐树　（周月儿的话似乎让疼痛减轻了一些）周月儿同志，我会坚持下去的，我还想听你刚才抢救的那个留声机呢！那个小木头匣匣，可真够神的，能从里面唱出那么好听的歌来，我们连的战士都特别爱听……

朱卉琪　（急切地）月儿，留声机找到了吗？

周月儿　找到了！（拿过留声机）朱大姐……

朱卉琪　唱片呢？

周月儿　在！（拿出几张唱片）都好好的。

朱卉琪　（感动地）月儿，真是好样的！来，就在这儿，把留声机架起来！

周月儿　是！（和马冀迅速将留声机架在高处的一块石头上）

田福贵　（再也忍不住了）你们开什么玩笑！（冲到留声机跟前）宣传鼓动也得看时候，闲着没事啦，你们刷刷标语演演戏，说说快板扭扭腰，那行！可这会儿，蒋介石三十万人压着我们八万人打，我一个营打得就剩十几个人了，这哪是你们耍嘴皮子的时候？上级派我来，给的任务就是保护你们的安全……

[四周又响起枪炮声。

田福贵　看，敌人又一次进攻开始了……你们立即跟我转移，我也好完成上级交给的任务。

朱卉琪　你有你的任务，我们也有我们的任务，这个鼓动棚就是我们的阵地，留声机、胡琴和竹板就是我们的武器，我们要用我们的演出、用我们的歌声和琴声鼓舞战士们的士气！

田福贵　行了行了，你在莫斯科就学了这些东西回来？怪不得刚才连打枪的姿势都不对，像你这样能消灭敌人吗？

朱卉琪　你……

田福贵　（不顾朱卉琪的恼火）如果像你说的演个节目能有这么大的作用，那就给每个红军战士发一副竹板，发个木头匣子——哦，发个留声机得了，还要枪和手榴弹干吗？

朱卉琪　怎么跟你说呢，这留声机，在战场上它就是战斗的号角。

田福贵　你们知识分子说话咋这么费劲？它不就是个木头匣子嘛，咋又成了号角？

朱卉琪　（脱口而出）大老粗！

田福贵　（被惹火了）你说啥？我是个大老粗，斗大的字不认识几个，可打仗还就得靠我这样的大老粗！（指着李槐树）看看，要不是你们这些文化人的拖累，我们的战士能负伤减员吗？

李槐树　不，这不怪他们……

田福贵　没有你们，我也不会被扯到这儿来白耽误工夫，早他娘的又干掉好几个敌人了！

朱卉琪　（气愤地）你……简直不可理喻！

田福贵　你说啥？

小　赵　协理员，敌人退下去了！

田福贵　（把枪一挥）目标：村口李家祠堂，都跟我转移！（看见留声机，返身走过去）上级有命令，为了减轻行军负担，凡是打仗用不着的东西，统统都得扔掉。这么大一个木头匣子，赶紧给我扔了！

周月儿　（抱住留声机惊叫）啊？不！

田福贵　执行命令！

朱卉琪　（激愤地）田福贵同志！这部留声机，是我在莫斯科学习时，一位苏联同学送给我的。她的父亲是苏联红军歌舞团的乐队指挥，这部留声机曾伴随着他在高加索、在伏尔加河的战场上给苏联红军演出过。他让女儿把留声机和几张贝多芬的唱片送给我，还特意把在我们中央苏区流传的一些革命歌曲灌制成唱片，就是希望能用这些乐曲鼓舞我们中国红军战士的斗志！我和刘社长背着它，越过千山万水回到中央苏区……我们剧社的前任领导罗荣桓、罗瑞卿都要求我们一定要把这部留声机保护好！

田福贵　同志啊，现在情况不一样了，中央纵队把印钱的印钞机、印传单的印刷机都扔了，兵工厂把造枪弹的车床、钻床也扔了，你这不过是个会唱歌的匣子，有啥不能扔的！

朱卉琪　田营长，你能把你的枪也扔了吗？

田福贵　你……我说不过你。你们不扔，我来扔！（大步冲向留声机）

周月儿　（扑在留声机上）谁要是敢扔它，就先打死我吧！

田福贵　（一怔）你、你们……（突然意识到自己竟然对眼前这些宣传队员毫无办法，格外恼火，又十分无奈）我从一个赤卫队员干到红军营长，大小仗打过上百次啦，啥事儿没遇到过？可从来还没遇到过今天这么难完成的任务！娘的，等这临时任务一完，我田福贵说啥也不跟你们掺合了！

［附近又响起密集的枪炮声。

小　赵　协理员，我们的突击队又和敌人交上火了！

田福贵　（果断地对朱卉琪）赶紧转移！（朝几个战士把枪一挥）你们几个跟我来！（冲下）

朱卉琪　（看着田福贵的身影消失在硝烟中）月儿，准备留声机！

周月儿　是！

朱卉琪　同志们，发挥我们宣传队员的作用，让我们把刘社长留下的竹板打起来，鼓舞我们的战士从血泊中爬起来，打过湘江去！

众队员　是！

[炮火声中，多副竹板同时打响，朱卉琪将手中的那片竹板打在支撑鼓动棚的竹竿上，敲击出的节奏格外响亮。有的队员操起了用马粪纸卷成的喇叭筒，齐声高诵：

说湘江，道湘江，
英勇的红军来渡江。
不怕它水深波涛急，
更不怕敌人逞凶狂。

铁的红军勇难当，
打得敌人叫爹娘。
为了战略大转移，
克敌制胜过湘江……

[炮火血光中，有的宣传队员倒下了，但没人躲闪。渐渐地，硝烟弥漫了整个舞台，而留声机播放出的红军战士熟悉的兴国山歌却越来越高亢——

哎呀来，炮火声来战号声，
打个山歌你们听，
快跟敌人决死战，同志哥，
打到抚州南昌城！

哎呀来，山歌来自兴国城，
句句唱来感动人，
前方战士好兴奋，同志们，
更加有劲杀敌人……

[宣传队员们合着留声机一起高唱，就连李槐树也加入了进来。被打散的红军战士（有的是伤员），三三两两地被歌声招引过来，他们受到了鼓舞，组成队伍英勇地投入到了战斗。

[田福贵返回来，吃惊地望着眼前的情景，似乎也被感染了⋯⋯

[收光。

第二场

[1935年2月。

[川黔边界，剧社宣传队员们的宿营地。晨雾弥漫，小溪潺潺，附近传来剧社宣传队员们的吊嗓声、胡琴声、竹板声和红军战士的操练声。

[马冀背着枪靠在树上，脑袋一垂一垂地快要睡着的样子。

[朱卉琪腰上没系皮带，身上的军装显得格外肥大，手里拿一个搪瓷缸和一把牙刷上，见状走到马冀身边。

朱卉琪　喂！马冀⋯⋯马冀⋯⋯

[马冀惊醒，警觉地端枪。

朱卉琪　站岗怎么能打瞌睡呢？敌人摸过来怎么办？

马　冀　（发牢骚）累啊，白天行军要帮助李槐树，好不容易晚上宿营了还得站岗，这眼皮怎么使劲都抬不起来啊。协理员，咱们是不是又在往回走呀？

朱卉琪　是啊，看样子又要过赤水了。

马　冀　走啊走，没完没了地走啊走，走到哪儿才是个头啊？

朱卉琪　反正，跟着毛主席走，就肯定没错。这次遵义会议让毛主席又来领导红军，让人觉得心里一下子踏实了好多，要是早这样，湘江那一仗咱们也许就不会吃那么大的亏了。

[小孙和小陈嚷嚷着上。

小　陈　给我！

小　孙　不嘛。

小　陈　求你了，就给一个。
小　孙　这是我刚做的，不给。
小　陈　我要嘛，给我！
小　孙　（跑）就不给、不给……

［小陈没有抢到，快哭了。

朱卉琪　怎么了怎么了？
小　孙　她昨天过河的时候把自己草鞋上的红绒球弄丢了，现在非要把我的拿去……
小　陈　下次演出的时候她们的草鞋上都有红绒球，就我没有……（哭起来）
朱卉琪　（像哄孩子）好了好了，别哭了，等会儿把我的给你。
小　陈　真的？（立刻破涕为笑）谢谢朱大姐。
朱卉琪　别忘了你们俩今天的任务。
小　陈　是！
小　孙　（亮出一沓红红绿绿的标语）今天要贴的标语都准备好了！（同小陈拉手跑下）
朱卉琪　（望着她们的背影）真是一群孩子！（蹲在溪边刷牙）
马　冀　（用鼻子嗅着）咦，哪来的酒味？

［田福贵一手抱着酒坛，一手端着酒碗，兴冲冲走上。

田福贵　马冀啊，我今天可撞大运了。我到镇上去，路过一个黑糊糊的屋子，乖乖，里面摆了一百多个大缸！谁见过这么好的东西啊？有的战士舀去泡脚，还说泡了特别解乏，太糟蹋了！我一闻，好酒啊，得有上百年了，马上跟他们说，这"洗脚水"我得抱走一坛……
马　冀　（馋的样子）田营长，这"洗脚水"……给我也喝一口！
朱卉琪　马冀，别搞得满身酒气，给战士什么影响！（这话显然是说给田福贵听的）
田福贵　（一愣，这才注意到刷牙的朱卉琪，借着些许酒劲）我这一路上都没好意思问，你每天早一回、晚一回，在嘴里鼓捣啥呢？
马　冀　这你不知道了吧？这叫刷牙。
田福贵　哦，对了，在瑞金的时候我见过那个德国顾问李德刷牙，弄得满嘴吐白沫子，头一回看见吓我一跳，还以为他犯羊角风了呢——（看着朱卉琪）哎，你刷牙咋不吐白沫子啊？

[朱卉琪差点被水呛着，站起想说什么却又说不出来，白了田福贵一眼，走下。

田福贵　嘿，这人……

马　冀　本来是要吐白沫的，可这都出来小半年了，离开中央苏区时带的牙粉早就用光了。

田福贵　（取下背着的大刀在溪边磨）那还刷什么刷？还不如我用这坛老酒漱漱口呢。我就看不惯有些知识分子这假模假式，心里想着这，嘴上说着那；话里说的是你，其实是在说我……

马　冀　噢，你听出这个来了？

田福贵　我听不出来，我是傻子？

马　冀　谁敢说你傻呀？整个红一军团谁不知道你大名鼎鼎的英雄营长田福贵？就是进了这贵州省，据说王家烈的双枪兵听到你的名字都吓得尿裤子呢。

田福贵　（立刻来了精神，神采飞扬地）那是啊！我在战场上，在千军万马中间冲冲杀杀，一枪撂倒一个敌人，抡起大刀片，在敌阵中砍瓜切菜一样，那叫痛快呀！（传来宣传队员们拉二胡、吹笛子的声音，顿时使他意识到自己现在所处的环境，神情一下子黯淡下来）就是和你们这帮文化人在一块，不知道究竟是怎么了，我这后脖子上的汗毛整天竖着，生怕哪句话又说得不合适，让你们笑话。仗打得少了，手老痒痒，可唱呀跳呀的那些我又不会干，一天到晚手脚都不知道往哪儿放，那个累呀！好在马上就不用这么受罪了，刚才我在镇上碰到军里的通信员了，他说我的调令这两天就下来。

马　冀　田营长，你真的要走？

田福贵　那当然，我都向军团首长要求好几回了。本来就说好的，我是来临时工作的嘛，从过湘江到现在，已经"临时"两个多月了，怎么着都该放我走了吧。

马　冀　那调你去哪儿啊？

田福贵　通信员没说。只要不在剧社，去哪儿我都愿意！（抱起酒坛，哼着兴国山歌走去）

马　冀　（冲着田福贵的背影）田营长，记着给我留一口啊！

[周月儿身背留声机，用竹竿牵着李槐树上。李槐树眼睛上仍然蒙着绷带，

但看上去身体已经好了很多。

〔马冀上前接过留声机。周月儿把李槐树扶到溪边坐下。

周月儿　（拿出毛巾）来，擦擦脸吧。

李槐树　（很不自在地）月儿，让我……我自己来吧。

周月儿　哎呀，这么久了，你还这么扭扭捏捏的，真是封建。

李槐树　你批评得对……我、我还是自己洗吧……（想抓过月儿手里的毛巾，因为看不见，不仅没抓到毛巾还差点倒在水溪里）

周月儿　你看你！你……就把我当成你的妹妹槐花，行了吧？

李槐树　槐花……哦，那行！（这才顺从地让月儿给自己洗脸）月儿，说实话，我就是感觉你像我妹妹槐花。打小我爹我娘就不在了，我和槐花是一起互相拉扯着长大的……

〔周月儿给李槐树擦脸，不禁被他英俊的相貌所吸引……

李槐树　（感觉到月儿的手不动了）月儿，月儿……

周月儿　（回过神来，有些害羞地）你先休息一会儿，我去擦擦留声机，再给你采敷眼伤的草药去。（到一边去擦留声机）

马　冀　（走到李槐树身边不无妒意地）你小子，享受的可是特殊护理啊！

周月儿　你要是像槐树大哥那样英勇负伤，我也这么护理你。

马　冀　（被噎得说不出话来，脸上露出坏笑）是吗……槐树，你知道月儿为啥那么喜欢这个留声机吗？

李槐树　为啥？

马　冀　月儿从她当童养媳的婆家跑出来参加红军时，她那个婆婆追到剧社来了，非要拽她回去。那时候朱协理员刚把留声机交给月儿保管，她婆婆一见留声机上的喇叭，以为是红军给月儿发了一门炮要轰她，吓得转身就跑，小脚上的鞋都跑掉了。听说她那个男人，后来当了国民党兵……

周月儿　（难堪而又生气地）马冀，你少说几句好不好……

马　冀　月儿，你生气了？

李槐树　（听说月儿生气了，站起来朝月儿摸去）月儿，月儿，你别生气……（被一块石头绊倒）

[周月儿急忙扶起李槐树。

李槐树　我给你唱一支我们兴国的山歌吧，你一听就不会生气了。

周月儿　兴国山歌？

马　冀　山歌我也会唱，是我惹月儿生的气，还是我来唱吧。

周月儿　（揪住马冀的耳朵）不行，我要罚你！

马　冀　罚我什么？

周月儿　罚你……罚……

马　冀　还跟上次一样罚猜谜语吧！你出谜面，我要是猜不对，我就给你倒栽葱！

[朱卉琪、田福贵和一些宣传队员先后走上。田福贵依然蹲在溪边磨他的大刀，却注意着这边的热闹。

周月儿　行！听好了：慢——慢——行，行走的"行"，打一红四方面军领导人。

马　冀　嗨呀，协理员讲过的嘛，红四方面军总指挥徐向前！徐——徐——向前嘛。

[大家鼓掌。

马　冀　我给你出一个谜面，你要是答不上，那你也得栽！

李槐树　月儿，别再跟他玩这个。

马　冀　哟，看把某些人心疼的！

周月儿　好，你就出吧！

马　冀　听着：耳朵向上，打中央政府人民委员会一领导人。

[周月儿思索着。

李槐树　（不急不慢地）张——闻——天。

周月儿　对对，耳朵向上，张闻天！你倒栽葱，快栽！

马　冀　（冲李槐树）谁让你猜啦？不算不算！

李槐树　张闻天同志到我们连给我们讲过苏维埃，讲过布尔什维克，还跟我握过手呢。

朱卉琪　马冀……（看一眼田福贵）我也来给你出个谜面吧：四四方方四张嘴，衣裳一件嘴四张，梦里才能吃上肉，权当虫子是宝贝。打一人名，猜吧！

马　冀　（思索着）四四方方四张嘴……

[大家都在思索。

田福贵　（一直很想加入话题，却不知该说什么，现在总算抓住一个机会）谁呀，起这么贪心的名字！现在筹粮这么困难，一个红军战士一张嘴还不够吃呢，他一个人就四张嘴，那还不得吃掉四个人的粮食……

[有些猜出来的队员开始互相挤眉弄眼地咬耳朵。

田福贵　（还浑然不觉地继续）还想在梦里头吃肉，还把虫子当宝贝，嘻，见鬼！

[有人已笑得前仰后合。

田福贵　（还不明所以）咋？是不是啊？

马　冀　（一拍大腿）我猜出来了！田营长，你没听出来呀？这个谜底就是你的名字啊，你看——（在空中比画着）"四四方方四张嘴"，就是你那个"田"字；"衣裳一件嘴四张"，不就是"福"字吗？"权当虫子是宝贝"，就是"贵"字呀——田、福、贵！哈哈哈哈……

田福贵　（霍地站起，大吼一声）笑什么笑！你们识字多，你们有文化，就出我这个大老粗的洋相啊？

[大家都愣住了，顿时鸦雀无声。

朱卉琪　（没料到田福贵是这种反应）田营长，你生气了？大家不就是图个好玩嘛，而且用这样的方式能学习文化，你也应该学呀，会了这个谜语就会写自己的名字了。你看，你这个"田"字是这么写的——（用树枝在地上画）这不就是四个口嘛，对了，加上最外面这个大口，其实是五个口……

田福贵　又成五张嘴了！行了行了，我不会写自己的名字，照样把敌人的脑袋砍得满地乱滚。（拎起大刀）你会认字，不光会中国字，还会认苏联字，你砍个敌人的脑袋给我看看！

朱卉琪　你……跟你简直就……没法交流！

田福贵　你不早就说过了吗，我是个大老粗，在你们这些有文化的人面前，我连话都不会说，还交……什么流？刚才，我有些失态，那是我自己在笑话自己……

马　冀　（打圆场）哎哎，这事是我招惹的，我认错，我认错，我给大家倒栽葱了！

[马冀倒立不稳，摔倒，大家哄笑。

[一阵马蹄声，通信员上。

通信员　朱协理员，田营长，军团首长来了，就在镇东头的小学校里，让你们现在过去。

朱卉琪　知道了！

[通信员下。

田福贵　太好了，我的调令来了，我这"临时"也该结束了！（欲走又返回）我想和大家说几句心里话：这两个多月和你们在一起，怎么说呢，我挺高兴，又挺不自在的……我家祖祖辈辈都穷啊，上无一片瓦，下无一分地，爷爷给我取这么个名字，就是盼着能有地种，有饭吃，有衣穿。我 17 岁那年，家乡的革命暴动失败，光我们田家就有二十多口人被还乡团杀害，我是带着这深仇大恨参加红军的啊！（抽出大刀）我在战场上拼命杀敌，同志们说我是战斗英雄，庆功会上给我戴花给我鼓掌。在红军里，我这辈子从来没活得这么光荣、这么痛快过！可我怎么也没想到，来到你们剧社，却因为不识字，让我这……难受……

[朱卉琪和宣传队员们受到了震动，这才意识到这位淳朴、英勇的红军营长内心受到的伤害。

朱卉琪　田营长……

田福贵　好了，以后你们还唱你们的歌、演你们的戏，我走了，我回前线去了，那才是我最喜欢的地方！（抓起朱卉琪的手握了握，转身大步流星地下）

[朱卉琪看着被田福贵握过的手，不知如何是好。

[收光。

第三场

[剧社宣传队员们的宿营地。

[田福贵上，他一副懒散的、愁眉苦脸的样子。朱卉琪跟在他身后。

朱卉琪　老田……田协理员！

[这个称呼像针一样扎了田福贵一下，他站住，长长地叹了口气。

朱卉琪　闹情绪呀？

田福贵　不知道首长是怎么想的，非要把我留在剧社！你说我这个粗人，怎么能整天和你们一样扭腰扭腿儿、蹦蹦跳跳、喊喊唱唱呢？这、这不是要难为死我吗？

朱卉琪　说实话，我对上级的这个决定也感到很意外。从内心来讲，我也不想和你搭档！

田福贵　（一愣）因为……前面有刘社长？

朱卉琪　（被戳到痛处）我……多么希望你能跟他一样啊！我们以前……一个眼神，就知道对方心里在想什么……（难抑心中的悲痛，抽泣起来）

田福贵　哎，别哭，别哭啊！可不是我想在这儿干的，我、我真的不想待在这儿，我就想上前线抡大刀片。我再找军团首长说说去……

朱卉琪　（叫住他）老田同志，既然上级已经任命我为剧社社长，你为协理员，我想我们都应该无条件服从。

田福贵　可这……这不是赶鸭子上架吗？

朱卉琪　咱们穷人闹革命，有时候还就得赶着鸭子上架。军团首长说了，剧社需要有个像你这样懂军事的人。

田福贵　（苦笑）剧社需要我？

朱卉琪　首长还说了，你也需要剧社。

田福贵　我也需要剧社？（连连摇头）你这人说话怎么老是绕来绕去的？搞求不懂！我看哪，谁也不需要谁。我参加红军，不是吃闲饭来的，跟你们掺和什么？我还是得找军团领导说说去！

朱卉琪　田福贵同志！（上前拦住）我不让你去！

田福贵　怎么了？！

朱卉琪　一，你这是不了解剧社的工作；二，你对我们剧社的同志有偏见。越是这样，我觉得你越有必要留在剧社。

田福贵　你……

朱卉琪　（打断）走吧田协理员，回去集合队伍把命令宣布一下。另外下午给附近的老百姓有一场演出，主要是宣传妇女解放。对了，观众里还有一批这两天抓获的国民党俘虏兵，得做好对他们的扩红宣传，咱们把节目准备一下。

[周月儿牵着李槐树上，月儿的竹筐里已经装满了草药。

周月儿　小心，脚下有条树根……

朱卉琪　月儿，又给槐树采草药去了？

周月儿　哎！

朱卉琪　赶快归队吧，有演出任务！

周月儿　是！（欲带李槐树下）

田福贵　（叫住他们）等等！部队马上又要开拔了，按照规定，伤病员要一律留在当地。我们是不是给李槐树同志找一户可靠的人家，留下一些银圆和粮食……

李槐树　（惊慌地）啊？我不！

周月儿　（急忙挡在李槐树面前）那是指不能走路的重伤病员，李槐树他只是眼睛看不见，可他能行军能走路啊，而且眼伤也在一天天地好。

田福贵　要是没人照顾，他自个能走吗？从湘江过来这一路上，险要的、不好走的路段，都得两个战士用担架抬着他。还有你，老得领着他，为了这个伤员，得有三个战士照顾他，多影响战斗力啊！你们放心，组织上会把他安排好的。

周月儿　不，我就要带他走，他是为我负伤的，我不能把他丢下！

田福贵　留在当地也是干革命嘛！

周月儿　你……（逼向田福贵）你一开始就要扔我们的留声机，现在又要把李槐树撇下，你是存心要跟我们过不去呀！

田福贵　（躲闪着月儿，对朱卉琪）你看看，你看看！

朱卉琪　月儿，田营长现在是我们剧社的协理员了，说话要礼貌一点。

周月儿　（吃惊地）啊，他当我们的协理员？

　　　　〔李槐树用棍子探着上前。

李槐树　田协理员，求求你，不要把我留下，我不能离开队伍……

朱卉琪　老田，李槐树的部队到现在还没联系上。再说相处了这一路，大家都有感情了，就这样把他留下，心里怎么都有点过不去。

田福贵　战友之间哪个没有感情？可是不能因为这……

周月儿　朱大姐……（突然想起什么）哎，对了，槐树，你不是说你会唱山歌吗？

　　　　〔李槐树不响。

周月儿　（恨不得捶他一拳）快唱啊，唱了你就能留在剧社啦！

李槐树　（顿了顿，突然唱出一曲高亢悠扬的兴国山歌）

　　　　　当兵就要咪——

　　　　　咯吱哩咯当红军。

　　　　　红军战士咪——

　　　　　咯吱哩咯最光荣。

　　　　　勇敢冲锋咪——

　　　　　咯吱哩咯把敌杀。

　　　　　解放天下咪——

　　　　　咯吱哩咯受苦人……

　　〔山歌吸引来众宣传队员，朱卉琪带头鼓起掌来。

朱卉琪　槐树，太好了！老田，我看还是让槐树留下吧，他能在我们剧社发挥作用呢。

田福贵　他能唱，可他的眼睛还是不行啊！军团首长说了，往后的行军越来越艰难，战斗也会更残酷，别到最后整个剧社都让他给拖垮了。

朱卉琪　（沉吟片刻）这样吧，我们把拉道具和服装箱的那匹马腾出来给李槐树。

小　赵　那道具和服装怎么办？

朱卉琪　扔了吧。

小赵等　啊？

李槐树　不，我不用骑马，也不再用担架，只要让我跟着队伍走，再大的困难我都能克服！

周月儿　有我呢，把他交给我一个人就行了，我保证绝不拖累队伍！

　　〔队员们也都纷纷帮着说话。

田福贵　你们这些人呀，真应了那句话："人难管，头难剃"，红军的纪律、上级的规定到了你们这儿，说变就变，连个黄毛丫头都敢跟领导顶嘴！行了，我还是找军团首长去，这个协理员我干不了……（欲走，想了想）这一回，我扛着背包去，不管首长答应不答应，就是把我撤职回老部队当战士，我都非走不可！（甩手走下）

朱卉琪　哎，老田同志……嗨！（回头对众）同志们，马上回去，准备演出！

众队员　是！

　　〔收光。

第四场

[行军途中的一处简易舞台,剧社宣传队员们正在给群众和俘虏演出。

朱卉琪　（一阵掌声后报幕）下一个节目,活报剧——《救救童养媳》。编剧:红一军团政委聂荣臻;导演:红一军团保卫局局长罗瑞卿。（做了个手势）开始!

[锣鼓点响起。周月儿扮演童养媳,马冀扮演婆婆,小陈扮演丈夫,朱卉琪扮演红军干部。

[田福贵扛着行李经过,他停下脚步,被台上的演出和台下的热烈气氛吸引住了。

婆　婆　（用手中长长的烟杆敲打着童养媳）你这个死丫头,一天到晚就知道偷懒!我问你,你男人的尿盆倒了吗?

童养媳　啊?我现在就去。

婆　婆　地里的草拔完了吗?

童养媳　还剩一点点,我马上去拔。

婆　婆　水烧了吗?饭煮了吗?柴劈了吗?地扫了吗?家里的牲口喂了没有呀?

童养媳　啊?我还没顾得上……

婆　婆　（挥动着烟杆）哼,我打死你!打死你……（然后对躺在一边抽大烟的童养媳的"丈夫"）还不赶快教训教训你女人!

丈　夫　（爬起来用鞋底抽打着童养媳）叫你不听话!我打死你,打死你……

[田福贵在台下十分投入地看着,情绪激动得差点控制不住。

红军干部　住手!（冲上去扶起童养媳）不许欺压妇女!我们红军就是要铲除欺压妇女的童养媳制度!

田福贵　（大喊）不许欺压妇女!

红军干部　（跟着高呼）不许欺压妇女……打倒土豪劣绅……

[台上台下一起跟着呼喊。

[这时,一个俘虏兵——王来德战战兢兢地走到台上盯着月儿。演出中断。

王来德　月儿……月儿，真的是你，你当红军啦？

［周月儿认出了这个俘虏兵，失声惊叫着躲到朱卉琪身后。

马　冀　哎哎，下去下去，我们在演戏哩！

王来德　（指着周月儿）她是我媳妇。（转身朝台下）弟兄们，我找到媳妇了！水根，这就是你嫂子……

［台上台下顿时哗然。

周月儿　（突然操起旁边的一杆枪）王来德，我杀了你……

马　冀　（急忙拦住）月儿，你干什么？他是俘虏！

周月儿　（挣扎着）放开我！放开我……

朱卉琪　周月儿同志，你冷静点！

李槐树　（用竹竿探着路急上）他在哪儿？他在哪儿？

王来德　长官饶命，长官饶命……

李槐树　（脱下鞋子循声朝王来德打去）我拍扁你个狗头！

马　冀　槐树……（上前阻拦，被李槐树一鞋打在了脑袋上）哎哟！你咋跟娘儿们一样，用鞋底抽人？

李槐树　（感觉到不对）马冀……

朱卉琪　李槐树同志，你还像不像个红军战士？你忘了"三大纪律八项注意"啦？

李槐树　这个人以前就是这么对待月儿的！他就像刚才戏里演的那样欺负月儿，逼她干重活苦活，不让她吃饱饭，还经常用鞋底打她……我、我打死他！

王来德　（害怕地）别……别……长官，我不敢了，往后再也不敢了。其实我也是受欺负的呀！月儿跑了，我去找她，路上让国军抓了丁，那日子才不是人过的呢！白天吃饭，长官喝酒吃肉，我们吃残渣剩汤；晚上宿营，长官在祠堂里搂着姨太太睡觉，我们在屋檐下让风吹雨淋……那些长官可真拿我们这些弟兄不当人，打起我们来那个狠啊，拿枪托砸，用鞭子抽，比我打月儿可狠多了（台下一阵喧嚣）……我说的千真万确啊，你们看——（撩起衣服让大家看他身上的伤）

［王来德的控诉起到了意想不到的效果，台下的俘虏们躁动起来，纷纷吐着肚子里的苦水。

朱卉琪　（朝台下）静一静，大家静一静！其实，你们绝大多数人都是穷苦出身，是无产阶级。我们红军就是无产阶级的队伍，是为穷苦人求解放的。你们的父母，你们的妻子儿女，同样受着压迫和剥削。弟兄们，大家都来当红军吧，当了红军你们才能翻身，你们的家人才会不受压迫……

马　冀　我们红军官兵一致，不打人不骂人，有饭同吃，有衣同穿，大家都是兄弟姐妹！

〔俘虏们纷纷响应，要求当红军的喊声响成一片。

朱卉琪　好！愿意当红军的，到这边登记；想回家的，去那边领取大洋！（问王来德）你呢？

王来德　（不假思索地）带月儿回家。

李槐树　（厉声地）你说什么？滚！

朱卉琪　（制止）槐树！

马　冀　（朝众俘虏）走啦走啦，愿意当红军的，来这边登记；想回家的，去那边领大洋！

〔宣传队员们分头去安顿俘虏。王来德跟在月儿的后面下。

〔朱卉琪为今天的扩红成果所陶醉，兴奋地挥了几下手中的标语旗；田福贵也被刚才的情景打动了，若有所思。

朱卉琪　（一回头发现田福贵，走到他身边）田协理员，在想什么呢？

田福贵　啊，没、没什么，我想……我该走了。（欲下）

〔小孙和小陈提着写标语的石灰桶和刷子兴奋地跑上。

小　孙　（激动得喘不过气来）朱、朱大姐，我们见到毛主席了！

朱卉琪　噢？

小　陈　毛主席和周副主席他们骑着马过来，看见我们正在那边刷标语，就下了马跟我们说话。

朱卉琪　（急切地）毛主席都说了些什么？

小　孙　当时我刚刷完一条标语："无产阶级团结起来！"毛主席指着标语说：小鬼，"无产阶级"是什么意思呀？大多数老百姓不懂，你写成"穷人"，老百姓就明白了。我一听马上就改了过来。

朱卉琪　毛主席说得好，以后我们都要注意这个问题。

田福贵　（返回身来，疑惑地）毛主席指挥打仗那么忙，还有工夫管这个？

朱卉琪　那当然，毛主席、周副主席一直在说我们的工作很重要。剧社成立时，毛主席还写来贺信呢！你刚才也看到了，经过我们的宣传鼓动，呼拉拉就有上百个俘虏弃暗投明加入了红军队伍。我们在这儿扩红，宣传革命的道理，和将士们在前线消灭敌人起的作用是一样的，可以说这就是另外一个战场，一个有特殊意义的战场！

［田福贵陷入沉思。

朱卉琪　老田，你真的还要走吗？

田福贵　（拉不下面子）男子汉大丈夫，话都说出去了，当然……要走。

朱卉琪　（突然高声地）我看你根本就不像个真正的战斗英雄！

田福贵　（惊诧地）咋？

朱卉琪　我不管你以前打仗怎么样，在我们剧社这个战场上，你现在就是个懦夫，是个逃兵！

田福贵　（被这句话所震撼）你、你敢这么说我？

朱卉琪　我就这么说了，懦夫，逃兵，你走呀！

田福贵　你要这么说，我还不走了呢！

朱卉琪　你走呀！

田福贵　我不走！

朱卉琪　你干吗不走？

田福贵　我干吗要走？

朱卉琪　你不走，我走！（转身走去）

田福贵　（上前拦住）哎哎，你别想溜走，你得给我把那句话收回去！

［朱卉琪哼了一声，转向一边。

田福贵　（将背包用力摔在地上）娘的，豁出去了，我就不信，剧社这个工作比突破敌人的封锁线还难？我就不信在这儿干不好！

［朱卉琪双手一击，脱口说出一句俄语。

田福贵　你说什么？

朱卉琪　噢，是句俄语：好！非常好！

田福贵　唏！怪里怪气的……（双手叉腰转了一圈，指着朱卉琪手上的标语旗）这上面，这个，什么字？

朱卉琪　打倒土豪，土豪的"豪"。

田福贵　（拿过标语旗）好，我今天认识你了，我就不信干不掉你！

朱卉琪　你说什么？

田福贵　我是说，我要把认识一个字当成消灭一个敌人；我消灭了那么多敌人，我就不信学不会这些字！

朱卉琪　田协理员，咱俩订个协议吧，以后我每天教你学会四个字，一个月就能学会一百二十个，一年就是将近一千五百个字，这样要不了多久，你也就可以算个文化人了！

田福贵　你……教我认字？

朱卉琪　对呀！但也不是白教你，你也得教我点什么。

田福贵　我能教你什么？

朱卉琪　（指着田福贵腰上的驳壳枪）打枪！对，你就教我打枪吧。记得湘江之战那天你批评过我，说我拿枪的姿势不对，枪法糟糕……

田福贵　哎呀，你这人肚子里有点墨水心眼儿就是多，我随便一句话你还记到现在了。

朱卉琪　军事技术确实是我的弱点，我真心实意地向你学习。

田福贵　（神气起来）那没问题，打枪可是我的拿手绝活！（听到当空雁叫，拔出驳壳枪一挥，随着枪响一只大雁哀鸣着栽落下来）

　　　　［众宣传队员闻声跑上："怎么回事？"

　　　　［朱卉琪惊讶地看着地上的大雁，张着嘴说不出话来……

　　　　［田福贵得意地笑了。

　　　　［收光。

第五场

旁　　白　战士剧社的宣传队员们，跟随中央红军四渡赤水后，继续北上。在一次战斗中，敌人的一枚迫击炮弹落在了留声机旁，毁坏了留声机的唱针。留声机放不了唱片了，但岁月的留声机依然在缓缓转动，它记录着战士剧社宣传队员们的足迹，从波涛汹涌的金沙江畔，到白雪皑皑的夹金山和梦笔山，再到川西北的毛儿盖……

[1935年7月。川西北毛尔盖。浓郁的藏区风光，几个虔诚的藏民磕着长头前行而去。

[朱卉琪和宣传队员们带着各自筹到的粮食上。朱卉琪的身体似乎有点虚弱，但她极力掩饰着。

朱卉琪　来，把筹到的粮食登记一下。（拿出个小本）

马　冀　青稞两碗。

小　赵　糌粑六块。

小　陈　（放下一个小布袋，孩子气地）玉米两斤。我给那个商贩唱歌，嗓子都唱哑了，他才给了这么一点点。

朱卉琪　（忧心地）上级给我们的任务是每个队员要筹集十斤粮食，照这样下去，什么时候才能完成筹粮任务啊！

小　赵　有几个反动土司煽风造谣，藏民们不明真相，好多人都吓跑了。

朱卉琪　马冀，你去传达命令，筹粮的工作还得加紧，只有筹集到足够的粮食，大部队才能走过前面的草地。另外通知大家做好准备，明天要给藏民们演出一场。

马　冀　是！（欲下又止）朱社长，你把分给自己的食品都给了别人，这几天净喝野菜汤，这些粮食，你就先吃点吧。

朱卉琪　我没事。快去吧。

[马冀嘟囔着下。田福贵上，走到朱卉琪身后边看她的后背边在小本上写着什么。

朱卉琪　（一回头，猛不防被吓了一跳）啊，你干什么呀！

田福贵　我、我在认字啊！你不是说，你的后背就是我的认字板吗？现在剧社每个人的名字我都会写了，就剩下这个马冀的"冀"字，真他娘难写。

朱卉琪　哎呀，你还没学会啊？说好的一天学四个字，就这个"冀"字，都两天了还

不会写！（转过身去，这时看得到她背着一个写有大大的"冀"字的纸板）

田福贵　你说这个马冀，他爹也不给他起个简单点的名字，就叫……马三、马五多好，偏要叫个"冀"，笔划这么多，乱糟糟地在脑袋里直打架。

朱卉琪　你呀！写字跟打仗一样，要先分析敌情，掌握规律……坐下！

[两人坐下，朱卉琪把纸板拿到前面。

朱卉琪　你看：冀，由三个字组成，上面，是北方的"北"，下面……

田福贵　共产党的"共"嘛……

朱卉琪　中间……

田福贵　……（指指自己）

朱卉琪　对了，是种田的"田"，也就是你的姓。记住了这三个部分，就能把"冀"字记住。

田福贵　（一拍脑门）这这……太简单了！（指着纸板上的"冀"字）这不就是：跟着共产党北上就能有田种嘛！

朱卉琪　这样理解，就更容易记住了。

田福贵　马冀这小子，是不是一生下来就知道会有今天啊？（扯下纸板上的"冀"字）剧社最后一个人的名字被我消灭了！来来，再换一个。

朱卉琪　我看呀，先别急着学新的，把我以前教你的好好复习复习，别像猴子掰苞米似的，学了新的，丢了旧的。

田福贵　（不悦地）咋？对我的学习成绩不满意啊？我看你学打枪也不怎么样嘛，我教了你多少次，一扣扳机枪管就歪，能把人急死！

朱卉琪　那好，咱们谁也别教谁了，这样大家都轻松一些。

田福贵　不教就不教，剧社识字的人多了，我跟他们学去，省得你横挑鼻子竖挑眼！（欲走）

[朱卉琪将纸板用力摔在地上。

田福贵　（站住）怎么了？

朱卉琪　（伤感地）要是他在，我就不会这么累了……

田福贵　（有一种被刺伤的感觉）我知道，你总是拿我跟刘社长比，我哪能比得上他呢？不但帮不了你什么忙，还老是给你添麻烦……

［朱卉琪不知该对他说什么，再次将纸板往地上一拍。

田福贵　行了，你以为我不知道你这几天为啥老发无名火么，不就是为那个留声机吗？

朱卉琪　留声机坏了，剧社的人谁不急呀！

田福贵　你急，也不能拿我撒气啊？再这样下去，你都快不像个女人了……

朱卉琪　你、你说什么！（生气地走去，边走边脱下军帽，有意甩了甩秀发）

田福贵　哎哎，我说错话了吗？没错啊，你生的什么气……（跟下）

［周月儿引着李槐树上。和以前相比，周月儿脸上多了一些忧郁。

［王来德抱着一捆柴火，在他们后面远远地跟着。周月儿和李槐树停，王来德也停；周月儿和李槐树走，王来德又跟着走。

周月儿　（回头呵斥）你怎么还跟着？

王来德　我捡柴火，这么大草原，我想上哪儿捡就上哪儿捡。

周月儿　（扶李槐树坐下）来，坐这儿。

［王来德隔着一段距离，也找了一块石头坐下。

周月儿　（对王来德）你到底要干什么？！

王来德　我捡累了，歇会儿，我爱坐哪儿歇就坐哪儿歇。

李槐树　（忍不住站起）我说你这个俘虏，猖狂什么！

王来德　（心虚但嘴硬地）我现在不是俘虏了，（拍拍头上的军帽）红军给我发了八角帽，我现在是剧社烧火的。红军里面可是人人平等，不打人骂人哦。

李槐树　（气愤而又无奈）你……

周月儿　算了，别理他。

李槐树　哼！（坐下，摸出针在石头上磨）

周月儿　槐树大哥，你还在磨这根针啊？

李槐树　啊……自从留声机不能用了以后，你就再也没有笑过了，我好想听到你的笑声啊。

［坐在另一头的王来德哼起了有点酸味的民间小调。

［李槐树欲发作，周月儿急忙按住他。

李槐树　（察觉到月儿对王来德心存顾忌）月儿，你怎么了？

周月儿　啊，没什么……我、我在想，你都看不见，怎么能磨好留声机的唱针呢？

李槐树　不就是断了嘛，唱针我没见过，不过我问过朱社长，她说跟缝衣服的针差不多。那我可知道，在我们村，我的针线活做得比女人都好，槐花妹妹小时候的衣服都是我给缝的。我磨磨试试看。来，你瞧瞧行不？

　　　　［周月儿转头看看王来德，不由得把手抽了回来。

李槐树　月儿，你怎么了？你是不是还在怕那个人？

周月儿　（给自己壮胆）不，我是红军战士了，我谁也不怕！

　　　　［周月儿说着去摸李槐树手上的针，王来德故意猛地弄出一声声响，周月儿一惊，手指被针扎了一下。

李槐树　扎着了？没事吧？

周月儿　没、没事。

李槐树　（怒冲冲地朝王来德）你狗日的，捣什么乱！欺负老子看不见是不是？（冲动地一把扯掉蒙在眼上的纱布）

周月儿　啊，快蒙上，你眼睛还没好呢！（急忙上前）

李槐树　（突然惊喜地）别动……月儿，我眼前有光了……我能看到光了！

周月儿　（高兴地）那……你能看见我吗？

李槐树　（朝着周月儿说话的方向）能，我能看见你，月儿……

周月儿　那你说说，我长得啥样儿？（说完这句话闪到一边）

李槐树　（仍朝着原来的方向，梦境般地）大大的、水汪汪的眼睛；圆圆的、白生生的脸蛋，一笑，两个酒窝；还扎着一条粗辫子，辫梢上扎着红头绳……

周月儿　（失望地摇头）错了，全错了，你还是看不见啊。

　　　　［李槐树一怔，转向周月儿说话的地方。

周月儿　（安慰李槐树）别急，能看见光就是个好兆头，我再给你换药，再敷些日子，你就能看见我了。

王来德　（幸灾乐祸地）哼哼，你看呀，睁开眼睛看呀，看你还咋个勾引别人的女人！

李槐树　王来德，月儿现在和你没关系了！我们红军就是要铲除欺压妇女的童养媳制度，红军讲的是婚姻自由！

王来德　不管咋样，月儿都是我的媳妇，她一辈子都是我的女人。

周月儿　王来德！（突然爆发，举起采药的小铲子朝王来德扑去）我杀了你……

　　　　［王来德嚎叫着躲闪，周月儿紧追不放。

　　　　［朱卉琪和田福贵上。

田福贵　干什么？都给我站住！立正！

　　　　［周月儿、王来德、李槐树三人立正。

田福贵　（问周月儿）咋回事？

　　　　［周月儿只是掩面哭泣。

李槐树　王来德他个狗东西欺负月儿！

朱卉琪　说话要文明，王来德现在是我们红军队伍中的一员了。

李槐树　（不服气地）他……也算红军？

朱卉琪　你们先去吧，一会儿我要跟你们谈话。

　　　　［周月儿、李槐树、王来德下。

田福贵　我一直就觉着那个王来德不地道，我看他参加红军的动机有问题。

朱卉琪　这些俘虏在国民党军队里养成了一些不好的习气，成分也比较复杂，不过我相信咱红军是个大熔炉，迟早会把这些杂质给提纯的。

田福贵　太天真了吧？

朱卉琪　那你的不天真呢？

田福贵　像王来德这样的人，就不能让他留下当红军；就是要留，也得审查清楚了再说。

朱卉琪　要是这样，俘虏们会怎么想？他们会觉得我们不信任他们，这就会影响转化工作啊。人心都是肉长的，只要我们平等、真诚地对待那些俘虏，我相信他们总会被感化的。

田福贵　（摇摇头）用嘴皮子打仗，我从来都不是你的对手。不过我把话放在这儿，到时候你可别后悔！（大步离去）

朱卉琪　哎，你别走，我还有事要跟你商量呢……（见田福贵头也不回，只好自个琢磨、试做着一种舞蹈动作）

　　　　［马冀练习着打竹板走来，纳闷地看着朱卉琪的动作。

　　　　［小陈端着一只小碗，高兴地喊着跑上。

小　陈　朱大姐！

朱卉琪　小陈……

小　陈　朱大姐，你别动，闭上眼睛。

朱卉琪　你又搞什么鬼把戏啊？（还是顺从地闭上了眼）

小　陈　（用草棍蘸着碗里的东西涂抹在朱卉琪嘴唇上）好啦，真漂亮！（递过一个小镜子）你看！

朱卉琪　（照着镜子惊叫起来）啊，口红！哪来的？

小　陈　刚才挖野菜的时候，我们发现了一种红色野花，采回来把花瓣捣烂，就能当口红用了，涂在脸上还能当胭脂呢！

朱卉琪　太好了，这下咱们演出就可以有化妆品用了，抽空多采一些！

小　陈　是！（跑下）

马　冀　朱社长，你要是打扮一下，肯定是咱们剧社最好看的女人。

朱卉琪　你说什么呀，没大没小的。

马　冀　嘿嘿……社长，刚才你那比画的是什么呀？

朱卉琪　是《打骑兵舞》，上级给咱们新的演出任务了。去，通知大家集合，马上排练。哎，把田协理员也叫来。

马　冀　是！（喊着跑下）集合了，排练了——

　　　　〔宣传队员们跑上列队。田福贵也跟着马冀走了过来。

朱卉琪　同志们，军团首长在《红星报》上写文章表扬我们了，说我们前一阶段扩红工作做得好！同时还表扬我们前两天给部队演唱的《打骑兵歌》很及时。首长说，敌人的骑兵部队企图阻止我红军北上，而我们又缺乏打骑兵的经验，这支《打骑兵歌》很能鼓舞我们的部队。首长要求我们剧社在还没有教唱这支歌的部队中教唱这支歌，树立起彻底打垮敌人骑兵的信心！

　　　　〔大家拍手欢呼。

朱卉琪　（看了看田福贵）咱们的田协理员出了个好主意，说要是把《打骑兵歌》编成《打骑兵舞》，边唱边跳，宣传效果就会更好……

田福贵　（纳闷地）哎，我什么时候说过……

朱卉琪　（打断他）就这么定了！老田，你也来。

田福贵　我？跳舞？开什么玩笑！
朱卉琪　谁跟你开玩笑了？这是工作、是战斗。
田福贵　我这胳膊腿儿硬得跟长枪筒子似的，哪能跳舞？（欲走）
朱卉琪　（一把将田福贵拽回）还生我的气啊？你是剧社的领导了，不会游泳也得下水扑腾两下，大家说对不对啊？
众队员　对！
朱卉琪　（田福贵还是要走，又被她拽回）来，大家注意要领，跟着我走——五、六、七、八，开始！
〔朱卉琪展开优美的舞姿，教大家一步一步地练习，并不时给田福贵纠正动作。田福贵无可奈何地跟着走步，显得拙笨迟钝，动作很不协调，最后还是退到一边当起了看客。
〔《打骑兵歌》的音乐响起，大家边唱边舞——

　　　　敌人的骑兵不可怕，
　　　　沉着应战来打他，
　　　　目标又大又好打，
　　　　排子枪快放齐射杀。
　　　　我们瞄准他，
　　　　我们打垮他，
　　　　我们消灭他。
　　　　无敌的红军是我们，
　　　　打垮了敌人百万兵，
　　　　努力再学打骑兵，
　　　　我们百战要百胜……

〔突然，远远地传来一阵枪响，然后是杂乱急促的马蹄声、吆喝声，显然是一支马队疾驰而来。
〔大家停止了排练，警惕地聚到一起。一名放哨的小战士跑上。
小战士　朱社长，来了一队骑兵，有几十号人！
朱卉琪　（有些慌乱地）啊，这可怎么办？我们才这么几个人……

　　　　　［马冀等战士急忙拿起武器准备应战。

田福贵　（上前远望）等等，好像有穿僧袍的喇嘛。上级有命令，一定要严格遵守民族政策。

马　冀　可来的要是反动土司武装呢？

田福贵　都别慌，做好战斗准备，等他们到跟前了，搞清楚情况再说！（看看朱卉琪）有我田福贵在，怕什么？来的如果是反动武装，我这把大刀可不是吃素的！

朱卉琪　（田福贵的话让她紧张的心情放松下来，脸上流露出依赖的神情）大家别、别慌，听田协理员指挥。

　　　　　［两个喇嘛带领一群背枪的藏民气势汹汹地冲上。

田福贵　请问，发生了什么事？

年轻喇嘛　今天上午贵军有一个士兵拿了我们寺院的粮食，活佛很生气！

朱卉琪　啊？这不可能，进入藏区以来，我们红军专门制定有纪律。

年轻喇嘛　我们亲眼所见，我们的眼睛比锥子还要尖利。

　　　　　［大喇嘛的目光在宣传队员们的脸上巡视着，王来德心虚地低下头想悄悄溜走，大喇嘛突然指着他叫喊起来。

年轻喇嘛　（走到王来德面前）就是这个人！

田福贵　王来德！

王来德　有。

田福贵　你拿没拿他们说的那些东西？

王来德　没有，我没拿。

年轻喇嘛　肯定是这个人拿的，连天上飞的鹰都看见了，不会有错！

朱卉琪　请问你们丢的是什么东西？

年轻喇嘛　青稞、酥油茶，还有供奉的果品。

田福贵　（对马冀）去，把王来德的行李全部拿来！

马　冀　是！（下）

　　　　　［周月儿好像感觉到了什么，显出不安的神情，悄悄地下。

朱卉琪　（对年轻喇嘛）别急，我们会给你们一个交代的。

［马冀拎着王来德的行李上。

田福贵　打开！

［马冀打开行李检查，喇嘛和藏民们围上来看。

马　冀　报告，没有！
年轻喇嘛　怪了，我们不信。
王来德　没有就是没有，别想给我栽赃！

［周月儿提着一个布口袋急上。

王来德　（见状大慌）月儿，你……
周月儿　（把布袋放到喇嘛面前，打开）是不是这些？
年轻喇嘛　没错，就是这些！
朱卉琪　周月儿，怎么回事？
周月儿　今天上午，王来德拿着这袋东西硬要给我，我没要，没想到他又偷偷塞到我的行李里去了。
王来德　月儿呀，这些吃的是我专门给你弄的，看看你都饿成啥样儿了？一阵风都能吹倒，我看着心里疼啊……我过去是对你不好，可不管咋样你是我女人呀，你咋就不识好歹呢？
周月儿　我、我说过了，不要你管！（掩面哭泣）
田福贵　（话中有话地对朱卉琪）怎么样？哼哼！（转身下令）把王来德捆起来，按军法处置！

［几个战士上去捆起王来德。年轻喇嘛附在大喇嘛耳边一阵嘀咕，他们脸上显出诧异的神情。

王来德　（哀求）那些东西我可一口都没有吃呀……月儿，我可是为了你呀……

［周月儿流着眼泪，内心痛苦而又复杂。

朱卉琪　（对喇嘛和藏民们）乡亲们，同胞们，我想跟你们说几句话，行吗？（在大家的目光注视下走到他们面前）自古以来，藏汉一家，我们红军跟你们就更是一家人了。那个人（指王来德），他刚从国民党部队过来，身上染了些坏习气。今天这件事，他是为了我们的月儿（拉过周月儿），是看着月儿实在太饿了，才违反了红军的纪律，冒犯了佛爷……这是我们发的大洋，我一直没舍得用，请佛爷收下……（将大洋放到年轻喇嘛的手上）我给乡亲们赔不是（深深地鞠躬），给佛爷赔……（突然栽倒在地）

周月儿　（惊喊）朱社长！朱大姐……

［大家急忙围上。

田福贵　卫生员！

小　孙　（冲过去做了简单的检查）协理员，朱社长是饿昏的，她的身体太虚弱了。

小　陈　（哭着）朱大姐她……把吃的都给我了……

小　赵　也给了我……

［年轻喇嘛同大喇嘛耳语了一下，将刚才朱卉琪给的银圆放在地上，与藏民们悄悄退下。

［人的吆喝声和杂沓的马蹄声渐渐远去。

众队员　（呼唤）朱社长……

［收光。

第六场

［宿营地。

［田福贵趴在营地旁边的一块石头上磨着留声机的唱针。朱卉琪走出帐篷，整理着衣服来到田福贵跟前。

朱卉琪　老田，在干什么呢？

田福贵　（一惊，手差点被针扎了）你、你怎么起来了？

朱卉琪　我感觉好多了……噢？你在磨唱针？

田福贵　噢，是……李槐树毕竟眼睛不方便，让他歇歇。

朱卉琪　你这双磨大刀片的手，能行吗？

田福贵　怎么不行？你看……（拈着针给朱卉琪看，却发现针已经从手指缝"溜"了，急忙满地寻找）哎，掉哪儿去了？

朱卉琪　（从地上找到针捡起）在这儿呢。

田福贵　嗨，我这手指头，又粗又硬……

朱卉琪　还是我来吧。

田福贵　行了，你还是歇歇吧。你这个人哪，把吃的都给了别人，真是不知道心疼自己。

朱卉琪　你不也一样吗？

田福贵　我是男人啊，堂堂五尺汉子，你能比？

朱卉琪　大男子主义！（心里还是被田福贵表现出的关心所感动，有意岔开话题）哎，昨天给藏民们的演出怎么样啊？

田福贵　好得很哪！藏民们高兴得不得了，跑上来和我们的队员一起又唱又跳，还给我们献了哈达，那可真是痛快啊！

朱卉琪　咦，你不是说，在战场上挥着大刀消灭敌人的时候才叫痛快吗？

田福贵　是啊，那也痛快，这也痛快……你看你又笑话我啦。

朱卉琪　不，我是为你高兴。真没想到，我病倒了，你还能带队去演出，你这个剧社领导真是越来越称职了。

田福贵　这算什么，比起刘社长就差远去了。

　　　　[朱卉琪的情绪顿时低沉下去。

田福贵　对不起，你看我这张嘴……

朱卉琪　（从挎包里掏出那一片竹板，凝视着）我们是一起在莫斯科留学的同学，然后一起回国，一起到了江西苏区，一起到战士剧社工作。本来以为可以一起走上抗日前线，一起迎接革命胜利的，没想到……如今就剩这一片竹板了，那一片留在湘江边，永远也找不回来了。

田福贵　你太不容易了……我知道你心里经常在为刘社长哭，可一演出你就照样笑，照样带着一帮年轻娃娃唱啊跳啊……

朱卉琪　我不这样，会影响大家的情绪，会没法带这支队伍的。

田福贵　所以我佩服你了！可我……太不像话，老是跟你拧着，和你吵架，给你出了那么多难题……这两天看你病的样子，我心里那个难受啊，真想抽自己两个巴掌。

朱卉琪　不，我也有责任……其实，自从你来到剧社后，我们大家心里都踏实多了。

像前天那种情况，关键时候你往那儿一站，我……我们一下子就感觉有了依靠。

田福贵　这么说，我在这儿还真的能起点作用？

朱卉琪　那还用说嘛！我慢慢才明白军团首长为什么要把你派到剧社来，剧社的队员年龄都偏小，女孩子又多，这一路行军打仗，太需要有一个军事能力强的人来保护了。你不知道吧，在咱们剧社，好多女孩子很崇拜你呢。

田福贵　真的……我还以为大伙都瞧不起我这个大老粗呢。

朱卉琪　不识庐山真面目，只缘身在此山中。

田福贵　（茫然地摇摇头）不懂。

朱卉琪　（笑笑）以后等你字认得多了，自然会懂的。

田福贵　以后的事先不说，就说你刚才哭的时候啊，我仔细瞅啦，特别像个女人！

朱卉琪　（一怔）你不是说，我不像个女人嘛？

田福贵　看你，又记仇了。

朱卉琪　其实，你说的不是没有道理……我出生在一个封建大家庭，我从小身边都是些逆来顺受、忍气吞声的女人。我不愿意过她们那样的生活，我要上学，要做新女性！后来我就参加了革命，幸运地被党组织派到苏联学习，回来后就到了中央苏区，整天不是在血与火里厮杀，就是在泥水里滚打，几乎都快忘了自己还是个女人……

田福贵　嘿嘿，实话说吧，开始那阵我是挺烦你的，老觉得你留过洋，肚子里灌了些墨水，两只眼睛朝天，瞧不起我们工农干部。还有你讲起话来一套一套的，我跟你说话感觉特别费劲儿。说句心里话你别生气，我那会儿想啊，这辈子打死也不娶你这样的女人当老婆！

朱卉琪　你说什么！

田福贵　（急忙）瞎说，瞎说，我怎么会想到娶你呢……那不是癞蛤蟆想吃天鹅肉嘛！

朱卉琪　你……越说越不像话了！

田福贵　不不，其实我是说呀……处得久了吧，慢慢发现你和我开始感觉的不一样。尤其是这几天，我把你好好地想了想，觉得你这人吧，心眼儿又实在，脑袋里又清亮，就跟雪山上流下来的水一样，一点渣子都没有，就连你严厉起来的时候，也挺……挺招人喜欢的！

朱卉琪　（禁不住红了脸，站起）田福贵同志！你怎么能这样想呢？（局促地）我、我走了……

田福贵　（拍拍脑门，像是自语）我今天是咋啦？没喝酒啊，怎么跟醉了似的……

[马冀跑上。

马　冀　朱社长，田协理员，你们看！

[战士们扛着几个装得满满的大口袋上。

朱卉琪　这是什么？

马　冀　青稞啊！粮食啊！是前天来过的喇嘛和藏民们送的。他们说还是头一回碰到像我们这样的军队，自己的人饿得昏倒了都不动他们的一颗粮食，还饿着肚子给他们演戏；还说佛爷会保佑我们红军……扎西德勒！

田福贵　（激动地）太好了，真是痛快啊！哎，给人家写欠条了吗？

朱卉琪　（不等马冀回答就用颤抖的手写下一张纸条）马上把欠条送去！等革命胜利了，我们一定回来好好答谢他们！

马　冀　是！（接过欠条跑下）

众队员　（欢呼）噢——我们有粮食了！

朱卉琪　（看了田福贵一眼）全部上缴大部队！

众队员　是！

[暗转。

[复明。
[李槐树在一块石头上继续磨那根唱针，周月儿在旁边边擦留声机边想着什么心事。

周月儿　槐树哥，唱针还要磨多久啊？

李槐树　快了，一会儿咱们试试。田协理员、朱社长，还有马冀，都抢着拿去磨，我好容易才要回来……（见月儿没有反应）月儿，你好像有什么心事？我虽然眼睛看不见，可我能感觉到你不开心。

周月儿　没、没有啊。

李槐树　自从王来德来了后，你就和以前不一样了。

周月儿　我给你说过了，不要在我跟前提那个名字！

李槐树　哦，好，好。

周月儿　我问你，那天你说能看见我的模样了，可你说的根本就不是我，你说你心里想的那个姑娘是谁呀？

　　　　［李槐树沉默不语。

周月儿　你说呀！

李槐树　那是我的妹妹槐花。槐花已经死了。

周月儿　啊？

李槐树　那年，槐花被村里的地主老财强占了，那时她才十四岁呀！槐花受不了那个羞辱，跳了江。我去和那帮狗日的拼命，被他们打得差点没了命。我逃出来以后，就参加了红军，发誓要给槐花报仇……

周月儿　槐树哥，对不起，我不知道这些……

李槐树　（一把拉住周月儿的手）月儿，别离开我！在这世上我没有别的亲人了，我想和你在一起，一辈子都在一起……

周月儿　（把手抽回）槐树，你别、别这样想。

李槐树　为什么？

周月儿　你就别问了，我、我不能……

李槐树　"不能"什么呀？你要是不说，我就不换药了，我就让我的眼睛瞎掉，再也看不到你，看不到这个世界！

周月儿　不许你胡说！

李槐树　那你就快告诉我呀。

周月儿　（伤心地抽泣）槐树哥，我不是没这样想过，可我觉得我配不上你，我当过别人的童养媳，偏偏那个人又来到了跟前，想躲都躲不掉啊……（越哭越伤心）

李槐树　（摸索到月儿面前，重新拉住她的手）就为这个？

周月儿　（点头）朱大姐说过，革命了，我就和从前不一样了。可我总觉得是我的命不好，天底下这么大，偏偏叫我在这里跟他碰上……

李槐树	碰上了又怎么着？有我在，你什么都不用怕！
周月儿	对，有你在，我什么都不怕……（看着李槐树）你真的……不嫌弃我？
李槐树	这也要嫌弃，那还是个男人吗？在我心里，你是天底下最好最好的妹子啊！
周月儿	……槐树哥！
李槐树	（动情地）月儿，在湘江边上第一次遇见你时，不等我看清你的模样眼前就一片模糊了。月儿，我真想现在就看看你到底长得啥样儿啊！
周月儿	（感动地）槐树哥……我现在就让你看（抓起李槐树的手放在自己头上）。
李槐树	（一颤，本能地把手缩了回去）月儿……
周月儿	（再次抓过李槐树的手放在自己头上）这样，你就等于看见我了。
李槐树	（双手颤抖着，在周月儿头部缓缓移动）噢，不是一根辫子，是两把小刷子……不是圆脸，是瓜子脸……酒窝，还有两个酒窝……

［周月儿陶醉地闭上了眼睛，李槐树的手却突然凝固般地停住了。

周月儿	槐树哥，你怎么啦？
李槐树	月儿，我有个愿望，就是只要能用我的眼睛看上你一回，就是死了也心甘！
周月儿	（捂住李槐树的嘴）不许说死，我们两个谁也不许死！
李槐树	（抓住月儿的手）对对，我们谁也不许死，不许死！
周月儿	（怕被人看见，推开李槐树）槐树哥，快试试你磨的唱针，看能不能用了。
李槐树	嗳！

［李槐树递过唱针，周月儿小心地将唱针装在留声机上，一试，有了声音。

周月儿	哎呀，好啦！槐树哥，你真行！
李槐树	（高兴得手舞足蹈）月儿，咱就先放一回朱社长经常放的那个"英雄"吧，每当我听到它浑身就有使不完的劲，我就想上战场去杀敌人！
周月儿	（拿出一张唱片）今天，我要给你放一首"田园"。
李槐树	田园？
周月儿	这也是朱社长经常放给我们听的。

［留声机播放出贝多芬的《田园》，两人贴近留声机侧耳倾听。

| 周月儿 | （陶醉、向往地）等革命成功了，我们俩就去过田园那样的日子。那儿到处绿油油的，牛在耕地，鸟儿在叫，地上开好多好看的花；太阳暖暖的，亮得晃

眼；人们有吃的，有穿的，有书读，没有谁欺负谁，多好啊……

李槐树　真有这样的地方？

周月儿　朱大姐说了，有咱们红军，就肯定会有这样的地方！那时候你的眼睛已经好了，我天天让你看我，让你看个够，还……还要让你亲个够！

李槐树　（一惊）月儿你说什么？你再说一遍……

周月儿　哎呀我……（不好意思地急忙把话岔开）我去告诉朱大姐他们……（边跑边喊）朱社长，留声机的唱针修好啦……

　　　　［朱卉琪、田福贵和宣传队员们闻声跑上。

朱卉琪　（惊喜地）月儿，能放唱片了吗？

周月儿　能！试过了。

田福贵　（紧紧抱住李槐树拍打着）痛快啊！我的好兄弟……

朱卉琪　好！同志们，现在我们就来听一首大家都非常熟悉的歌曲……

　　　　［朱卉琪将一张唱片放进留声机，示意田福贵来搭唱针，田福贵连忙摇头，表示自己不会。朱卉琪执意要他来放，他只好试着把唱针搭上，留声机发出一阵嗞嗞声。

　　　　［留声机播放出的是激昂、雄壮的法语《国际歌》，宣传队员们为之振奋。

朱卉琪　（憧憬地）同志们，很快就要过草地了，草地会是什么样子呢？蓝天白云底下，一望无际的绿茵，绽放出一片片红的、黄的、蓝的野花，引来无数蝴蝶飞舞，多么美啊……当长龙般的红军队伍从草地上走过时，我们要继续用留声机播放出一首首歌曲，为红军的脚步声伴奏……

　　　　［《国际歌》越来越响亮，朱卉琪有力地打着拍子，宣传队员们满怀激情跟着留声机用中文合唱起来……

　　　　［收光。

第七场

旁　　白　他们带着歌声、琴声，带着梦想，走进了一望无边、苍苍茫茫的大草地。可是，草地并不像朱社长想象的那样浪漫，他们每一天都经历着饥饿、疾病和死亡。小刘饿得只剩下一把骨头，用最后一点力气把至死都舍不得吃的五粒青稞给了战友；小魏打着竹板倒在了行军路上，死后脸上还挂着演出时的微笑；小陈为采演出化妆用的红花陷进了沼泽，她刚刚采到的那束鲜花漂浮在泥淖上，成为美丽的墓碑……他们没有看到想象中在绿草和花丛中飞舞的蝴蝶，但他们死了的，生命却化作了蝴蝶，在那片草地上空快乐地飞翔；活着的，走出了草地，继续北上，参加了甘肃南部的腊子口之战……

［1935年9月。甘南腊子口附近。
［战斗间隙。从不远处的腊子口战场，不时传来激烈的枪声和爆炸声。
［周月儿匆匆跑上，小孙拎着一副担架迎面跑来。

周月儿　小孙！

小　孙　月儿姐……

周月儿　留声机不见了！你看到谁拿了吗？

小　孙　（摇摇头）怎么会不见了呢？

周月儿　（指指身后）刚才还在那儿，我带李槐树去了趟卫生队，回来就不见了……（急得哭）

小　孙　会不会是朱社长他们拿去用了？

周月儿　不会的，朱社长他们一直在前面给敌人喊话……（突然想起什么）小孙，你看到有谁来过吗？

小　孙　哎，有一个人，好像是王来德。

周月儿　（一惊）他往哪儿去了？

小　孙　那边，石头崖方向。

周月儿　（拔腿欲追，跑两步返回）小孙，李槐树正在卫生队做眼睛检查，你去先替我照看一下。（跑下）

小　孙　哎，小心点，前面在打枪——！
［小孙欲下，马冀捂着受伤的胳膊跑上。

马　冀　小孙……

小　孙　马冀！你负伤啦？

马　冀　妈的，我给他们唱河州花儿听，他们还给了我一枪。

小　孙　（给马冀包扎伤口）还好，没伤着筋骨。

马　冀　只要没伤着喉咙，老子就还上去给他们唱！

小　孙　你说你唱河州花儿？你会唱花儿？

马　冀　腊子口的守敌大多是宁夏、甘肃一带人，李槐树这两天就特意跟当地一个老乡学唱了河州花儿，然后他又教给了我，我刚才就唱了这么两句——（唱）"叫一声拔了兵的尕娃娃你给谁卖命哩，屋里者白头发的老母亲正把你想着哩……"我一唱呀，那些守敌好些个都不打枪了，扯着脖子听呢！

小　孙　这说明，你已经起到瓦解敌人的作用了。

马　冀　我现在可是李槐树的第一弟子了。不过，学一句，还得给他卷一根烟抽。其实哪是烟啊，卷的是树叶，我还往里加了点马粪，他居然说好味道。

小　孙　你可真坏！

[李槐树跌跌撞撞地跑上，他已经去掉了眼部绷带，能看得见了。

李槐树　（边跑边喊）月儿，月儿……我眼睛好了！我能看见了！我能看见了……

马　冀　槐树！你真能看见了？

李槐树　马冀？（站住看着马冀）你小子，原来长这熊样儿呀……（然后紧紧抱住马冀，哽咽着）谢谢你啊，兄弟，这一路上你用担架抬我，把胳膊都拽长了！

小　孙　（在一旁）槐树……

李槐树　你是……噢，小孙，卫生员！哎，月儿呢？她在哪儿？

小　孙　月儿姐刚走，到石头崖那边去了。

李槐树　（急切地）她走的哪条道？

小　孙　（指路）这儿。

李槐树　回头见！（转身跑去）

马　冀　不行，李槐树的眼睛刚好，我得跟去！（追下）

小　孙　小心点——！（下）

[朱卉琪和田福贵一前一后地上，从他们的脸上可以看出，两人刚刚发生过争吵。

田福贵　（认错的样子）我不就是一遇上打仗，这拿枪的手就痒痒吗，值得你发这么大的火？

朱卉琪　你是剧社的协理员，不是过去的那个营长！拎着枪只顾往上冲，你认为这么做对吗？

田福贵　嗨，我这不是一时来劲嘛，认个错！（向朱敬礼）我知道，你是担心我伤着，心疼我！

朱卉琪　自作多情！

田福贵　（笑笑）哎，你知道我干掉了几个？

朱卉琪　不知道！

田福贵　（自傲地）三个！你呢？半个。当然了，你不能跟我比。我看见有个家伙想朝你扔手榴弹，刚一抬手，你一枪过去就打伤了那家伙的腿。有进步，啊，有进步。

朱卉琪　那还不是你这个老师教得好？

田福贵　我说你们娘儿们打枪……噢，女同志！女同志使手枪有个毛病，总爱眯着一只眼瞄半天，这是不行的。来来，我再教你一遍。（把住朱卉琪的双手）使手枪应该这样，枪、双臂、身体同时移动，快速指向目标，指得准就打得准；要想指得准，就得多练。记住，这样……这样……

　　　　［小赵上，见状惊叫一声。

小　赵　啊！我不是故意来看的……（回头就跑）

朱卉琪　（甩开田福贵的手）看看，叫大伙怎么说？

田福贵　爱咋说就咋说吧！还、还留过学呢，封建！

朱卉琪　哦？感情你还挺解放的？

田福贵　那当然！仗都敢打，还不敢搞对象？（走近朱卉琪）卉、卉琪——你看我叫你"社长"叫惯了，叫名字咋这么别扭啊！直说吧，我……我还真想跟你搞那个……啊对象！

朱卉琪　（没想到他会说出这话，半天缓不过神来）你……你胡说什么呀！

田福贵　咋的？瞧不起我？

朱卉琪　（局促地）不不，你怎么会说出这样的话，你……是不是打仗打晕了？

田福贵　不打仗才晕呢！我给你说，我这个大老粗还就想找个文化人做老婆，我就看上你了，算你倒霉！不过，你也别难为，我现在还只是"想"，没有说一定得跟我搞对象。等到我也算得上是个文化人了，你再回我话行不？

朱卉琪　（顿了顿）行，等到你起码学会一千个字的时候，才可以跟我谈这个话题。

田福贵　一千字算个鸟……（意识到自己说了粗话，忙收口，转对朱）那就一言为定！

朱卉琪　（笑笑）说说今天给你布置的作业，四个字，会了吗？

田福贵　"贝、多、芬"，会了，那个耳朵不好使的写曲儿的嘛；还有腊子口的"腊"，也会了。你一说这个"腊"字就是腊肉的"腊"，我一下就记到肠子里去了！我打小就爱吃腊肉，可吃不上；等革命成功了，天天有腊肉吃，我就满足了！

朱卉琪　有腊肉吃你就满足了？我不信！等胜利后做了官，住洋楼、用电灯、坐轿车，谁知道你会变成什么样子呢！

田福贵　我还能变成啥样？这枪林弹雨两万里都能穿过来，还有啥过不去的坎儿？

朱卉琪　我不知道……

[通信员跑上。

通信员　报告！指挥部命令！（递上一张纸函，下）

朱卉琪　（看过命令）老田，第二次攻打腊子口的战斗就要开始了，指挥部命令我们进一步做好鼓舞士气、瓦解敌军的宣传鼓动工作。咱们就按拟定好的方案，行动吧！

田福贵　好，你下命令！

朱卉琪　你带领快板队上一号阵地，我带领其他同志去主攻连！

田福贵　是！

[朱卉琪下。

田福贵　（本能地拔出驳壳枪，但随即又将枪插回，把竹板一举）快板队，跟我来！（冲下）

[枪炮声骤响。快板队的队员们跟着田福贵往前冲去。

[暗转。

［复明。

［周月儿在崎岖不平的山路上奔跑着，不时有流弹飞来，打在她身边的岩石上。

［王来德突然从一块大石头后面闪出，挡在周月儿面前。

王来德　月儿，我就知道你会跟来的。

周月儿　（被吓了一跳）王来德，你……

王来德　找留声机吗？在这儿。（从石头后面搬出留声机）看，好好的。

周月儿　（气愤异常）你、你偷它出来干什么？！

王来德　我不偷它出来，你能追到这儿来吗？

周月儿　（警觉地）你想干什么？

王来德　我要你跟我回去，还做我的女人。

周月儿　你做梦去吧！（去抱留声机）

王来德　（挡住月儿）那你就别想把它拿走！

周月儿　（退后两步，用手枪对准王来德）你要再拦着我，就打死你！

王来德　（先有些害怕，随后壮起胆）我不信你会开枪打我，不管怎么说，我是你男人哪……

周月儿　（哗啦一下将子弹上膛）那你就试试看！

王来德　（慌了）月儿，你真要打死我啊？我娘虽然对你不好，可她也快七十岁了，在家里眼巴巴地盼着我这根独苗续香火呢。

［周月儿举枪的手哆嗦着……

王来德　月儿，我知道你心眼儿好，你就跟我回去吧，求你了……我以前是对你不好，只要你跟我回去，我再也不打你了，也不许我娘打你，还不让你下地干活，不让你做饭……红军队伍里是好，可你一个女人家成天唱唱跳跳，打打杀杀的，这样下去都不像个屋里的女人了……

周月儿　不许你这么说我！我只有在红军队伍里，才觉得自己翻了身，才觉得自己是个人！再说了，就算你们今后不再打我欺负我，我跟你也没有一点儿情分，你知道的，我爱的是李槐树！

王来德　呸，不要脸！你都是我的人了，还跟那个瞎眼睛勾勾搭搭！什么情分不情分？女人一辈子不就是嫁鸡随鸡、嫁狗随狗、下地干活、回屋做饭、上炕跟

男人生娃娃吗？走，跟我回家！（上去一把抓住月儿）

周月儿　（挣开，用枪指着王来德）你再这样，我、我真开枪了！

王来德　啊，别、别……（一阵枪响，他吓得抱头趴在地上。过了一会，他把头抬起）月儿，不是你开的枪吧？

〔周月儿隐蔽在岩石后朝打枪的对面山上观望。

王来德　（惊恐地）不能开枪啊，对面山上就是国军，枪一响，他们就会发现我们……

周月儿　你要是怕他们发现，就把留声机留下，滚！

王来德　（愣了一下，突然举起留声机登上山崖）月儿，别逼我！这下面可有十几丈深啊，你今天要是不跟我走，我就把它从这儿扔下去！

周月儿　（一下慌了手脚，只好把枪收回）我不开枪了，你把留声机放下，放下……

王来德　（依然举着留声机）那你得答应我，跟我回去！

周月儿　（慢慢往前靠近）你先把留声机放下，咱们再好好商量……

王来德　月儿，你不是哄我？

〔周月儿痛苦地摇摇头。

王来德　（迟疑了一下，放下留声机靠近月儿）月儿，吓着你了吧？你知道不？我都快想死你了……（说着去抱月儿）

周月儿　滚开——！（猛地推开王来德，抱起留声机就跑）

〔突然一串机枪子弹打来，周月儿叫了一声，中弹倒下，但留声机仍被她紧紧抱在怀里。

王来德　（扑上去呼叫着）月儿！月儿……（见月儿没有了动静，跪下，喃喃地）是我害死了你呀，月儿，是我害死了你……（从月儿手上掰下手枪）你说过，要我去杀敌人，去杀敌人……（他站起，发疯般地举枪朝对面山上狂喊狂射）狗日的！还我媳妇……还我女人……

〔一串枪响，王来德中弹摔下山崖。

〔朱卉琪、田福贵率宣传队员们跑上。

朱卉琪　（抱住周月儿）月儿！月儿！你醒醒啊，月儿……

〔大家悲痛地哽咽着，脱下军帽，肃立在周月儿身旁。

［李槐树呼喊着跑上。
李槐树　（跪倒在周月儿身边，端详着）月儿……你就是月儿？（闭上眼睛，双手轻轻抚摸着月儿的头发和脸颊）是的……你就是月儿！（抱起周月儿）月儿，你醒醒，你醒醒啊……你不是说，我们谁也不许死吗？你怎么说话不算数呀……你还说，等我眼睛好了，要叫我把你看个够，现在我眼睛好了，我看你来了，你却看不到我了……（号啕大哭）
朱卉琪　（将留声机放置在周月儿身边）月儿这一路，用它给红军指战员们播放了多少乐曲啊！（拿出一张唱片）这是月儿最喜欢听的贝多芬第六交响曲《田园》，就让我们给月儿再播放一次吧。
　　　［留声机播放出贝多芬的《田园交响曲》。
　　　［周月儿爽朗的笑声，画外音："槐树哥，你的眼睛会好的，你会看见我的，到那时我让你天天看我，让你看个够，还……还要让你亲个够……"
　　　［李槐树抱起月儿，在她脸上深情地、久久地亲吻着……
　　　［暗转。

　　　［复明。
　　　［枪声大作。小赵跑上。
小　赵　朱社长，田协理员，一股腊子口的守敌迂回过来，把我们包围了！
田福贵　（登高察看四周）娘的，至少有一个营哪！
朱卉琪　啊，可、可我们只有二十几个人……
田福贵　卉琪，你赶快带大家从那边突围，我留下掩护！
朱卉琪　啊，不……
田福贵　（不由分说）现在听我指挥！
　　　［李槐树拎着一把大刀奔上。
李槐树　田协理员，我也要跟你留下！
马　冀　我也要留下！
田福贵　槐树，马冀，你们都跟朱社长走！
李槐树　不，我要给月儿报仇！（说着就要往上冲）

众队员　我们都要留下，给月儿报仇！

田福贵　（一把抓住李槐树，显示出一个指挥员的成熟）仇，是一定要报的！我们过湘江、渡赤水、翻雪山、过草地，一个劲地往北走，为的就是报这个仇！我们要把国民党反动派、军阀土匪、日本鬼子，统统杀他个落花流水！可现在，需要你帮助朱社长他们突围，还有月儿留下的留声机也需要你保护！你打过仗，一定要把大家带出去，与大部队会合！

李槐树　……是！宣传队员们，撤！（带领大家撤下）

朱卉琪　老田……（返回到田福贵跟前，似有千言万语却又说不出来）

田福贵　噢，卉琪！（从挎包里拿出一片穿着红绳子的竹板）这片竹板是我做的，跟刘社长留下的那片合在一起，就是完整的一副了。我本来想……拿着吧，用它好好为咱红军战士演节目！

朱卉琪　（接过竹板，泪水夺眶而出）老田……

[密集的枪声愈来愈近。

小　赵　协理员，敌人越来越近了！

田福贵　（把朱卉琪一推）快走！（对几个战士）你们跟我来！（冲下）

朱卉琪　（追出几步，朝着田福贵的背影大喊）田——福——贵——你一定要活着回来……我还要教你认字呢……

[激烈的枪声。

[收光。

第八场

[1935年10月。陕北。

[欢快的晚会气氛。为庆祝中央红军与红十五军团胜利会师，战士剧社的宣传队员们，正在军民联欢会上演出他们编排的《长征小调》。

[江西民歌——

三四年十月秋风凉，

中央红军远征忙。
星夜渡过于都河，
古陂新田打胜仗。

[湖南花鼓 ——
十一月里来走湖南，
宜临蓝道（湖南的宜章、临武、蓝山、道州）一齐占。
冲破两道封锁线，
吓得何键狗胆寒。

[广西民歌 ——
十二月里过湘江，
广西军阀大恐慌。
四道封锁线都突破，
势如破竹谁能挡？

[贵州民歌 ——
三五年一月梅花香，
打进贵州过乌江。
连占黔北十数县，
红军威名天下扬。

[四川民歌 ——
二月里来到扎西，
部队整编好神气。
发展川南游击队，
扩大红军三千几。

[快板——

三月里打回贵州省，
二次占领遵义城。
打垮王家烈八个团，
消灭蒋吴两师兵。

四月里来向南进，
打了贵阳打昆明。
巧妙渡过金沙江，
浩浩荡荡蜀中行。

五月里飞夺泸定桥，
打得守敌撒丫子跑。
飞越天险大渡河，
十七勇士逞英豪。

六月里来过雪山，
夹金山上受考验。
一、四两个方面军，
懋功会合笑开颜。

七月里进入川西北，
黑水芦花青稞麦。
艰苦奋斗为哪个？
为了抗日救中国！

八月继续向前进，
千难万险草地行。

野菜草根煮皮带，

无坚不摧是红军。

［河州花儿——

九月出发潘州城，

指路的是咯北斗星。

哗啦啦打下腊子口，

哈达铺来了咱穷人的兵。

［陕北民歌——

二万五千里大长征，

走了南北十一个省。

咱红军会师在陕北，

山丹丹开花迎亲人……

［雷鸣般的掌声。

［暗转。

［复明。

［窑洞前。朱卉琪坐在留声机旁，神情忧伤地捧着那副由刘社长那片和田福贵那片合起来的竹板……

［小孙高兴地跑上。

小　孙　朱大姐，听说毛主席、周副主席一个劲地夸我们《长征小调》演得好呢！

朱卉琪　（点点头）周副主席还让我们给部队和老百姓多演呢。

小　孙　（看见朱卉琪手上的竹板，知道她又在想什么了）朱大姐，田协理员他……

朱卉琪　这么长时间了，还是没有他的消息。

小　孙　（安慰）田协理员他会回来的，会回来的……（轻轻走下）

［马冀扛着一捆布上。

马　冀　报告社长！咱红军在直罗镇战斗中，从敌109师缴获了一些棉布，邓小平部长指示送给战士剧社两捆，让为每个宣传队员做一身新服装。

朱卉琪　太好啦，我们有三年都没换过新衣服了！

[马冀朝后招招手，下。田福贵随后上，肩上扛着的一大捆布遮挡住他的脸。

田福贵　请问放在哪里？

朱卉琪　哦，就放剧社那边吧……（蓦地感觉到这声音好熟悉，打量着扛布人的背影，激动地大声叫道）老田——！

[田福贵慢慢转过身来，露出了微笑的脸。

朱卉琪　老田……

田福贵　卉琪……（放下布匹）

朱卉琪　（扑上前去，却又手脚无措；发现田福贵缠在脖子伤口上的纱布，用手轻抚着）我还担心你……（忍不住抹泪）

田福贵　担心我回不来了是不是？那怎么可能？我这身板，顶多让敌人的子弹在脖子上挠挠痒，想取我的命？没门！

朱卉琪　（突然捶打着田福贵的胸脯）你吓死我了，吓死我了……

田福贵　（一把抓住朱卉琪的手）卉琪，我也很想念你，想念同志们啊……我要告诉你一件事，我一从医院出来，组织上就找我谈话，要派我去红军大学学习，很快就去报到。

朱卉琪　这可太好啦！

田福贵　（感激地）卉琪，要不是你教我学文化，我哪有这个资格？

朱卉琪　（显出些忧伤）可咱们刚刚见面，就又要分开了……

田福贵　是啊，要不是为了学习，我真不想离开你……卉琪，听说你们很快也要开赴抗日前线了，到了前线，要多搞战地演出，那可是有着特殊意义的战场啊！

朱卉琪　哦？把我给你说过的话又送回给我啦？

田福贵　这才叫痛快呢！（一笑）卉琪，我这次走，想带上两样东西。

朱卉琪　两样什么？

田福贵　一是那副竹板……

朱卉琪　竹板？

田福贵　一半是刘社长留下的，一半是我做的。

朱卉琪　（拿出那副竹板，郑重地插在田福贵的背包上）我就知道，早晚有一天你会要它。那另一样呢？

田福贵　另一样是……是你的一句话。

朱卉琪　我的一句话？

田福贵　你、你得说：等着我回来。

朱卉琪　（故作不懂地）等你回来？为什么呀？

田福贵　哎？搞对象啊！嫁给我做老婆啊！等我从红军大学学习回来，我俩就是一个水平了，我们一起革命，一起打仗，一起演节目，还要……一起生娃娃，壮大咱红军的队伍啊！

朱卉琪　你、你胡说些什么呀！

田福贵　咋？你不愿意啊？那我走了！（扭头就走）

朱卉琪　老田……（追上去紧紧抱住田福贵背上的背包）

田福贵　你们女人哪……嘿嘿，我怎么会这样走呢？你说过的，等我学会一千个字的时候，你就……卉琪呀，我仔细数了数，就差一个字了。现在，你就教我这一个字吧。

朱卉琪　（少顿）这个字，我已经准备好了。

[田福贵拿出笔和本子，朱卉琪则走到留声机旁。

田福贵　留声机……

朱卉琪　你来听听，看能不能听到什么？

田福贵　还没有放唱片哩！

朱卉琪　可是，此时此刻，你静静地看着它，想着它，试一试能不能听到什么声音？

田福贵　（把耳朵贴在留声机上）啥声音也没有啊！

朱卉琪　你再听听，用心去听……

[田福贵凝视着留声机，似乎若有所悟。

朱卉琪　（动情地）从江西，到陕北，一年来，一路上，它陪伴着我们唱出了多少歌儿，宣传了多少革命的道理啊。这些声音，留在了湘江赤水，留在了雪山草地，留在了月儿牺牲的腊子口，留在了红军战士的心里，留在了我们剧社每一个宣传队员的生命里！无论何时何地，只要我们用心去听，它就会在我们的耳边响起……这，就是天籁之音！

田福贵　（思索、品味着）天籁之音……噢，我听到了……

朱卉琪　现在，我要教给你的第一千个字，就是天籁的"籁"！

［田福贵递给朱卉琪笔，朱卉琪则从田福贵的背上抽出大刀，用刀尖在地上写下"天籁"两个大字，这两个字随着笔势出现在天幕上。

朱卉琪　来，跟我读：天——籁！

田福贵　（像小学生似的跟读）天——籁！

朱卉琪　籁，天籁的"籁"！

田福贵　籁，天籁的"籁"……

［田福贵的读字声延续着、回响着，渐渐叠加出儿童的诵读声……

［田福贵匍匐在地上，以手用力地摹写着"天籁"二字。

旁　白　到达陕北后不久，战士剧社的队员们就奉命分赴西北、山东、东北的各个战场，积极开展各种形式的文艺宣传工作，开始了红色文化的新长征……让我们记住它，就像记住我军最初的枪声、炮声那样，记住前辈们最初的歌声和琴声，记住这来自两万五千里长征的天籁之音！

［高亢、激昂的音乐。

［战士剧社的宣传队员们走上，分别展示出他们用各种器乐、各种形式演出的造型。

［全剧终。

（剧本版本：作者提供，2006年原广州军区政治文工团首演）

· 话剧卷 ·

共产党宣言

编剧：唐 栋 蒲 逊

人物表

林雨霏　　女，41岁

邝　为　　男，20岁

沈　卓　　男，30岁

邝兆年　　男，43岁

谢婉云　　女，38岁

邝　梅　　女，16岁

李副官　　男，25岁

潘队长　　男，27岁

张　妈　　女，57岁

工农群众、市民、女看守、军警若干

序

［蓝天白云下，飞翔着一只美丽的蝴蝶风筝。

［儿歌声：风儿轻，线儿长，

　　　　　　天空晴朗朗；

　　　　　　牵着我，牵着你，

　　　　　　乘风去飞翔……

［突然，枪声将画面击碎，警报声大作。

[字幕：1927年12月，广州。

[傍晚，广州荔湾街头。

[这是广州起义失败后的第二天，阴云密布，残烟余火，反动军警及便衣密探横行街巷，疯狂地抓捕、屠杀共产党人和起义劳工，整座城市笼罩在白色恐怖之中。

[潘队长巡视着刚刚枪杀倒下的一批革命者躯体，从地上捡起一本被烧得残缺不全的油印书。

[沈卓上。

沈　卓　潘队长！

潘队长　（急忙趋前）沈处长……

沈　卓　抓到那个女共党林雨霏了吗？

潘队长　没……还没有。不过，发现了一个重要线索！（给沈卓递上那本油印书）

沈　卓　《共产党宣言》？潘队长，带你的行动队，逐街搜索，挨户盘查，一定要抓到那个林雨霏！

潘队长　是！（带兵丁下）

[沈卓率军警去往另一街道。

[远处时有枪声。林雨霏从尸体堆里缓缓爬起……

[收光。

第一场

[邝兆年的住宅，客厅。

[这是一个经营丝绸生意的大户人家，虽已显出些破败萧瑟，却依然看得出昔日的殷实富庶。中堂上，挂有一副祖传木刻描金对联："涵养生浩气，敦行世家风"。

[在隐隐约约的枪声背景下，留声机里播放着粤胡名曲《柳娘三醉》。一身珠

光宝气的谢婉云，一边试衣打扮，一边随着音乐轻轻起舞。

[女佣张妈端餐盘上。

张　妈　太太，老爷的莲子银耳羹好了。

谢婉云　请老爷下来吧。

[邝兆年从楼上下来。

张　妈　（将餐盘放在桌上）老爷，请慢用。

邝兆年　（显然心情不好，看了一眼谢婉云）把它关了！

[张妈过去把留声机关掉。

谢婉云　哎，你……

邝兆年　（在桌边坐下）我就不明白，又不出门，成天在家里还打扮什么？

谢婉云　不出门就不能打扮啦？女人就这样，三分样，七分妆，不打扮打扮，怕勾不住你们男人的心哪！

邝兆年　你把我当什么人了……（拿起羹勺欲喝）张妈！

[张妈返回。

邝兆年　这银耳怎么发黄啊？

张　妈　老爷，街上的店铺都断货了，这点银耳，还是家里剩下的。

邝兆年　（放下碗，对张妈）去把我外套拿来。

张　妈　好的，老爷。（下）

[从街上传来一阵激烈的枪声。

[谢婉云将窗户拉开一条缝朝外窥探，一排子弹似乎就打在窗外墙上，她惊叫一声差点跌倒。

谢婉云　兆年，我看见他们抓了好多好多人……有个人……一枪就给打死了……

邝兆年　（心里咯噔一下）他们……是共产党。

谢婉云　兆年，幸亏你多年前脱离了共产党，不然，你免不了也会参加暴动，那咱们现在可就……

邝兆年　你以为我应该庆幸？

[张妈拿来外套，邝兆年接过穿上。

谢婉云　（不解地）你……

邝兆年　我出去一下。

谢婉云　外面这么乱，你去哪儿？

邝兆年　去找阿为。现在国共两党闹翻，我担心他做出伤人的事情来。

谢婉云　你这会儿出去，万一那些杀红了眼的军警把你当成暴动分子怎么办？太危险了！咱家阿为这孩子正直善良，不会乱来的。

邝兆年　要是有人逼他呢？（焦虑加重）还有阿梅呢，阿梅到现在还没放学回来，这些天她总是很晚回家，我感觉她在学校里参加了什么……赤色活动。

谢婉云　（有些慌乱地）阿梅？咱这女儿才十六岁啊？

邝兆年　你当年受国民革命的影响，从乡下逃婚到城里来在女中读书时不也十六岁吗？再说，你没看出那个沈处长最近在打阿梅的主意？我不放心！（朝门口走去）

谢婉云　（愣怔片刻，抱住邝兆年）我不让你去！你对我比谁都重要，你要是有个三长两短，我可怎么活呀……

邝兆年　婉云，我如今是个超脱党派的商人，不会有事的。（轻轻推开妻子，欲开门外出）

　　　　［这时大门从外面推开，邝梅扶着披头散发、浑身血迹的林雨霏进来。

邝　梅　爸，妈……

谢婉云　（一惊）啊？

邝兆年　阿梅……（急忙将大门关上）

邝　梅　爸、妈，快，让她在我们家躲一躲！

邝兆年　她是什么人？

邝　梅　我在街上遇到的，军警正在抓她！

谢婉云　阿梅，军警要抓的人，你怎么也敢往家里领呀！

邝　梅　妈，她是革命者，是个好人，我听过她演讲"共产党宣……"

谢婉云　（一把捂住邝梅的嘴）傻孩子，你惹了大祸啊，你想让咱们全家人都掉脑袋吗？

林雨霏　（有气无力地）谢谢你了姑娘，我不能连累你们，我走，让我走……

　　　　［屋外枪声，一阵杂乱的脚步声临近，军警吼叫着用力拍门。

邝　梅　（一把将林雨霏拉住）爸、妈，我们要不帮她，她就没命了！

谢婉云　（害怕地）天哪，这可怎么得了……

邝兆年　（犹豫片刻）已经这样，我们即便浑身是嘴也说不清了。阿梅，快带她去……去地下酒窖！

[邝梅扶林雨霏下。

[屋外军警："开门！快开门！"

[谢婉云慌乱不已。邝兆年让自己镇静了一下，将门打开，潘队长带领几名军警一涌而进。

邝兆年　你、你们要干什么？

潘队长　（扫视着屋内）警察局行动队潘队长，奉命抓捕一名共党女犯，她逃往这边来了！

邝兆年　莫名其妙！这里是怡祥丝绸商行东家邝兆年的住宅，共党怎么会跑来此地？

潘队长　我知道你是邝大老板，可今天早上我们从泰和船厂顾老板的家里就抓到了匿藏的两名共党分子！（对部下一挥手）上下全搜！

邝兆年　慢！你们可以在我这里随便搜查，但我儿子就在卫戍司令部当差，你们这样里外不分，合适吗？

谢婉云　对对，我儿子在国军里还是个官呢，我们夫妇又都是生意人，哪会在家里匿藏共党？

潘队长　（一声冷笑）这年头，知天知地不知人，知人知面不知心，谁相信谁呀？搜！（欲上楼去）

邝兆年　站住！那……要是搜不出来呢？

潘队长　你威胁我？（用枪顶住邝兆年的脑门）搜不出来，老子照样可以一枪毙了你，说你就是共产党，然后回去领赏，怎么着？

[谢婉云吓得惊叫。

[沈卓上。

沈　卓　怎么回事！

潘队长　沈处长……

谢婉云　（急忙求助）沈处长，他们非要在屋里搜查，这屋里到处都是祖辈收藏的瓶瓶罐罐，万一碰碎了哪件都可惜呀！

沈　卓　（上前给潘队长一记耳光）混蛋！邝先生是什么人你不知道吗？（转对邝兆年）邝先生，沈某对部下没有交代清楚，冒犯您了，请多多包涵，多多包涵。（朝潘队长）滚！

　　　　[潘队长收起枪，带部下欲下。

邝兆年　等一下！你们既然来了，还是把屋里屋外、楼上楼下仔细看看吧，也好给我留个清白。

沈　卓　（一笑）其实邝先生早就是一身清白了。（用手势示意潘队长下去）听说……当年因志向不和，您与前妻分道扬镳……

邝兆年　（打断）我不想让人再提及此事。

谢婉云　沈处长，请坐。

沈　卓　（坐下）噢，我是想说，邝先生是个明白人，当初脱离共产党之举实属高瞻远瞩，令我钦佩！此次清剿广州暴动的共党分子，是蒋校长清党决心的继续，旨在彻底铲除中国大陆上的共产主义幽灵……所以，宁可错杀一千，不能放过一人！在这种时候，千万要小心啊。可我发现……阿梅最近好像在学校里参加过共产党的一些活动，比如游行、散发传单，这很危险呀，我很为她、也为你们担心！

邝兆年　阿梅……有这种事？

沈　卓　抓人的名单上就有她，让我给抹了。

谢婉云　（惊慌地）沈处长，我家阿梅还小，你可得护着她呀！

沈　卓　那还用说？虽然我为此要冒天大的风险，可谁让我这么喜欢她呢。

谢婉云　（想起什么）噢，阿梅就在家里，我叫她过来。（朝里屋喊）阿梅……阿梅你来一下！

　　　　[沈卓急忙整理自己的衣着。

邝兆年　沈处长，你有……三十了吧？可我家阿梅才十六岁，还是个孩子。

沈　卓　年龄，我认为不是问题，国父孙中山比宋庆龄大27岁呢……

　　　　[邝梅来到客厅。

沈　卓　（站起）阿梅……

邝　　梅　啊？你……（扭头就走）

谢婉云　（将邝梅拉回）沈处长在帮我们呢，过来，说说话。

邝　　梅　跟他说话？我不想！

沈　　卓　阿梅，你就不能给我一点机会吗？我真的是很喜欢你……

邝　　梅　自作多情！（甩头跑下）

谢婉云　哎，阿梅……（转对沈卓）沈处长您别生气，阿梅就这性子，回头我好好说说她。

沈　　卓　没关系，我就喜欢阿梅这样有点性子的姑娘。

邝兆年　沈处长，对阿梅你就别动心思了，依你现在的身份、地位，找个什么人不行？何必……

沈　　卓　爱的力量可以使人丧失理性，在我眼里，只有阿梅！何况，我与阿梅的哥哥邝为又都出自黄埔军校，现在分别供职于警界和军界。这次清剿暴动分子，我们军警合作，他与我共同执行荔湾一带的搜捕任务，可谓意气相投，情同手足；我若能与阿梅联姻，就更是亲上加亲，我将为之不胜荣幸。邝先生，邝夫人，我等着改称你们为岳父岳母的那一天。告辞！（下）

谢婉云　沈处长，你慢走……

　　　　［邝兆年看着沈的背影，长长吁了口气。

谢婉云　兆年，我看这沈处长是个青年才俊，前程无量，就叫阿梅……

邝兆年　（用手势制止住妻子）我阅人无数，这个姓沈的，其操行与我们邝家格格不入，一看就不是什么好东西！我担心，邝为会不会是他说的那样，跟他"意气相投"……

谢婉云　先别想这些了，（指地下酒窖）下面还有个人呢，现在外面安静些了，叫她趁着天黑赶紧离开咱们家吧！

　　　　［邝兆年急忙同谢婉云下。

　　　　［邝梅陪着林雨霏从后花园走出。经过洗梳、换装的林雨霏与此前判若两人，显出中年知识女性的雍容与清秀。她进入客厅看着看着，好像唤起了某种记忆，情绪异常地抚摸一件件家具和摆设。

林雨霏　（望着中堂上的那副对联）"涵养生浩气，敦行世家风"……

邝　梅　（迷惑地）阿姨，你怎么啦？

林雨霏　（按捺住激动）姑娘，你父亲叫邝兆年？母亲叫谢婉云？哥哥……是不是叫邝为？

邝　梅　（惊讶地）阿姨，你……我们家的人你都认识？

林雨霏　（沉默着，突然一把抓住邝梅的手）快告诉我，阿为在哪儿？他现在在哪儿？

邝　梅　我哥不在家……

林雨霏　（急切地）他的房间在楼上吧？我要去他房间看看，去他房间看看……（往楼上跑去）

[邝兆年和谢婉云回到客厅。

邝兆年　（慌张地）阿梅，酒窖里怎么没人？

邝　梅　我感觉酒窖不安全，带她躲在后花园了。爸，妈，太奇怪了，她对咱们家很熟，能说出你们的名字，还说认识我哥。

谢婉云　噢？（纳闷地看着邝兆年）

邝兆年　她叫什么？

林雨霏　（在二楼楼梯口接话）林——雨——霏！（走下楼来，怀里抱着一幅邝为身着便装的照片）

谢婉云　你是……（一下认了出来）文清！

邝兆年　（异常惊愕地）文清……

林雨霏　文清已经死了，我改名叫林雨霏。

邝兆年　林雨霏？

林雨霏　没想到，分离十五年后，今天我们会以这种方式见面。

邝兆年　（显得手足无措）阿、阿梅，快去大门外面看着点。

[邝梅满心疑窦地下。

林雨霏　（看着照片）这就是阿为？我的阿为……他现在怎么样？

邝兆年　阿为……刚从黄埔军校毕业，现在在卫戍区司令部稽查队当队长。

林雨霏　卫戍司令部？稽查队？你为什么让他选这个职业？为什么让他做反动派的打手？

邝兆年　阿为这孩子抱负远大，一心革命。他选择了国民党，是因为他景仰孙中山先

	生，信奉三民主义，哪儿会做什么反动派的打手？
谢婉云	文清，噢，雨霏，事情已经过去了十五年，如今我们已经是大路朝天，各走半边，你就不要再翻那些老黄历了。现在你是人家抓捕的要犯，我们冒死帮你躲过了一劫，也算对得起你了，请你马上离开这里吧，不要把灾祸引到我们家来！
邝兆年	婉云，现在外面到处都是军警，让她出去，不等于送死吗？
谢婉云	那我们怎么办？一旦人家发现她躲在我们家，我们……还有两个孩子的性命都得搭进去！
林雨霏	我很快就走，不会连累你们！可是十五年了，有个心结窝在我的胸口一直无法解开……（在中堂前坐下）兆年，这些年来，你为什么要将孩子东躲西藏，就是不让我见？
邝兆年	（支吾道）雨、雨霏，我当时觉得你是一个把终身都托付给革命的人，将来跑跑颠颠，身无居所，天下又这么乱，让孩子在你身边我不放心，所以就把他送到了粤北乡下姑姑家，一直长到十八岁才接回来……再说，我们邝家三代单传，到我这一代又只有这么一个儿子，就指望着他秉承家业，要是……孩子跟你走了，我们邝家的香火谁续……
林雨霏	这么多年来，我是为革命东奔西走，可没有一天不在思念阿为，一看见别人的孩子我就想抱，就觉着他是阿为……为了让我多少忘记一点这样的痛苦，我向组织请求去了法国留学……你知道一个母亲见不到自己的孩子，也没有孩子任何消息的痛苦吗？
谢婉云	都过去的事了，就不要再说了吧。
林雨霏	你知道"过去"是什么吗？过去，我和他一起参加同盟会，为"驱除鞑虏，恢复中华，创立民国，平均地权"而奋斗；我和他一起为《民报》挥写一篇篇讨帝檄文；一起走上街头声讨反动势力杀害革命志士秋瑾；一起……可惜后来志不同、道不合……
谢婉云	你说那些有什么用？（惊怵地对邝兆年）你看看，你看看她坐的地方，好像这儿还是她的家！
邝兆年	（制止）婉云！

林雨霏　（站起）这儿，当然早已是你的家了……

　　　　［外面街上又传来几声枪响。

谢婉云　（恐慌地）你别再说了，快走，快走……（对邝兆年）你叫她赶紧离开咱们家吧！

　　　　［林雨霏欲走。

邝兆年　等等！这样出去要出事的，让我想想办法，想想办法……

谢婉云　（忍不住怒吼）兆年，你要干什么！

邝兆年　人不能薄情寡义，见死不救。毕竟，她还是阿为的生母，是当年帮助过你的同窗好友，也曾是我的……

谢婉云　啊？原来你、你还在念她的旧情啊……（哭着跑上楼去）

林雨霏　兆年，给你添麻烦了。

邝兆年　（摆摆手）我有一批丝绸正要往香港发货，你就上我的货船……

林雨霏　我要留下来，继续战斗！

邝兆年　还要战斗？看看你们这次搞的广州暴动，带来的是什么？人头落地，满盘皆输呀！

林雨霏　不，共产党没有输，革命者人头落地换来的将是胜利的开始。

邝兆年　我不赞同共产党暴力革命的主张，我相信实业救国。

林雨霏　兆年，你看看眼前的现实吧，实业救国只能是一种幻想……

邝兆年　（打断）好了好了，我们不要再像十五年前那样争论这个问题了。

林雨霏　（蓦地想起什么）兆年……当年分手的时候，我有一件祖传的东西，留在这儿托你保管，它……还在吗？

邝兆年　噢，在，在，要不要现在拿给你？

林雨霏　（摇摇头）我早就想把它交给阿为，再过两天就是阿为的20岁生日，请你替我给他，就说是我给他的成年礼物，叫他一定好好保管！（毅然往门口走去）

　　　　［邝梅急急火火地推门进来。

邝　梅　阿姨，又有一队军警过来了！爸，好像是我哥他们。

林雨霏　（脸上露出惊喜）阿为……他在哪儿？

邝兆年　（小声）雨霏，你现在不能见他。

林雨霏　我就看一眼……

邝兆年　不行，万万不能让人知道你是阿为的母亲！（对邝梅）快，送她从后花园走，再给她拿件衣服……

邝　梅　阿姨，来！（拉林雨霏下）

［林雨霏回头，试图能看上儿子一眼。

［邝兆年去门口堵邝为。

［邝为上，一身戎装，英气勃勃，脸上却又显出些许忧郁。

邝　为　爸……

［谢婉云从楼上下来，脸色阴郁。

邝　为　母亲，你怎么啦？

邝兆年　这几天街上枪声不断，你母亲担心你……

邝　为　你们呀，什么时候不再把我当成孩子！（解下佩枪放在桌上，发现桌上自己的照片）哎，谁把我的照片从房间拿到这儿？

邝兆年　噢，下午来了一位爸爸多年不见的老熟人，说要看看你长成什么样儿了，就拿了下来（对谢婉云摇摇头）……阿为，今天怎么这么晚才回来？

邝　为　不是回来，我是巡查路过顺便进门看你们一下。上司有令，一定要抓住那个叫林雨霏的女共党分子。警察局全都出动了不说，还把我们卫戍区稽查队也派了出来。真没见过，如此兴师动众地对付一个女人。

［邝兆年被惊呆了。

邝　为　爸，你怎么啦？（再看看谢婉云）哎，你们今天都怎么啦？

谢婉云　阿为，这个女共党，要是抓住了会怎么处置？

邝　为　那就要看她了。已经抓到的共党分子，招供画押的，便保住了性命；拒不招供的，连同窝藏者都给杀了。

［谢婉云一阵寒慄。

邝兆年　阿为，咱们邝家世代为商，不涉武行，本来你就应该跟着父亲经营丝绸生意，可你非要进入军界，我答应了你，想着你年轻，多一种人生经历也未尝不可。可你千万别真刀真枪地去打打杀杀，凡事应付应付就行。像今天这么晚了，还折腾什么呀，把人撤回去算了。

邝　为　爸，你儿子投笔从戎，可不是去应付的。我有我的信仰，誓为救国救民做出一番事业！只是……近来我也有些弄不懂了，你说国共两党为何非要闹翻？以至于国民党对共产党大开杀戒？

　　　　［邝梅哭着从后花园跑上。

邝　梅　爸、妈……（看见哥哥邝为，猛地打住）

邝　为　阿梅……

　　　　［李副官急上。

李副官　报告队长，警察局的密探在江边抓住了女共党林雨霏！

邝　为　什么？江边是我们的稽查范围，他警察局的手伸得也太长了吧！李副官，把人给我夺过来！

李副官　队长，人已经在我们手里了。

　　　　［军警押着林雨霏出现在门外。

李副官　（朝外）带进来！

　　　　［林雨霏昂首挺胸，大气凛然，被军警押进屋内。
　　　　［邝兆年和谢婉云惊恐失色。

邝　为　（拎起桌上的佩枪）带走！

　　　　［林雨霏缓缓转过脸去，打量、注视着邝为……
　　　　［切光。

第二场

　　　　［第二天上午。
　　　　［卫戍区监狱，关押林雨霏的牢房。
　　　　［牢房冰冷的铁栅栏背后，火光蹿动，林雨霏正在受刑。假如说邝兆年家的大宅豪庭犹如天堂的话，这里就是地狱！
　　　　［邝为和李副官上。

邝　为　谁在里面用刑？

李副官　　是警察局的潘队长，在审问昨晚抓到的那个女犯。

邝　为　　又是这个姓潘的，叫他出来！

李副官　　是！（跑进牢房将潘队长带出）

邝　为　　潘队长，你们警察局的有什么权力随便跑到我们卫戍区来刑讯犯人？

潘队长　　（蛮横地）什么"你们我们"的，提审共党要犯，谁都有权！何况人是我们抓的，被你们抢了来！

邝　为　　放屁！人在谁手里，就归谁管，你他妈少来这儿充当英雄！

潘队长　　你、你骂人？是沈处长派我来的，你骂我就是骂沈处长！

邝　为　　骂你们算什么！（用手枪顶住潘的脑门）说，你昨天晚上闯进我家，是不是这样用枪顶着我的父亲？

潘队长　　（胆怯起来）别、别……邝队长，你这枪上着膛呢，小心走火……哎呀昨晚那是误会，误会……

邝　为　　误会？你他妈的以后要再敢这样对我父亲"误会"一次，老子就让枪走火！

　　　　　[沈卓上。

沈　卓　　邝队长，你这是干什么啊？

邝　为　　（将枪收起）替你教教手下，别太不懂规矩！

沈　卓　　（一笑）邝队长真是年轻气盛。军警一家嘛，我手下有得罪的地方，我替他们请罪了！（暗示潘队长离开）

潘队长　　（下去时靠近沈卓小声地）几种刑都用了，她什么也不说！

　　　　　[李副官警惕地跟下。

邝　为　　沈处长这么急着刑讯林雨霏，是不是想抢先问出点什么好去邀功啊？

沈　卓　　功都让你抢了，我还有啥可邀？（朝牢房瞥了一眼，放低声音）这个林匪女犯，是这次广州暴动的骨干分子，又是广州苏维埃政府的联络员，只要叫她招供，就能把广州暗藏的共党分子一网打尽！

邝　为　　招供？人都是有意志的，尤其是他们这些人，靠酷刑有什么用？

沈　卓　　什么"意志"？重刑之下，统统倒下；给点甜头，统统低头！

邝　为　　对这个女人，你试试看？昨晚我见她的第一眼，就感觉她非同一般，目光明亮有神，仿佛能把你看穿；身上有一股气势，像是要压倒一切……

沈　卓　哎哎，兄弟，这种话你可不能乱说！小心我告到上面，给你定个同情共产党的罪名。

邝　为　好啊，只要能助你高升，小弟我愿意为你垫脚！（调侃地）学兄，我一直想问问，听说你是从一个科级警员直接提升为处长的，给小弟教教，使的是什么法子？

沈　卓　这、这是我干出来的啊，我有能力，有功劳，我抓了那么多共产党！

邝　为　据我所知，警察局还有比你各方面更强的呢，怎么就没你上得快？送银子了吧？

沈　卓　（诡秘地一笑）邝队长，看在黄埔师兄弟和阿梅的份上，我……

邝　为　你别提我妹妹！

沈　卓　想给你当妹夫还不愿意啊？好，今天不提，不提……阿为啊，我可是一直把你视若兄弟，就实话给你说吧，我这个处长的职位……是花了不少银子！如今这世道，想做官就要舍得破财，把官做上去了你就能够发财；做官发财，发财做官，不就如此吗！

邝　为　亏你还是黄埔军校出来的，你忘了我们每次走进校门时，最先看到的是几个什么字？

沈　卓　"升官发财，请往他处；贪生怕死，莫入此门"。从学校到社会，那可是两个世界啊，许多事由不了你。你现在就像刚放进染缸的白布，还没有浸泡出颜色来，等泡到一定的时候，你也就是一块黑布了，到那时你还会觉得别的布黑吗？

邝　为　（有些激愤地）照这么说，国父孙中山之三民主义和"天下为公"的遗训还如何遵循？我泱泱中华还如何摆脱贫困和战乱？与其这样，还抓捕共产党干什么？不如把国家交给共产党算了！

沈　卓　兄弟，你、你这话可就出格了……

邝　为　你做的那些事就不出格？我看咱们俩啊，同党同事却不同心同德，你以后就少上我们家去！

沈　卓　你这、这什么意思？好，不说了，不说了，我要提审犯人！（走向牢房）

邝　为　慢！犯人羁押在我们卫戍区，应该由我们先审。刚才你们潘队长已经抢先审过一回了。

沈　卓　（无奈地）好吧，但愿你能让她开口，你我也好受功领赏！（拿出一本油印书）这是昨晚抓到她后从身上搜出来的，《共产党宣言》油印本，我提供给你，可以作为一个重要突破口！

邝　为　这本书，共产党撒得满街都是，何以为突破口？

沈　卓　你看看，这一本跟其它不同，上面有林雨霏的签名，还有她亲笔写的一行字。

邝　为　（接过，读）林雨霏……为了我们孩子的未来……

沈　卓　这很可能是一句暗语！或许她的孩子也是个共党分子，要叫她说出"孩子"是谁？现在在哪儿？"我们"都有哪些人？那个"未来"又是指什么？

邝　为　这东西你们昨晚就应该和人一起交给我们，现在归我稽查队了！（令李副官）来人！清场，所有闲人离开此地！

李副官　沈处长，请！（将沈卓"请"下，然后走到邝为身边）队长，刚才我见她用刑很重，是不是请医生来看看？如果伤得厉害的话，恐怕得送去住院，不然……她这么重要的线索，要是说不了话，口供可就……

邝　为　荒唐，这事我哪能做得了主？再说，把人送去住院，万一被他们的人劫了怎么办？

李副官　噢，我随便说说。

邝　为　你去找司令部的军医，先来给看看。

李副官　是。（下）

邝　为　（大声）带林雨霏！

　　　　［女看守将林雨霏带上。林雨霏遍体鳞伤，浑身是血，步履蹒跚地一步一步移动到审讯桌前。

邝　为　坐！

　　　　［林雨霏在凳子上坐下。

邝　为　（坐在林雨霏对面，做着笔录）姓名？

林雨霏　林雨霏。

邝　为　年龄？

林雨霏　四十一。

邝　为　身份？

林雨霏　中国共产党党员。

邝　为　（一愣）职业？

林雨霏　革命。

邝　为　我问你的职业？

林雨霏　革命！

［林雨霏看着邝为，眸子里充满坚定，也充满母亲对儿子的那般慈爱。

邝　为　林雨霏……（抬头发现林雨霏异样的眼神，不禁一怔）你干嘛这么看着我？

林雨霏　孩子……（急忙补救自己的失口）你让我想起我的孩子，他也应该是你这样的年龄……

邝　为　我正要问你呢！你的孩子现在在哪儿？他是不是也是共产党？

林雨霏　他要一直在我身边的话，一定会是共产党员！可惜我们已经离散多年，我找不到他的踪影，他也不知道我在哪儿……

邝　为　你在编织一个故事吗？（举起那本油印书）《共产党宣言》，上面有你的签名，还有……

林雨霏　（像触电似的站起）我的书……

邝　为　我听说过这本书，是叫马克思和恩格斯的两个德国大胡子写的。你们到处撒它、传播它，这一本就是从你身上搜出来的，你认罪吗？

林雨霏　这不是罪，这是我的信仰！

邝　为　你不知道，它是国民政府的禁书？

林雨霏　它是反动派的禁书，却是我们共产党人的纲领，是引导革命前进的旗帜。

邝　为　不对！孙总理创立的三民主义才是革命的纲领和旗帜，它曾是国共两党合作的基础，你们为什么又要搬出一个《共产党宣言》？

林雨霏　因为它是救国救民的真理！你知道吗？在中国，第一个读到《共产党宣言》的，就是孙中山先生。

邝　为　孙总理第一个读到《共产党宣言》？这、这怎么可能？

林雨霏　孙中山1896年在英国留居期间，常常到大英博物馆研究欧洲社会主义运动，他在那里第一次知道了马克思和恩格斯，第一次读到了《共产党宣言》，他

	就是受此影响，制定了民族、民权和民生这一"三民主义"。
邝　为	噢？我们的三民主义与你们的《共产党宣言》有如此联系？
林雨霏	真理不分教宗党派，通往每一个人的心灵……其实，无论是《共产党宣言》还是三民主义，乃至康有为、梁启超的戊戌变法，都在寻求一条救国救民之路，但事实证明，改良主义是行不通的，三民主义也有局限，只有走《共产党宣言》主张的革命道路，中国才有希望！
邝　为	这恐怕是你们共产党人的一厢情愿！（站起，吟诵般地）"三民主义，吾党所宗，以建民国，以进大同，咨尔多士，为民前锋……"
林雨霏	（紧接）"夙夜匪懈，主义是从，矢勤矢勇，必信必忠，一心一德，贯彻始终。"
邝　为	噢？你也知道孙总理写给我们黄埔军校的训词？
林雨霏	可惜国民党反动派已经彻底背离了孙中山先生的意愿，篡改歪曲三民主义精神，屠杀了多少共产党人……
邝　为	那你们呢？近一年来频频发起暴动，南昌暴动、湘赣暴动和前两天的广州暴动，这不也是一种血腥吗？
林雨霏	有镇压就有反抗，有屠杀就有救亡！共产党人只有发动暴动，才能制止独裁，挽救革命！年轻人，在屠杀和暴动之间，谁先谁后？孰邪孰正？你应该看得清楚啊……
	［邝为来回走动着，像是在思索林雨霏的话语。
	［李副官上。
李副官	（看一眼林雨霏，低声）队长，司令部的军医都调往前线了，没人能来。
邝　为	那就……算了。
李副官	（拉邝为到一边）刚才我在司令部看见沈处长了。
邝　为	噢？他去我们司令部干什么？
李副官	他在告你的状，说你审讯林雨霏不力。
邝　为	这个王八蛋，贪功，钻营，两面三刀！去，通知卫兵，不许警察局的人再进到这里来！
李副官	是！（下）
邝　为	（回到审讯桌，显然感到了压力）林雨霏，请你直截了当地回答我：你在这本

书的封面上亲笔写下"为了我们孩子的未来",做何解释?

林雨霏　共产党人今天抛头颅、洒热血,就是为了未来,为了千千万万的人获得解放,为了我们的孩子过上没有压迫、没有剥削的好日子。

邝　为　我要你说出"我们"是谁?"孩子"是谁?

林雨霏　"我们"……"孩子"……(摇摇头)

邝　为　我再问你:作为广州暴动的骨干和广州苏维埃政府联络员,你所知道的共产党人都有谁?他们藏在哪儿?

　　　　[林雨霏再次坚定地摇头。

邝　为　不说,你可能付出生命的代价!

林雨霏　(看着邝为,倒像是在教诲他)我不会说,因为做人比做事重要;我不会说,因为骨气比喘气重要;我不会说,因为主义比生命重要!

邝　为　我真不明白,你们共产党人为何一个个都不怕死?身上究竟有一种什么力量?

林雨霏　这力量就来自于《共产党宣言》!她像一道闪电划破了漫漫黑夜,让被剥削被压迫的人们看到了曙光;她像一座灯塔照亮了航道,让人类社会看清了前行的方向;她向全世界宣布,革命有理,反抗有理,一切与人民为敌的反动阶级必将灭亡!

邝　为　(一拍桌子)林雨霏,你是在给我宣讲《共产党宣言》吗?这儿是牢房、是审讯室,我现在履行职责,要你招供!

林雨霏　招供?这很容易,只要我一张口就能说出一大串共产党人的名字。可是我招了,我活下来了,他们就要面临死亡;我保住了躯体,却会失去灵魂……(意味深长地看着邝为)年轻人,你的母亲也应该是我这样的年纪,假如……你是我孩子的话,我会给你认认真真地讲《共产党宣言》,会让你明白应该往哪一条道上走……

邝　为　(打断)别提我的母亲,我母亲死了,早就死了!

林雨霏　在孩子心里,母亲是永远不会死的,就像在母亲心里永远思念着孩子一样……

邝　为　你跟我谈母亲、谈孩子?可是你就不想想,你这么执拗地对抗下去,你死了,孩子怎么办？你考虑过你孩子的感受吗？天底下，没有哪个孩子会希望自己的母亲去死！

林雨霏　（动情地）天底下，也没有哪个母亲愿意离开自己的孩子。母子之爱，是血肉之爱、天地之爱！可是选择了革命，就意味着牺牲；为了孩子未来的幸福去牺牲，更是一种比血还要浓、比天还要大的爱……

邝　为　你……你的气节令我钦佩。但是，假如你是我母亲的话，我就要你活着，能每天看到你，摸到你，听你唠唠叨叨地说话，甚至让你在脑袋上打一巴掌，有这点爱就够了，足够了……孩子对母亲的这种感受，你知道吗？

林雨霏　我……知道……孩子……（禁不住激动地从铁栏伸出手去，像是要触摸邝为的脸庞，却突然一阵伤痛，衰弱地坐了下去）

邝　为　哎，你怎么了？

　　　　［外面一阵吵嚷，沈卓带着潘队长不顾李副官的阻拦，强行冲上。

沈　卓　好啊邝队长，我们警察局的人居然连来都不能来这里了！

邝　为　开门迎君子，关门防小人！我怕你再告我个审讯不力，赶明儿把我也关进去了。

沈　卓　（一愣，作笑掩饰）咱弟兄俩谁告谁呀？还不是为了共同的党国大业，早一点撬开这个女共党的嘴吗？（举起一封函）邝队长，请看看这个，我们警察局长同你们卫戍司令联合签署的手谕，从现在起，责令我们一起联合审讯林雨霏！

邝　为　（接过函看）人都快让你们打死了，又来插手！我怀疑你们真是为了党国大业呢还是想杀人灭口？

沈　卓　对顽固不化的共党分子，该打就打，该杀就杀！（大声地说给铁栏里的林雨霏）我们局长和你们司令有令：如果明天凌晨以前林雨霏还不招供，将立即处决！

　　　　［李副官一惊。

沈　卓　（走近铁栏）林女士，你听到了吧？我很想知道一下，面对即将到来的死亡，你有什么想法？

林雨霏　（沉默了一会）我……有。

沈　卓　噢？说，说！

林雨霏　（扶着铁栏站起，吃力地）我想要……几张纸……

沈　卓　好哇，（看看邝为）要写自白书了。

林雨霏　还要……一点线绳……和几根竹篾……

沈　卓　嗨嗨，这是干什么啊？行，满足你！

〔林雨霏把目光缓缓转向邝为……

〔收光。

第三场

〔中午。

〔景同一场。

〔客厅里烟气缭缭，谢婉云在中堂前进香叩拜，喃喃祈祷。

〔邝兆年从外面回来，见状没去打扰。

谢婉云　（转身）你回来啦。

邝兆年　又在进香许愿。

谢婉云　自从昨晚她被抓走，我心里就一直突突地跳，生怕她说出在咱们家藏过。祈求佛祖保佑，叫她千万别说！

邝兆年　她不是那种人。（不悦地）你怎么就不祈求她平安呢？她这回身陷囹圄，我看是凶多吉少……

谢婉云　为她祈求？她差点把我们一家拖进火坑，我怨她、恨她还来不及呢。

邝兆年　你、你怎么变得如此无情无义！

谢婉云　啊？你说我无情无义？

邝兆年　要不是你逼她从我们家出去，她说不定就不会被抓！

谢婉云　这么说，是我害了她？

〔邝兆年不语。

谢婉云　你就不想想，要不是我让她走，你、我现在也该在牢里了！

邝兆年　（坐下，仰脸长叹）风雨无常，人生多舛啊。

谢婉云　你说什么？

邝兆年　好啦，我们别再为此争吵。去，把你保管的那箱银票拿来。

谢婉云　那箱银票？你要干什么？

邝兆年　我今天去收丝绸货款，这批货又被洋人挤压在码头运不出去；我手上的现票，也都借给了人。我想凑足一笔，看能不能托人把她赎出来……

谢婉云　你要拿我们的钱去赎她？你、你糊涂啦？

邝兆年　我很清醒！这时候不花上一大笔钱，她很可能就没了命。

谢婉云　她是共产党，我们又不是，她有命没命关我们什么？

邝兆年　（压抑着愠怒）这跟是不是共产党没有关系！我再说一遍，她是我的前妻、你的好友、阿为的母亲，我不能见死不救！

谢婉云　不，我不！那一箱银票是我们家的全部积蓄，我要用这钱给我老家修一座大宅子，再修一座祠堂，让家乡人看看，我谢婉云如今有多么体面……

邝兆年　你……钱重要？你的体面重要？还是人命重要？

谢婉云　那你把她看得这么重，莫不是旧情萌发，想跟她破镜重圆？

邝兆年　（气极）你……混蛋！（失控地打了谢婉云一巴掌，随即懊悔地看着自己的手）啊，婉云，对不起，对不起……

［谢婉云靠在椅子上哭泣。

邝兆年　（自责地）婉云，我不该怨你，只能怨我自己……当年因为你，我离开了文清，还带走孩子这么多年不让她见，这无异于割去了她心头的一块肉啊！我是多么的自私，而她该是多么的痛苦……这些年来，我离开了共产党，满以为实业可以救国家于灾难，财富可以济民众于苦海，实则不然，民族实业遭洋人买办打压，财富被贪官恶棍掠夺，斯文被野蛮血腥侵辱，国家越来越乱，民众越来越苦，我这般承继祖业还有何用……而你，婉云，我当初曾被你的年轻美貌所吸引，如今你依然年轻美貌，可内心却变了，你变得越来越世俗，越来越喜欢钱财。你以为我们过得幸福吗？守着这满屋的财富，你可能会很幸福，但我已经没有了这种感受，我心里从来没有像现在这么空空荡荡，觉着自己什么也没有，什么也没有……

谢婉云　兆年，你跟我在一起……不幸福？

　　　　［邝兆年不语，走上楼去。

　　　　［邝梅从学校回来。

邝　梅　妈……你又跟爸爸生气了？

谢婉云　（抹去眼泪）大人的事，小孩别问。

邝　梅　谁是小孩啊？今天我在学校都参加了……（慌忙收口）

谢婉云　（敏感地）参加了什么？阿梅，你参加了什么！

　　　　［沈卓跟进。

沈　卓　（接话）参加了共产党组织的秘密集会！

谢婉云　沈处长……

邝　梅　你、你在跟踪我？

沈　卓　我在保护你。

谢婉云　（担心地）沈处长，你真的可要保护阿梅呀，她太倔犟了，就不听我和他爸的话。

沈　卓　在学校参加秘密集会的七个人，有六个都已经进了警察局，就剩下她还像小鸟一样自由地飞翔，这不就是因为我在保护吗？

邝　梅　啊？你抓了他们？那你把我也抓进去啊……

谢婉云　（怒喝）住嘴！

　　　　［邝梅扭头跑进里屋。

谢婉云　沈处长，您别生气，这孩子真不懂事。

沈　卓　（话中有话地）不，她很懂事，而且懂的是大事！这样下去，对她、对这个家都太危险了。我猜，她是不是受了什么人的蛊惑、影响啊？

谢婉云　（急忙）不，不会，我们家没有人会这样影响她，这孩子一定是中了邪……

　　　　［邝兆年从楼上下来。

邝兆年　沈处长来了。

沈　卓　邝先生。自从昨天抓了女共党林雨霏，我和邝为就昼夜不停地忙于审讯。可再忙，我也想抽空来看看你们，看看阿梅。

谢婉云　难怪呢，阿为到现在还没回来。

邝兆年　沈处长，那个女共党……招了吗？

沈　卓　还没有。不过，等明天把她押上刑场，将黑乎乎的枪口对准她时，她一定会招的，谁不怕死呀？

邝兆年　（震惊地）明天……对她死刑？（为掩饰失态，端起茶水喝，却忘了打开杯盖）

沈　卓　邝先生，盖子……明天凌晨是最后期限。我想，她在抓到之前一定在谁家匿藏过，否则她不可能在封锁得连麻雀都飞不过的街道上脱逃好几个小时……（暗察邝、谢的神色）

邝兆年　噢，我家有个规矩，不谈国事，不谈国事。张妈，给沈处长沏茶。

沈　卓　不用了。今天来还有个小事，我在东山建了一栋别墅，正在考虑花园怎么做，听说邝先生家的后花园小桥流水，别有洞天，我很想看看，借鉴借鉴。

邝兆年　你过奖了，我家后花园，也就是一片草木而已。沈处长请吧。

沈　卓　（欲走，回头盯着一只落地花瓶）对了，上次我从家里借去的那只宋代钧瓷，我新来的上司看过后爱不释手；听说家里还有一对康熙年间的官窑梅瓶，也很想借去开开眼界，不知……

谢婉云　（不等邝兆年表态）沈处长开了金口，还有什么说的？我去拿，这就去拿……

沈　卓　我现在执行公务，带着不方便……

谢婉云　沈处长看得起我们，下午我亲自给您送去。

沈　卓　多谢，用后我即完璧归赵。（走几步回头）后花园如果有门通向外面的话，我就直接走了。

谢婉云　有，有。

沈　卓　是吗？（怪异地一笑）

邝兆年　（喊女佣）张妈，带一下沈处长。

张　妈　沈先生，请。

谢婉云　沈处长，慢走，慢走啊……

〔张妈带沈卓去后花园。

〔邝兆年心情沉重。

邝兆年　（朝里屋）阿梅，你过来一下！

谢婉云　（为难、焦虑地来回走动）沈处长又看上咱家那对梅瓶啦，那可是一对价值千金的宝贝呀……

邝兆年　我们得跟阿梅好好谈一谈了，她再这样下去，非出事不可。

〔邝梅来到客厅。

邝　梅　爸，妈……

邝兆年　阿梅，你今天在学校又参加赤色活动了？

邝　梅　……嗯！我同情共产党，我喜欢他们的主张！

邝兆年　阿梅，现在是什么时候？满城一片恐怖，你还在引火烧身？你没看那个沈处长整天都盯着你吗？

邝　梅　那条黑狗，我才不怕呢！我都听说了，那个被他们抓去的林阿姨可坚强了，在牢房里被打得死去活来就是不低头，我佩服这样有骨气的人！爸爸，我还想问你呢，听说你以前也是共产党，后来为什么又……

谢婉云　小孩不要问大人的事！

邝兆年　阿梅……（拉邝梅坐在自己身边，爱抚地）你是爸爸妈妈唯一的女儿，我们都很爱你，怕你出事啊！

邝　梅　我已经是大人了，你们干嘛老为我操心。

谢婉云　世道这么乱，做父母的能不为女儿操心吗？咱们家，你哥哥在外面就够叫人担惊受怕的了，你千万可别再……

邝　梅　（打断）谁让你们把我生在这个年代呢？这个年代就是逼着要我们年轻人做出选择！（站起，像是模仿）如今国难当头，奸佞当道，民不聊生，每一个中国人都应该发出呐喊：起来，受尽剥削的劳工；起来，受尽苦难的大众！满腔的热血已经沸腾，要为真理而斗争……

邝兆年　（震惊）阿梅，你……

邝　梅　可看看我们这个家，满屋子什么都有，却又什么都没有，死气沉沉，冷冷冰冰。爸爸你心里只有祖传家业和丝绸生意，妈妈成天挂在嘴上的不是银票就是大洋……

谢婉云　（呵斥）阿梅，你怎么可以这样说爸爸妈妈！

邝　　梅　（只管往下说）而我哥哥，说起来倒是满腔正义，可是那个林阿姨就关在他那里！我今天一定要问问我哥，问问他为什么……

　　　　　[邝为上，显得忧郁而又烦躁。

邝　　为　阿梅，你要问我什么？

邝　　梅　（像炒豆似的）你们国民党欺压工农、独裁腐败，却为什么要对为国为民的共产党斩尽杀绝？你口口声声追求真理，却为什么不拿出革命的行动，而要穿上这一身皮？还有，那个林雨霏你们想对她怎么样？你有没有动手打她……

邝　　为　（大吼一声）够了！

邝　　梅　哼，野蛮！（瞪哥哥一眼，跑下）

谢婉云　阿梅，妈还有话要说！（跟去）

邝兆年　阿为，你……心里有事？

邝　　为　爸……一个人，她被划定为你的敌人，但由于她身上有一股特殊的力量，使你不得不对她产生敬重。而你的职责却是对她进行抓捕、关押和审讯，看着她遭受严刑拷打，看着她一步步走向死亡……爸，你说，这时候你该怎么做？

邝兆年　（极力掩饰着）你是说……昨晚带走的那个女共产党？

邝　　为　（点点头）林雨霏，非同一般的人，一身正气，两肩道义！被打成了那样，就是不说出自己的同党。本来是我审讯她，她却给我讲《共产党宣言》……（拿出那本油印书）这本书，我看过了，跟我的心居然靠得那么近，我就像突然掉进了茫茫大海，不知道该游向哪里……

邝兆年　这、这是她的书？（情不自禁地拿过书看）

邝　　为　这书的封面上，还有她写下的一句话……

邝兆年　（拿书的手颤抖着）"为了我们……孩子的未来"……

邝　　为　一个为了未来、为了子孙后代而奋斗的人，内心一定是光明和强大的。我们国民党中，怎么就少有她这样的人？

邝兆年　（沉默片刻）阿为，我想问一句，那个女共产党……是不是将面临死刑？

邝　　为　如果明天凌晨之前她还不招供的话，就将……（蓦地看着父亲）爸爸，你怎么知道？

邝兆年　刚才，沈处长说的。

邝　为　沈卓？他刚才来咱们家了？

邝兆年　他是盯着你妹妹来的。

　　　　［邝为警觉地若有所思。

邝兆年　阿为，要是……爸爸出一大笔银票，能不能把她赎出来？

邝　为　谁？

邝兆年　林雨霏。

邝　为　不行，像她这样的要犯是不给赎的。

邝兆年　那……要是花钱、花很多很多钱，能买她个不死吗？

邝　为　（摇头……突然反应过来，吃惊地）爸，你为什么要救她？

　　　　［邝兆年呆呆伫立，眼眶湿润。

邝　为　爸，你们认识？

邝兆年　（朝内）张妈，把我柜子里保管的那件东西拿来……阿为，来，坐下。

　　　　［邝为迷惑地坐下。

邝兆年　（看着邝为）阿为，爸爸不能再隐瞒你了，她……就是你的亲生母亲！

邝　为　（一震，不敢相信自己的耳朵）爸，你说什么？

邝兆年　林雨霏……就是你的母亲文清。

邝　为　（如五雷轰顶，站起，许久才说出话来）爸，你不是说，我母亲早就病故了吗？

邝兆年　这是爸爸的罪孽，爸爸对不起你，对不起你的母亲！

邝　为　（大喊）这、这究竟是怎么回事！

邝兆年　我会告诉你的，我会把一切都告诉你！明天，你就20岁了，你已经到了知道和承受一切的年龄。

邝　为　明天……我20岁？

邝兆年　明天是你的生日，是20年前你母亲把你带到这个世界上来的日子。

邝　为　（哭）我……我都忘了。

邝兆年　本来我也忘了，可是你的母亲记着……

邝　为　难怪，她看我的眼神、我对她的感觉都是那么奇异……可为什么她是共产

党，而我却偏偏会是……（看了看自己身上的着装，奔下）

邝兆年　阿为，你等一等！

[邝为停步。

[张妈捧着一个包裹上。谢婉云和邝梅从里屋走出。

邝兆年　这是你母亲当年离开这个家时，委托我保管的一件东西。她昨天晚上被抓走前，就在咱们家，嘱咐我交给你。

邝　伟　啊？她到家里来过？

邝兆年　她说这是给你20岁的成年礼物。

[邝为将包裹解开，再小心翼翼地打开木盒，现出一只瓷碗。

邝　为　碗？（将碗拿起）

邝兆年　碗上有字。

邝　为　（看字）"为官清正"。

邝兆年　另一面。

邝　为　（转过碗）"为人磊落"。

邝兆年　你母亲祖上世代为官，曾祖父在林则徐手下做知县时，把这八个字烧制在碗上，然后将这批碗发给下面各级官吏，以示告诫。这一只碗，传到你母亲手里已经是第四代了，她视其若命。现在她把它给了你，所期所盼，不言而喻……

邝　为　（双手捧碗，轻声哽咽着）妈妈……

[谢婉云掩面转过身去。

[邝梅惊愕而又迷惑。

[切光。

第四场

[紧接前场。

[定点光区。邝为焦急地来回走着。

[李副官疾步而来。

李副官　队长，你找我？

　　　　［邝为两眼盯着李副官，仿佛要把他看穿。

李副官　队长，你、你怎么啦？

邝　为　李副官，我们在一起共事多久了？

李副官　应该……有半年了。

邝　为　半年的时间不算长，但了解一个人足够了吧？我邝为……对你怎么样？

李副官　（啪地立正）队长，这还用问吗，你对我亲如兄弟，肝胆相照，令我不甚感激，何以为报！

邝　为　（拍着李副官的肩）现在，有一件事，需要你来帮忙。

李副官　队长，您就尽管吩咐吧，卑职愿为队长衷心效力，两肋插刀！

　　　　［两人背过身去，邝为对李副官耳语。
　　　　［李副官惊愕而又惬意的神情。
　　　　［收光。

　　　　［灯复明。下午。
　　　　［景同二场，可稍做变化。
　　　　［牢房里，林雨霏正在制作一只蝴蝶形状的风筝，她边做边仿佛面对着自己的孩子，喃喃哼唱：

　　　　　　风儿轻，线儿长，
　　　　　　天空晴朗朗；
　　　　　　牵着我，牵着你，
　　　　　　乘风去飞翔……

　　　　［邝为上，见状轻轻走到一旁看着铁栏里面的情景，极力抑制着自己的情绪。

邝　为　（等林雨霏哼唱毕，走近她）……你……要来纸、线绳和竹篾，原来是做风筝？

林雨霏　（一顿，依然低头做着风筝）我的孩子……明天满20岁，我给他糊一只风筝。

邝　为　我……明天也满20岁。

林雨霏　那我祝福你，就像祝福我的孩子。

邝　为　为什么不当面祝福他，而是要糊这样一只风筝？

林雨霏	因为，看到他20岁的模样只能是个梦，在我心里，他永远停留在5岁的年龄，手上永远牵着这样一只风筝……
邝 为	我也一样，在儿时的模糊记忆里，母亲就是那只放飞在天上的风筝……
林雨霏	风筝拽在5岁儿子的小手上，他高兴地叫着、跑着，绊倒了，也不松开那根细细的线绳。
邝 为	他知道一旦松开线绳，风筝就会远远地飞走……那风筝是母亲亲手给我做的，一只彩色的蝴蝶，跟母亲的笑脸一样美丽。
林雨霏	可是，风筝的线还是断了，我再也看不到那只小手……
邝 为	我也看不到那只蝴蝶、那张笑脸了，往事从此一片空白……

[林雨霏抬起头，与邝为相互激动地注视着。

邝 为	你昨晚就知道我是谁了，可为什么不说出来？
林雨霏	（沉默片刻，转过头去）我不知道你是谁。
邝 为	父亲给你说过了，也都给我说了；你留给我的那只碗，父亲也交给了我……
林雨霏	我不认识你。
邝 为	（更加迷惑地）难道……你不是那个5岁孩子的母亲？她叫文清……
林雨霏	（看着邝为）你忘了？我是共产党员林雨霏！

[邝为后退几步，怔怔地看着林雨霏……

邝 为	（忽然明白过来）你是怕连累他，怕他为你做什么事而承担危险？可是当他知道这个被抓、被打、被他审讯的人就是自己的亲生母亲，心里是一种什么滋味……假如，他当初听了父亲的话去经商，假如他的母亲不是共产党，还会有这么残酷的事情发生吗？
林雨霏	他母亲既然选择了共产党，就不会为现在的处境而后悔。因为跟着共产党闹革命，就是为了砸烂这个每时每刻都在制造不幸的残酷世界，为了我们的孩子能自由地呼吸空气、享受阳光，在蓝蓝的天空放飞风筝……
邝 为	为了孩子……那本《共产党宣言》，我看过了。
林雨霏	（抑制不住地惊喜）你看过了？
邝 为	（点点头）颇有同感，又似懂非懂……请你告诉我，它真的就这么重要？值得你们共产党人不顾一切地为它去奋斗、去流血？

林雨霏　是的，我就是读着《共产党宣言》走进革命这扇大门的。我太敬仰它、喜欢它了，那本油印册是我亲手用蜡版刻出来的，每个字都深深刻在了我的心上！它让我真正懂得了什么是公平正义，什么是值得你拿生命去为之奋斗的真理……它会让你看到：腐朽制度和剥削阶级是何等的罪恶——从头到脚，每个毛孔都浸透着血和肮脏的东西！它还会告诉你，人类社会发展的历史，就是阶级斗争的历史。只有砸烂旧的国家机器，实现了全社会集体的解放，才会有我们每个人自身的彻底解放……

邝　为　（边听边思索着）你这么一说，我想起那些年在粤北乡下姑姑家时看到的情形。那里的农民，祖祖辈辈给土豪乡绅打工，却吃不饱、穿不暖，每年冬天，都有人饿死冻死在路边；而当地的政府官僚和土豪乡绅串通勾结，横征暴敛，一起盘剥敲诈农民，恨不能把他们的骨髓吸干……我就是觉得这世界太不公平了，一定要尽我所能去改变它，所以才进了黄埔军校。可我哪里想到，本来是一心追随三民主义和孙总理"天下为公"的遗训，如今却壮志难酬，胸中重重疑虑，眼前一片迷雾……

林雨霏　孙总理的"天下为公"，与共产党人为普天下劳动人民谋解放如异曲同工，但国民党反动派却把这四个字拿来往自己脸上贴金，欺骗世人！（语重心长地）在这个野火春风、大浪淘沙的年代，每个青年都可能遇上迷失的时候，没关系，我当初也不是一下子就认识共产党的，暴风雨后，方见彩虹，穿过云雾，才有光明。你应该跟着共产党走！

邝　为　我……跟共产党走？

林雨霏　这是你母亲的希望，她希望你真正找到值得托付自己一生的信仰。因为，一个人没有信仰，就没有追求、没有道德、没有廉耻，即是拥有一切也会心中空虚；一个国家没有信仰，就没有正义、没有公平、没有尊严，就会是一盘散沙，乱象丛生……而只有一种信仰才能拯救它，这就是共产主义的理想……

邝　为　（听得全神贯注）我知道了，我现在知道了你为什么一点儿都不害怕，因为你心里有一本圣经，它就是你的信仰，对吗？

林雨霏　对，它是我的"圣经"！要不是它在支撑着我，他们对我用的那些酷刑，我怎么忍受得了？

邝　为　（心头一阵隐痛）……我……能看看那只风筝吗？

〔林雨霏拖着受伤的腿拿来风筝，从铁栏缝隙递给邝为，她在里面牵着线绳，邝为在外面展开风筝做着飞翔的动作。

〔林雨霏充满母爱地看着邝为，突然扭过脸去不让邝为看见自己的眼泪。

邝　为　（收回风筝，看着林雨霏额上的伤痕）他们把你打成了这样，疼吗？

林雨霏　（摇头）孩子……

邝　为　啊？你叫我"孩子"？你承认是我的母亲？

林雨霏　（急忙走开）不，不能这样！

邝　为　（几乎要哭）我现在多么想喊一声"妈妈"啊……

林雨霏　（眼含泪水）我何尝不想叫一声"儿子"？何尝不想把他紧紧抱在怀里？

邝　为　我知道你是在为我，可我不怕！我要想办法救你出去，我要为你付出生命来洗刷自己的罪孽……

林雨霏　听着，你要是母亲的好儿子的话，就不能为她去做鲁莽的事！

邝　为　不，我作为儿子，岂能对母亲见死不救！（看看怀表）我已经安排好了，一会儿……

林雨霏　（惊愕地）你要干什么？（警觉地看着外面）你看看这里，现在这么安静，连看守都不在了，难道你不觉得很奇怪吗？

邝　为　（蓦地想起）刚才，我发现外面有不少军警在移动……

林雨霏　他们设下圈套了！我死不足惜，可我不能再让儿子、让别人为我牺牲了。快去，赶紧停止你的……（突然一阵晕眩）

邝　为　（对林雨霏的这一症状似乎有所预料）你怎么了？

林雨霏　（气息孱弱地）我这是怎么了……怎么了（昏迷过去）

〔邝为略一思忖，欲下。

〔沈卓迎面上。

沈　卓　噢？邝队长一个人在这儿？

邝　为　你不是也来了吗？

沈　卓　下午联合审讯，我来陪陪你呀。

邝　为　联合审讯改到晚上了，我现在有公务要办，恕不奉陪。

沈　卓　别走啊邝队长，林雨霏已经昏迷过去了，再稍等一会，兴许就能看到一场好戏！

邝　为　（心里一跳）什么意思？

沈　卓　你的李副官去哪儿了？

邝　为　我的副官去哪儿，还要向你报告吗？

沈　卓　听，来了！

　　　　[随着话音，李副官上，身后跟着两个穿白褂、拿担架的医护人员。

李副官　（没想到沈卓在此，随即镇静地）报告队长，司令部有令，鉴于女匪林雨霏刑伤过重已经昏迷，须立即送医院治疗，以无碍审讯。这两位是泰康医院的医护人员，这是放行条。

沈　卓　（抢先一把夺过放行条）我看看！

邝　为　（把手按在枪套上，给李副官暗使眼色）李副官，沈处长带了不少人来，现在要和我联合提审林雨霏，今天就先不送她去医院了，你们走吧！

李副官　（立即明白）是！

沈　卓　（大喝一声）站住！（冷笑着）李副官，我早就盯上你了！是你，偷偷给林雨霏的午饭里放了药，制造出她受刑过重而昏迷的假象；又是你，伪造了这张放行条，企图以送她就医为名将她劫走，对吗？

邝　为　沈处长，你这样说我的副官，有什么依据！

沈　卓　他就是个共产党，还要什么依据？（大声下令）拿下！

　　　　[潘队长带领军警一拥而上，枪口直指李副官。潘队长顺势将李副官腰间的手枪一把夺去。

李副官　（转身看着沈卓）你说对了，我是共产党！我们每个共产党人都在为革命战斗！

　　　　[李副官突然反扭潘队长拿枪的手将其击毙；沈卓开枪，李副官中弹倒地。
　　　　[邝为蹲下看了看已经牺牲的李副官，缓缓站起。

沈　卓　邝队长，你的副官原来是共产党的卧底，这该做何解释？

邝　为　（恼怒地）做何解释，是我向我的上司解释的事，关你什么！

沈　卓　好，我无权让你解释，但我可以叫她（指牢房）开口，我要用重刑叫她说出我想知道的一切！

[邝为心头大惊。

沈　卓　（暗察邝为的脸色）邝队长，你上午对她的审讯竟然一无所获。她既然如此不给你面子，你也就不必对她客气了，现在就请你亲手对她用刑吧！你看，是坐老虎凳呢？还是灌辣椒水、给指甲缝里钉竹签？或者是这几种一样一样连着来？

邝　为　够了！姓沈的，我说过了，我讨厌酷刑，尤其是对一个女人！

沈　卓　你反对对赤党分子用刑，就是通匪！

邝　为　在黄埔军校，可没有人教过我们如何对囚犯用刑。真正的军人，与对手的较量应该是在战场上、在道义和信仰上，而不是对一个关押在牢狱的女人使用暴力！

沈　卓　怎么，她对我们举行暴动，我就不能对她使用暴力？我说邝队长啊，咱俩同为党国效力，这儿（指自己脑袋）的差别咋就那么大呢？

邝　为　你问的这句话，也是我这些天一直在想的。看起来，我俩好像都在为党国效力，可我是为了国民革命的大业；而你，同许许多多个钻进国民革命队伍中的蛀虫一样，只是为了充当没有灵魂的打手，为了搜刮民财，为自己捞好处，不择手段地往上爬……你的贪欲已经让你良知泯灭，你——（想起林雨霏说过的话）"从头到脚，每个毛孔都浸透着血和肮脏的东西"。孙总理开创的革命大业，我看迟早要毁在你这样的人手里！

沈　卓　邝为！你别忘了，我沈卓也是蒋校长的学生，也在为党国的利益鞠躬尽瘁！我怎么样，用不着你来评点。倒是你，既对林雨霏审不出结果，又不让给她用刑，而且自己的副官还是个共产党，这不能不让人怀疑你……

邝　为　怀疑我也是共产党？（仰望长天）现在，我还真想自己是一名共产党……

沈　卓　你说什么？好吧，那咱们就只有到你们司令那儿走一趟了。邝队长，请吧！

[邝为平静、深情地望了望牢房里的母亲，毅然走下。

[收光。

第五场

[傍晚。

[景同一场。

[光启。邝兆年疲惫地靠在沙发上,心情烦躁而又沉重。

[张妈拎一盏汽灯上。

张　妈　老爷,您什么时候回来的?

邝兆年　又停电了?

张　妈　嗯。

邝兆年　叫太太过来。

张　妈　老爷,她下午出去了。

邝兆年　是不是给那个沈处长送古董去了?

张　妈　我不知道。

邝兆年　阿梅呢?

张　妈　还没有回来。

邝兆年　阿为呢?

张　妈　老爷,他也没有回来。(下)

[邝兆年站起,焦虑地来回踱步。

[谢婉云从外面进来,她虽然身穿旗袍,上下光鲜,却显得神情沮丧。

邝兆年　(一愣)婉云,你怎么啦?

谢婉云　上当了,我们上当了!

邝兆年　……

谢婉云　沈处长说,那些瓷瓶……都被征收了。

邝兆年　我早就料到,这是肉包子打狗,有去无回。(摆摆手)没了就没了,咱们也不缺那么一点。

谢婉云　(痛心地)那是咱们家的财产啊,能置两座大宅呢……(哭着跑上楼去)

[邝兆年望着谢的背影,一声叹息。

[邝梅跑上,样子急惶而又紧张。

邝　梅　爸……
邝兆年　阿梅,出什么事了?
邝　梅　他、他们在抓我!
邝兆年　啊?
邝　梅　我的两个同学都被抓了,我翻窗户逃了出来!
邝兆年　看看,叫你别……就不听话!快,快到酒窖里躲起来!

[邝梅跑下。

[几名军警闯进,沈卓随后上。

邝兆年　(看了沈卓一眼)我跟太太都是信佛的人,别动不动就舞刀弄枪地往家里闯!
沈　卓　(阴笑着)我跟我的兄弟们虽说舞刀弄枪,可就爱跟信佛的人打交道。(让几名军警退下)
邝兆年　你来了,正好!我问你,下午我去码头上,我的两船发往南洋的丝绸被你派人没收了,这是为何?
沈　卓　不是没收,是征收!还有你的那只宋代钧瓷、那对康熙梅瓶,都征收了。非常时期,非常手段,为党国征募,概莫能外。
邝兆年　(气愤地)你、你们这是抢劫!是存心要搞垮我祖辈几代人辛苦创立的家业!
沈　卓　家业垮了,还可以从头再来嘛;要是脑袋掉了,那可就……
邝兆年　这话什么意思?
沈　卓　什么意思,问问你女儿就知道了!叫她出来吧,免得我动粗去抓,碰坏了你屋子里的古董。
邝兆年　我女儿怎么啦?请你不要再……
沈　卓　我不会再去追求她了,我现在是执行公务。请她到警察局走一趟,说清楚她下午在学校跟几个共党分子秘密开会的事。
邝兆年　这……我不相信,我不相信!
沈　卓　别装糊涂了!念在我们以往的交情上,我不会让她受皮肉之苦,即是执行死刑,我也会让她留住完好的面容……
邝兆年　(忍不住怒喊)沈卓,你何以如此歹毒?得不到她,就想害死她啊!

沈　卓　邝先生，实话告诉你吧，你这个家，早就在我的严密监控之中！你女儿已经是第二次进入缉捕名单，我不会、也没有必要再保护她了；你本人呢，虽然早年脱离了共产党，但就像一棵葱头，皮干叶烂根未死；你儿子邝为，不仅同情共产党，他的副官居然还是个共党分子；而那个共匪林雨霏，就在你家附近落网……这一切，说明了什么呢？

邝兆年　说明什么！

沈　卓　你家后花园我勘察过了，从花园后门出去的那条小路，走不远正是林雨霏落网的地方；而这一带只有你这一栋宅子，她不从这里出去，难道还能从天上掉下来吗！

〔邝兆年不语。

沈　卓　邝先生，别以为那个林雨霏不招，我就给你定不了窝藏共匪的罪名？你女儿和你儿子的事，就足以让你家破人亡，你的商行、你的所有家产统统都得没收！

邝兆年　（坐下，淡定地）悉听尊便。

沈　卓　（靠上去）你此时一定在想：我儿子现在在哪儿？他怎么不回来呀？我告诉你：邝为回不来了，他正在接受调查！

〔邝兆年站起了一下，又慢慢坐回。

沈　卓　不过，事情并非没有转机，你们家是否通匪，就凭我这个谍捕处长的一句话。咱们可以做一笔交易……

邝兆年　你是要敲诈我？

沈　卓　你破财免灾，我劳有所获，公平交易，怎么是敲诈呢？

邝兆年　你一年来老是盯着我这个家，盯着我的女儿，原来是盯上了我的财产……

沈　卓　我们这些人，成天提着脑袋跟共产党打交道，从你们身上拔几根毛算什么？你想想看，我只要为邝为担保他跟他的副官没有瓜葛，只要不说出阿梅参加赤党活动，只要证明林雨霏不是从你家后花园出去的，就能把你们家的事情全都抹平；我若据实禀报，那可就……邝先生，你不为自己考虑，也得为你儿子、女儿的性命考虑啊……

邝兆年　（沉默了一会）你要多少？

沈　　卓　　就你家三楼卧室那箱银票!

邝兆年　（一惊）你怎么知道那箱银票?

沈　　卓　　你夫人告诉我的,我问你们家有多少积蓄,她就说了。当然,她是想炫耀。

邝兆年　你可真有心哪!那一箱……你全都要?

沈　　卓　　都要!（伸出手掌）

邝兆年　什么?

沈　　卓　　钥匙!

邝兆年　如此不义之财你也敢要,国民党若多有尔辈之流,垮台完蛋,迟早之间!

沈　　卓　　你说什么?

邝兆年　（站起）沈处长,我邝兆年不是吓唬大的!我家里从来没有窝藏过什么共产党,我的儿子和女儿也都跟共产党没有瓜葛。我要是给了你钱,不就承认你说的那些了吗?

沈　　卓　　我吓唬你?好,好,我看你是不见棺材不落泪!（朝外）把林雨霏带进来!

　　　　〔林雨霏被押上。

　　　　〔邝兆年见她浑身血斑,心头不禁一颤。

沈　　卓　　林女士,仔细看看,这地方你应该不陌生吧?

林雨霏　（环顾着屋内,话中有话）好气派的宅子,我要是有此大屋,就什么话也不说了!

沈　　卓　　林女士,只要你承认在这里藏过,别说这样的大宅了,金银钱财,你想要多少就能得到多少!

林雨霏　这多好啊。可惜第一,我没在这里藏过;第二,我视金钱如粪土,不稀罕!

沈　　卓　　林女士,别忘了明天凌晨是你的最后期限;邝先生,你们一家四口福兮祸兮,命悬一线,就看你配不配和我了。现在我给你们一点儿时间,你们好好地商量商量:话,该怎么说;事,该怎么做!（一挥手,带军警离开）

　　　　〔邝兆年与林雨霏默默相望;林雨霏向他暗暗摇头示意。

林雨霏　（有意大声地）真是太奇怪了,我与你素不相识,却被他们带到这个陌生的地方。

邝兆年　既然来了，就不妨看看，这座房子近一百年了，已经有些灵性，它记得每一个进来过的人。

林雨霏　房子能有灵性，必为人气所聚。我看先生颇有世家之风，尚存一缕浩气，何不明辨人间正道，心怀天下高远？

邝兆年　我……

林雨霏　看得出这是一个富裕之家，可是一个人最大的财富不是拥有这座屋子和屋子里的一切，而是改变世界、改变许许多多的人……

邝兆年　（沉默片刻）你这般处境，家人必忧心如焚，能否得以平安？

林雨霏　（摇摇头）风萧萧兮易水寒，壮士一去兮不复还……家人应该为我高兴，因为我将死得其所，如凤凰涅槃。

　　〔邝兆年一怔，看着林雨霏，双手颤抖。

　　〔谢婉云闻声从楼上下来，吃惊而又害怕地看着林雨霏。

谢婉云　文清……

　　〔邝兆年朝谢婉云轻轻摇头，谢婉云明白了外面有人监视。

林雨霏　这位是先生的夫人吧……（走近谢婉云）夫人，住在这样一座大宅里，你应有尽有，一定会觉得自己非常幸福。可是此刻你却满面愁苦，心有郁结，这是为什么？

谢婉云　想当初，我从乡下逃婚来到广州，有一个好姐妹帮助我进了女中读书，并带着我参加妇女解放活动。可我，却从她的身边夺走了丈夫，并割断了她跟孩子的一切联系，我想她一定非常恨我……

　　〔邝兆年到门边望风。

林雨霏　姐妹之恨，已成过往烟云。她不再会计较个人恩怨、情感得失，她会感谢你，感谢你们对孩子的养育……

　　〔谢婉云扭过脸去。

林雨霏　记得有人曾对我说，将来嫁人一定要嫁个富户人家，以摆脱祖祖辈辈的贫穷……夫人，摆脱贫穷是要靠自己的双手去劳动创造，而不是把自己的年轻美貌当作资本，心里尽是对富有生活的向往。其实，真正的幸福不是身在豪门，不是拥有大宅和金银珠宝、绫罗绸缎，幸福来自于内心，来自于投身革命和帮助穷人。只有这样，即是一无所有，也会感到幸福；即是失去生命，也会感到幸福……

［谢婉云无言以对，掩面跑上楼去。

［沈卓带军警复上。

沈　卓　　时间到了！林雨霏，邝兆年，你们是选择跟我合作呢还是要对抗到底？

林雨霏　　我与他（指邝兆年）无关，与这座宅子无关！但是我林雨霏——一个中国共产党党员，为了共产主义的理想，就是要跟你们这些与人民为敌的反动派对抗到底！

沈　卓　　（冷笑）什么共产主义，不就是那个幽灵吗！

林雨霏　　是的，你们叫它"幽灵"。就是这个"幽灵"，让你们惶惶不安，提心吊胆。你们怕它、恨它，像噩梦一样挥之不去。但是，你们永远也征服不了它！

沈　卓　　征服不了？一个幽灵，能成什么气候！

林雨霏　　你睁开眼睛看看：在法国，五十六年前就出现过象征工人民主政权的巴黎公社；在俄国，列宁领导的十月革命已经取得了成功；在中国，李大钊、陈独秀创立的中国共产党给中国人民带来了希望。毛泽东领导的工农革命军和朱德的起义部队，正以星火燎原之势发展壮大；在这次广州起义中，也诞生了我们的苏维埃政府……让你们这些反动派在共产主义面前发抖吧，无产者在革命中失去的只是锁链，获得的将是整个世界……

沈　卓　　（气急败坏）林雨霏，死到临头了还这么嘴硬！你是不是在这里窝藏过？还有谁是你的同党？这可是我们给你的最后一次机会！

林雨霏　　我说过了，我没有到这里来过，我不认识这一家人！但谁是我的"同党"，都在我的心里，你们就是把我这颗心掏出来，也只能看见一团血红，休想得到一个名字！

沈　卓　　你……（完全没有了办法，只好对邝兆年）邝先生，你怎么就不劝劝她呢？我的忍耐可是已经到了极限！

邝兆年　　（吟诵般地）耳闻慷慨言，羞我七尺男；吾本一枯草，何以劝高杆！

沈　卓　　（转对林雨霏）林雨霏，你就真的一点儿都不怕死？

林雨霏　　主义真如铁，不为苟且生；赴死如赴宴，我何惜此头！

沈　卓　……那就明天凌晨刑场上见吧！带走！

[军警将林雨霏正要押下，邝梅突然从里屋冲出，举着一把手枪对着沈卓的后背。

邝　梅　（大喊）都别动！把人给我放了！

[众皆惊。

[谢婉云从楼上跑下。

邝兆年　阿梅，你、你拿了爸爸的枪？……

谢婉云　阿梅快把枪放下……

林雨霏　姑娘，别这样，赶快离开这里！

邝　梅　阿姨，我要救你！姓沈的，快放了她，不然我就打死你！

沈　卓　（由惊慌转为一声冷笑）好啊，你自个跑出来了，还拿着枪……你会使枪吗？子弹上膛了吗？保险打开了吗？不会，我来教教你……（一手暗暗伸进腰间掏枪）

邝兆年　（极度恐慌地）阿梅，听爸爸妈妈的话，快、快把枪放下……

林雨霏　姑娘快走！

邝　梅　不，我要他放人……

[沈卓突然转身开枪，邝梅中弹倒地。

谢婉云　（惊叫）阿梅……

邝兆年　阿梅……（哭喊着扑到女儿身边）

林雨霏　（蹲下看着邝梅）姑娘……

邝　梅　（伸手抚摸邝兆年的脸颊）爸爸，妈妈，女儿懂事了……（转脸看着林雨霏，露出一丝笑容）

[林雨霏用手轻轻合上邝梅的眼睛。

沈　卓　林雨霏，看到了吧，这就是你们共产党对一个年轻生命煽动蛊惑的结果！

林雨霏　我看到了，看到的是你们这些反动派必将灭亡前的疯狂，看到的是革命者的力量！

沈　卓　押回牢房！

[军警将林雨霏押下。

谢婉云　（哭喊着扑向沈卓）姓沈的，我跟你拼了……

　　　　［沈卓用枪把子将谢婉云击倒，张妈急忙去搀扶谢婉云。

沈　卓　（用手枪顶着邝兆年的脑袋，疯了般喊道）把银票箱的钥匙给我……把钥匙给我！

　　　　［邝兆年一动不动。

沈　卓　你以为不给我钥匙，我就打不开？（转身上楼）

谢婉云　（大喊）不，不，那是我们家的全部积蓄呀……（上去死死抱住沈卓的腿）

　　　　［沈卓挣脱不开，朝谢婉云连开两枪，跑上楼去。

邝兆年　婉云……（扑过去抱住已被枪杀的谢婉云，悲怆得说不出一句话）

张　妈　老爷……（伏在谢婉云身边痛哭）

邝兆年　（站起，绝望地仰天唏嘘）天生人类，本为平等，凡世间之产业财富，亦系天人相胥而成，宜应归人人所享，天理则然也……而今日之殇，又天理何有……（扑通跪下，伏地痛泣）

　　　　［蓦地，邝兆年想到了什么，慢慢抬头、起身，目光中像要喷出火来。

邝兆年　张妈。

张　妈　老爷……

邝兆年　去，把家里的汽灯都拿到这儿来。

张　妈　嗳。（走去）

　　　　［邝兆年面向中堂跪下，朝祖宗牌位深深地磕了三个头。

张　妈　（提来两盏汽灯）老爷……

邝兆年　（掏出几块大洋塞到张妈手里）拿上这钱，走吧。

张　妈　（恐慌地）老爷……

邝兆年　快走！

　　　　［张妈鞠了一躬，抹泪走出屋子。
　　　　［邝兆年将几盏汽灯里的煤油全部洒在木质楼梯和其它物件上。看着火焰熊熊燃烧起来，他回到沙发坐下，哈哈大笑。
　　　　［邝为闯进。

邝　为　（大惊）爸！怎么着火啦……

［邝兆年闭目不动。

邝　为　（发现躺在血泊中的妹妹）阿梅……（回头又见倒在楼梯口的母亲）妈妈……
　　　［这时楼上传来一声惨叫，邝为抬头，发现沈卓浑身火苗，怀里抱着那只装银票的箱子，扑腾着正在下楼。

邝　为　（立即明白了是怎么回事，拔出手枪）王八蛋！原来是你……
　　　［邝为朝沈卓连开数枪，将沈卓击毙于火海之中。那只箱子摔落开来，无数银票纷纷扬扬地从楼上飘下。

邝　为　爸，快走！（将父亲架出屋子，回头望着越烧越猛的大火）让它烧吧，一切将重新开始！
　　　［大宅很快变成了一片火海。
　　　［街上响起刺耳的警报声。
　　　［收光。

尾　声

　　　［第三天凌晨。
　　　［广州郊外，刑场。
　　　［凄风萧瑟，夜色迷蒙，远处天际透出一抹黎明。
　　　［沉重的镣铐声，林雨霏等革命志士缓缓地、坚毅地走来。
　　　［林雨霏站定。
　　　［灯光变幻成三个不同空间的定点光，林雨霏与邝为、邝兆年遥遥相望。

邝　为　妈妈！
林雨霏　儿子！
邝　为　妈妈你今天真美，还像当年那只蝴蝶风筝一样美丽！
林雨霏　风筝又要飞走了，这回要远远地、远远地飞走……
邝　为　她飞得再远再远，我都用心牢牢地牵着……妈妈，我为有你这样的妈妈自豪！

林雨霏　阿为，我的好儿子，妈妈也为你骄傲！

邝　为　妈妈，今天是我20岁生日。

林雨霏　今天也是妈妈的生日——作为母亲，因为有你；作为共产党人，虽死犹生……

邝兆年　文清，你的选择是对的；可我……（惭愧地摇摇头）喝口酒吧，邝兆年为你送行！（深鞠一躬）

［邝为捧起那只盛满了酒的祖传瓷碗，双手举过头顶。

林雨霏　酒是好酒，碗更稀罕；"为官清正，为人磊落"，倘若今世身无一分一文，拥有此物足矣！

［邝为弯腰把酒洒在地上。

［定点光收，灯复明。

林雨霏　（与难友们相互搀扶着走向高处，转身眺望苍茫大地，深情、激昂地）一个幽灵，共产主义的幽灵，在欧洲、在亚洲、在中国大地上徘徊。它在向一切反动势力宣战，它也在叩问我们每一个共产党人：还记得你当初的入党誓言吗？还记得共产党的革命宣言吗？只要牢牢记住这些并永远为之奋斗，我们必将赢得整个世界和天下人心……（与难友们合）全世界无产者，联合起来！

［雕塑般的造型。

［天幕灿若红霞，木棉竞开。

［儿歌声中，一只美丽的蝴蝶风筝在天空飞翔……

［收光。

［幕徐徐落。

［剧终。

（剧本版本：作者提供，2011年原广州军区政治文工团首演）

· 话剧卷 ·

康有为与梁启超

编剧：李新华

人物表

梁启超　　广东新会人，字卓如。中国近现代启蒙思想家，维新变法主将。出场时18岁。

康有为　　广东南海人，人称"康南海"。中国近现代政治家、思想家，维新变法领袖，梁启超业师。出场时33岁。

谭嗣同　　梁启超生死挚友，字复生。"戊戌六君子"之一，出场时33岁。

刘　洞　　康有为学生，字约明，梁启超师兄。出场时20岁。

图　珍　　旗人，曾任清廷副都统、北洋政府内务次长。出场时30岁。

水　野　　中国通，曾任日本驻华公使馆外交官，全名水野幸男。出场时45岁。

白　云　　广州白云观道长，康有为早年的师兄。

阿　全　　梁启超的终生随仆。出场时13岁。

清兵、学子、荣禄、大臣、将军、太监、艺伎、抬棺人等若干人。

第一场　拜师

[男幕后音："在中国漫长的历史长河里，有一对著名的师徒，对中国近现代历史产生了重大的影响，他们就是广东的康有为与梁启超，世人称之为'康梁'。康梁的故事，似乎应该从他们的第一次见面说起。那是光绪十六年、公元1890年中秋的夜晚。现在看起来，一切都是那么的遥远……"

[光渐起。广州城，万木草堂，古木参天，月影婆娑。

[天上月近中天，两张桌几上放有月饼、茶点，高脚香炉上的檀香已燃过半。

[几个学生正在准备拜月的物品。康有为上。

康有为 （吟读）万木森森散万花，垂珠连壁照红霞。好将遗宝同珍护，勿任摧残委瓦沙。（吟毕，问身边的学生）约明——约明来了吗？

学生甲 先生，我这就去找大师兄。（下）

[白云道长手持拂尘，飘然而至。

白　云 （吟哦）白云深处，江上浮渚。明月有轮，秋水无驻。

康有为 （迎上，施礼）哟！炳琰师兄，久违了……

白　云 别！方外之人，康南海你还是称我的法号。

康有为 白云道长！（戏谑）白云山上白云观，道长该在那儿待着，那儿离天宫更近！

白　云 今夜中秋，人间如此良辰美景，神仙也下凡！哈哈——

康有为 请入座。

[白云入座，学生甲带着刘洞、梁启超、阿全上。梁启超一袭白长衫，手中摇着一把纸扇，好不逍遥得意。

学生甲 先生，约明大师兄来了。

刘　洞 （施礼）老师！

康有为 约明，月已中天，你来晚了。

刘　洞 路上遇个朋友，谈了几句，老师见谅。

康有为 哦？什么朋友？

梁启超 （略施礼）便是在下。

康有为 （略点头）哦，都是年轻人。万木草堂向来以救国为心、救世为念，有心向学者，来者不拒。

白　云 年轻人，你投到康南海的门下，怕是找错地方了。

梁启超 （不以为然）道长您错了，我梁某人并无投师之意。

康有为 （略意外）那你所为何来？

梁启超 梁某方才在江边赏月，路遇刘洞刘约明年兄，闻说康先生饱读诗书，意境高远，还办了个万木草堂广收门徒，所以就想与先生切磋切磋。

白　云 有人上门踢馆子来咯！

梁启超　不敢！

康有为　（愠怒）有什么话，你尽管说来——

梁启超　阿全，把你手中的月饼拿来。

阿　全　（递过盒月饼）少爷——

梁启超　康先生可否以月饼为题，即兴赋诗一首，以助雅兴？

白　云　哦，是酥皮饼。

康有为　容易！（拿起块月饼，吟诗）一块酥皮饼，莲蓉明月心。年年来拜月，无惧露寒侵！

梁启超　（被康有为的才思震住）可我带来的，却是五仁月饼。（吟诗）一块酥皮饼，包藏五种心。年年来拜月，变作白头吟！

康有为　白头吟？（愠怒）你——到底是何人？

梁启超　在下新会梁启超。

白　云　莫不就是广东新科举人梁启超？

梁启超　正是梁某。

康有为　（闻言一顿，转而略一施礼）哦，原来你就是梁卓如梁先生？

梁启超　（有点得意）难道康先生对梁某也有所耳闻？

康有为　（不卑不亢）当然有所耳闻。梁先生十二岁中秀才，去年十七岁参加广东乡试，中第八名举人，还迎娶了广东学政李端棻李大人的堂妹，名动省会，谁人不知新会梁启超呢？

梁启超　过奖了！听约明年兄说，康先生刚从京师回来？

康有为　正是前日南返。

梁启超　（话带锋芒）那就巧了，梁某也是上个月刚从京师南返广州。如果早前认识康先生，同船南渡，正好一路讨教。（明知故问）康先生是应顺天府乡试的吧？

康有为　（被说到痛处，愠怒）我也知道，梁先生上京是应庚寅科会考。

梁启超　（得意）正是！康先生是去考举人，而梁某却是去考状元。（看似自嘲，实质讥讽）只可惜的是，我们都落榜了。

康有为　一点也不可惜！梁先生年方十八，再考他十科八科又如何？

梁启超　（回敬）康先生说的是，您今年不也考到三十三了吗？

白　云　（大笑）哈哈——康南海你看看，你落的是什么榜，人家落的又是什么榜？

梁启超　道长谬赞！（颇自负）读书人"修身齐家治国平天下"，梁某只是走到半道而已。

康有为　不！你离"治国平天下"已经一步之遥了。（讥讽）有个当学政的大舅哥作靠山，后年科场再开，梁先生定能一步登天，名列一甲！

梁启超　谢谢康先生夸奖。不敢说名列一甲，但考个进士、做个翰林，梁某以为，还是蛮有把握的。

康有为　梁先生以为，这就可以治国平天下了吗？

梁启超　（针锋相对）康先生以为，这还不能治国平天下吗？

康有为　哈哈！只怕梁先生高中状元之日，便是我中华亡国之时！

梁启超　（一愕）康先生何出此言？

康有为　自道光十八年林则徐林大人到广东查办鸦片以来，西夷、东夷屡犯我境，前有《江宁条约》，后有《天津条约》以及《北京条约》，外夷一路攻城略地，大清只管割地赔款。（趋急）想我泱泱中华，既无御敌之兵，又无救国之臣，连皇上家的园子，都叫英法联军一把火给烧了！（缓下来）遭此大辱，仍不思改进，开科取士，考的依旧是千百年前的八股制艺。（又趋急）所谓饱学之士，既不通算术，不懂工艺，不识电光，不谙西语，更不相信有寰球宇宙，茫茫然而读四书，混混沌而注六经。（缓了缓）因此我康有为大可预言，梁先生高中之日，只怕就是中华亡国之时！

梁启超　康先生危言耸听！

康有为　绝非危言耸听！

梁启超　前有曾国藩、左宗棠，今有李鸿章、张之洞等朝廷股肱之臣，不也在兴办洋务、实业救国了吗？

康有为　（冷笑）哈哈，好一个兴办洋务、实业救国！（沉重地）咸丰十一年，朝廷设立"总理各国事务衙门"，至今也快三十年了。民众所见，无非就是挖了几座矿山，开了几个工厂，建了半条铁路，朝野上下，就以为可以"师夷长技以制夷"。可就在前几年，法国几艘兵舰，袭我福建马尾，军舰、船厂、炮台全数被摧毁。我方好不容易在陆路取得镇南关大捷，然而一纸《中法新约》

又是割地赔款。（痛心地）正所谓败也割地赔款，胜也赔款割地！（正色地）请问梁先生，如此实业，救得了国么？

梁启超 （震动，无以应答）这……

康有为 （沉重地）梁先生十数年训诂之学，能抵挡外夷之炮船么？

梁启超 这……

康有为 （质问）凡有识之士，看不到国家危难么？

梁启超 这……

康有为 凡热血男儿，不在寻找求存之道么？

梁启超 （肃然）敢问康先生，可有求存之道？

康有为 救我中华者，唯"变成法、通下情、慎左右"九个字！

梁启超 唯这九个字？

康有为 而这九个字中，又以"变成法"为最要！

梁启超 敢问康先生，何为"变成法"？

康有为 摒弃不合时宜之旧法，汲取泰西诸国之良法，革除弊政，改革官制，改良乃至于废除科举……

梁启超 （大惊）废除科举？这……这岂不断了天下读书人的生路？

康有为 但可让中华走上自强之路！

白　云 康南海，你就不怕得罪天下读书人？

康有为 宁可得罪天下读书人，不敢贻害子孙万代！

梁启超 康先生既然厌恶八股制艺，何苦又孜孜以求，数度参加科考？

康有为 （痛苦地）知我者谓我心忧，不知我者谓我何求？读书人，唯有出仕，才能救国，康某别无选择！（仰天长叹）只可惜了我那一篇篇改良社会的文章，都只怕进了主考官的废纸篓！

梁启超 哦，我明白了……

康有为 （固执地）你不明白！为变成法，我康某人还以布衣之身，冒杀头之险，上书皇帝，进言变法！

梁启超 （起敬）康先生还上书皇帝、进言变法？

康有为 （凄然一笑）上苍见怜，还给康某留着条小命。

白　云　（半似玩笑）康南海你尽给朝廷出乱子，迟早会要了你的脑袋！

康有为　它要，拿去便是。

梁启超　（肃整衣冠，上前欲拜）先生，请受学生一拜！

康有为　（拦住）今夜中秋，只拜月光，你拜我何来？

梁启超　先生方才一席话语，启超如听南海潮音，如闻狮子嗥吼，不啻当头棒喝，冷水浇背！才知道八股之外，有更深远学问；才知道四海之外，有更广阔世界！（高声）启超愿从南海先生门下，执弟子之礼……

康有为　（摇头）不！康某不能收你这个弟子。

白　云　（揶揄）那是，人家是一举人，你收得下吗？

康有为　（冷笑）哼！六经皆我注脚，群山皆我仆从，何况区区一举人？

白　云　那你为何不收？

康有为　万木草堂以救国为心、救世为念，一不收死读诗书之人，二不收醉心功名之徒，三不收无家国情怀之士。梁先生，请便——

白　云　（打量梁启超）梁先生，这康门，你还入吗？

梁启超　（略思索）入！梁某不再死读诗书，不再醉心功名，愿追随先生，为国奔走！

〔梁启超拿起桌上的茶杯，满怀期待地敬向康有为。

康有为　追随康某，为国奔走？

梁启超　一心一意，九死不悔！

康有为　那好吧！但愿以后你我相守相望，一路同行。

白　云　哈哈——新科举人拜老秀才为师，千古奇闻！

康有为　（自负地）终有一日，老秀才也要登上天子堂。

梁启超　（下跪，施拜师大礼）南海师——

〔渐收光。

第二场　上书

[男幕后音："梁启超拜康有为为师，这对看似普通的师徒，从此就成为了同一战壕的战友。五年后，公元1895年，康梁到北京参加乙未科会试。这次会试康有为考中了进士，而梁启超没有中式。在这期间，中日在黄海爆发海战，号称世界第七、亚洲第一的北洋水师，败给了日本海军，李鸿章代表清政府与日本签署和约。消息传回国内，掀起了一场轩然大波……"

[追光中，梁启超和谭嗣同拿着一管长卷急上。

梁启超　复生兄，你们湖南公车愿意联署上书吗？

谭嗣同　南海先生再次秉笔《上皇帝书》，我们湖南公车全部同意参加联署！

梁启超　好！我们走——

[两人下。图珍带着随从急上。

随　从　（悄声）图大人，人呢？

图　珍　各省公车都到都察院了，我们走——（两人急下）

[光全起。北京城，都察院门前，已聚集了一大班举子，康有为站在一个高台上。

康有为　（悲壮地）国家已破，洋务已死！

[康有为"哗——"的一下，把手中的长卷展开。

[与此同时，天幕一幅放大版的长卷放下，右首《上皇帝书》五个大字赫然入目。

康有为　（激情演讲）同胞们！去年甲午海战，我大清天朝上邦，败于日本这个东瀛小国，国人无不痛心。然而，在我康某人看来，中国败象，早在三十年前已注定！三十年前日本明治新政，尽改西法，三十年来我国办洋务，只会花钱买机器。因此我康某人可以大胆地说：甲午战败，洋务已死！

[各地举子不断聚集，梁启超、谭嗣同上。图珍率兵暗上，冷眼旁观。

康有为　甲午战败，乃五千年未有之大辱！甲午战败，为华夏民族灭顶之大灾！（痛心地）甲午战败，割让辽东，尽失台澎，赔款两万万两银子。同胞们，你们说，这和约签还是不签？

众举子　不能签……绝对不能签……

康有为　（举起手中长卷）同胞们，五年前我康某人曾"上皇帝第一书"。今日，康某又冒杀头之险，具名上第二书！凡一万八千言，请皇帝拒和约、改制度、变成法！（悲壮地）此书若不达，康某若不死，再上第三书、第四书，乃至于第一千书、第一万书！

［梁启超和谭嗣同赶到，站到康有为身边。

梁启超　同胞们，康先生敢具名上书皇帝，我们为什么就不敢？

众举子　敢——

谭嗣同　康先生要是为此掉了脑袋，我湖南谭嗣同第一个作陪！

众举子　我们都愿意陪康先生掉脑袋！

谭嗣同　（把手中的长卷展开，高声地）乙未科会考湖南公车九十六人，同意具名联署康有为先生《上皇帝书》！

梁启超　（展开手中的长卷，高声地）乙未科会考广东公车二百八十九人，同意具名联署康有为先生《上皇帝书》！

甲举子　（展开手中的长卷，高声地）乙未科会考福建公车一百一十二人，同意具名联署康有为先生《上皇帝书》！

乙举子　（展开手中的长卷，高声地）乙未科会考台湾公车六十七人，同意具名联署康有为先生《上皇帝书》！

［十八行省的举子纷纷展开手中的签名长卷。康有为报以深深一躬礼。

梁启超　（报）乙未科全国十八行省公车，同意具名联署康有为先生《上皇帝书》！

康有为　（满怀深情）同胞们，康某深谢了！有不惜葬送前途者，不惧抛洒头颅者，请随康某前去递交《上皇帝书》——

众举子　（齐声）愿随康先生前去递交《上皇帝书》！开门……开门……

［众举子拍打都察院大门。半天，才从里面出来一个官员。

［众人立时肃静，与官员形成一个短暂的对峙。图珍带着兵丁上，站在两旁警戒。

官　员　（清了清嗓子，宣读手中的卷子）都察院训示：近日外传朝廷与日本签约，凡十八行省赴京应试举子思潮涌动，其情可堪。然天朝与日本之涉，乃国与国之交，非人情世故可解。全权大臣已受朝廷之命，于日前在和约之上签押用宝，已成定局，无可挽回。冀各省公车自回行馆，等候本科皇榜，继续为国效力……

[闻言，所有举子静默，一阵可怕的静默。

[官员感到一种无形的恐惧，慌忙闪身入内，并狠力把门重新扣上。

康有为　（嘶竭）已成定局——无可挽回——哈哈哈——

[康有为用尽全力，把手中的《上皇帝书》掷向天空。

众举子　（大哭）已成定局——无可挽回——

[众举子也把手中的签名长卷，纷纷掷向天空，哭倒。

[天幕升起"上皇帝书"和"国家已破，洋务已死"等字样的条幅。

[渐收光。

第三场　变法

[三年后，光绪二十四年，农历戊戌年，公元1898年。

[舞台一侧，太监在追光中宣旨。

太　监　奉天承运，皇帝诏曰：自甲午年中日黄海开战以来，已四年矣，国运不振，民心思变。天下士子，多主变法自强。广东士子康有为、梁启超屡屡上书，进言变法，忠心可嘉，明日进殿，共商国是。钦此。（下）

[光全起。紫禁城勤政殿外间朝房，荣禄和大臣、将军等人在朝房当值。

大　臣　（沉不住气）荣大人，今儿皇上召见康梁，这法怕是不变不成了！

荣　禄　你着什么急？

将　军　他康有为这一变法，说什么撤衙门、裁冗兵、建新军，那还要我们这些满族将军、八旗子弟干嘛？

大　臣　这不是从我们这些老臣嘴里抠食吗？（赌气）我、我这就向皇上告老，回家种地去！

荣　　禄　放心，不是还有太后老佛爷吗？

大　　臣　可皇上都亲政了不是？

荣　　禄　幼稚！

大　　臣　（小心地）荣大人您是说皇上幼……

荣　　禄　（大声地）说你呢！

　　　　　［康有为、梁启超上。

荣　　禄　（横蛮地拦在康、梁面前）你们两个，就是康梁？

康有为　（不亢不卑）正是。

荣　　禄　三年前的上书，怎么就没要了你们的脑袋？

康有为　这不正是皇恩浩荡么？

荣　　禄　（讥讽）哼！南蛮之人，长成你们这个燊燊大才的样子，也算是个异类。

康有为　南蛮之人，早在秦汉已经教化。西北边民，至今仍在游牧。

荣　　禄　（恼怒）放肆！

将　　军　（大笑）哈哈！康有为，你别忘了，我祖宗十万铁骑，不也踏平中原了吗？

康有为　（向将军施礼）康某恳请将军，可否再领十万铁骑，前去平倭荡寇？

将　　军　（恼羞）你以为我不敢？

康有为　我当然知道将军敢，但敢胜的不多，敢败的却不少！

将　　军　（气结，"噌——"地拔出佩剑）康有为，我杀了你！

梁启超　（勇敢地挡在康有为面前）不要伤了我的老师！

康有为　（脸带微笑）卓如，别怕，他不敢！（自负地）杀了康某人，谁来为皇上施行新法？

将　　军　（气短）哼——（剑入鞘）

荣　　禄　康有为，虽然圣上召见你，但我还是要告诉你：祖宗之法，不是你说要变就变！

康有为　荣大人口中的祖宗之法，能保圣皇之城，还是能守祖宗之地？

荣　　禄　这……

康有为　（凛然）宋临川先生王安石有云："天变不足畏，祖宗不足法，人言不足恤"。

大　　臣　（冷笑）哼！熙宁变法也无善终！

康有为	（绵里藏针）哦？原来，李大人是把当今圣上，比作前宋神宗皇帝？
大　臣	（知道犯了忌，气急）你——
荣　禄	康有为，今天让你变了祖宗之法，明天你就敢去改天换日！
康有为	荣大人，您错了！当今天下，康某是保孔教第一人、保大清第一人！
梁启超	（赞同）老师说得对，唯有变法，才可保孔教、保大清。
康有为	（赞赏）好，说得好！不愧是我康门弟子。祖宗之法，善则行之，不善，则变之。
荣　禄	你康有为不过是工部预衡司一个六品小主事，祖宗之法，你说要变就能变？
康有为	哈哈，当然不是。（抱拳向天而敬）当今圣上，乃旷代之明君！他说要变法，就一定能变！
荣　禄	如果还变不了呢？
康有为	（脸带微笑）那就斩他几个一品大员，杀他几个封疆大吏。荣大人，您看如何？
荣　禄	（狠狠地）那好！我荣禄倒要看看，到底是谁斩了谁！哼——（和将军拂袖而下）
	［内殿声："宣康有为、梁启超进殿——"
大　臣	（阴阳怪气）康先生进去侍奉皇上吧，可别忘了，有机会也该好好侍奉老佛爷。（下）
康有为	多谢李大人提醒！
	［康有为、梁启超入殿。收光。
	［暗转。舞台中央，太监在追光中宣旨。
太　监	奉天承运，皇帝诏曰：自甲午战败以来，已三年矣，国运不振，民心思变。天下士子，多主变法自强。广东士子康有为、梁启超屡屡上书，进言变法，力主革旧维新，譬如废八股，裁冗兵，变成法，改制度，如此等等。然变法为前人未有之创举，千头万绪，全在人事。擢工部预衡司主事康有为总理衙门章京行走，授四品衔。授广东举人梁启超六品衔，署理译书局事务。擢谭嗣同、林旭、杨锐、刘光第为军机四卿，授四品衔。嗣后中外臣工，各宜戮力同心，以变制度、行新法为根本，以富国强兵为要务，不得因循守旧而置

天朝于万劫不复之境地也。钦此。(下)

〔光渐收,一阵诡谲的音乐从远处传来。

〔北京城黑沉沉的城头,远处传来隐约的更声,时已三更。

〔追光中,图珍带着一队清兵手持灯笼、刀枪追上。圆场。

图　珍　(大声叫嚷)太后有旨,捉拿康梁!

众清兵　(帮腔)捉拿康梁——

图　珍　肃清乱臣,缉捕康党!

众清兵　(帮腔)缉捕康党——

图　珍　走!(与众清兵下)

〔光全起。京西南海会馆,室内有书,墙上有剑。梁启超正在拨弄一把古琴。弦丝之声,有如空谷跫音。

〔谭嗣同捧一书稿上。

谭嗣同　(击节赞叹)好书、好书哪!

梁启超　(迎上)复生兄,又读到什么好书了?

谭嗣同　黄遵宪先生新著——《日本国志》。

梁启超　(接过书看了看)哦?(把书还给谭嗣同)去年我就推荐你读这书。你却说:谭嗣同不读倭国之书!

谭嗣同　惭愧!要不是日本公使馆的水野幸男先生再三推荐,也就错过了。

梁启超　以强敌为师资,不失为自强之本。(踌躇满志)泰西各国,历三百年才实现富国强兵,而日本维新不过三十余年,一蹴而成为世界强国。中国若能效仿日本维新变法,三年便可自立,三十年而强日本!

谭嗣同　对!朝廷《明定国是诏》已颁天下,变法已成离弦之箭。帝党携手康党,何惧后党?

〔梁启超连忙作了个"嘘——"的动作,提醒谭嗣同隔墙有耳。

〔两人走到窗边,看了看,没人,又掩嘴而笑。

梁启超　康党多年孜孜以求,终有成果!

谭嗣同　何止康党?就连李鸿章、张之洞、袁世凯这些洋务大员,都想加入我们的"强学会"。

梁启超 （笑了笑）李鸿章、张之洞老奸巨猾，都不要！唯独袁世凯袁侍郎手握重兵，支持变法，是可以倚重的力量。

谭嗣同 （凝重地）前天晚上，我奉圣上密诏，入法华寺见袁侍郎，与他约定：借圣上往天津小站检阅新军之际勤王护驾，然后回师京都，清君侧、复大权、肃宫廷、杀……

梁启超 （抓住谭嗣同的手，制止他说出"太后"两字）沙……沙……场点兵！

梁、谭 （合）哈哈——

谭嗣同 卓如你把我叫我来，说南海先生有要事商谈，这么晚了，怎么还没见他？

梁启超 怕是外头的事还没做完，耐心等等就是。

〔这时，门外传来拍门声。

梁启超 （有点警惕）谁？

〔门外声音："先生，是我，阿全。"

梁启超 （释然）哦，是阿全。（开门）

〔阿全进屋。

阿　全 （急，悄声地）先生，出大事了！

梁启超 （一愕）出什么事了？

〔阿全示意有谭嗣同在旁。

梁启超 复生兄与我志同道合，如今又是军机四卿之首卿，有什么话，但说无妨。

阿　全 我刚刚接到消息，荣禄连夜带人，把圣上抓了起来，囚禁瀛台！

梁、谭 （同大惊）啊？！

谭嗣同 什么？这荣禄，连皇帝都敢抓？！

梁启超 消息可靠吗？

阿　全 绝对可靠！

〔梁启超急，突然想到一个办法，上前抓住谭嗣同的手。

梁启超 复生兄，你我这就上法华寺，请袁侍郎马上起兵勤王！

谭嗣同 走——

〔这时，刘洞撞门而入。

梁启超 （惊）师兄——

刘　　洞　（喘定口气）康广仁先生已经被巡防营抓走，副都统图珍带着官兵全城搜捕维新人士。老师带着圣上的"衣带诏"，已经成功出走，特命诸同志各自逃生，以存实力！

　　　　　［众人震惊！

梁启超　（关切地）南海师已经成功出走？

刘　　洞　对呀！

梁启超　（稍安）这就好。（对谭嗣同）走！我们马上去找袁侍郎！

刘　　洞　（没听明白）找袁四郎？哪个袁四郎？

谭嗣同　袁世凯。

刘　　洞　（惨笑）找他？他还四处找你们呢！

　　　　　［众人愕然。

刘　　洞　（凄然）袁世凯已经投了"后党"，图珍就是他派来的。

　　　　　［闻言，众人颓然。

梁启超　（突然想起）不好！那个图珍去年到过南海会馆，还说要加入我们的"强学会"。

刘　　洞　此地不可久留，马上得走！

　　　　　［众人急忙收拾东西要逃命。

　　　　　［谭嗣同从墙上取下宝剑，"噌——"的一声，宝剑出鞘。

谭嗣同　袁世凯——我杀了你！

梁启超　复生兄，现在不是骂贼的时候，图珍马上就会搜到这，我们快走！

　　　　　［稍作沉吟，谭嗣同宝剑入鞘，整了整衣冠，向梁启超、刘洞深深施礼。

谭嗣同　（深思熟虑）约明、卓如，嗣同不走了！

刘　　洞　（不解）你不走了？

谭嗣同　不走了！这两年，嗣同随南海先生览读各国志书，才知道国家变法，无不从流血而成。而今日，中国之所以国运未昌，是因为还没有因变法而流血者。（坚决地）这滴血，请从我谭嗣同始！

梁启超　（被感染）说得好！我也不走了！

谭嗣同　（大声地）不！你是康梁！康梁就是变法，康梁就是新法，康梁不能死！

梁启超　为什么你谭复生可以慷慨赴死，而康梁就不能？

谭嗣同　（锥心的痛）康梁死了，新法也就死了！

梁启超　（喃喃自语）康梁死了，新法也就死了？

谭嗣同　（坚定地）康梁不能死，变法不能停！

　　　　［梁启超闭目向天，泪流满面。

谭嗣同　卓如，你马上去日本公使馆，找到我的朋友水野幸男，他会帮助你的。

梁启超　找日本人？

谭嗣同　眼下，只有日本人才可以救你！（慷慨决绝）康梁不能死，新法不能死！嗣同愿代你而死！代新法而死——

梁启超　（向谭嗣同跪下，大恸）复生兄，启超将为你而生！为新法而生！

谭嗣同　卓如，记住我的话，无论如何，变法不能停！

梁启超　（一字一句）变法不能停？记住了！启超记——住——了——

　　　　［刘洞、阿全也被感染，跪拜如仪。

谭嗣同　（拭去脸上的泪水，坚决地）你们走！不有行者，无以图将来；不有死者，无以醒后世！为了新法，去，也昆仑；留，也昆仑！

　　　　［屋外传来图珍的吆喝："都给我查个仔细，别让乱党跑咯！"

谭嗣同　快走！

梁启超　（一字一句）去，也昆仑；留，也昆仑？！复生兄——

谭嗣同　走——

　　　　［梁启超、刘洞和阿全一步三回头，从后门下。

　　　　［一片寒寂的月光，罩住了谭嗣同孤单的身影。

谭嗣同　（向天）去，也昆仑；留，也昆仑！

　　　　［黑暗中，图珍带着清兵撞门而入，刀枪齐齐指向谭嗣同。

　　　　［谭嗣同横剑向敌，然而，剑未出鞘。

谭嗣同　（仰天长笑）哈哈哈——去留肝胆两昆仑！

　　　　［切光。

第四场　和袁

[男幕后音："'戊戌变法'历时仅百日，谭嗣同等'六君子'喋血菜市。在日本人的帮助下，康梁先后逋命东瀛。这一去，整整十四年。时光到了公元1912年初，这已经是民国元年……"

[光起。东京艺伎馆，室中摆了两张榻榻米、日式茶具。水野幸男身穿和服，正在摆弄一局围棋。

[幕后传来靡靡的东瀛音乐，三个艺伎正在跳舞。

[图珍戴着礼帽、夹着皮包碎步急上。水野略一挥手，艺伎全下。

图　珍　（点头哈腰）水野先生，幸会幸会！

水　野　（头也不抬）你来了，图先生？

图　珍　来了……

水　野　我们来一局？

图　珍　图珍不通棋艺，恕难奉陪。（左右张望）

水　野　（继续点棋子）放心，你要见的人，会来的。

图　珍　图珍此次秘访日本，成功与否，全赖水野先生。（掏出支票，放桌子上双手推给水野）敝国的一点心意，请笑纳。

水　野　（看也不看，把支票推回）我们所要的，是国家利益，你的——明白？

图　珍　（连连点头）明白明白。（收起支票）

水　野　康梁如果能回到中国，加盟北洋政府，我想，这符合日本国的利益。

图　珍　是的是的。但图某担心，康梁回国后，与南方的孙文结成同盟。

水　野　（软中带硬）那是你们的内政。谁能保证日本国在满洲的利益，我们就跟谁合作。

图　珍　那是那是。

门　房　（报）水野先生，梁先生来了。

水　野　请他进来吧。

门　房　梁先生，请——（下）

［梁启超、阿全上。

梁启超　（热烈地）水野先生——

水　野　（满脸堆笑）噢，梁先生！我知道，你一定会来的。

梁启超　水野先生都叫人送来了帖子，梁某能不来吗？

水　野　这两年来你我虽不常见面，却时常能在报章拜读你的高论。

梁启超　书生意气，空谈而已！倒是水野先生每月叫人送来的油米茶盐，实在是解了梁某的无米之忧。

水　野　哈哈！不值一谈！来来来，给你介绍一位朋友，一位来自你父母之邦的朋友，你们也许见过面。

图　珍　（作礼）梁先生！

梁启超　（觉得眼熟）请问，阁下是……

图　珍　（并不隐瞒）在下是国民政府内务次长图珍。

梁启超　图珍？

图　珍　图某当年在南海会馆向康先生、梁先生讨教过。

　　　　［阿全一听，火冒三丈，冲上前一把揪住图珍。

阿　全　好呀，你就是图珍？！（举拳欲打）

图　珍　（挣扎）小哥，能不能让我把话说完再打？

阿　全　等你把话说完，我就不打你了。

图　珍　这就对了嘛。

阿　全　（吼）我杀了你！

　　　　［眼看着阿全就要打人，水野上前制止。

水　野　哦，梁先生，给老朋友一个面子，叫您的人放了他。

梁启超　阿全，放了他。

阿　全　哼！（一把推开图珍）

图　珍　（整了整衣衫，向梁致歉）梁先生，当年官差不由己，还望见谅。

梁启超　你千里迢迢来到日本，就为说这句话？

图　珍　是这样的梁先生，眼下南北政府已实行和解，袁世凯袁大总统想请流亡海外的维新同仁回国，共商国是。

梁启超　（愤怒）哼！当年唯恐不能把维新派赶尽杀绝的袁世凯，要请我们回国？

图　珍　梁先生，我想您误解了袁大总统了。（正色地）当年，支持变法的，除了那几个少得可怜的"帝党"，以及你们几个书生意气的"康党"，文武百官、封疆大吏有几个是你们的人？没钱没粮没兵，您以为写几篇文章、颁几道诏书就可以改变几百年乃至于上千年的成法吗？不能！（沉重地）袁世凯如果当年也追随光绪爷一条道走到黑，结局只会比"六君子"更惨！

梁启超　（怵然）比"六君子"更惨？

水　野　图先生所说，不无道理。

图　珍　（语重心长的样子）虽然我也是满人，可我知道，爱新觉罗家的天下已经烂到了底子，一个腐朽的王朝走向崩溃，是没有人可以阻挡的！

水　野　（见机打圆场）政治上各为其主，分分合合的事常有，如今相见泯恩仇吧！

图　珍　对对对，相见泯恩仇！

水　野　请喝茶。

　　　　[众人落座，品茶。

图　珍　（推心置腹的样子）梁先生，图某有一句话，不知当说不当说？

梁启超　说来。

图　珍　当下之北洋政府，里头都是些行伍之人，改良派若能参与其中，与之互为依托，中国前途，定能曙光重现。

梁启超　（被触动）互为依托？

图　珍　（意味深长地）对，互为依托！

　　　　[梁启超陷入沉思。

图　珍　大总统还允诺，只要梁先生回国，一定助先生入阁。

梁启超　我梁启超不求个人显达，但求能在国内聚合维新力量，组成进步政党，以开中国民主之风气！

图　珍　（笑）哈哈！大总统正有此意，就等梁先生回国筹建新党，与孙文的革命党相抗衡。

梁启超　组党结社，绝非朝夕之功。

图　珍　经费这一层，您大可放心，财政部早已拨备二十万元，只等梁先生回国取用。

梁启超　你不会是信口开河吧?

图　珍　此乃袁大总统亲口对我所说。二十万元,现大洋。

水　野　可见袁大总统一片诚意。

图　珍　大总统还托我传话,康先生如果也能回国,政府定有妥善安排。

梁启超　此事重大,梁某自当与南海师商量。

图　珍　这,就拜托梁先生了。

　　　　[梁启超端起茶杯,低头品茗。

　　　　[水野和图珍四眼对望,会心一微笑。

　　　　[光渐收。

第五场　劝归

　　　　[光起。上场次日,康有为在日本的寓所。

　　　　[寓所中摆了个祭坛,坛上不知供奉着个什么。

康有为　(忧愤地)中华,生我养我的中华,我为之魂牵的故国,我为之梦绕的家邦。十四年了,我离开你已经整整十四年了。每一个日夜,我都在遥望着故土,遥望边塞的冰雪,遥望南国的花香,遥望中原的厚土,遥望辽阔的海疆……就这么遥望着它,一点点地……一点点地……陆沉……

　　　　[说到伤心处,康有为悲恸垂泪,不能自已。

康有为　二十多年前,我康有为就想到会有这么一天,但没有想到这一天竟然来得如此匆忙,如此彻底!今日国人皆骂康某保皇,一如当年朝野皆骂康某维新。知我者寥若晨星,不知我者何止万千?(动情地)没错,我康有为是在保皇,但我一不保叶赫那拉氏,二不保千年不变的宗法!(向天而敬,激昂地)我康某人保的是德宗皇帝,是主张变法图强的光绪爷!(悲伤)我康某人保的是国家社稷,是苍生黎民啊……(惨笑)可今日,皇帝没了,大清也没了。国已经不再是那个国,家还是那个家么?(哀号)大清呐,先皇呐……臣等无能,回天乏力啊……(向祭坛跪倒)

[刘洞带着梁启超上。

刘　洞　老师，卓如来了。

梁启超　（见康有为跪倒，急扶起）老师——

康有为　（无力地）卓如呀，你可知，大清已亡了吗？

梁启超　启超知道了。

康有为　你给我跪下。

梁启超　南海师，您这是……

康有为　（不容置疑）跪下！

[梁启超只好向着祭坛跪下。

康有为　（指着祭坛）这上面供奉的，是德宗先皇帝赐予我的"衣带诏"。国破家亡，臣子无以为念，唯有三跪九叩，以表忠义！

梁启超　（猛地站起，拍了拍前襟，坚决地）南海师，这头我不能叩！

康有为　（意外，转而喝斥）跪下！

梁启超　我不能跪！

康有为　（气结）你——

梁启超　大清灭亡、清帝退位，皆是咎由自取，不足为惜！

康有为　放肆！当年你也曾食君禄、受君恩。

梁启超　当年参加科考，接受六品官衔，是追随老师出仕救国之理想。自从戊戌年以来，启超孤悬于海外，游历于欧美，对国家前途命运，重新做种种思索。

康有为　你又如何思索？

梁启超　启超以为，当下中国前途，不外乎两种选择：一是施行有君主之立宪制度，譬如日本和英国；二是施行无君主之共和制度，譬如大革命后的法兰西。

康有为　以中国五千年之积淀，唯有施行有君主之立宪。

梁启超　是的，半年以前，启超也还坚定地这么认为。然而武昌城头一声枪响，现在还谈有君主之立宪，有意义么？现在还叫爱新觉罗氏坐这个天下，有可能么？

康有为　酿成今日局面，罪不在德宗皇帝。

梁启超　启超从不否认德宗圣明。然而德宗只能是德宗，事实证明他根本无力抗衡整个清室。

康有为　（叹息）这点，你倒是说对了。

梁启超　（激愤地）就是这个清室，屡屡错过改良与维新的历史机遇。洋务运动，只学物器；戊戌新政，只存百日。前两年说要"预备立宪"，最终又演变成了皇族内阁，贻笑于天下！（沉痛地）只学物器，不改制度，列强环伺之下，最终只会死路一条！

康有为　君主立宪，何尝不也是种制度改革？当然了，为师所主张的，是虚君共和。

梁启超　（慷慨地）南海师，天下乃天下人之天下，并非一家一姓之天下！既然是虚君，留来何用？

[望着慷慨激昂的梁启超，康有为感到无比的陌生。

康有为　（叹息）人说"善变之梁启超"。看来，所言不虚呀！

梁启超　天下格局天天在变，人心焉能不变？但启超永恒不变的，是一颗忧患家国的心。

康有为　（有点愤怒）难道，就你梁卓如一个人在忧患家国？

梁启超　学生当然知道老师也在忧患家国。可如今大清已亡，无皇可保了。（沉重地）国家除了继续往前走，别无选择。

康有为　无皇可保？别无选择？（拭泪）

梁启超　今天学生过来，是想与老师商讨回国参加北洋政府的事。

康有为　（愕然）回国？参加北洋政府？

梁启超　（坦然）袁世凯派人来到日本，说是要请康梁回国。

刘　洞　（惊诧）卓如你都答应了？

梁启超　（委婉地）还要听从老师的意见。

康有为　（愤怒地）你分明已经答应了袁世凯！

梁启超　（争辩）中国除了"保皇"，难道就没有第二、第三条路可走了吗？既然已经山河易帜、南北议和，为何我们就不能摒弃前嫌，与北洋袁氏携手，共造一个全新中华？

康有为　共造全新中华？我看你梁卓如，有的只是趋附之心！

梁启超　（极痛苦）不不不！启超绝非趋附之徒！

康有为　如果连当年的康梁都回去，当了他袁世凯的官，这不就是他袁某人"四海归心""得道多助"了吗？你以为我们回了去，天下就太平了吗？

梁启超　前路纵然有冰山火海，以民族大义计，以安邦兴国计，康梁此时此刻不能不回！

康有为　必须回？

梁启超　必须回！（单膝下跪，动情地）南海师，启超不跪大清，不跪先皇，但今天就给您跪下了，我们就回去吧！（泣告）这整整十四年的流亡生活，惶惶如丧家之犬，不可终日……

康有为　（扶起梁启超）丧家之犬，不可终日？当年的康梁，怎么就成了丧家之犬，惶惶不可终日呀？（嚎啕大哭）

［两人抱头痛哭。

梁启超　老师，我们回国吧，回国就有家了……

康有为　有家了？

梁启超　有家了！

康有为　（痛苦地摇头）没有了！当年戊戌之变，慈禧叫人烧了广州的万木草堂，抄了为师在南海苏村的老宅，还刨了康氏的家山祖坟……我康某不过是为国家变法图强，怎么就成了叛臣逆子、天涯逋客了呢？

梁启超　如今，他们已经走进了自掘的坟墓里。

康有为　该走进坟墓的，是那些冥顽之人，而非大清！

梁启超　（不想在这个问题再辩）也许是吧。学生前几天收到一位广州旧友寄来的信，说当年老师在草堂院子里种的那棵木棉树，又开花了。

康有为　又开花了？（动情地问）没给烧了？

梁启超　没烧着，年年都开花！

康有为　（开心起来）东瀛苦寒，珠江水暖，它能不开花吗？火红火红的、大如鹅卵的花骨朵，一砸下来，能把地面砸出个坑，这就是咱南国的木棉花！（又伤感）十多年了，只有在梦里，才见到南国的木棉花……

梁启超　回去吧！我们出来已经整整十四年，老师都满头斑白了。（从康有为肩膀处捡起一根白发）

刘　洞　　老师，卓如说得对，我们还是回去吧。

康有为　（拿过白发，不胜伤感）整整十四年了，回吧！回去看看我的老宅子，回去重新垒起康氏的家山祖坟，我康有为愧对先人呐！（颤巍巍地走向祭坛，点燃三支檀香，大声地）我更愧对大清、愧对先皇呐！臣等无能，回天乏力啊——

［光渐收。

第六场　反袁

［男幕后音：“宣统皇帝宣布退位，昭示着一个朝代的终结，哦不，是一种制度的终结。回到国内后，梁启超参加了北洋政府，而康有为依然是闲云野鹤，不问世事。然而，树欲静而风不止，世事总在康梁这对师徒身上缠来绕去……”

［光起。北京寓所，康有为正在临笺疾书。

康有为　（驻笔吟哦）共和制度，三年以来，乱象丛生……

［另一光区，梁启超也在临笺疾书，与康有为看似在各写各文，实则在文笔交锋。

梁启超　（驻笔吟哦）共和制度，三年以来，国势未定……

康有为　（驻笔吟哦）国人所见，触目伤心：无伦理、坏纲常、去教化。国之经纬，唯有重回尊孔……

梁启超　（驻笔吟哦）吾爱孔子，吾尤爱真理；吾爱先辈，吾尤爱少年；吾爱历史，吾尤爱未来……

康有为　（驻笔吟哦）孔教之不保，何来我中华五千年之人文？大清之不保，谈何保国？是之为保种必先保教，保国必先保大清……

梁启超　（驻笔吟哦）吾以为：教已不必保，也不可保，大清不必保，也不能保。从今往后，四万万同胞，唯有努力保国，保中华之国而已……

康有为　（驻笔吟哦）袁世凯者，窃国之大盗也……

梁启超　（驻笔吟哦）袁世凯者，窃国之大盗也……

康有为　（驻笔吟哦）已登大总统宝座，犹不满足，阴谋复辟……

梁启超　（驻笔吟哦）已登大总统宝座，犹不满足，阴谋复辟……

康有为　（驻笔吟哦）天下大统，为大清国肇始，岂容袁氏复辟？可复辟者，唯有逊帝宣统皇帝也……

梁启超　（驻笔吟哦）天下大统，已行共和制度，岂容袁氏复辟？敢复辟者，国人皆可诛之，启超定当奋起诛之……

康有为　（驻笔吟哦）康某人反对袁氏复辟！（愤然掷笔）

梁启超　（驻笔吟哦）梁启超反对任何人复辟！（愤然掷笔）

　　　　〔梁启超的光区收光。幕后传来白云道长的行板歌吟："海滨邹鲁兮有乔松，木秀于林兮迎罡风。南人离井兮寄北地，山高水长兮又相逢……"听着这似曾相识的吟哦，康有为不觉循声望去。

　　　　〔白云道长不期而至，只见他装扮如旧，只是须发花白，更显仙风道骨。

康有为　（惊喜，迎上）哦，白云道长，炳琰师兄！你怎么来了？（垂泪）快二十年了……

白　云　（感慨）快二十年了……正所谓白云苍狗无定态，沧海桑田已人间！哈哈——

康有为　师兄你该写个信，好叫我派人去接你。

白　云　（一本正经的样子）前些年，我写信到东瀛给你，要你给我寄张船票。然后就等呀等，等了整整十五个年头。

康有为　（信以为真）真的？

白　云　真作假时假亦真。我没有等来船票，这就是真。

康有为　惭愧。

白　云　得知你从东瀛回来，我就从岭南上来找你。然后就走呀走，走了整整四个年头。

康有为　（不以为然了）真的？

白　云　假作真时真亦假。我今儿到了你面前，却是不假。哈哈——

康有为　师兄依然是快意之人，廿载风尘，没在你心中结成块垒。

白　云　而你心中的块垒，却是无以化解。

康有为　（叹息）无以化解了！

白　云　在为弟子梁卓如闹心？

康有为　师兄一语中的！

白　云　天道轮回，冤冤相报。你今日之情形，何尝不是当年在礼山草堂与九江先生朱次琦的旧事重演？

康有为　当年与恩师九江先生是学术之争，而如今与梁卓如，却是政见之争。

白　云　有区别吗？

康有为　学术之争，争的不过是个人意气。政见之争，争的却是国家前途。

白　云　（大笑）哈哈哈——，康南海呀康南海，国家前途什么时候在过你们这些书生手里？你跟梁卓如在报章上争来争去，何尝不也是意气之争？算了吧，师徒一场，何必跟自己的学生过不去？

康有为　（沉重地）知我者谓我心忧，不知我者谓我何求？师兄已经是方外之人，世俗之事……

白　云　不懂！

刘　洞　（拿着报章急上）老师，今天的报章……

康有为　约明你看，谁来了？

刘　洞　（作礼）白云道长！（对康有为）老师，报章……

白　云　走了走了！方外之人，不懂世俗之事！走了——

康有为　（挽留）师兄，二十年没见了，我有好多话要跟你说呐！

白　云　走了走了——（飘然而下）

康有为　（没留住白云，迁怒于刘洞）有什么话，你不能等会再说？

刘　洞　（指着报章）老师，卓如不该背叛您。

康有为　背叛？

刘　洞　他回国是有所图谋的。（递过报纸）老师您看，头条稿。

康有为　（余怒未消）你读来给我听！

刘　洞　（念报）"财政部资金短绌，梁启超追讨二十万欠款"。

康有为　二十万欠款？这怎么回事？

刘　洞　　当初，袁政府许下了二十万元的重金，他梁卓如才答应回国。不想袁世凯现在想赖账，梁卓如不干，这事就闹得满城风雨。

康有为　（怒）找他去！

［两人急下。收光。

［暗转。夜，隐约传来"风高物燥，小心火烛。关好门窗，防火防盗"打更声。

［梁启超正在寓所誊抄稿件。图珍上。

图　珍　（边上边叫）梁总长，梁总长——

梁启超　（迎上）图先生，连夜来访，有何见教？

图　珍　偶尔路过，进来拜会总长大人。

梁启超　此乃私宅，图先生不必拘礼。

图　珍　（谄媚）诶，同朝为官，这尊卑上下的，还是要讲究的嘛。

梁启超　请坐！（叫）上茶——

［婢女送茶上。复下。

梁启超　图先生，你来得正好，梁某有件事，正想找你商议。

图　珍　还请总长明示。

梁启超　前几年在日本的时候，你跟我说，只要我回国，二十万元的组党经费，由财政部拨备。现在都几年过去了，请问，钱呢？

图　珍　这……想必大总统也有难处。眼下是遍地狼烟，打仗，烧钱哪！

梁启超　那孙文也是被你们逼的！我梁启超好不容易才把进步党筹建起来，帮你们把国民党压了下去，却连一文钱的运作经费都没有！我的请款文书，屡屡被财政部打了回头。（不满地）如此机密之事，还被你们的人捅到报馆。

图　珍　不、不！此事绝非图珍所为。

梁启超　狡兔还没死呢，就想把走狗烹了？

图　珍　袁大总统答应助您入阁，您不也入了吗？

梁启超　（冷笑）哼，听起来倒是不错：司法总长。敢问图先生，当下中国，有法吗？哪个不是刀兵说了算？！

图　珍　扯远了，扯远了！

梁启超　不说了，喝茶！

　　　　［两人同举杯，喝茶。

图　珍　（放下茶杯，转入正题）梁总长，近来各界纷纷请愿，都说共和制度不合我国之国情，以杨度等"六君子"……

梁启超　（"砰"地把茶杯放桌子上）放屁！他杨度也敢称"六君子"？我看是"六伪君子"！

图　珍　（唯唯诺诺）是是是！杨度他们六……六个人，成立了个什么"筹安会"，向大总统劝进。大总统说过，他并不赞同恢复帝制，这您也是知道的。

梁启超　既然大总统不赞同恢复帝制，就杨度他们几个，能搅出什么风浪来？

图　珍　（一脸无奈）可眼下各界纷纷上书请愿，要求再行帝制，大总统也是骑虎难下呀！

　　　　［至此，梁启超对图珍连夜造访的意图，已经明了。

梁启超　（大笑）哈哈，原来他袁世凯不想当皇帝，也这么难！

图　珍　梁总长是政府要员，关于再行帝制的问题，您有何高见？

梁启超　（故意地）你不是"筹安会"的吧？

图　珍　（摇头）不是不是。

梁启超　袁世凯叫你来的？

图　珍　也不是。（强调）绝对不是！

梁启超　袁公子袁克定？

图　珍　这……可以这么说吧。

梁启超　（凛然）那好，请你转告袁公子，乃至于大总统：纵令全国四万万人中，三万九千九百九十九万九千九百九十九人赞成恢复帝制，而我梁某一人，绝不赞成！

图　珍　绝不赞成？

梁启超　绝不赞成！

　　　　［见梁启超态度决绝，图珍只好顺着往下走。

图　珍　那是那是。好不容易才建立民国，怎能又倒了回去呢？（掏出张支票，放在桌子上，推到梁启超面前）这是二十万。

梁启超 （愕然）二十万？你这是什么意思？

图　珍 眼下关于是否再行帝制的问题，天下舆情汹涌，大公子得知梁总长写了篇题为《异哉所谓国体问题者》的万言著作……

梁启超 （颇感意外）连这，你们也知道了？

图　珍 梁总长是当今名士，文章总是不胫而走。大公子得知大作是反对再行帝制的，公开发表怕对大总统不利。

梁启超 所以派你来，收买我？

图　珍 不不不！大总统……不不……大公子的意思，只要梁总长不公开发表这篇文章，这二十万元，权当润笔。

梁启超 （大笑）哈哈哈！我梁启超从来都是发表文章拿稿酬，今天才知道，原来不发表文章也能拿稿酬，而且是大稿酬！

图　珍 大公子还说了，这二十万元，也算是清偿先前对梁总长的欠款。

梁启超 （愤怒）政府欠我的是组党经费，是公款，与他袁公子何干？

图　珍 不都是白花花的大洋吗？

梁启超 完全两码事！麻烦你转告袁公子，《异哉所谓国体问题者》是篇讨伐檄文，不是应景时文，一定要公开发表。这钱，拿回去！

　　[见梁启超态度决绝，图珍一改谄媚脸孔。

图　珍 （威胁）如此，将谁也无法保障梁先生之人身安全！

梁启超 纵使梁某身首异处，文章也定要发表！

图　珍 只怕你等不来文章发表之日！

梁启超 谢谢你的提醒！（拿起桌上文稿）这是一份刚刚誊抄好的《异》文，本要投送报馆，既然图先生来了，有劳你带一份回去，送给大总统，指点一二。

图　珍 不识好歹！

梁启超 （喊）阿全，送客！

　　[阿全进来，对图珍作了个"请——"。

　　[图珍正要退出，康有为和刘洞上。

图　珍 （作礼）康先生！

梁启超 （作礼）南海师！

康有为　（板着脸）图先生，你也在？

图　珍　图某不期造访，告辞。（欲下）

康有为　请留步。

图　珍　（不断察颜观色）康先生有何见教？

康有为　图先生可有读报的习惯？

图　珍　从政者，不能不读。

康有为　今日《国民报》，读了吗？

图　珍　今日事多，未曾览读。

康有为　那就有劳先生了！

　　　　[康有为一扬手，刘洞把《国民报》递给图珍。

康有为　头条稿。

图　珍　（打开报纸，眉间掠过一丝喜色，朗读）"财政部资金短绌，梁启超追讨二十万欠款"！

梁启超　（如芒刺在背）南海师，这二十万……

康有为　（发现了桌子上的支票，拿起来）这是你回国的价码，是你梁卓如的安家费！

梁启超　（急）不！不！这是袁世凯答应给我的、回国筹建进步党的组党经费。

康有为　组党经费？

梁启超　是组党经费。这事图先生可以证明。

康有为　图先生，是这样的吗？

图　珍　这……

梁启超　（求助地）图先生，你得给我作个证明！

图　珍　我照直了说？

梁启超　说！

图　珍　（眼珠子一转，狡黠地）康先生，这既不是安家费，也不是组党经费。

康有为　哦？

梁启超　（意外）那、那又是什么费？

图　珍　（慢条斯理）那是袁大总统曾答应给梁先生的、动员康先生回国的辛苦费！

　　　　[康、梁同时惊呆！康有为忽然有些晕眩，刘洞连忙把他扶到椅子上。

梁启超 （怒吼）阿全，送客！

阿　全 （忍着气）图先生，是你自己走呢，还是我拖着你走？（撸袖子）

图　珍 （嘴硬）本人是国民政府……

阿　全 （怒吼）滚——

　　　　　[阿全推搡图珍，图珍抱头鼠窜地下。

康有为 （一拍桌子）梁卓如，今天这事，你得给我说个明白！

梁启超 （急辩）南海师，启超是清白的。

康有为 清白？大前年在日本，你说给我痛说什么民族大义、安邦兴国，现在看来，是那么的冠冕堂皇、那么的滑稽可笑！你当袁政府的官也罢，拿袁世凯的钱也好，我康某人无权过问，也不想过问。（怒）但是，你不该在拿康某人来做交易！

梁启超 启超从来不会做交易，更不敢拿老师来做交易。这是组党经费，不是安家费，更不是什么辛苦费。（颇心冷）如果老师宁可相信那个图珍，也不肯相信自己的学生，启超也无能为力……

刘　洞 （责备）这么大的事，卓如你就不该瞒着老师。

梁启超 筹建进步党之事，我是向老师禀报过的。他说："只知保皇，不问其他"。

康有为 （思忖）这么说来，为师冤枉你了？

梁启超 启超正在做的三件事，足以证明我的清白。

康有为 哪三件？

梁启超 第一，袁世凯倒行逆施，天下舆论沸腾，而我的讨袁檄文《异哉所谓国体问题者》明天就可以在京、津、沪各大报章发表，公开"讨袁"！第二，袁氏称帝，悖离启超回国参与共和政府之初衷，明天我就递交辞呈，辞去所有政府职务！（拿起桌子上的辞呈递与康有为）这是我已经写好的辞呈，请老师过目。

康有为 （接过辞呈看了看）还有吗？

梁启超 第三，辞职后我即赴上海，联络各方，筹集军饷。蔡锷蔡松坡自从被袁世凯免去云南都督后，羁縻京师至今，我令他三天内设法脱身，潜回云南，率部反——袁——

[梁启超拿起图珍遗落在桌子上的那张支票,"哧——"地撕了。

梁启超 （语带哀求）南海师,您还不相信学生吗?

[康有为看着那张撕毁了的支票,沉吟有顷。

[光渐暗。

第七场　决裂

[男幕后音:"梁启超命令学生蔡锷潜回云南起兵'反袁',随后,他辞去了北洋政府总长职务,取道上海、香港,在粤、桂、黔等地军政大员间进行斡旋,策应护国运动。不到半年,袁世凯就在举国声讨中病亡,共和制度得以重光。然而,袁世凯的前车之覆,却未能成为后车之鉴,时隔不久,又一场复辟大戏粉墨登场……"

[光起。1917年夏,梁启超天津饮冰室寓所。

[桌子上放了碗汤药。梁启超神情憔悴,咳嗽连连。

阿　全 （跑上）先生,船到码头了。

梁启超 （痛苦地）船到码头了?

阿　全 迎灵的事务都准备好了,就等着先生去主持。

梁启超 半年前,我就在那码头,送松坡去日本治病。现在,却要我去接他的灵柩……（无力地摇头）白发人送黑发人,不去了……

阿　全 我听那些人说,蔡锷蔡将军得的是喉结核病,连日本医生也没了办法。（安慰）蔡将军没有战死沙场,也算是个善终。

梁启超 （失态）什么话?!将军没有战死沙场,算什么善终?

[阿全噤声。

梁启超 （歉意）对不起,阿全。松坡是我的学生,当年在长沙时务学堂,他才15岁,就跟着我入京师,搞变法,此后又一起流亡日本。最近这两年来,他于身家性命不顾,随我"反袁""讨袁",落下一身战伤。天妒英才啊!他只活了短短的三十四年。

阿　全　"讨袁"成功，九泉下，蔡将军他可以瞑目了。

梁启超　（感慨）可以瞑目了！你到码头，代我去接松坡的灵吧。

阿　全　是，先生。（想了想）您还是把药给喝了吧。

　　　　［梁启超无力地摆摆手，阿全正要退出，遇着康有为和刘洞。

阿　全　康先生，刘先生。

康有为　你们家先生在吗？

阿　全　在。（向内）先生，康先生、刘先生来了——

梁启超　（迎上，作礼）南海师，约明师兄。

康有为　卓如呀，我从京师过来，有些事与你商量商量。

梁启超　（对阿全）你先下去吧。

　　　　［阿全下。康有为、刘洞落座。

梁启超　南海师，近来可好？

康有为　（爽朗地）还行吧。行看惊涛拍岸，坐看云卷云舒。

刘　洞　在报上得知松坡在日本病亡的消息，老师也掉了泪。

梁启超　老师对松坡一向严爱有加。

康有为　（伤感地）多难得的一个将才，怎么转眼就没了呀？

梁启超　（劝慰）老师节哀。

　　　　［婢女上茶。

梁启超　南海师，请用茶！

　　　　［众人举杯，品茶。

康有为　（放下茶杯，四下环顾）卓如呀，你这饮冰室，入住有半年了吧。

梁启超　大半年了。

康有为　庄子有云："朝受命而夕饮冰"。可见，你仍在忧心国事。

梁启超　不不！启超选择避居天津，是为远离京师的纷扰。

康有为　世间事，多是避无可避。

梁启超　心若不避，当然就避无可避了。老师从京师过来，所为何事？

康有为　（转入正题）袁世凯倒了台，最近黎元洪与段祺瑞又闹起"府院之争"，你可知道？

梁启超　天下人都知道。

康有为　"辫帅"张勋率"辫子军"入京调停……

梁启超　（愤然）政府内部纷争，何须军队调停？！

康有为　约明，这事你怎么看？

刘　洞　这些年闹完革命又闹共和，最近还闹出了个洪宪。各路军阀你方唱罢我登场，国无宁日，民不聊生。依我看哪，还不如爱新觉罗家当皇帝呢。

梁启超　师兄此言差矣！共和乃新生政体，有些混乱，在所难免。

刘　洞　可人家并不这样看。"辫帅"头天进了城，第二天早上就头戴红顶花翎，入宫在养心殿觐见宣统皇帝。

梁启超　（一惊）张勋他头戴红顶花翎去见废帝溥仪？

刘　洞　"辫帅"见了皇帝，又和老师一合计，决定光复大清帝国。

梁启超　（震惊）光复大清？

刘　洞　是呀！如今圣上年纪尚轻，复位之事，全凭老师与"辫帅"二人谋划！

梁启超　（惊愕）谋划？南海师参与了谋划？

康有为　（淡然）是的。

梁启超　（极度痛苦）这……

刘　洞　宣统皇帝要授老师弼德院副院长之职。

梁启超　（强压愤怒）南海师还要当复辟大清的官？

刘　洞　就眼下看来，这还是极机密之事。

梁启超　（愤然）既然是极机密之事，告我何来？

　　　　［见到梁启超的强烈反应，康有为仍然沉着气。

康有为　前些年在日本，你说袁世凯已经造出一个全新中华，可结果呢？不也没跳出几千年的窠臼吗？袁氏的德行与修为，远逊于德宗先皇帝。（满怀憧憬）而当今圣上，年少聪颖，又无后宫掣肘，只要你我用心匡扶，定然又是一番伟业！

梁启超　（摇头）刻舟还能求剑吗？

康有为　逝者已矣，来者可追。

刘　洞　老师这次过来，就是要请你入朝辅政。

梁启超 （意外）请我入朝辅政？

康有为 是的。你当过袁政府的司法总长，又在海外待了这么些年，眼下正是用人之际，只要我向圣上举荐，会给你留个好位子的。

梁启超 你们难道就忘了，是我和蔡锷发动了护国战争，把袁世凯赶下了台？

康有为 光复大清，你算是有功之臣，所以才请你入朝辅政。

梁启超 （摇头惨笑）光绪年间，我流亡日本，创办《新民丛报》，发表文章死战革命党，是为了"挽救"大清？抵制洪宪，我与松坡起兵"讨袁"，是为了"光复"大清？（悲伤地）松坡战伤累累，客死东瀛，难道也是为了"光复"大清？

康有为 （意味深长）你是无意而为之，为师却是用心来栽培！

梁启超 （苦笑）好一个用心来栽培！（沉重地）吾爱吾师，但吾更爱真理！要我梁启超追随复辟，万万不能！

康有为 （气急）你——

［眼看到局面越搞越僵，刘洞连忙把梁启超拉到一边。

刘　洞 当着老师的面，你就不能把话说得委婉一点？

梁启超 委婉？（痛切地）想当年，南海师为救国家民族，七次上书皇帝进言变法，是万人景仰的"康圣人"。我梁启超对他顶礼膜拜，不惜追随他抛洒头颅，遘命天涯。然而，辛亥鼎革后，他念念不忘的却是满清王朝。如今袁世凯的洪宪覆辙还历历可见，他这边就打出为清亡朝招魂的鬼幡。（走到康有为面前）南海师，启超宁死，也不去当宣统朝的官！

康有为 宁死也不当宣统朝的官？

梁启超 （决绝地）宁死不当！复辟王朝从来不会有好结果。当年复生兄说过：变法不能停。这话放在当下，依然没有过时。

康有为 （有点愤怒）当年你也曾说过：追随康某，九死不悔！

梁启超 当年追随老师，是因为老师在引领潮流。

康有为 （恼怒）这么说，你是在骂康某已经落后于时代？

梁启超 学生……并无此意。

康有为 （叹息）看来，你是无意参与光复了？

梁启超 绝不参与！

康有为 你可要三思！

梁启超 启超也请老师三思……（举起茶杯，敬向康有为）

康有为 （与梁启超对视良久，最终没接茶杯）既然如此，你可否保持缄默？

梁启超 （失望、痛心，"砰——"地放下茶杯）保持缄默？

康有为 是的。

梁启超 （追问）老师您要学生如何保持缄默？

康有为 （愤怒地）梁启超笔墨胜刀兵，如何保持缄默，还用我说吗？！

梁启超 （沉思良久，摇头）如果我不能呢？

康有为 （意外）不能？（严厉地）此乃师命！

梁启超 师命？

康有为 师——命——

　　〔顷刻间，康有为、梁启超之间的空气，似乎已经凝固。

　　〔突然，梁启超捂着胸口，剧烈咳嗽，浑身颤栗。

　　〔刘洞过来为梁启超拍打后背。

刘　洞 （流着泪）看在二十多年的师生情分上，卓如你就答应他吧！

梁启超 （喘定一口气）师兄你要我答应他？

刘　洞 （下跪）答应吧——

梁启超 （揪着自己的胸口，似哭似笑）世有康梁，再无康党！

刘　洞 （没听清）你说什么呢？

梁启超 （大声）世有康梁，再无康党！

康有为 （失望）世有康梁，再无康党？（痛苦地背过身去）

梁启超 （指天悲号）世有康梁，再无康党！再——无——康——党——

　　〔话音未落，梁启超一个趔趄，轰然倒地。

　　〔急收光。

第八场　哭拜

［男幕后音："张勋复辟，闹剧收场。康梁二人对国家前途命运的不同理解，在报章上发表文章进行论战，师徒关系从此形同水火。这种关系足足延续了十年，一直到公元1927年康有为在青岛去世。那一年的早春，春寒料峭……"

［青岛郊外，北风呜咽，鹅毛飘雪。

［白云须发全白，手持法器在前面引路。刘洞身穿重孝，扛着一支招魂幡上，后面四名老弱白巾白衣白裤的抬棺人，抬着一副薄棺（虚拟），情景凄清。

［出殡队的后面，还跟着一个吹丧笛的。一支丧笛吹得撕心裂肺。

白　云　（一边撒纸钱，一边哀伤地唱醮）：

　　　　　　　生不露宿兮有藕仙乡，

　　　　　　　死不草附兮九天清凉。

　　　　　　　梁木其坏兮立雪神伤，

　　　　　　　铎帐风寒兮山高水长。

　　　　　　　蓬岛归真兮九曲流觞，

　　　　　　　德音不忘兮千古名扬。

　　　　　　　呜呼，尚飨——

［出殡队伍将下之时，梁启超和阿全一身重孝急上。

梁启超　（冲上，几欲跌倒，哭叫）南海师——南海师呀——

刘　洞　（迎上，扶住梁启超）卓如，你也来了？

梁启超　师兄……

［两人泪眼相对。

梁启超　前几天还在报章读老师文章，怎么转眼间就走了呢？

刘　洞　人生无常，毕竟老师都已古稀之年了。

梁启超　前些年，我与南海师虽说多有分歧，也曾当面冲撞，可他终究还是我的老师。看到报上的讣告，我和阿全就赶来青岛。

刘　洞　你有心了。

梁启超　（伤感）启超来迟，未能堂前守灵，就送南海师最后一程吧。

　　　　［梁启超说完，要随出殡队前行。

刘　洞　（不为所动，委婉地）卓如，你从天津过来，一路上舟车劳顿，还是不送了吧？

梁启超　弟子之礼，岂能不送？

　　　　［说完，梁启超自顾自地要跟上出殡队。

　　　　［刘洞紧走几步，拦在了梁启超的前头。

刘　洞　（半是哀求地）卓如，你还是不送了吧？

梁启超　（纳闷）这怎么了师兄？

刘　洞　（无奈地）老师是叨念着"世有康梁，再无康党"而咽的气，他心里苦呀……

梁启超　（如被电击）南海师是叨念着"世有康梁，再无康党"而去的？

　　　　［刘洞点头。

梁启超　（不敢相信）都十年了，他还记着这句话？

刘　洞　（叹息）十年了，他还记着这句话……

梁启超　（悲痛）天呐！他始终没有原谅我……

刘　洞　卓如你能来，是你心里还装着他这个老师。但这最后一程，我看还是不送为好，免得老师地下也不得安生！

梁启超　（大恸）天呐——

　　　　［出殡队已远去，刘洞摇着招魂幡追下。

阿　全　（上前扶梁启超）先生，咱不送了，回天津去吧。

梁启超　（幽幽地）回不去了……回不去了！阿全，你说，我梁启超辱没师门了吗？

阿　全　没有。

梁启超　我欺师灭祖了吗？

阿　全　没有。

梁启超　（痛切）但今天我这……这算逐出师门了吗？

阿　全　（啜嚅）算……不算……（大哭）我不知道呀先生……

梁启超　你下去吧，我随后就来。

　　［阿全哭着下。

　　［猛然间，梁启超转身，向着远去的灵柩，深深一躬礼。

梁启超　（悲恸地）南海师呀南海师——您心里苦，启超也苦呀！

　　［雪继续在下。

梁启超　可我梁启超自问无愧于天！皇天后土，亘古洪荒。人类社会发展到今天，独裁专制已经是人神共愤，君主立宪不过是回光返照！民主、宪政、共和已是天下洪流，不可阻挡，不可逆转。我梁启超所做的一切，不过是顺天而为，应时而动！我，问天而无愧！

　　［雪开始越来越大。

　　［迎着越来越大的风雪，梁启超越加慷慨激昂。

梁启超　天下苍生，黎民百姓，百十年来颠沛流离，生灵涂炭。哀我故国，中原板荡，烽烟连年。哀我父母，忍辱负重，苟且偷生。我梁启超孜孜以求救国救民之道，从未停息寻求变革的步伐。逋逃东瀛，游历欧美，历九死而不悔，得一生仍前行。游走于北洋军阀间，穿梭在南北政权中，不惜委曲求全，不惜背负"趋附""善变"之骂名。为的是什么？为的不过是救国民于水火，挽狂澜于既倒。我，问地也无愧……

　　［雪越下越大。

梁启超　一无愧于天，二无愧于地，我梁启超三无愧于师呀——

　　［漫天大雪，纷纷扬扬。

梁启超　我师南海，堪称圣人，心怀天下，忧国忧民。当初在广州万木草堂之教诲语犹在耳，当年在京师上书变法之翰墨历历在目，不能忘却，不敢悖离。然而，我梁启超只为天地立心，为生民立命，为救华夏民族脱水火，为让少年中国能崛起！当初在万木草堂一拜康师是为修身，在东京寓所再拜康师是为救国，今日里，在这个冰天雪地三拜康师，只为明志！南海师啊南海师，我梁启超自问无愧于师门，对得起康梁之"康"，无愧于康梁之"梁"……

　　［风雪中，梁启超站成了一尊银白雕塑，天地间一片银装素裹。

　　［雪稍停，隐约传来丧笛的哀音，摄人心魄。

［远处，谭嗣同等"戊戌六君子"向这边缓缓走来。

梁启超　（紧追几步）复生兄——复生兄——

　　　　［"六君子"向前走去。

梁启超　（大叫）复生兄呀——我梁启超代你而生三十年，可有虚度？"六君子"抛洒菜市口的热血，可有白流？

　　　　［"六君子"并不驻足，继续向前走去。

梁启超　（叫喊）复生兄，你倒是回答我呀！（看着"六君子"消失，几近绝望）启超谨记你当年的嘱托，变法不能停……不敢停！

　　　　［隐约中，康有为青衣白巾，仿若幽灵，吟哦着"知我者谓我心忧，不知我者谓我何求……"踏雪而来。

梁启超　（意外，又有点惊喜）南海师？南海师——

康有为　卓如？（幽幽地）你还是回去吧。

梁启超　南海师，您原谅我了吗？

康有为　已经没有了怨恨，又谈何原谅？卓如呀，你我师徒多少年了？

梁启超　算来，整整三十七年了。

康有为　（推心置腹）三十七年了，你我志同道合的，不过也就七八年，剩下的三十年，都在争呀、吵呀、辩呀。

梁启超　所争所辩，都是为了国家民族。

康有为　（感叹地）是啊，所争所辩，都是为了国家民族。可你，恨我这个老师吗？

梁启超　（愧疚，大哭）不不不！是学生不逊……对不起老师呀……

康有为　其实呀，你我设计的路径虽然各不相同，但目标却是一致的，都是为了国家能够强盛起来，不再受外人的欺凌。

梁启超　（由衷地）是的，都是为了国家的强盛。

康有为　历史自有历史发展的潮流，推动它可以，改变它太难。

梁启超　启超以为，君主立宪不过是回光返照，共和制度才是世界潮流。

康有为　君主立宪也好，共和制度也罢。总之，属于你我的时代，已经结束了……

梁启超　不！不！结束的是那个旧的时代，新的时代已经开始！

康有为　我知道，在你梁启超心中，一直有个少年中国。

梁启超　（憧憬着）在学生心中，新生的少年中国，将是一个如朝阳般的中国。

康有为　我康某人曾经想挽救的那个老大帝国，它已经死去，（激愤地）它已经死去了！（缓缓地）寄望后来者，再造一个全新的中华、一个少年的中国吧。就让那个如朝阳般的少年中国，早日屹立于地球的东方！我走了，走了……知我者谓我心忧，不知我者谓我何求……（飘然而去）

梁启超　南海师——南海师——（晕眩）

〔白云、刘洞带着抬棺人和那个吹丧笛的上，笛音开始变得激越。

刘　洞　（看见雪地中的梁启超，赶紧上前）卓如——卓如——

梁启超　（醒来）师兄……

刘　洞　老师已经入土为安了，我们回去吧。

梁启超　入土了？

刘　洞　入土了……走吧……

白　云　（吟哦）尘归尘兮土归土，天作笑兮天作哭。冰雪融兮流地火，长夜终兮旭日出……

〔白云道长飘然而下。刘洞把梁启超扶起。

〔风雪呼啸，笛音激越。幕后雄浑的男音，调寄《忆秦娥》，或吟或唱：

　　　　哀音裂，

　　　　长歌如诉声声咽。

　　　　声声咽，

　　　　辛夷如雪，

　　　　杜鹃如血。

　　　　两行浊泪英雄啜，

　　　　千秋功过凭人说。

　　　　凭人说，

　　　　我心孤洁，

　　　　与尘音绝。

[风雪初霁,天地间现出片片红光。

[刘洞、梁启超相互搀扶,步履虽然蹒跚,却也坚定,下。

[光渐收。

[剧终。

（剧本版本：作者提供,2015年佛山粤剧传习所首演）